LOCUS

LOCUS

LOCUS

LOCUS

to

fiction

to 101

軟禁

בעלת הבית

作者：諾亞・葉德林（Noa Yedlin）

譯者：謝儀霏、林薇安

責任編輯：翁淑靜　封面設計：許慈力

內頁排版：洪素貞　特約編輯：陳錦輝

出版者：大塊文化出版股份有限公司

台北市10550南京東路四段25號11樓

www.locuspublishing.com

讀者服務專線：0800-006689

TEL：(02)87123898　FAX：(02)87123897

郵撥帳號：18955675　戶名：大塊文化出版股份有限公司

法律顧問：董安丹律師、顧慕堯律師

總經銷：大和書報圖書股份有限公司

地址：新北市新莊區五工五路2號

TEL：(02) 89902588　FAX：(02) 22901658

初版一刷：2018年2月

定價：新台幣380元

Printed in Taiwan

בעלת הבית

軟禁

諾亞・葉德林（Noa Yedlin）著
謝儀霏、林薇安 譯

每個人都有自己見不得人的小小正義感。

——翰諾赫・列文（Hanoch Levin）

佛格爾家族成員

埃莉榭瓦・佛格爾
班—亞米・佛格爾：埃莉榭瓦的丈夫
黛芙娜・佛格爾—耶帝迪亞：長女
巴瑞克・佛格爾：長男，排行老二
艾騰・佛格爾：次子

柏亞茲・耶帝迪亞：黛芙娜的丈夫
席拉和丹：黛芙娜和柏亞茲的龍鳳胎
諾安姆：柏亞茲前一段婚姻的兒子

伊法・史隆尼姆—佛格爾：巴瑞克已分居的妻子
艾隆娜・史隆尼姆—佛格爾：巴瑞克和伊法的女兒

米卡兒・李伯森—佛格爾：艾騰的妻子
涅沃：艾騰和米卡兒的兒子

雅薇娃・亞特茲：埃莉榭瓦・佛格爾的母親；布魯諾・亞特茲的遺孀

第一部

「調查結果還發現，百分之七十的受訪者相當有把握地表示『理性思考本身就是受壓抑的』，而百分之八十以上的受訪者信心滿滿地認為『科學不比其他自然與真實的描述優越』。」——摘自巴瑞克·佛格爾博士論文〈新時代文化中的反理性主義與反智主義〉

第一章

1

從外觀看來，房子一如往常：氣勢宏偉、自信滿滿、厚顏無恥地從這座不善施捨的城市分一杯羹。他搜尋著變化的痕跡，但只在鄰居的房子上發現，左鄰右舍似乎對他父母的房子投以輕蔑的眼光。右邊那一棟——艾哈利茲街九號——一直都比班—亞米和埃莉榭瓦的房子高，現在似乎幸災樂禍，一副高高在上的樣子，彷彿如此高姿態是理所當然。左邊的房子——五號——似乎在賣弄自己的平實，好像終於可以在較為迷人的鄰居前證明自己的價值。

巴瑞克這輩子第一次希望自己幼時的家可以不要那麼顯眼，可以俯首隱沒在這條古老雅緻的街道中。但這條街實在太窄了，住在那兒感覺像是了不起的成就，彷彿有人精挑細選所有的居民，而每棟宅邸都是如此獨特、如此自負，完全感覺不到它有可能會覺得羞愧。

這些房子品味獨到；它們不會在前廊就擺闊，而是謹慎低調地裝扮自己，幾乎到了簡樸的地步。這條街也夠幸運了，不像其他迷人的小巷街道被新的住戶占領，對那些新住戶來說，錢財不僅是當作背景音樂播放的宜人配樂，而是一種意識型態，只要一名屋主，就能毀了整條街，尤其是在像耶路撒冷這樣的城市。

這棟房子採光充足，總是讓從耶路撒冷濃霧中踏入這棟房子的人感到驚訝。光線也優雅地給屋子裡的陳設打了光：客廳的藝術品（勞森伯格的《德庫寧》），那是埃莉榭瓦堅持從美術館租來的，雖然身為董事會成員的她其實可以免費借出；多人座與單人沙發；鋼琴；地毯。都是老東西，但不顯得過時。白天只有家人在屋內時，這些家具會在明亮耀眼的光線下閃爍；當夜幕低垂，隨著來客的威脅增加，光線減弱，室內陳設則變得更加優雅，用樸實的面紗罩住其獨特性，恰如其分地顯出這棟房子的主人優雅有教養。

現在房子一片漆黑，有那麼一瞬間，巴瑞克覺得房子簡直荒廢了：在他的想像之外，並沒有那四或五名警察的身影殘留。巴瑞克努力數了好幾回，彷彿在打電動，想辦法區分每名警察，即使他們身著一模一樣的制服，體形也相仿。他企圖讓自己分心，不去想真正的問題，而他後來發現，自己是想記住警察的臉孔，這樣有朝一日，他可以對他們投以不屑的眼光——來來回回在他們家前的小徑走來走去，抱著一箱又一箱的東西，就像那些重播到天荒地老的電視劇裡的條子一樣。

然後他試著想像他母親的辦公室，還有散落在她房子各處的文件，那些都足以稱之為「證據」，就像「警方正從埃莉榭瓦．佛格爾的家裡蒐集證據」。突然之間，他覺得整間房子裡沒有留下一張紙。他想著自己的房子，想著他所有的文件會在哪裡被找到，在心裡繪製出地圖，想像中的路線領著他到電話旁的便條紙，然後到玄關書櫃上那一大疊棄置的退休金計算表與水電瓦斯帳單。但當他想著父母的房子時，絞盡腦汁的結果，就只有冰箱門上一張可悲的紙，或許是孫兒幼稚園畢業典禮的邀請函。除此之外，什麼都沒有。一時之間他很恐懼，好像文件的存在，上面的塗鴉和潦草字跡，可以證明他的父母是偶爾會寫點東西、真實存在的人。而現在，這棟空無一紙的房子以他從未注意到的貧瘠、乾涸狀態包圍住他。

然後，他想起那一牆的書，一大面牆排滿了書櫃，遮住客廳的牆壁，而書櫃已成為這房子的一部分，一點都不顯眼。成堆的紙，數不清的人物、指紋、故事，全都塞在裡面。

現在，站在屋外，他也想起二樓與那些他幾乎不會進去的房間，比如他母親的書房、父親的書房，父親書房曾經是他姊姊的房間。如果房子裡有任何文件的話，最有可能就在那裡。不過，想到那些不熟悉的房間讓他頓時不自在起來，也許是因為現在他得進入屋子裡，一個人進去。

上次他用自己的鑰匙進屋裡是什麼時候的事？或許是多年前他和伊法結束一個月的義大利之行返家之際。他們去學義大利語，當時根本還沒結婚，而他父母那時人在美國，提議讓他們小倆口住下，直到待在巴瑞克和伊法特拉維夫家裡的房客離開。巴瑞克還記得伊法在屋子裡到處瞧，帶著對不是自己父母的好奇和調皮，說著，要是在他們衣櫃抽屜裡找到色情片，不就太猛了。

那一刻他心想，我幹麼做這件事，為什麼是我。突然他覺得叫他的手足來還比較合理，他們的房子都比較豪華，理應扛下這個責任，好像他們就夠格可以在這種房子裡的黑暗中辨識方位。但一分鐘之後，他便想著自己這樣是不是很蠢，像個十五歲小孩一樣抱怨，計較著為什麼不是該別人洗碗。而且，反正，他們的房子規模都不可能比得上父母的房子；還沒比——一打算比較就很不智——就已經輸了。

巴瑞克的姊姊黛芙娜和她先生柏亞茲在亞米納達有棟漂亮寬敞的房子，就連艾騰和米卡兒都有間通風、超級時尚的公寓（雖然位在特拉維夫旁的城市雅法）。但這些房子的耶路撒冷風情都減弱了，只不過是母體的微弱回聲。他們的父母埃莉榭瓦和班—亞米對耶路撒冷崇敬有加，熱愛其建築、藝術、質感、天氣。那是純粹的美學崇拜，沒有一絲國族主義的痕跡，當然，因為他們倆原則上都是和平的強烈擁護者。他們以自己對該城市的廣泛認識而自豪，熟知其特性、大小奇聞軼事、建築物，甚至歷史上重大事件發生的庭院和陽台，他們還有一整個書櫃專門放有關耶路撒冷建築與街坊的書籍。大部分的書都由一位知名建築師編纂，他是一位死忠的耶路撒冷人，也是傳說故事的寶庫，更是佛格爾夫妻的密友。他們全心全意熱愛耶路撒冷——在仍是左派份子的前提下極盡所能地愛。

所以，孩子們從沒想過要把父母拖出耶路撒冷，到他們自己不那麼意氣風發的家，除非絕對必要。有一次，就只有那麼一次，黛芙娜四十歲生日時，她先生柏亞茲嘗試打破慣例。當時他的愛還那麼豐沛、令人難以抗拒，婚姻生活嶄新，還不至於臣服於家族規範與慣例之下，所以柏亞茲邀請丈人一家到亞米納達來烤肉。班—亞米出國了，但是埃莉榭瓦赴約前來，表現得很規矩：她是以色列史的教授，也是索羅卡醫院之友、以色列愛樂董事會、以色列博物館執行委員會的成員，她知道如何舉止中規中矩。然而，這個實驗再也沒有重複過，尤其是柏亞茲再也沒發起過，因為在烤肉串端上桌前，他就已經後悔做了這個決定。他告訴黛芙娜和巴瑞克，你們知道嗎，你們的媽媽是這種事情的高手，而黛芙娜和巴瑞克不用問也知道他指的是什麼。

也因如此，遺憾的是，班—亞米和埃莉榭瓦把這起災難加進篇幅逐漸增加的柏亞茲缺點清單中，而高居缺點排行榜的就是他老是過於公開談論金錢，好像金錢是個隨便的東西，就像世界上其他東西一樣。恕我直言，即使你沒有錢，但錢就是錢，尤其是當你不缺錢時。不是每件事都需要說出來。

2

巴瑞克站在門口，努力給自己心理建設；父親之前說過，警方像野蠻人一樣徹底搜查了房子。但房子看來和以前一樣安靜有條理，若有什麼不對勁的地方，就是看起來比平常更整齊，沒有高大的人在每次他要走進門時擋住他的視線。他神經緊繃，知道駭人的部分還沒到來，然而，一旦真的出現了，他卻幾乎沒發現：電纜線和電話線散落在地板上，毫無用處，沒有連上任何裝置。電纜線上方有張小邊桌，正中央有個看起來光亮像剛上漆的正方形——顯然，一直到最近那上面有個東西蓋著。然後巴瑞克想起他們沒收了所有電腦：客廳裡這一部主要給孫子用的，以及書房裡的那兩部；還有兩具電話，新的輕量型和舊的那具——雖然笨重，但留著以防萬一。

一想到沒有辦法收電郵，更別說上網，他就焦慮起來；然後，他又開始想著自己是不是在那幾部電腦裡寫過什麼，或開了哪些網頁，有可能讓他的私事曝光，或牽連他的父母。至於以什麼方式，他不確定。

他畏縮地想到自己在那些電腦裡存放的資料。有一次或兩次他和透過交友服務認識的女性聊天。這有點像是在父母家裡你以前的臥房裡自慰，只是更丟臉，因為每個人自慰方式都一樣，但是與人聊天的方式卻大有不同，而且天知道他做了什麼可憎或羞恥或欺騙或一目了然的事情，這下子讓國家詐欺調查局可以觀賞了。不過，如果他可以選擇，還寧可讓詐欺調查局看，也不要被母親或父親或艾騰看到。

他走上二樓，進入父母的寢室。他再次覺得自己像在犯罪，即使明明就是父親叫他來這裡幫母親拿幾件衣服的。

他要帶幾件衣服給目前正在坐牢的母親。母親正在坐牢，和流鶯或毒蟲關在一起。好吧，也許不是跟流鶯或毒蟲，他已經駁斥了這個想法。但她遭逮捕並快速送去偵訊，絲毫沒有坐下來喘息的時間——至少不是坐在牢裡，不過也許是偵訊室。巴瑞克試圖安慰自己，想著電影和午後電視劇裡出現的那些溫暖慈愛的家庭，即使是那樣的家庭，母親也會偶爾被逮捕，通常是在最滑稽的情況下，有人給了母親一塊大麻餅乾，或是她跟別人家的媽媽拳腳相向，然後媽媽們最後被關進監獄，和變裝癖或聒噪的妓女共處一室。但這些節目從來就沒演過白領罪犯，顯然是因為白領犯罪沒什麼笑點。

如今他站在母親的衣櫃前，眼前完全看不到白領的衣服。他翻著衣架吊著的襯衫：深綠、深紅、深紫、橙色。每當手拂過衣料，他就瑟縮起來；他努力只觸碰衣架，但一點用都沒有。何況誰可以分辨現在是什麼季節，接近冬天了，卻還是很熱，而且他怎麼會知道哪種衣服適合哪種季節，或是哪件是短的、哪件是長的。那麼多材質，那麼多剪裁，毛線裙和寬版洋裝，他根本不知道該拿這些衣服怎麼辦，即使如此，他還是得配出幾套服裝。

然後也需要褲子，是嗎？他母親平常到底穿不穿褲裝？他突然覺得母親好像只穿洋裝。他在衣櫃裡找褲子——找得到就帶去，找不到就算了。他拉開一個抽屜，一排胸罩映入眼簾，他猛然關上抽屜。但或許他應該帶胸罩過去，還有內褲也是。

他想打電話給父親，問他究竟該帶些什麼，但又不想搞砸這次任務，在這個情況下這任務算簡單的，要是他搞砸了，還怕會被分派到別的差事。最後，他每種都打包一件，還有一堆素色襯衫、短衫、背心什麼的，看起來比較舒服的，可能適合在監獄裡穿。

裝好之後，行李箱滿到衣服快要爆出來，差點闔不上。即使如此，他還是在外側袋裡硬塞了一本在母親床邊桌上發現，名為《玩笑》的書，某人寫的。然後他覺得自己出色地完成了任務。

3

開車前往亞米納達找黛芙娜的途中，他理所當然地斥責自己，幹麼這樣繞遠路，特拉維夫到耶路撒冷到亞米納達到耶路撒冷，而不是特拉維夫到亞米納達到耶路撒冷。但事實上，當時他根本不那麼在意效率，因為他並不急著見母親。

他打開音響，準備轉到ＣＤ模式，但在音響對最後一次按鍵做出反應之前，巴瑞克聽到男性聲音：佛格爾很訝異，那聲音說。然後巴瑞克按了幾次按鍵，才終於轉回那個頻道。所以，身為在這類案件幕後工作的人，不知名的廣播主持人繼續說。巴瑞克認得這位主持人的聲音，因為他經常開車去面試工作。我猜想這類調查不會一兩天就結束，而那聲音回答，沒錯，烏迪，絕對不會，但我得說，這案子的每一件事都有點不尋常。就此案的規模來說，的確如此，還有被揭發的貪污嚴重性，此外還有從我身為記者的角度來看。此時主持人插話，容我提醒聽眾一下，我們在談論的是赫希和平中心副總裁埃莉榭瓦·佛格爾的嫌疑，目前包括接受餽贈、收取賄賂、洗錢與偽造文書。好，烏迪，告訴我們事情目前的發展，是什麼促成這起調查。那聲音說，嗯，情況就是這樣，我揭露第一起報導後，就是史登調查案，所有的資訊就排山倒海而來。主持人接著說，這裡說的是阿米坎·史登，赫希和平中心的總裁，也就是埃莉榭瓦·佛格爾的直屬上司，最近離開中心從政去了，他疑似任人唯親、開假的報銷帳戶，還有一大票其他的不當情事。現在我不打斷你了。

好，那聲音說，就像我剛說的，各種消息席捲而來，其中有一些值得挖掘，有一些完全無用。每個人都有自己的偏見，不是我在抱怨，最終我就是靠這些偏見做事的。但在這特別的案子裡，最有趣的消息幾乎是意外到手的，說是隨意聊天也不為過。你可以這樣說，在你們星期五全都讀到的埃莉榭瓦·佛格爾案的調查期間，一些確切的趣聞，開啟了出人意表的潘朵拉盒子，浮上檯面的一點事實。我猜想沒必要問你這些消息的性質，主持人說。那個聲音回答，這個嘛，當然，文章中有略微提到。然後主持人說，好吧，我盡力囉。然後那聲音繼續，因為我已經那麼深入調查史登案，也和赫希中心來往密切，而且，再次強調，因為這則資訊的品質與可信度，考量到其規模，這則揭發內幕的報導是在短時間匆忙拼湊而成的。主持人說，所以我們可以說警方在逮捕埃莉榭瓦·佛格爾之前是被迫跟上進度的，也就是大約是文章發表的時候？那聲音說，我們可以跳到下一個問題嗎，烏迪？然後主持人說，歐佛．烏奇埃利，期待後續消息，這點一定錯不了，謝謝你，祝你有個美好早晨。新聞之後，我們會和科學中心的琴斯基教授談談，還有……

他繼續按按鈕，切換到ＣＤ播放器。當他開過艾恩卡勒姆的哈達薩醫院時，他在好幾個綠燈前放慢車速，這樣才不會在歌曲播放結束前就抵達亞米納達。

4

他很失望地看到姊姊和弟弟都到了，在人行道上等著，但是當黛芙娜和艾騰上車時，車裡突然出乎意料地充滿歡笑，他們倆在等巴瑞克時，氣氛一定就很愉快了。他完全可以預料到他們倆對案情感到樂觀，反正他的姊弟有這樣的反應不令人意外，他只希望自己能夠知情。他想了解為什麼會演變成這樣？或是有什麼事情改變了？他們為什麼會如此開心？但他想要有技巧地找出答案，不希望任何人覺得他什麼都不懂。

但艾騰前來解救他，車子一開他就說，那麼，老哥，你覺得這三百四十萬謝克爾，媽藏了多少在地板下啊？然後黛芙娜說，你是哪根筋不對啊，艾騰，你當真覺得她會把錢藏在地板底下，她又不是白癡，她可是老練的詐騙高手，這是白領犯罪！或許她透過出版她的教科書來洗錢，《給三年級的約書亞記》洗了一百萬，《基礎代數》洗了兩百萬。

巴瑞克說，我很高興妳覺得這件事這麼好笑。艾騰說，我們看起來像覺得好笑嗎？基本上，我們只是想消化一下媽媽晚上是罪犯、白天是愛樂之友董事長的事實。然後巴瑞克說，是愛樂總會董事會。艾騰說，啊？然後巴瑞克說，算了，沒什麼。黛芙娜說，不，真的，想想看如果這一切是真的，那有多荒唐。我是說，我們理性一點來看，她根本就不可能在過去幾年揮霍三百四十萬謝克爾。巴瑞克接著說，噢，在那之前她確實把錢花掉了。黛芙娜說，依我看，媽這輩子根本沒花到那個金額的一半，這代表她根本就坐擁……我不知道，就說她花了一百五十萬好了，我們就放縱她一下好了，可以嗎？也就是說她正坐擁兩百萬謝克爾，這錢，說到底是屬於我們的，尤其是如果她最後坐牢的話，除非錢全都跑到律師那裡去了。然後艾騰說，或除非她必須歸還。黛芙娜說，你幹麼每次非得破壞一切不可？

巴瑞克說，他們說她用那筆錢買倫敦的公寓。黛芙娜說，就是這點讓我最不爽。艾騰說，沒錯。黛芙娜說，那甚至不是她的公寓，那是赫希和平中心的，我確信我們可以證明此事，柏亞茲和我住過那裡兩次，我們付錢給中心，他們什麼都要收費，一毛都跑不掉，微波爐轉一下也不放過，電費、水費，林林總總，我們去租普通的旅館房間可能還比住赫希中心破舊的外交公寓好，他們收每晚九十英鎊，我想，而且那是七、八年前的事了，你跟伊法也去過對不對，是不是在我們之後？巴瑞克說，比你們晚一點。艾騰接著說，我錯過了，我這輩子還沒去過。黛芙娜說，別急，你什麼都沒錯過，那簡直是夢魘好嗎，你不但會荷包大失血，還要六個月前就預訂，確保沒有其他人會去。只要是跟那間公寓有關的事，媽和阿米坎就極盡刁難。然後艾騰說，是啦，看看她落得什麼好下場，對每一分錢錙銖必較。黛芙娜接著說，我要說的就是這個，要是那筆錢沒花在倫敦的公寓上，我們很有可能就發財了。

艾騰說，妳是頭殼壞去嗎？沒有在倫敦的公寓就不能揮霍三百萬謝克爾嗎？光是他們在貝特哈克倫的公寓就值兩百五十、三百萬了，啥？我還得解釋給妳聽嗎？到底誰才是房仲啊？我嗎？黛芙娜說，你是說他們在貝特哈克倫的公寓價值兩百五十萬謝克爾嗎？你以為公寓是誰買的啊？那是媽媽娘家的房子，白癡，耶路撒冷的那些公寓是他們從黎巴嫩人手上買下來的，在英國託管時期之類的，我不知道。然後巴瑞克說，噢我的老天，黛芙娜，妳要慶幸妳還有賺錢謀生的一技之長，他們在託管時期從黎巴嫩人手上買公寓，拜託。她說，反正，不管怎樣，我只是要說，我鄭重聲明，如果媽沒有先跟我——她的大女兒，同時，不是我想自誇，席丹房屋仲介合夥人——商量的話，那鐵定是故意跟我作對。

巴瑞克清楚事情會怎麼發展，事情不只很明顯，他們的母親並未從赫希永續和平中心偷取一分一毫謝克爾，更不用說三百四十萬了。而且，儘管有這些戲劇性的事件，其實並沒有什麼好擔心的。在這件事上，他從黛芙娜和艾騰那裡得到的蛛絲馬跡——黛芙娜顯然是全世界最務實的人，而艾騰則是最憤世嫉俗的——如果他們兩人有信心一切都會沒事，他們甚至不需要律師。不過，他很開心現在他明白他們是如何得到這個結論的——因為他們母親目前被軟禁。

所以告訴我，他說，妳不認為他們有可能會判她有罪什麼的嗎？又一次，他對自己不知道這些特定專門術語覺得痛苦，這些詞彙在過去二十四小時內又變得更為刺耳了。什麼在告知法律權利的情況下接受訊問，還有什麼遭竄改的帳簿條目。艾騰說，判她有罪？聽著，老哥，我想你會徹底失望了。有幾份文件是律師需要從中心取得的，就我所知，只要他們拿到文件，整件事就結束了。問題是，他們沒收了所有電腦。警察——你也知道的——大概在搬動的時候就把硬碟弄壞了。

巴瑞克說，那些文件的內容到底是什麼？艾騰說，捐款的紀錄。黛芙娜說，會計的報表、報表和收據什麼的，好知道每一分每一毫謝克爾的去向。

巴瑞克說，哇！這真是超現實，你不覺得嗎？艾騰說，嗯，的確是啊。巴瑞克以為他會繼續說下去，但他沒有。他們沉默地開了幾分鐘，正當車內開始滲出一股憂慮不安的氣氛時，黛芙娜說，停停停，停車的地方在這裡。

5

拉米．崔柏本人實在和電視上看到的太像了——一襲黑色西裝，隨時待命上陣，背後的景象看起來像是司法大樓——使得巴瑞克懷疑自己是不是在作夢，也或許他來到了那些法律戲劇的場景，他們姊弟三人在八〇年代很喜歡看的那種法庭戲。

他努力回想過去幾個月和崔柏有關聯的大案子，想不起來時鬆了口氣。如果他真的有幫什麼人渣辯護過的話，巴瑞克一定會記得的。但一分鐘後，過去幾天他被顛來倒去，丟到陌生之地而衍生出的敏銳直覺告訴他，他不能就這樣寬心。他開始懷疑雖然登上頭版的案件可能是那些刺激有趣、羶色腥的案件，但那些複雜的案子，單調乏味到藏在報紙其他版面或金融版的，反倒是更嚴重的。

崔柏在入口等他們，一旁還有埃莉榭瓦的母親雅薇娃以及班—亞米，班—亞米比崔柏高出兩個頭，不知怎地，這點讓巴瑞克的驕傲之情油然而生。但當他們五人走向崔柏時，他們——非常高的佛格爾—亞特茲家族，減掉一名高眺女性——似乎朝他包圍過來；巴瑞克沒辦法判斷崔柏是特別矮或只是一般身高。巴瑞克往後退半步，輕觸黛芙娜的肩膀要她也這麼做，但是黛芙娜把他像揮蚊子一樣甩掉，叫他別碰她。

崔柏事實上已經在說話了，給他們指示，巴瑞克必須注意聽。和我們想的一樣，他正說著，他們不會讓她坐牢，但他們也不完全會釋放她，法官不是笨蛋，我就長話短說，他會釋放她，進入我們的監管之下，也就是他們所謂的「監禁處罰」，我們還在努力。而巴瑞克有種感覺揮之不去，他覺得崔柏這傢伙把他較為精準的用字遣詞保留給特別的狀況，跟他們講話時只用脫口而出的隨便語彙，如四散在法庭地板上的殘字剩詞。長話短說，一下子你們就能進去看她，我以最強硬的措辭請你們什麼都不要說。黛芙娜想插話，但班—亞米說，他指的是和這個案子有關的事，妳還是可以跟她說妳想說的話。崔柏接著說，當然。巴瑞克說，關於案子，我們到底可以跟她說什麼。嘿，老媽，記得上次我們偷渡可樂進瓜地馬拉嗎？崔柏說，我希望你不要講的就是這種笑話。

他們魚貫而入之時，他試著要自己振作起來，就像去探視得了絕症的朋友前給自己打氣那樣，因為你不知道對方看起來怎樣，是面容憔悴，還是捆著繃帶，但你還是得表現出一切如常。他們安靜嚴肅地走進去，到處都是不熟悉的新規矩，彷彿他們是去參加媽媽的受洗禮。他們進入建築物中心地帶，轉入寬闊的走廊，建築風格變得簡樸，更標準化。巴瑞克忍不住想，在所有地方的盡頭，在這些走廊的底端，他會看到一間牢房，旁邊站著全副武裝的警衛，像在西部片裡一樣。

然後他看到他母親。他花了一分鐘才認出她來，即使她看起來完全一樣，他的眼睛不知道該預期什麼，費心尋覓著有異樣的蛛絲馬跡。母親坐在小房間當中樸實木桌一側的旋轉椅上，當事人的那一側。但她面對著門，像個坐在父親辦公椅上轉來轉去的小女孩。

母親看到他時露出微笑。她的短辮整齊地往後梳攏，好像在採取堅定立場，對抗過去二十四小時以來攻擊她的無情爆料，只有少數幾綹灰髮，顯然不覺得對誰有虧欠，拒絕照做。他們相遇後不久，有一次伊法問過他，欸，怎麼回事，你媽媽只染部分的頭髮？巴瑞克突然發現她說得對，他媽媽只染部分的頭髮，刻意保留一小部分不動，這點他從未注意。那時他才明瞭，或許破天荒第一遭，他母親有多謹慎地耕耘自己的形象。

她說，嘿！接著起身擁抱他們，然後他們五人抱在一起，毫無優雅可言，笨拙但充滿善意，在他們之中蕩漾，緊鎖在兩兩的擁抱間。只有雅薇娃兀自站立，像是理應擁有自己專屬的擁抱一樣，而且確實，這群人一分開，埃莉榭瓦就上前擁抱母親。雅薇娃說，妳好嗎，我的寶貝，然後她撫著女兒的髮絲，可能在撫摸，也可能在整理，交織洋溢著慈愛和批評。

眾人繼續站著，因為房間裡只有一張椅子，除了桌子另一側的空椅子之外，一時之間巴瑞克覺得他人在學校的班親會，等待老師或校長進來坐那張椅子，告訴他事情的原委。黛芙娜說，妳好嗎？埃莉榭瓦說，還好，還好。然後班—亞米說，她累垮了。她的眼神確實看起來很疲倦，或也許是她一陣子沒化妝了，也因為少了神采奕奕的妝容與緊緻的髮辮來彌補，她的身高和體型突然之間看起來太過魁梧。

艾騰說，妳睡哪裡？埃莉樹瓦說，我沒睡，我們在偵訊室，然後我們回來這裡。她是指回來這間房間，還是這棟大樓，或是回到城市裡，其實並不清楚，而且她所說的「我們」指的是誰。但現在這個時機，不適合問出於好奇的問題，問題應該要有同理心，而班─亞米說，她等一下會全部告訴你們。

巴瑞克說，我幫妳帶了一堆衣服，媽，在車上。班─亞米說，理論上不需要了，他們很快就會釋放我們。黛芙娜說，太棒了，對不對。班─亞米說，理論上是的。崔柏說，我建議你們全都回家去；班─亞米，你留下，現在剩下的基本上都是書面作業，我想我們不久之後就能出去了，外婆也沒有必要留在這裡。雅薇娃說，我要留在這裡。

巴瑞克說，什麼，我們連五分鐘跟她說說話都不行？崔柏說，抱歉，你們回家再說，我們越快開始，就能越快離開這裡。班─亞米語帶抱歉地說，我叫你們來的時候壓根沒想到我們就要被釋放了。崔柏說，相信我，這樣比較好。

巴瑞克說，外婆，妳確定要留下來？還要待一陣子，妳確定不要我們載妳回家？雅薇娃說，你們走吧，開車小心。而巴瑞克希望這種為人母的自我犧牲精神不會感染給他的姊弟，不會迫使他長時間待在那裡空等，但是黛芙娜和艾騰沒發一語。巴瑞克說，好吧，媽再見，然後向前親親她，艾騰和黛芙娜也親了她，感覺有點虛假。巴瑞克突然覺得火把在他手上，他有責任表現給兄弟姊妹看，該怎麼展現親密。他抓住父親，有點像是半擁抱，然後說，你們離開這裡時打電話給我們，但是艾騰和黛芙娜說「再見」和「柏亞茲說如果你們需要什麼，就跟他說」時，根本碰都沒碰班—亞米，然後他們三人又再次道別，走回大廳搭電梯，離開大樓。艾騰說，哇，我真高興我們來這一趟，如果沒有我們，他們要怎麼辦？

黛芙娜不理他，說，你們趕時間嗎？我是說，你們想不想去吃點什麼？但艾騰說，嗯，既然這裡用不著我們了，我乾脆趕到錄影棚去好了。突然之間，巴瑞克也沒什麼吃東西的心情了，只剩他和他姊，也許他感覺到是艾騰給了黛芙娜信心，幾個小時前讓她心情那麼好，但少了艾騰，只有他們倆一定會不知所措。

他說，我也要利用這多出來的時間，有幾件事要辦。黛芙娜說，其實這樣也好，反正我五點過後也不應該進食。

6

他甚至不確定自己是否該待在這附近，照理說他們手足三人應該留在附近，不要各自回家；如果這樣，晚一點母親回家後他們應該做什麼。這又一次使他懷疑他們家的基因裡是不是有什麼突變，讓他們如此難以理解這種事情，也許這一切對其他家庭都很自然，是動物的本能，整個族群，不用多問，就會保護彼此。也許只有他突變。伊法總是告訴他，不管是好是壞，他都沒有如自己想像得那麼不正常，其他人和其他家庭也半斤八兩。突然巴瑞克渴望起過去那種純粹的、舊有的不正常感，也許還有一點點的伊法。

巴瑞克不敢相信他找到像伊法這樣的女子，她不但看得出日常大小事裡的幽默，還能把自己精準的觀察說給他聽，那都是他自己不可能注意到的地方。和他約會的所有女孩之中，她是第一個能了解為什麼他那可愛的樓下鄰居如此令人惱怒。他樓下鄰居自願做難民服務，週末卻跑到巴黎玩，大家都沒料到，而且鄰居還把自己的雙胞胎兒子取名為安東與依米爾。她是唯一可以沉著冷靜理解他顛倒混亂邏輯的人，能清楚所有的轉折與偏執。

箇中樂趣在她懷艾隆娜時達到顛峰（懷孕的不是「他們」，只有她），因為懷孕本身，也因為寶寶，他倆都知道寶寶一定會和他們一樣（確切地說，如果寶寶想要的話；如果寶寶不想也沒關係，但她絕對是聰明伶俐的，等到她兩歲時，他們三人就可以鄙視這世界，慶幸自己不是其中一份子）；而且也因為整個世界在他們面前開展，充滿細節與戲劇張力，乞求著被嘲笑：那些分娩課程和等著做超音波檢查的家長，還有孕婦裝店裡的對話，還有網路聊天室和寶寶名字，還有那些從來嚇不了他們的「你等著看」譴責，因為最糟的情況下，一切會沒事，而最好的情況下，事情會非常順利美好。

他們笑那些帶有連字號的名字，笑那些需要解釋的名字，也笑那些當中有不發音字母的名字；他們笑那些令人聯想到動物、妓女、基因改造水果的名字；他們笑在醫院裡遇到的夫妻檔，大部分都要求特定形式的生產經驗，還超級認真地問一堆問題（你們會馬上剪臍帶嗎？所有的寶寶都會注射或口服維他命K嗎？要是我們不希望他被洗乾淨呢？），一堆巴瑞克和伊法根本聽不懂的問題；他們笑那些有了孩子人生就為之停滯的夫妻，笑他們忽略自己、太專注在孩子身上，他們發誓絕對不走上相同的路。他們覺得自己是世界史上第一對能當個冷靜的準爸媽的人。

然後艾隆娜誕生了，一切都會平安順利，他們繼續幸福快樂，笑口常開，彼此了解，儘管有了孩子後不可避免會有些小摩擦。他們也蒐羅了更多取笑的對象：其他父母、新的歇斯底里現象、遊樂場的勾心鬥角等等。

一切都很平順，平順到巴瑞克其實甚至無法確切指出事情是什麼時候開始改變的。誠然，改變非常微小，但突然之間他發現伊法開始做一些他們之前一直覺得很蠢的事：嬰兒熱石按摩、週末和線上討論區的媽咪朋友去ATV沙灘車之旅、在公園參加小小韋瓦第音樂會。她也會自嘲，好像這樣就能彌補她所做的事很蠢一樣。她會說，我和其他的媽媽們沒兩樣，她們……。然而她卻接著說，但是我能怎麼辦，我就是想這麼做，或者，我本來就可以，或是，我偶爾也可以當那種媽媽，或是，得了吧，這是樂趣所在啊，或者，我非得在乎做什麼很酷、做什麼不酷這種鳥事嗎？然後她會說，是不是？或是，你不認為嗎？然後巴瑞克應當要說，當然，妳就做妳想做的，而大部分時間他真的會這麼說，尤其因為他也想做一些不那麼酷的事，比如說把艾隆娜的照片寄給沒有孩子的朋友，或是不時滿口父母經，他也需要有人告訴他這樣沒關係，事情總會有點改變，他們終究還是特別的人。

而且她還是有絕佳的幽默感；只是現在她用這幽默感來嘲諷自己做的事，好像這樣就有理由那麼做，直到最後只剩她自己那討厭的自我意識，毫無遮擋保護，除了一層稀薄的陰沉內咎感。

7

最後，他決定到尼辛貝哈街上的小咖啡館，如果咖啡館還在的話。這是個危險、傷感的決定，但巴瑞克無法克制。

他和伊法初次見面的地方就在隔一條路的拉瑪街。當時他二十六歲，時間都花在往返於那間咖啡館和不同公寓之間。公寓全都有狹小的房間和破舊不堪的空間，真正的耶路撒冷風格，全都在市中心和納荷洛特附近，絕對不超過里哈維亞。這些公寓可能在走廊盡頭有浴室或臥室，或是沒有出口的樓梯，或甚至一口井。

那天晚上，他去拉瑪街六號參加派對，屋主他從沒見過。在派對上他這輩子第二次抽大麻，走到階梯旁，靠在二樓的欄杆往下看，深呼吸，然後跌落到一樓。像戒毒無名會裡的廣告，也像巴瑞克當場編出來試圖不著痕跡掩蓋這起事件本身之尷尬的笑話。

巴瑞克記得的細節很驚人；他幾乎全都記得，除了摔落之前最後幾秒鐘的事，也當然除了摔落的當下。他記得消防車的黯淡燈光、他右腿的劇痛，甚至是問他問題、之後給他服鎮定劑的醫師。你生日是哪一天，醫師問，然後巴瑞克給了他希伯來曆的生日，以珥月十四日，此事屢屢讓眾人捧腹，大家也一再提起，同個笑話版本略異：唔，我想，當你直視死亡時，你決定要皈依宗教。

然後他記得伊法，即使事實上他並不記得她的名字，他記得在拉瑪街六號的門廊與她交談，說，妳得允許我離開一會兒，我有點頭暈，我得出去透透氣。但他只記得這些，伊法出現在醫院時說，我希望我沒讓自己出醜，但是我想確定你知道我沒有推你。過了很久之後，她才告訴他這個句子她想了很久，也想過其他說法，然後他們一致認為這不是個好句子，但那只讓她更惹人喜愛。

咖啡館還在，雖然內部裝潢稍有不同，但巴瑞克在那張最能讓他回想起他曾經如此鍾愛此地的椅子上坐下。他很高興有帶筆電，下定決心不要在整起醜聞案逐漸明朗之時繼續旁觀。不要再逃避。

他連上一個大型新聞網站，驚恐地見到母親眼神放空。她大概是在沉思，但現在可能會被詮釋為絕望。這張照片並未捕捉到她的神韻，也沒有美化她。或許他一點都不懶，或許他只是不讓自己深陷於這樣的照片裡，他只想找出最根本的事實：他母親被指控某某罪，但她並無犯案，他們可以指控他母親各種罪名，但那些都不是真的。也許她的行為情有可原。

不過，他埋首於文章裡，一字一句地讀，只要有另一篇文章被引用，他就會點連結，這一次他強迫自己讀遍所有關於阿米坎．史登的內容。他清楚記得史登的違法情事——至少是他剛讀過的那些：日期、飯店……——但在一個又一個的網站裡，這些過失都被埃莉榭瓦．佛格爾遭逮捕的聳動報導給掩蓋了，而且當然在那些報導裡，完全沒有讓人遲鈍麻木難以捉摸的金融細節可供慰藉，反而是直截了當的簡化內容：涉嫌偷竊三百四十萬。

這則新聞實在太駭人，完全不需潤飾加工，文章就只有幾個耐人尋味的段落，好像添加任何細節就會減弱效果似的。巴瑞克毫無由來地一直盯著一篇文章，來來回回讀了好多次，幾乎都會背了，文章說：「主要的嫌疑」針對位於耶路撒冷德國僑居地的赫希機構會議中心，該中心前一年才由承包公司A.R.E.A.營繕完工。據說，佛格爾給了A.R.E.A.與其他旅遊企業的執行長艾福瑞姆．提爾曼投標的內幕消息——確保他公司成功得標的消息。據說，在幾乎兩年半的工程期間，提爾曼和佛格爾想了好幾種方法來抬高預算：其中，他們宣稱有需要特殊處理的廢棄物，還加了樹木夾道的入口以及露臺。在這兩起案例中，資金都以迅速執行的方式取得。警方懷疑任何剩下的資金都由提爾曼轉移到一家叫做「戴爾以色列」的行銷與會議規劃公司，也就是行銷公關公司戴爾國際的地方分公司，戴爾國際登記在根西島，和A.R.E.A.簽了很多合約。據說，在戴爾國際背後——透過兩家空頭公司——就是提爾曼和佛格爾，兩人各持百分之五十的公司股份。

「調查顯示過去六年來，戴爾會議——戴爾國際的另一家子公司——為赫希中心規劃競賽活動等項目，索費總計五十萬謝克爾。這是赫希中心和歐盟合作的一部分，歐盟是以促進和平為目的之各種專案的幕後金主。根據懷疑，在某些案件中戴爾向歐盟收取的價格非常誇張。

「警方正在調查這筆錢可能的流向，其中之一就是購買北倫敦一間三房公寓，由佛格爾透過ADR所購買，ADR據說是戴爾國際背後的兩家空頭公司之一；除此之外，據說，公寓的用途之一，就是作為佛格爾與史登屢次赴歐洲時的下榻之處。

「警方同時也懷疑佛格爾濫用職權，她身為機構募款的監督者，卻中飽私囊，透過未指名的海外捐款人現金捐獻，侵占額外資金。針對此問題的懷疑主要落在『主廚晚宴』，也就是二〇〇七年五月在耶路撒冷皇冠廣場飯店舉行的募款餐會，六位知名主廚——包括德國總理與美國總統的私人主廚——為一百五十位來自商界和外交場域的高級官員準備晚餐，席間每人付款五百至兩千美元不等。據說，有部分金錢最終沒有流向赫希中心。」

那些文章報導完必要的訊息之後，立刻開開心心集中火力在埃莉榭瓦．佛格爾這位饒富興味的人物上。她會那麼有看頭，最大原因是，以女性來說，她算相當高大，而且還有點分量，更重要的是因為她不但是女的，還是個賊。巴瑞克讀到，她母親被認為是來自和平陣營、有主見且有爭議的發言人，巴瑞克發現，他們其實對她一無所知，而這只不過是記者填版面的方法。

還有，怎麼會沒有人問原因？只有如何犯案、多少金額，以及此事是否可能發生。突然之間，巴瑞克開始懷疑也許他被搞糊塗了，也許這是需要動機的謀殺案審判，而不是盜用公款的審判，被偷的物件就是動機，就那麼簡單。但他母親不缺錢，至少就他所知是如此，反正，他母親有錢，她能有那樣的地位亦不脫此點。他們都是。霎時間，巴瑞克渾身充滿新的恐懼，這恐懼太嚇人，他彷佛黏在自己的橙色柳條編織椅上：要是他母親得了成癮症呢？玩股票，或許購物，還有什麼？藥物成癮？一種高檔的癮頭，適合六十多歲的女子，這種成癮可能會粉碎人生、拆散家庭，而現在他甚至不知道什麼比較可怕：成癮的可能，還是過著雙重──或其實是三重──人格的生活，抑或是曝光的那一刻，難堪的那一刻，另一個很糟的日子，另一則報紙頭條。

他閉上雙眼，想著母親的形象，像一片冰涼的濕敷片緊壓在他的想像中。這是他母親，這是母親的樣子，這是她的行為舉止。她沒有對什麼上癮。這些胡說八道真是夠了。

他走向掛在牆上的木頭置物架，把所有的報紙拿下來，當作他自制的獎勵，今天都這麼晚了，報紙還完整無缺，包括體育版。在報紙的第二頁，他發現在「資金如何轉移」標題底下有個大大的圖表。但圖表除了在一側的一張圖片之外沒有別的，圖片裡是各國國旗──代表捐款人，以及所有在倫敦發生的事──在另一側是埃莉榭瓦的剪影，在這中間，則是寫了「赫希和平中心」的灰色正方形。

巴瑞克無暇管這個。母親任職的中心——隸屬翰楠・朗道永續和平機構之西爾多赫希中心——是個有錢、大型、豪華且高知名度的機構，打從創建起就引發無止境的事件；最終，這是媽的中心、媽的工作，不管你現在幾歲，是四十歲還是十五歲，都有權覺得無聊，多虧了同一套不成文的規定。

他們母親的工作也不是他可以完全無感的東西。太眾所周知了，總是躍上報紙版面，出現在電視新聞中。和大家一樣，巴瑞克這些年來，也一直關心一連串和母親工作有關聯的事件，有過之而無不及。

第一起醜聞在中心成立後不久就爆發了。世界各地的八家建築事務所，包括一家大阪的事務所，角逐設計中心的資格。最後，礙於公眾壓力，一家來自海法的事務所勝出；他們想把中心蓋成白鴿翅膀的造型，但最後的成果看起來卻更像一隻大腳丫，幾乎有三個月的時間成了各家談話與娛樂節目的素材。從那時候起，那就成了所有發言人、媒體顧問或品牌設計公司無法抵擋的笑話，一再回鍋。

接著又發生爆竹事件，由赫希中心策畫、在薩赫寧舉辦的多重信仰中學足球比賽期間，一名右翼激進分子丟了爆竹鬧事；控告右翼「阿爾薩」運動誹謗的官司，右翼阿爾薩運動領袖自作主張調查中心的金錢來源，得到祕密消息說其金主包括沙烏地阿拉伯穆斯林兄弟協會的成員；中心隨後在法庭上獲得勝利，阿爾薩宣布破產，然後數年後，運動的前執行長推出專輯；警方調查輕微挪用資金案情事，後來不了了之。

但最終這些醜聞只鞏固了隸屬翰楠・朗道永續和平機構之西爾多赫希中心的地位，中心享有絕佳的公共關係、豐厚的捐款，以及整體來說正面的公眾形象，即使稍微好出鋒頭了點。

報紙下一頁，在邊欄部分，他讀到乍看有趣的內容，內容較易掌握，到目前為止他也還沒在別處讀到：一份預算清單，上面寫著「給歐盟的假買賣摘要」，從中可見金錢的流向，顯然不是別人而正是他母親，也就是說，是由他母親轉給她自己的：

巴西「和平之芽」大會之培訓工作坊，41,000謝克爾；巴勒斯坦醫藥線上專案，建議與實踐，原價100,000美元，加上增值稅；泰貝青年領袖研討會，104,000謝克爾（每年）；兒童畫白鴿，19,000謝克爾；赫希中心社區服務，288,000謝克爾；發展青年願景，66,000謝克爾；安息日平安，36,000謝克爾；「救援女人」，84,000謝克爾；臉書曝光，110,000謝克爾；和平計量儀，120,000謝克爾；橄欖枝論壇，95,000謝克爾。*

*部分清單

第二章

1

他們釋放他母親之後，伊法終於打電話給他。看到她的照片在手機螢幕上跳出來，他突然覺得不那麼孤單了，即使艾隆娜為媽媽選的照片實在很難看；也許是就因為她看起來那麼糟，所以才真實像個人。他試著比對照片之外伊法本來的樣子，真實的模樣，但驚覺竟這麼難：她在他心裡變得越來越模糊，即使他們定期在艾隆娜日見面。就他記憶所及，她非常高，非常豐腴，和佛格爾家其他的女性一樣；在家族合照中，她絲毫不突兀。當她裸體時，看起來就像個精神稍微失常的雕刻家，也或許像雕刻家的模特兒，他對藝術一竅不通，但那個形象多年前就已刻在腦海中；無論如何都是美好。但當她著裝上班時，看起來完全符合她法律顧問的身分，電信公司的法律顧問，而她的服裝防止他胡思亂想。

整起事件發生後整整四天，伊法都不見蹤影。一開始他以為她不想讓他再承受另一次令人火大又下流的偵訊，另一次言不由衷的對談，畢竟巴瑞克整個星期都在忍受這些；然後他想，也許伊法想給他驚喜，刻意不聯絡他，等到掌握律師才有辦法知道的新訊息，才要把這振奮人心的消息送給他。他知道這麼想很白癡，但他忍不住，而且一反他的判斷，隨著日子一天天過去，他變得越來越樂觀：也許是因為發生的壞事實在是太糟了，已經變得不可思議了，所以現在反正木已成舟，另一個極端也可以想見這樣才合邏輯。

但在打電話來的前一天，她先寄了一封很務實的電子郵件，內容是誰要接誰，艾隆娜怎麼樣之類的。因為內容太實際了，不禁讓巴瑞克揣想，或許她在生他的氣，或生他母親的氣。在巴瑞克的心裡，母親的清白是已知的事實，根本無法想像有人會有這樣的反應。事實上，他也思考過各種其他的可能性：因為他母親並沒有和伊法商量，所以她很受傷；或甚至是她希望母親能雇用自己為辯護律師，給她一輩子絕無僅有的機會。最後他才恍然大悟，也許她只是純粹生氣，因為她婆婆，她漸行漸遠的婆婆，或許啦，雖然依舊是她女兒的奶奶，可能竊取了三百四十萬謝克爾。

巴瑞克和伊法還在一起時，儘管母親和伊法的年紀有差距，她們倆倒是時常一起出去，只要能在各自忙亂的行程騰出時間。她們會去畫廊的開幕會、去看舞蹈表演，有時候甚至一起去買衣服；埃莉榭瓦不是個容易討好的人，卻允許伊法——而且只有伊法——來制止她，牽制她宛如脫韁野馬的品味，她也只對伊法承認自己並不完美。

巴瑞克把自己的家人分成兩類：時尚派和幽默派。這樣一分，就出現了兩個壁壘分明的群體，毋庸置疑；不過，他也只跟母親分享他的理論，多半是因為那些不屬於幽默派的人，自然是欠缺幽默感，一定會大聲抗議。

時尚派的有他父親，高大魁梧，頭髮濃密但已花白，他的身高足以平衡他的大肚腩，而且以那樣年歲的男子來說，他足具魅力；艾騰，沾沾自喜於他可以根據一個人的服裝來理解其人的奇異能力，甚至還能把這樣的技能應用在自己身上，儘管程度小一點；然後是黛芙娜，她幸運地擁有超凡品味，能鑑賞眼前時髦但不刺眼的物件，她可以把抹布變成一件精緻的襯衫，童年大半時間都在海爾瑟街上買衣服，巴瑞克每次都覺得那些衣服很糟糕，但事實證明並不會，而黛芙娜從來沒放棄要幫巴瑞克打扮——「一次就好，巴瑞克，一次就好。」

屬於幽默派的有他母親，她的穿衣風格總是有點過頭，她碩大的體型總散發出一點誇張的元素，但整體來說她的衣著算得體，主要是因為她別無選擇，好像她的環境，以及那些政府部會首長、捐款人與她惱人的平和，迫使她要壓抑她對奔放的色彩與織品素材原本的愛好；但她確實有一種幽默感，其實是兩種：一種是對社會大眾的，溫和、不令人生畏、聰明但有教養，有點像她致力的和平；另一種是比較古怪的幽默感，比較極端，只有私下才會顯露出來。巴瑞克對她能夠隨著情況而調節幽默感總是驚嘆不已。

巴瑞克也把自己歸在幽默派；這不是吹噓，而是事實，從他對時尚一竅不通可資證明，從他願意自我解嘲到揶揄的程度可見一斑：他不在乎穿什麼，他其實穿衣品味很糟，以及其他類似的譏諷言語。他也把弟弟歸為幽默派，儘管老大不願意；艾騰是他們家唯一有理由可以在兩派都占有一席之地的人。如果還有第三個，阿諛奉承派，那艾騰絕對也名正言順隸屬那個派別。

另一方面，黛芙娜完全沒有幽默感，而這一點，還有其他很多方面，她都像爸爸。班—亞米一直都把全家凝聚在一起，具體來說，就是把全家融合成一個實體，即使需要刻意的人情味，而他認為幽默會引起分歧。但那純粹是因為他們家人展現的幽默經常是缺乏寬容的；有一次，巴瑞克想跟他父親解釋這點，試圖減輕他對任何好笑事情的憤恨，但是班—亞米帶著微笑，馬上中止討論，顯然是因為如此就意味著他們家的成員彼此都有看不順眼的地方。

這一點，黛芙娜就絲毫不像班—亞米了；她總是準備好要做心理推敲，或是單純聊八卦，而她對幽默感唯一的立場就是她當然有幽默感。儘管如此——或許正因如此——巴瑞克覺得他跟黛芙娜比較親，比跟艾騰親，因為和她相處不會筋疲力盡，感覺比較自然，比較正常，不會被冠上光環，也不用步步為營。

他女兒艾隆娜也有自己獨特的幽默感。一開始，巴瑞克還頗困惑，畢竟他也沒認識多少九歲兒童，但他懂了之後，還滿喜歡的：這當中有點古怪，近乎奇異，就是她說好笑事情的時候從來不會笑，典型的聰明跡象。她會發表意見，有時候很難懂，但是等你終於明白她的意思時，你會發現她通常是對的。但她的觀察通常局限於他不太涉獵的事，那事情確實存在，但不存在於他的世界中，所以他的佩服總有幾分空虛。

她還小時，他會盯著她看，然後看到自己，而且是完美無瑕的，少了這一路扭曲變形的東西，少了痛苦。他告訴伊法，他也在小嬰兒身上看到她，但其實不然；他一點都沒看出伊法的影子，即使在過去愛意較濃的時光；他知道這樣不對，但他忍不住把艾隆娜視為自己的完美版本，也就是瑕疵都修復過了的版本，這樣她才不會像他一樣搞砸。

但隨著這個軟綿綿、橢圓形的嬰兒長大、伸展、坐起來、開口說話，他被迫認清她和他不同的事實；事實上，如果她是他的迷你版，她早已經開始叛逆。

更有甚者，他很驚恐地發現，在他們家的二分法中，他女兒落在有美感的那一邊。過去六個月以來，從她八歲半開始，艾隆娜就以驚人的規律在寫部落格，她會貼出班上女同學身穿她所做的衣服的照片，或是那些穿著她很欣賞的女孩照片。到了後來，部落格也開始特別連載她認為穿衣品味很差的女生照片，還附帶評語。巴瑞克和伊法有天早上被叫進校長辦公室才知道此事，校方告知情況已經開始失控，尤其因為多數女孩還是媽媽幫她們穿衣打扮的，而那些媽媽一點也不認為她們的品味很糟糕。

現在，一如過去幾個月以來的每週日與週三，巴瑞克被要求要帶艾隆娜去散步拍照。艾隆娜最近發現兒童不是世界上唯一的人類，她開始尋覓衣著講究的女性來為她的部落格拍照。艾隆娜會先徵求她們的同意才拍照，而巴瑞克的任務就是散發出一種父親支持的氛圍，其實支持不是給艾隆娜的（她並不需要任何支持），而是給被拍照的女性的。艾隆娜沒有找男性；所有的男性，不管有沒有穿衣服，對她來說都還很陌生。巴瑞克大可利用和這麼多女性接觸的機會來造福自己，大可和其中一些可能的對象調情——經過艾隆娜的過濾，大部分都是可能的對象，但他很快就發現，這些衣著體面、普遍瘦削的女性和艾隆娜一樣，對他來說都有點不適合；他覺得她們高不可攀，有著對什麼是適合自己的絕對主觀，而他自己也絕對沒有機會當上適合的那個人。

即使在他母親的眼中，他也只有部分適合，也許只有一半適合，尤其和他的前妻相較之下。偶爾，當機會出現時，埃莉榭瓦甚至會嘗試說服伊法背叛電信公司，轉而投向赫希中心，但伊法總是拒絕，優雅有禮，而且雖然不容易，她也都能讓埃莉榭瓦開心滿意。現在巴瑞克認為，這點更加證明他母親是清白的：要是她真的在裡頭做些見不得人的勾當，她必定不會希望聘用這麼知名，會仔細監督她的律師，來當中心的法律顧問。

他們分居時，埃莉榭瓦不明白他到底是中了什麼邪，而且她為伊法傷心更甚於她那甫成孤家寡人的兒子。有一次他跟她提到此事，埃莉榭瓦只說，你又不需要。巴瑞克反射性地抗議，說，才不是這樣。然後他說，為什麼？伊法就需要嗎？埃莉榭瓦說，是我需要，我喜歡她，我能怎麼辦？如果我沒誤會的話，你也喜歡她。然後巴瑞克說，我仍然喜歡她。埃莉榭瓦說，好吧，所以過去你喜歡她，但那樣還不夠，不是嗎？巴瑞克忍住不說，事情比那更複雜，他反倒說，算了吧，媽，我不想跟妳吵這個。埃莉榭瓦說，我這樣說你可能很驚訝，但有些事情我寧可不知道。

但事態很快就清楚了，分居並不代表分開，在他的家庭裡絕對不是，他家實在太特別了，不適用其他幾世代流傳的忠告：有人想離開時，最好就讓他走。而且巴瑞克和伊法的做法也完全沒幫助，他們奮力一搏拖延不可避免的結果，不時有性生活持續破壞分居的事實，而且這實在太不正當、太幼稚，隱瞞不了，因此大家都看在眼裡。

所以，那一天，這個問題就拋出來了：為什麼伊法不來一起吃安息日晚餐？到了最後，當他們問完那些少不了的「要是」問題之後，她真的來了。他們全都同意這完全沒問題，沒什麼大不了的，不過這個實驗倒是成為絕響，因為坦白說，真的不太尋常，總覺得哪裡怪怪的。巴瑞克著手這個實驗時，覺得再自然不過了，但是當他看到分居的妻子和他女兒坐在一起時，當想到妻子不會和他回家時——她一路上都這樣跟他說，雖然沒給理由，因為她沒義務要給——他馬上明白一切都不同了，不可能一樣了，突然他覺得融入了俗話所說的大家庭，艾隆娜出生時，他就預期會得到這樣的融合，你有小孩了，現在是大家庭的一份子了；當然，只有巴瑞克必須等到他孩子的母親離開他，才能了解箇中含意。

但從那次晚餐開始，他母親和伊法繼續不時見面，好像整齣詭異的演出純粹是要重新點燃她們的聯繫，把她倆湊合在一起，讓眾人看見。巴瑞克問伊法，帶著一層薄薄的怒氣，妳這麼做能得到什麼，說真的，她已經不是妳婆婆了。伊法說，想必你沒有問她，她這麼做能得到什麼吧。巴瑞克說，得了吧，別想拐彎抹角跟我討讚美，因為我沒那個興致恭維妳。伊法說，我想你誤會大了，你媽媽是我見過最聰明的女人，她很風趣幽默，和她相處非常歡樂，你不能理解的原因就是你總是覺得我們別有用心，反正，要是這樣還不夠的話，她是我女兒的奶奶總可以了吧。巴瑞克說好吧，沒有追問她們有沒有談論到他，因為他怕一旦他開口，她們就真的會聊到他。

2

在他們分居後不久，某個下午不經意閒聊，伊法突然說，你絕對不會相信前天我做了什麼。巴瑞克心想，別擔心，我會相信的，而且他並不難過，相反地，他需要她做點難以置信的事情來合理化他們的分居。伊法說，我去上奇蹟課程了！巴瑞克說，去上什麼？伊法說，奇蹟課程，瑪雅把我拖去的，有些部分真的很了不起。

巴瑞克覺得臉龐溫熱，好奇心油然而生，過去遇到類似的情況時他都會這樣，但從來都不是跟他太太，不是跟伊法。這個侮辱殺得他措手不及；他覺得受到背叛。這不是嬰兒指壓按摩；這是宣戰。

他交出博士論文〈新時代文化中的反理性主義與反智主義〉，已是三年前的事，雖然他一直沒在學術界找到自己的位置，他對研究主題的熱情從未冷卻。巴瑞克看了許多針對新時代運動的重大研究，訪談了數百位呼吸氣息講座與週末沙漠體驗課程的教練，以及數千名參與各種療程與工作坊的學員；他處理了那些數字，得到最終的量化研究，證實他已經知道的事實：那全都是一派胡言。

他博士論文寫作期間，伊法一路相隨，她陪伴著他寫每一行字、每一個註腳、每一封和指導教授馬克令人心煩的電子郵件，每一次必定轉為激烈爭論的「你的博士論文到底在寫什麼」的質疑，那些爭論最後都以有人大為光火收場（絕對不是巴瑞克）；還有收到每一封各大學和研究機構寄來的拒絕信。她曾經覺得那是有史以來他媽的最棒的博士論文；她也曾經覺得那是神聖之作，在愚癡汪洋中找尋理性主義的最後機會。而現在她要去上奇蹟課程？

他說，妳要參加奇蹟課程？伊法說，別急，我知道你在想什麼，放輕鬆，我沒有要跟你推銷新時代的那一套，但是瑪雅一直不停談這個主題，瑪雅耶，你得承認她是我們朋友中最理性的。

巴瑞克說，這個嘛，顯然不是。伊法說，你到底知不知道什麼是奇蹟課程？巴瑞克說，猜也猜得出來。伊法說，我打賭你不知道，但不管怎樣，說來聽聽啊。巴瑞克說，我們運用思想之力創造出實相，一切不脫看法觀點，真相就是人生可以美好，如果我們對人生有信念，抱歉，是如果我們能創造人生。伊法說，你真是錯到家，倒不是說我是專家，聽起來像是我是這個奇蹟課程的擁護者，但其實我只去過一次，因為好奇，我可能不會再去。巴瑞克說，可能？伊法說，你為什麼非得把這個看成毒蛇猛獸不可，你在歇斯底里之前，難道不想先聽聽看嗎？這又不像沙漠裡你那些靜修所裡的低能兒。巴瑞克說，是誰在歇斯底里。伊法說，就是你。巴瑞克說，好吧。伊法說，好吧怎樣。然後巴瑞克說，好吧，就讓我們聽聽看奇蹟課程吧。伊法說，基本上，出發點就是我們必須更尊重那些困擾我們的事，克服我們拒那些事情於千里之外的本能，用更寬廣的角度看待人生裡的事物，你得承認，這不無道理。巴瑞克說，妳在開玩笑吧，跟我說的一模一樣啊。伊法說，巴瑞克，花一分鐘聽我說，我沒有冒犯之意，說真的，每次講到像這樣的事，你是我見過最反對、最有成見的人，我發誓任何聽我們對話的正常人都會知道這完全和你講的不一樣。無論如何，我不敢相信你竟然這麼咄咄逼人，逼得我又惱又怒，真不敢相信我們的對話內容變成這樣，我從頭到尾只有一個重點，就是希望當時你跟我一起在場，那我們就可以一起取笑那個課程，你真該看看我坐在地板上的樣子，你一定會崩潰的。巴瑞克說，坐在地上？伊法說，因為整場爆滿，沒有位子了！他們跟文明人一樣坐在椅子上，冷靜，老天，我都忘了我在跟誰說話了。

好吧，巴瑞克說，非常洩氣，不只是因為這番對話，還有整個生活。他想相信她這麼做是故意要傷害他的，她現在激烈地反對他，庸俗不堪，把一塊燒到發白的煤炭朝他最敏感的部位壓下去，但這事他太有經驗了，那些徵兆再清楚不過，什麼「你得承認，這不無道理」，還有「你根本不了解，怎麼能斥之為無稽」，還有他最喜歡的一句，「她其實是非常理性的人」，那是所有笨蛋的口號。而最重要的，他知道這個新的伊法，縱容自己、嘲弄自己的伊法，再也不能指望她可以透過自我反對來為自己辯護。巴瑞克知道他真的孤單一人了，不只是因為分居，而是因為更糟的情況：除了自己之外，沒有人是可靠的：沒有人有幽默感，沒有人是真正理性的，沒有人能懂。因為如果伊法都墮落了——伊法，伊法，一直都站在他這邊的伊法，過去一直都扮演那道牢不可破的大門的伊法——那真的就全面失守了。

3

他活該。這是個小小的代價，也許太小了，對無緣無故和妻子分居的人來說。但巴瑞克最近才逐漸意識到此事，即使到現在他還是能熟練地想出藉口，而且是完美的藉口，這個經過雕琢的藉口實在是太有說服力了，以至於巴瑞克自己都沒辦法從中學到教訓，進而改正。

艾隆娜五歲時——不知怎地，巴瑞克記這件事是用艾隆娜的年紀當時間基準，而不是他和伊法的，可能他怕這麼做就會暴露這起惡行的真正對象吧——巴瑞克開始批改十一和十二年級生的社會學期末小論文。總計要一小時或一小時半的工作，外加跟每名學生簡短會談——依規定，這些學生，帶著滿腹牢騷，要前往特拉維夫，即使他們住在南部的某個地洞裡——以換取不合理的金錢報酬。伊法喜歡對他說，半開玩笑地，小心那些寫期末論文的十七歲學生，他們不只漂亮，還很聰明，他不知道她幹麼警告他，或她真正的用意是什麼，因為最後巴瑞克愛上的不是十七歲少女，而是快四十歲的女子，任職教育部，是社會學督學長，負責分配論文計畫的，即使——或許正因如此——這個局面和性感迷人一點都搭不上邊。也許就是因為這樣才好啊。艾騰一定會說：你不知道嗎？妙就妙在這裡啊。

和伊法在一起後，他從來沒有愛過其他人，雖然他聽說婚姻也會有這種情形，偶爾已婚者也會動心，甚至和第三者墜入情網，這不必然是災難，或許甚至還很健康，端看你怎麼做，怎麼解釋，怎麼談論，或者就像那些巴瑞克鄙視的新時代用語「如何處理」。即使是伊法有時候也會問，你對她有好感嗎？她是你喜歡的類型嗎？你會愛上她嗎？無話不談的夫妻常見的行為。巴瑞克也會老實回答，伊法每次都很滿意，答案本身並不重要，因為這其實是兩人關係強韌的證據，而不是證明別的女人有性吸引力。因為如此，巴瑞克覺得自己對此免疫，身為幸福的人，至少暫時是，他很滿足，他這種人認為，因為明白這世界的複雜，所以就能百毒不侵。

所以他很驚訝他第一次和譚咪講電話時，很務實、近乎認真的對話，只有一點點蛛絲馬跡，一兩分鐘的相互了解，暫時，還在文字的範圍之內。他說，多虧有馬丁·路德·金恩，我的一個學生這樣寫。然後譚咪說，我有學生寫說他想要研究公共事務。巴瑞克說，坦白講，不知道哪個比較滑稽。然後譚咪說，「公共事務，公共事務！」我贏了，現在你欠我了。巴瑞克說，你想要什麼？譚咪說，我想想看。很蠢很無聊的對話，但是突然之間，他們之間的小小隔閡瓦解了，理智、經驗，甚至是情緒的這道隔閡，原本應該保護他們抵擋這種情況的，而一分鐘之後，他什麼都敢嘗試了，即使他從沒見過譚咪，對她一無所知。

從那一刻起，事情就簡單多了，因為譚咪要求用電子郵件溝通，電子郵件是他的擅場，文字的王國，隱藏在方框裡的祕密文字，你可以修改錘鍊的文字，可以操弄運用直至精準和達意的文字。不過才幾星期，他已經把她拉進一來一往的電郵通信中，再世不能回頭，也沒有出口，但同時一點也不覺得粗俗或不快，也許正因為如此，他們的信談的大半是私事，只關於他或她，或關於他們倆關於他的定位，他們截然不同，也因此，無法令人心安。

譚咪目前分居——即使在這場半羅曼史打得火熱的時候，當他再三想像和伊法分居時，這個詞仍然讓他苦惱，因為那表示他已經年華老去——不久，巴瑞克開始覺得有罪惡感，因為就是他複雜的人生讓他受到阻礙，無法更進一步，即使譚咪沒有期待或要求什麼，而且真的，在那個時間點和樂融融，氣氛也好，頻頻調情，幾乎到了噁心的地步。雖然他們早就跨越原本社會學督學長和十一、十二年級論文審查員該有的分際，一切卻都盡在不言中。

4

和譚咪見面之前，他就跟伊法提起她了；他告訴伊法，譚咪是多棒的社會學督學長，他們倆如何信件往返討論論文，還有也許他會找個晚上請譚咪來家裡，再討論看看她有沒有認識哪個人可以介紹給譚咪？

他以孤注一擲的預防心理告訴她此事，就像打電話告訴警方自己剛才引爆了炸彈的恐怖分子一樣；更重要的，他想降低自己的熱情，彷彿不經意談論此事就能讓事情變得不那麼神聖，不那麼有把握。在他的想像裡，伊法會說，可以啊，就邀她來，她長什麼樣子，你喜歡她嗎，她平常都會這麼說，完全沒有戒心，這樣會讓他更受到良心的苛責。但她沒這樣回答，反而說，什麼意思，你們倆通信，你寫信對她講什麼？而他馬上發現他提到了文字，這是個錯誤，伊法了解他，她不怕漂亮女性，她怕的是文字，她怕帶著滿腹詩文接近他的女子。而他已經考慮要全盤托出——她的問題擊潰了他的謊言高牆，一來他也覺得這個謊不合常理，畢竟是硬扯出來的，而且反正他也無力辯解，但是，不一會兒，他驚訝地發現自己的狡猾，無所顧忌，基本上不費吹灰之力就出現了；顯然他對這個新世界的掌握操弄，不像他以為的那麼笨拙。他說，不要問，很激烈，我們有截然不同的做法。伊法笑答，她最好給我小心點。巴瑞克說，我會讓她知道。

他們在下午見面——這是他的主意，他想給這整件事更多機會變得稀鬆平常，甚至還帶上一些學生的報告，地點選在她建議的吉夫阿塔依姆。她與他寫信時想像中的樣子截然不同：她個子嬌小，不知不覺間她讓巴瑞克發現，一直到現在，他整個人生都活在某種平行宇宙中，高大的人的反常宇宙，尤其是高大的女性；她身形窈窕，這點他喜歡，但矮小的身材看在巴瑞克的眼中，似乎像個小包裹；她短髮，髮色棕褐，盯著她的臉看一、兩分鐘，就會覺得這張臉姣好可愛，她和他所熟知的一切那麼不同，有別於他所追求的一切，然而一旦他走出這層迷惘，他幾乎立刻就喜歡上她了，她那麼完美，而且，真的，教人怎能不喜歡她。

他們一點也不覺得尷尬，在禮節規範之外，就這樣，所有的文字都還是任憑他們差遣，不出幾秒他們就在拌嘴了，婉轉迂迴，就像信中那樣，繞著話題轉，瞄準次要目標，言語交鋒，想漂亮一擊，展現自己的力道。但是慢慢地，慢慢地，也許是很快地，他們發現自己談論著愛和真理和永恆，除了自己之外什麼都談，巴瑞克覺得自己找到他遺忘已久的精力，二十來歲小夥子的精力，除了慾望什麼都聊，思考著私生活，真實人生，你唯一擁有的人生，思考亙古不變的真理、原則及底線，我們是唯一理解這世界的人，全能的感覺油然而生，源於彼此惺惺相惜的那一刻，但那多半不過是幻象。

最後，他們道別，那些話還是沒說出口。接下來的幾個星期，他們在一連串的電郵中互相攻擊，頻繁緊湊，內容謹慎，但即使用詞遣字精挑細選，也無法冷卻兩人洋溢出來的不道德熱情，讓巴瑞克的信件匣充滿罪惡感。假如、原本會發生的事、是不是確實有真愛這回事……每天晚上孩子氣地分析著，因為愛和癡迷而化成截然不同的、更成熟的模樣。

就這樣持續了四個月，他們沒有再見面，也沒有傷害過彼此，但到了第二個月，他們已經正式墜入情網，他們公然認愛，他們也談論愛，而加深愛意的詞藻與缺乏接觸只讓他們備受煎熬，兩個人的命運在時空殘酷的錯置下已經註定。

他沒跟伊法吐露半個字。巴瑞克既驚駭又落寞，他的抑鬱和殘缺心靈已成為人生的另一部分，你所過的人生，有高低起伏的人生，就如同他們所言，平凡無奇的人生。而對於這點，巴瑞克永遠無法原諒伊法，即使事件落幕之後也不行。

5

在第五個月當中，出現糟透了的一週。即使在兩年後的今天，他還記得那週發生的每個細節，當時譚咪一下失聯、一下出現，間隔不定，就像一具底座不穩定的電茶壺，斷斷續續地煮水

——這個他廚房檯面上荒唐的影像如今深陷他的記憶以及他的說詞裡，無法抹滅。巴瑞克可以馬上斷定，此事一直都存在，只需要一次斷線他就能知道，況且譚咪也老實回答：她遇到別人了。

巴瑞克不明白這種事怎麼可能發生。他們是一個鼻孔出氣的，他們水乳交融，兩個人關係密切莫此為甚。這不是背叛或心痛——還沒到那個階段。現在，在最理性的程度上，一切只是極為不可能。

他花了好幾天在腦海裡思來想去，著魔似的，非常固執，想著此事有多不可能，試圖說服譚咪必定是被誤導了：好似在說服自己他原本就知道的事，但還是失敗了。

最後他放棄了。劇烈的痛楚就在此時傳遍全身，就像藥效迅速發作的毒藥，而巴瑞克完全汲取了心碎的悲劇，因為那個有能力安慰你、為這一切賦予意義的人，現在卻刻意和你保持距離，走得遠遠的。

之後，他給自己開了一帖說詞，有關譚咪實際上是怎麼樣的人，非常庸俗（好像他自己不是似的），無法應付這種狀況。她想找個伴，還要這個伴中規中矩。在他的想像中，她遇到的那個男的，那個叫毅泰的，是個平凡的律師，有同情心、牢靠，但也不過如此而已，了無新意的完美律師。而且因為他們繼續通信——反正他們也沒打破什麼規則——他試圖讓譚咪也贊同他的看法，他只想要她承認毅泰確實如此。但她什麼都沒承認，一陣子之後，就沒再寫信了，這個雙方的決定是她發起的，帶著一種開心、和善、討人厭的精神。只有巴瑞克自己覺得毅泰是個討厭鬼，而現在，因為也缺乏反對的聲音，這個想法好像又更有說服力了。

6

大約同一時間，他們索依菲爾街公寓的租約也到期了——房東計畫要翻新後出售——巴瑞克決定搬到鄉下。

他從來沒考慮過要住鄉下，但總得有些改變，巴瑞克也想不到別的辦法。因為他想不出能找到比住了七年的索依菲爾街公寓更好的住所，所以他決定搬到鄉下。其實不是真的鄉下，而是埃文薩皮爾農業合作社，離他姊姊在亞米納達的家很近，也靠近他鍾愛的耶路撒冷，而且同時，離特拉維夫不遠。

伊法馬上就同意了；她沒說「這樣對我們很好」，但很顯然她就是這麼想。回想起來，巴瑞克才明白當時他們的狀況有多糟，如果他們選擇這麼做，只是因為這不合常理，違反直覺，彷彿他們完全失去對自己或對自己直覺的信心。

他們在那裡住了三個月。在那可怕的寧靜中，你會突然聽到那種侷促不安，比如說你們倆都決定關掉電視去做愛時。這個新環境的好處只有一個：讓巴瑞克開始說的新事情沒那麼怪異，還很合情合理。

他是這麼開頭的，我承諾過要給妳的生活比現在妳擁有的生活更有趣，妳對我的期待不只如此。伊法聽不懂，帶著令人揪心的誠實，她試著要理解，要說服他說她愛他，她愛他們過的日子，管他什麼承諾不承諾的，又沒關係，說不定她也承諾過她沒遵守的事啊，事情本來就是這樣的。巴瑞克會說，不對，不是這樣的，但其實這完全沒錯，他正把自己對她的想法投射到自己身上，讓分居一事更容易，因為沒有人會反駁「我讓妳失望了」這樣的辯護說詞。然後有一天他又說，妳能明白每一次我看著妳，想著我讓妳失望了，其實我心底真正的想法是我讓自己失望了嗎？而妳絕對沒辦法辯駁這一點。

伊法買下了索依菲爾街公寓，公寓最後也沒有翻修，好像整起事件的唯一重點就是把他們分開，就像某齣希臘悲劇，沒有什麼事情是偶然發生的；巴瑞克搬去住在相鄰的雪維爾哈那哈許街上的公寓，是他爸媽的房子，他們把原本的房客趕走，巴瑞克才能搬進去，然後房租給他打八五折，這點違反他們的原則，但每個月還是讓他火冒三丈。

7

譚咪再一次出現在他的收件匣裡。她想念他，只因為她和新認識的人在一起，他們就不再連絡，這點很困擾她。那個帶著淡而無味含意的可憎詞彙「聯絡」，讓他不爽的程度顯然比他以為的輕了點。他告訴她，他很樂意之後回信，但他從沒做到，她好幾次建議出來喝咖啡，他都說此時不行，下個星期怎麼樣？好，太棒了，下個星期，我請客，他會這麼說。然後他會以幾近自然的強顏歡笑，跳起這一來一往，矯揉造作的舞步。

8

但是當伊法打電話來說，嘿，最近好嗎，像什麼都沒發生過一樣，只是閒來無事的親切問候與關懷之時，過去幾天以來累積的所有羞愧與恐懼與憤怒，突然之間煙消雲散，巴瑞克就像個小角色終於得到關注，感到寬慰，於是開朗地回應，他們有條件釋放她回家。伊法說，不會吧，你知道條件是什麼嗎？巴瑞克說，她不能與和平中心的任何人談話，我想她也不能離境。伊法問，她被軟禁？巴瑞克說，對，目前是這樣，但崔柏正努力要把此令撤銷。她說，超可惡，那她呢？她還好嗎？巴瑞克不知道該怎麼說。

她母親只匆匆和他們說到幾句話；過去幾天以來，她大部分的時間都在和律師開會還有「休息」，他父親是這麼說的，雖然巴瑞克覺得聽起來很可疑。他心想，或許她是躲著不要跟他們說話，不是因為她失去耐心，至少跟他們不會，而是因為她想暫時跟他們保持距離，直到一切平息。巴瑞克覺得有點受騙，好像他母親剝奪了他監看某事的珍貴機會，但同時他也不怪她：他自己先前有注意到，在一次對話中，他表面上扮演著堅強保護家人的兒子角色，但其實是在壓榨她最後一滴的母愛奉獻，強迫她承諾一切都會沒事，就這樣，無條件，那種你會對學步兒做的承諾。而她極力隱藏疲倦，真的依他要求給予承諾之後，他帶著成人的羞愧和孩童的愛慕聆聽著，因為母親們不應該覺得自己的孩子這麼令人厭煩。

他告訴伊法家人和母親令人不甚滿意的簡短對談，還有班—亞米如何試圖彌補母親的簡潔，用冗長詳盡的解釋來告訴他們那些遺漏的細節，好像這是個展現他和埃莉榭瓦是一體的寶貴機會，即使在這些情況下。他還說了他如何對母親有幾分氣惱，因為她沒辦法鼓起勇氣說她該說的話，至少沒對他說；還有她如何看得出他想從她身上得到慰藉，不是要安慰她，而是要安慰他自己；他甚至告訴伊法，他和艾騰及黛芙娜那趟路程有多開心，他是如何努力要在當中找到慰藉，但只覺他們的好心情令人費解，最後他對她說，搞什麼，難道這清楚表示一切都不會有事嗎？

突然他發現自己正把母親的命運擺到伊法手中，他原本是放在他的兄弟姊妹的手中，但他們有點裝腔作勢的歡樂讓他不自在；顯然他信任自己以外的所有人，而伊法說，我不知道全部的細節，但沒錯，我也這麼認為，你母親精明老練，閱歷豐富。

然後她說，你有在聽嗎？巴瑞克像個傻瓜般地說，一直都有，幸好他沒脫口說出從我出生那天就在聽了。伊法說，有件事我想跟你討論，不是在電話上，我得跟你說一件事，不是什麼大不了的事。巴瑞克沒吭聲，只覺得他講了那麼多，結果伊法竟然沒什麼興趣，他實在很丟臉。而現在她想告訴他一件事，八九不離十肯定是那件事。他已經猜疑了好幾個月了：伊法有和別人出去嗎，伊法什麼時候會跟別人交往，把每個無聊的小細節都當作徵兆，而如今他才轉過身去一分鐘，整件事就當著他的面炸開，沒能親眼目睹此事迎面而來，就那樣，出乎意料地，伊法要跟別人在一起這件事已簽好名、封緘、寄出、繫著緞帶、擱在他家的門口。

也許還有其他可能？突然之間，巴瑞克的腦袋開始像連珠炮般拋出問題：「奇蹟課程」，在南部的那個該死活動，零碎的地點，片段的文字……巴瑞克對這個語言感到絕望，跛腳斷手、結結巴巴，他甚至說不出自己的恐懼，但是他們存在，必須存在，可怕之事可能也在這道前線等著他。還有艾隆娜，老天保佑，如果他在攝影棚裡痛批「奇蹟課程」在南部的那個活動，而伊法又帶艾隆娜去參加，那不就是給他這位理性大祭司戴上新時代的綠帽了嗎？他得留意艾隆娜，她還有機會，她有健全的ＤＮＡ，是啦，只有百分之五十，不是他一直以來以為的百分之百。不過，不管他有多努力嘗試，都沒有辦法把自己帶到歇斯底里的地步，艾隆娜淪陷的想法並不可怕，也不會說服他不再自滿，或把他嚇到收斂起自鳴得意的心態，而他知道，如果這意味著伊法不會去和別人在一起，那他絕對會選這個選項，一百萬次也願意。

她說，巴瑞克？巴瑞克說，是，是，我在聽。伊法說，所以我們什麼時候可以見面。巴瑞克說，過幾天再說吧。伊法說，我真的希望不要拖。巴瑞克說，我以為不是什麼大事。伊法說，隨便啦，我們就見個面聊聊，跟平常人一樣，星期五怎麼樣？巴瑞克說，大概可以，看事情怎樣變化，我們現在沒辦法做確切的決定，連明天下午都說不準。伊法說，可以想見。巴瑞克說，對，所以呢，就這樣。伊法說，我們星期四來確定星期五可不可以。巴瑞克說，當然。

他掛掉手機，一次又一次檢查通話真的切斷了。彷彿如果他不小心還在線上，伊法就會聽出他的寂寞，聽出他沒辦法與人交談。

第三章

1

化妝室裡一名嬌小瘦削的女生正坐在黑色靠背椅上，不停地轉圈圈。他正準備要出去，畢竟化妝是很私人的行為，此時她正好轉回來面對著他，說，嘿。巴瑞克說，嘿。女孩說，妮莉隨時都會到，你在等妮莉嗎？巴瑞克說，妮莉是化妝師？女孩說，對，她隨時會到。

他站在門口，揣測著這是對話的開端，還是他應該安靜不講話，但在化妝室外小小的等待區裡，電視開著，螢幕上出現特大號的標誌：百元鈔做成的白鴿，而上方用紅色字母寫著「赫希門案」；巴瑞克擔心如果他不走入化妝室，那女孩就會突然出來。

她說，那，你是來上節目的？巴瑞克才知道她覺得有點無聊，即使化妝台上擱著一本打開的書，上下顛倒，巴瑞克看不出書名是什麼。他說，晨間節目，然後女孩說，好厲害，你叫什麼名字？巴瑞克說，巴瑞克。女孩說，好名字，如果我有兒子，我要給他取名叫薩爾。不是薩哈爾，是薩爾。

她的口氣好像她找到某種共同點似的，好像薩爾和巴瑞克有關連似的。接著她問，你來是要談「擁抱手鐲」——帶著它，任何人都可以擁抱你——的活動嗎？巴瑞克說，不，不是，我是要談在內蓋夫舉行的活動，關於有孩子的家庭也會對這種事捧場嗎？他說「捧場」的時候覺得有點土氣，但女孩說，哇，超酷的，所以你是活動的主辦單位？巴瑞克說，不，基本上我是個博士——好像「基本上」三個字會減緩「博士」給人帶來的反感——社會學的，可以這麼說。而女孩說，哇，酷，我姊快拿到跨學科的組織發展與行為碩士學位。然後巴瑞克說，真的？女孩說，對，超有趣的。

從頭到尾她都沒說她的名字，最後巴瑞克終於問她，不經意地，妳叫什麼名字？好像她之前說過，但他已經忘了。她說，我？我是歐瑪呀？《一分鐘看YouTube》的？語氣好像他有點老人癡呆，但事實上巴瑞克聽都沒聽過。他說，抱歉，我不太看電視的。女孩說，我的節目在晚上？就在新聞之前？巴瑞克說，那實在太棒了，不過這完全是謊言。

他說，那說來聽聽，妳今天要談什麼。歐瑪說，你發誓節目播的時候要笑，好像第一次聽到一樣，我才告訴你。而這也是巴瑞克首次注意到這當中有一絲天真。他說，我發誓，不過前提是要真的好笑。歐瑪被他的回答逗樂了，但在她回應之前，一名年約五十歲的瘦女子走進來。此時巴瑞克已經得心應手了，他問，妮莉？他對自己甚是滿意，但女子說，妮莉生病了。

2

整件事爆發的前一天，他弟弟打電話來。媽說看你能幫什麼忙，他說。

巴瑞克的母親通常獨當一面，不需要幫忙；如果家人要他利用自己在媒體的人脈，通常就只是想打探某些見不得人的瑣事，或是供出被下了禁聲令事件的人名。巴瑞克一再對他們解釋他又不在電視圈工作，只是偶爾受邀上電視，而且是上那些冷門的晨間節目，沒有人會看，除了那些上節目的算命師、預言家的家人；還有到場宣傳自己主張的團體，而那些主張正是他受邀評論的。

但有一次他犯錯了，跟家人分享某個內幕消息：一位年輕新聞播報員和一名年紀年長許多的歌手，兩人都是女性，拋棄原本的家庭而同居。他從朋友那裡知道的，朋友的姊姊跟歌手的製作公司有些淵源，而告訴家人這件事無異是自打嘴巴，家人再次認為他知道很多電視圈的內幕。既然現在艾騰在荷茲利亞攝影棚開發自己的節目，他希望這個角色可以移交給他，但目前此事還沒深植家人心底，再加上艾騰不落俗套地將自己的節目營造出斯文有禮的氛圍，讓家人覺得他們談論的不只是電視節目，大家也不應該以看待電視節目的眼光看待艾騰和他的節目。

巴瑞克相信他，過去幾個小時內，他一定錯過某些有報導價值的東西。然後他問，什麼文章？什麼問題？我一整天都還沒上網。艾騰說，還沒出現在網路上，我不知道是什麼，據老媽的說法是歐佛．烏奇埃利的文章，他們準備要登報的。巴瑞克問，什麼？是調查嗎？但艾騰開始沒耐心了，這是可以預期的。然後他說，我不知道，巴瑞克，真的不知道，事實上我現在正在忙，我根本不確定媽知道，報社列了一張問題清單寄給她，她現在在路上了，但不要找她談，他強調，好像要先聲奪人，免得巴瑞克出現這種討厭的行為，她現在瀕臨爆發邊緣，你看看能找出什麼消息，了解一下這整件事，是會變成明天輕描淡寫的新聞，還是週報版的社論。能找到什麼就盡量找，可以嗎？我要掛了。

在浴室裡，巴瑞克不太認真地思索著那些有可能幫他打探消息的人，但他想得到的幾個人都已經不會出現在他的生活圈裡，會需要初步寒暄暖場一下。那樣不但累人，而且很有可能毫無意義，於是巴瑞克猶豫了。這是保護自己的方法，不會受到過去從未出現過的抨擊。

他心想，對這群成功人士而言（其中一位是報紙的固定專欄作家，另一位是電視圈內人），他的家人就是搞不清關於媒體最基本的概念。即使他在電視圈有人脈——更何況並沒有——電視圈內人又哪裡會知道報紙界「可能」發生什麼事？而且，以為「媒體界」所有的從業人員彼此都認識，這是又哪門子的白癡假設，坦白說，簡直是頭腦簡單。

不過，出於責任感，他還是在心裡列了份清單，搜尋一遍他在電視圈裡認識的所有人。阿德娃或許可以，她是《早安您好》的製作人，他手機裡還存有她的號碼。第一次她邀請他上節目時，他受邀評論友台某個二十四歲小夥子（據說是）念力的行為。她實在是太喜歡他了，之後每次有類似主題都會邀請他回來，或甚至只有沾上一點點邊的主題：新的療法類型、奇特的醫療介入等等。她語帶諂媚地說他「辯才無礙」，好像她發現了什麼了不起的事，好像他簡直就是智商三千一樣。

但阿德娃發現——這麼晚才發現也奇了——治療專家、先知、非先知和媒體都不太喜歡巴瑞克的理智分析，因為他們在這世界——通常還有平行世界——存在的唯一理由，就是推銷他們的診所，這點其他所有的晨間電視節目都能理解，也能接受。阿德娃後來告訴巴瑞克，雖然她自己愛死了他看事情的態度（句子這前半段的部分巴瑞克註定常常會聽到），而巴瑞克糾正她，不是看事情的態度，而是事實。阿德娃說，好，但也許你能花多一點時間解釋其用處，少一點時間抨擊。而巴瑞克說，但那根本沒有用處。然後阿德娃說，拜託，巴瑞克，不要讓我難做人，你知道我的意思。

所以他又上節目一次，誠心地努力不要對來賓發動那麼猛烈的攻勢。當天攝影棚來了個數字占卜學家，專長是結合數字占卜和實體，字幕「數字占卜加上實體」打在她臉部下方的紫色線上，儘管他盡了全力，他卻只是坐在那裡，不發一語。阿德娃再也沒邀請過他。

但即使如此，如果你google友台那個不懂裝懂的騙子姓名，巴瑞克的名字會出現在第二筆檢索結果，如果你鍵入關鍵字「博士」加「新時代」，第五個跳出的名字就是巴瑞克。而在這五人當中，他是第一個不會把你連到一連串怪裡怪氣的機構的，所以不時有一些天真的實習生會冒出來請他「討論」，討論這個、討論那個，他會出席，因為事實上目前在他生活中所有的事情裡，這和他的博士頭銜最相關，而他不想一輩子都在為教育部審查教科書。但是沒有人邀請他上第二次節目，也許是因為他們的題材用光了。

他在電視圈裡沒有認識的人。他倒是認識艾隆娜學校的某個人，某位家長，在歐佛．烏奇埃利報社工作的，雖然他不大確定那人是什麼職位。他想著要是打電話給那位家長，他是否感到自在，還有現在是不是所謂的打電話的合理時間；還想到當你分居之後，當小孩不在身邊，你竟會這麼快就放棄晚上在家的正常作息。

同時，他本能地連上網路，等待頁面載入。他花了一分鐘才認出螢幕上彈出的那棟建築，那門面是他再熟悉不過的，而附圖中戴著垂吊式耳環的女子就是他母親，和執行長低語，似乎正懷疑地看著標題：「明日週報登場：赫希中心疑雲」。

3

節目從頭到尾他都興高采烈到近乎瘋狂，情緒高昂到他幾乎可以原諒內蓋夫舉行的愚蠢活動。

歐瑪吸引了他的目光，這點毫無疑問；她站在攝影棚角落，就在大電視螢幕旁，等待輪到自己上場——螢幕上停格的畫面是笑咪咪的嬰兒，看起來有點怪異，好像在等某人播放影片——她對他扮鬼臉，大部分是扭曲的表情，不耐煩，有點好笑，好像在告訴他這幾則新聞窮極無聊。巴瑞克猜想，因為她有經驗，熟悉電視台的作業流程，所以才不擔心攝影機會捕捉到她的怪表情；還是她希望被錄進去，那她自己就終於可以成為某人《一分鐘看YouTube》的題材。

輪到他時，他說，我們從人口統計學上看到了立場的改變，不同的人被這個新時代文化吸引。而在他有機會解釋自己的意思前，年紀大概比歐瑪大個兩歲的談話節目主持人問，此話怎講。巴瑞克想起有位廣播播音員告訴過他，電視原本就是一場乒乓球賽——顯然如此，即使意味著是場悽慘的比賽。他接著說，我的意思是過去的研究顯示，這類活動通常吸引二、三十歲的人，或是年紀再大一點的單身或離婚者。但今日，這變得比較像是家庭參與的活動，你從上層階級、女性知識分子和孩子的相處方式可以看出來——即使是在孩子年幼之時。這是質疑一切的文化，這種文化總是在尋找，或甚至堅持一種另類選擇。主持人說，哇！的確是很發人深省，她接著說，巴瑞克，我們結束之前，我不得不問，你是埃莉榭瓦．佛格爾的兒子，埃莉榭瓦上週因涉嫌從赫希中心盜用三百四十萬謝克爾而遭到拘捕。而她說到三百四十萬時，語調上揚，好像在講什麼有趣的故事，就像在說：我們來看看一段一個重達三千四百公斤的中國嬰兒的影片，該影片已在網路上瘋傳。巴瑞克這才驚覺，他們為什麼突然又邀他上節目，誰在乎在內蓋夫舉辦的布恩巴阿莫節活動的參加族群的變化。真是個笨蛋。

她說，心情如何？我想對媽媽來說一定很難熬。她說媽媽的口吻好像那也是她的母親一樣，好像他們兩個有共同的母親，讓他很想掐死她。

他說，感覺很棒。主持人問，什麼意思？但他沒膽繼續開這個玩笑。他說，我們無論如何都確定指控很快會撤銷，她能夠回去上班。主持人說，阿門。巴瑞克懷疑那是她說再見的一貫方式，每個部分結束的信號。

整場訪談他都板著一張臉，表現他對自己所遭受到不公平對待的抗議，而他也不理對他比了個讚的歐瑪。他甚至懷疑歐瑪也是這樁陰謀的一部分，這個錯綜複雜的電視網唯一的目的，就是要讓他在實況轉播節目上手足無措。

但這場節目結束後，歐瑪訪問一名記錄自己爬哈里發塔所有階梯的杜拜部落客、播放男子一頭跳入淨空游泳池的影片，還有松鼠與撫養牠的獸醫的重逢。歐瑪走過來對他說，我好震驚。這句話可能代表很多意思，但至少是支持的表現。他的怒氣突然融化，他覺得自己迷失在寂寞裡，迷失在因為伊法最近宣布「有件事我得告訴你，不是什麼大不了的事」而分崩離析垮在他身上的世界，好像那真的是發生在他身上的壞事。

他說，嘿。歐瑪說，你還好嗎？巴瑞克明白那是這行的用語，電視圈的同理心，你好嗎？心情如何？你母親好嗎？或許他應該不要再抗拒。

他說，我還好，整體而言。然後把帶她回家。

第四章

1

茉莉巷公寓的窗外，是霧濃、霜寒、美麗的早晨。巴瑞克想著，也許這棟公寓也有優點，雖然從其他方面看來完全不適合他。

公寓裝潢完美，大片的落地窗，到處都是簡潔的線條，白天每個小時都發散出不自然的光輝，即使公寓很髒也一樣。巴瑞克覺得自己像管家，偶爾，他想偷看抽屜的時候，還得自我提醒裡面的東西是他自己放進去的。

在父母買下公寓之前，這棟公寓是他母親之前在索羅卡醫院之友的一位朋友的，那人是血液學教授，名叫馬譚亞・梅拉梅德，在他所屬的專門領域是世界首屈一指的專家，不過巴瑞克不記得是什麼領域。每次聽到那人的名字，埃莉榭瓦就嗤之以鼻，說他是個不合格的醫師，說他一路扶搖直上都是因為在政治手腕上有過人天賦。即使如此，他的名字還是偶爾會出現在他們的對話中，因為埃莉榭瓦的諸多事業，特別是因為她對梅拉梅德從父母那裡繼承的這棟公寓有很曖昧的迷戀，埃莉榭瓦瘋狂地想買下這棟位於特拉維夫的拉馬特以色列社區的公寓。

巴瑞克後來發現，埃莉榭瓦透過人脈，得知這棟公寓，也可說是這個社區的都市計畫，或許說承包商的計畫更貼切——巴瑞克沒有太仔細聽——也因如此，她才決意要在公寓被估價前趕快買下。唯一的問題是，梅拉梅德來往的人士也都很有背景，所以他無意出售。當情況終於解決之時，至於在什麼狀況下大家已經沒耐心再聽了，這筆交易讓他母親滿心歡喜，喜悅的回聲都傳到安息日餐桌上了。

後來，公寓出租了一陣子，就像其他佛格爾家的公寓一樣。然後，就在房子即將變得很適合巴瑞克和伊法時，整間公寓，在黛芙娜的建議下，拆除內部進行裝修，改了格局，變成那種開放空間風格，也就是現在巴瑞克漫無目的遊走的空間。

巴瑞克和伊法分居時，母親為他趕走了租屋的房客。她通知巴瑞克，經過一番考慮，她決定把房子便宜租給他，帶著些許她大方慷慨時專屬的那種滿腹牢騷神態，讓巴瑞克感激到沒發現自己其實有點氣母親根本是在跟他拿錢。所以最後巴瑞克只轉帳三千八百二十五謝克爾給為母親監管公寓的律師，叫做里拉克·福爾斯坦的，那人是他母親直接從前屋主那裡承接的，她也沒勇氣把人家開除。她就是太有同情心了，不介意幾天之後發現在這個情況下，顯然她自己去找律師還比較簡單。

等他終於拿掉母親套在他脖子上的磨石，此事已悄悄進駐他心裡，像顆腎結石，並把他從殘餘的感激之情中解放出來——大半是因為他約會的對象，她們會說，真假，你媽媽跟你收房租？他很生氣，同時也對自己生氣感到慚愧，好像兩者是完全一樣的情緒：他心裡的怒氣開始增長的那一刻，羞愧感快速靈活如蛇，驟然竄起，將尖牙插入怒氣將之毒斃，至少撐到下一回。

連帶公寓，巴瑞克接收了一隻胖波斯貓，是前房客獲得埃莉榭瓦的首肯而留下來的。這是佛格爾家的弱點，也是他們唯一的共通點。沒養貓的只有黛芙娜，那也是因為柏亞茲會過敏；埃莉榭瓦和班－亞米不會放過機會拐彎抹角質疑他的過敏——埃莉榭瓦會說，那很可能是心身症——然後傲慢開心地把這一點加在該怪罪柏亞茲的證據清單中，至於他該當何罪，就不清楚了。

最近幾年，埃莉榭瓦和班－亞米買了一對貓咪，是兄妹。他們把貓咪帶回家時，埃莉榭瓦非常激動——這對貓咪是來紀念他們家傳奇的貓，珍，她不久前以二十一歲的年紀過世，相當高齡、也挺健康的——她激動到讓孫兒選貓咪的名字；經過充分（但感到不祥）的討論，他們終於選了匹茲和烏芙尼克。

埃莉榭瓦萬分震驚，純粹是因為她和她的後代有血緣關係，她不想傷了孩子的心，才忍住沒有宣布直到她在黃泉底下變冰冷至少三代以後，她的艾哈利茲家貓才有可能叫烏芙尼克。後來大家贊同只有孫子來訪時，貓咪才會叫匹茲與烏芙尼克，其他時候牠們都叫做以實瑪利和西奧多拉。聽起來是簡單沒錯，但其實變得有點令人困惑：這計畫要成功執行，得仰賴小孩的無知——純粹是因為他們的年紀——讓以實瑪利和西奧多拉聽起來像是故意讓他們不明白到底發生了什麼事的外語。

茉莉巷的貓叫莫堤，大部分時間都在睡，睡姿固定：平躺，頭斜向一側，睡到流口水，雙腿叉開。要不是貓一直和巴瑞克在一起，巴瑞克會以為這隻貓嗑藥了。首先，這隻貓有點茫：你叫他他就會來，感覺像是在森林裡被猴子養大的，沒有接觸過正式的貓科動物倫理規範。他的眼神沒有充滿輕蔑，正確來說，眼神中什麼也沒有。巴瑞克把這點歸因於他的波斯血統，憑這點他就可以過得輕鬆自在，完全不需要有個性、也不用有腦；就巴瑞克看來，這隻貓表現得很好，落戶在特拉維夫的開放風格公寓裡。有好一段時間巴瑞克試著給他另取新名——他沒辦法叫他莫堤——但這隻貓實在太缺乏特色了，沒有一個名字叫得開。

2

他記得他應該是有好心情的，他可以讓自己在雨天裡充滿喜悅，不用擔心被什麼事情所破壞。他愛冬天，他愛雨天，他很反對傳統上對「好天氣」的詮釋，不滿意每次新聞到了尾聲沒有人會說：「明天會是好天氣：全國各地都會下雨。」

他悠悠然醒來，想起所有前一天發生在他身上的好事。早上，埃莉榭瓦打電話給他說，你看到了沒？巴瑞克好興奮她打電話來，急著要和她講話，說不好意思他得說沒有，還沒，好似他在值勤時打瞌睡。而她說，去買報紙，巴瑞克問哪一家，埃莉榭瓦說，不重要，每一家上面都有。巴瑞克明白一定有好事發生了，她幾乎是開心的口氣。而他對她說，拜託，媽，別這樣，給我點提示。埃莉榭瓦說，自己去買份報紙，懶鬼，我晚一點再跟你說，我得打電話給艾騰。

他上網搜尋。不管是什麼，網路上一定有。但那則頭條——警方：埃莉榭瓦．佛格爾案預計不會拘提更多人到案——從昨夜就沒有改變，上頭還附了埃莉榭瓦的照片，她自己一人，那是從她和阿米坎．史登那張輕鬆的合照上裁剪下來的，有了認真的圖文藝術師的協助，史登暫時拋棄了她，讓她孤伶伶一人。巴瑞克試著克服每次他看到那則頭條時的羞愧——那讓他母親看起來更有罪——馬上埋首新聞版面，瀏覽報紙找新消息、有可能發生的好消息，但除了熟悉的舊聞之外，他找不到別的，舊消息他也無意再讀。有一瞬間他心想也許報社聽到什麼風聲，還沒在網路上公開的祕密消息，不過他想起情況應該是恰恰相反才對。

最後，他還是動身前往報攤，連牙都沒刷。他花了一分鐘——他母親依然占據每份頭版的上半部——但隨後，就像只有在眼睛調適好後才看得見3D影像，他突然看到三大報的共通點：大篇幅的啟事，最上方是標題「聲援宣言」，上頭布滿無數的小小字，整齊排成一列列。顯然都是名字。啟事是白底黑框，整齊劃一看起來很怪，不知怎地頗乾淨，而且亮麗：在其中一份報紙，字母似乎滴著鮮紅色的顏料，顯然故意要讓讀者聯想到血腥的氛圍，雖然錢財的氛圍還比較貼切。在另一份報紙上，這份啟事出現在一個穿黑衣的胖女人旁，胖女人不知怎地成功擠到了頭版——雖然近日來競爭很激烈——因為她在熱門的電視選秀節目中打進準決賽，節目內容是尋找以色列最佳保母。而在第三份報紙上，這則啟事幾乎完全被爬滿頁面的螞蟻大軍吞噬，白紙黑字相當謙遜。

「我們，」啟事寫道，「人文、學術、軍方、政府與和平運動各界代表，在此表達我們對埃莉榭瓦．佛格爾堅定不移的支持，佛格爾近日遭到一起異常惡意的漫天攻擊。這是對和平運動及其目標不間斷迫害之最令人悲傷的案例，和平運動是從比爾—康福迪陣營成為政黨聯盟開始，在苛刻嚴酷不民主的法律提案時達到巔峰，那些法律旨在抑制所有不眠不休促進以色列和巴勒斯坦鄰居之間了解的工作人士的進展。這些法條的提案是蓄意把時機定在調停協商的臨界點。身為她長期以來在政治上的同路人，身為她長期的夥伴，還有朋友與同事，我們熟知她所有行動背後的正直、謙遜與熱情，在我們心中，埃莉榭瓦·佛格爾毫無疑問會在這起事件中全身而退，不被中傷。我們促請警方盡快迅速完成調查，讓埃莉榭瓦·佛格爾回到她的公職。署名者（依照字母順序排列）……」

巴瑞克想到伊法的理論，她說大家一定會先讀連署人的名單，才會去看他們連署的內容是什麼，然後他開始讀：耶赫納達夫·阿貝爾、翰南·巴爾—希拉博士、耶胡迪·巴爾—希拉博士、黛芙妮·巴爾—希拉、依福塔克·冬布陸軍中校、亞米拉與慕利·恩格爾曼、多瑞特·格爾修尼、亞阿麗特與艾爾達·葛力克曼、蕾哈瓦·霍非博士、艾曼紐爾與尤奇·荷斯基、亞阿拉·科普洛維茲博士、尼夫·科普洛維茲、貝絲與吉德恩·列文荷、阿薇胡·密斯蓋夫、尼薩·密斯蓋夫准將、多隆·納胡姆博士、雅德納與班傑明·帕爾尼克、格拉希愛娜·西梅爾、麗芙卡與莫納許·索柯洛夫斯基、瑪嘉烈特與烏茲·泰奧米、耶荷舒雅與阿韋瓦·達荷菲爾、努瑞特與米榭爾·臧、阿德納·巫爾曼先生、旬尚·巫爾曼先生、卡密·葉德林教授……一個又一個的名字，數十個，或許甚至有一百個，或兩百個，好像某位顯赫的阿胥肯納吉猶太人[1]的訃聞，或是德加尼亞阿列夫的集體農場最早期的夫婦名單。他從來就不曉得他父母有多麼「阿胥肯納吉」；在他

1 阿胥肯納吉猶太人（Ashkenazi），指散居在西歐、東歐的猶太人，二戰期間與戰後大量移居美國。是目前人數最多的猶太族群。

們意氣風發的全盛時期，他們社交圈裡來往的都是世界卓越人士之流，現在謙虛地將自己壓縮在報紙的四分之一版面裡。

但事實上，巴瑞克喜歡鑽入這個強健社群的慈愛臂彎裡，這群令人眼花撩亂的知名人士知道自己在說什麼。這讓他覺得不那麼孤單，雖然他不太記得，或甚至從沒見過絕大多數的人；好像他母親，以及緊跟在後的他，脫隊的時間有點太久，但現在這群人追查到他們的行蹤。如今，他們出現了，站在他背後，在他母親背後，這樣的公開聲明比任何文件都更具說服力。被冷落的羔羊，回到羊群裡吧；有人這麼吟唱，但他記不得是誰唱的。

3

他回到家後打電話給母親，但她沒接。突如其來的好心情，加上一點空閒，他決定要瀏覽伊法的臉書頁面，試圖嗅出一點端倪，彷彿在一個場域期待有好事發生，就能影響到另一個場域，即使在這種情況下，巴瑞克不確定所謂的好結果到底是什麼。

瀏覽伊法的臉書是歐瑪的主意，所以讓他想起——帶著尷尬——歐瑪。他還憶起念大學時，他朋友宜農幫他牽線，約了宜農女朋友的朋友；他們四人喝得醉醺醺，玩起真心話大考驗，還把全部內容錄音。隔天，巴瑞克自己一人聽起了錄音，沒有信守他跟宜農的承諾——實際上還有跟兩個女生的承諾，但那根本不是他考量的重點——他們本來是說全部人一起聽的。

結果很糟糕。不只是因為可預期的愚蠢，或是喝醉的丟臉，而是窺見自己自以為是、笨拙的面向，感覺很討厭，看到自己笨手笨腳、積極進攻要給對方好印象的德性。而在巴瑞克的記憶裡，當時似乎只是極度調情的行為，因為微醺與不得體而力道稍減，因此更為迷人有魅力。他告訴宜農，錄音機壞掉沒錄到。

和歐瑪在一起的那晚，他可是記得清清楚楚，即使他們倆都醉了；反正每個細節都刻在他的記憶裡，當下實在太清楚、太確鑿，不容他以酒醉記憶為由抹殺。在歐瑪的主導下，他們喝了很多紅酒，喝得醉醺醺。巴瑞克到某個程度就刻意屈從，之後，帶著些許口是心非，好像他試圖要證明自己，或去感受自己比實際上更醉、或更從容、或更風趣。現在他必須回想一切，而且沒有了歐瑪，沒有了特定的目標，就不再有什麼要從容以對的事了，就只是已止息的誘惑，意圖完全清楚明白，比起二十幾歲，四十歲的年紀少了許多吸引力；他和一名二十五歲的女孩上床這事，實在令人羞愧，尤其要不是因為他母親的關係，女孩滑稽地把他看成某種名人，一開始也根本不會接近他。

不管怎樣，在某個時間點，他告訴歐瑪有關伊法和她新男友的事，也許是因為他想昭告天下這兩件事互有關聯，跟歐瑪在一起純粹是為了報復或補償發生在他身上的事。也或許是因為歐瑪似乎對這類事情很擅長，事實上就是她說，你有上臉書找他嗎？巴瑞克說，我不知道他的名字，而她說，去看你太太的臉書頁面。那些不祥的字眼，你太太的臉書，你太太的臉書，那麼自然地從歐瑪口中溜出，好像根本沒什麼，跟其他東西沒什麼兩樣，逼著要進駐他的喉嚨，讓他把目前為止喝的都吐出來，即使如此，他還是帶著酩酊的興致說，好，我們來看看。

但臉書當機，連帶全副精力也沒了，於是他們再做愛一次，然後歐瑪就走了。

現在他面對著太太的臉書，完全不知道從何找起。沒有「感情狀態」，什麼都沒有，巴瑞克瀏覽她的相片，失魂落魄遊走在一張張相片間。他太太突然像個陌生人，從一排不熟悉的相片中看著他，也許這些人是她在那些見鬼的奇蹟課程的新朋友，她戴著慶祝普珥節的帽子，在這張有損形象的照片裡看起來有點雙下巴，在她人生的這一刻，沒有他的這一刻，她很開心。突然之間，這樣的時刻有好多，在他眼前大幅增加，喀喀作響，像一堆銅板從吃角子老虎機裡掉出來，數量多得嚇人，完全失控，一直增加，擋也擋不住。可能有喜悅，也可能有不幸，其中有些已經發生，而巴瑞克註定要等待，等到它們現身為止。

他看著她的朋友清單，但沒人看起來有足夠的嫌疑，他們都只是戴著墨鏡的普通人，在不知名的運動場，或是站在顯然解釋了某些事情的圖表旁，最後他鎖定了子維．布魯，從上面數來第七個，大頭照是個人獨照，但子維．布魯有太太和兩個小孩，巴瑞克離開他的個人頁面，深感內疚，也說不出為什麼。無論如何，他肯定漏掉了什麼。

在白天，歐瑪的口氣幾乎跟大人沒兩樣；她稚氣的熱情似乎跟著酒精一起從她的聲音中揮發了，讓巴瑞克毫無防備，吃了一驚。他很快地說，我需要妳幫個小忙，感覺他想表現出他之前並沒有完全失去理智，還有他沒有打算要重複兩天前發生的事。然後歐瑪說，什麼忙。巴瑞克說，記得妳之前說我可以在臉書上找出伊法的男朋友嗎？歐瑪說，你前妻。巴瑞克說，對。歐瑪說，好。巴瑞克說，那要怎麼找，我是說，我們又不知道他的名字，她也沒有「感情狀態」，老實說，我覺得自己好像白癡，用這種事煩妳，但是，嗯，不知道耶，這件事就一直出現在我腦海裡。然後歐瑪沒有跟他辯，也沒有給他信心，只說了一句：你有看她的相片嗎？說不定有她和別人合照的照片，說不定有人頻頻出現，在她塗鴉牆貼訊息，我不知道，發揮你的偵探技巧。巴瑞克說，但我沒有漏掉什麼明顯可見的事實啊，沒有對策，什麼都沒有。歐瑪說，不對，我不認為，至少就我所知不是這樣。巴瑞克說，太棒了，謝謝，我由衷感謝。歐瑪說，沒什麼，我很樂意幫忙，所以我們會保持聯絡？巴瑞克說，當然，接著決定要開開心心，慶祝在伊法的臉書頁面上沒找到任何相關證據，因為在這樣的對話之後，唯一的其他選擇就是自殺。

4

那天晚上，新聞報導一個不重要的進展：西爾多・赫希之前以在戰場上揮劍之姿，撒錢給朗道中心，只為了見到以他的名字妝點中心的門面。而他現在不得不再付另一筆金額來把他的名字從整起災難中拿掉，因為雖然整起事件不是他的錯，卻被稱為「赫希門案」，讓他深感懊惱。據報導，他的律師發信警告各大媒體，威脅要控告任何膽敢用那個詞彙的人。

上個星期，自從他母親遭逮捕後，巴瑞克見識到新聞快報的本質，這些報導很快就沒了滋味，像口香糖一樣，得找其他新聞來助陣，那些衍生的相關新聞就像一點點糖，用來掩蓋平淡無味的事實。但那其實有點蠢；連新聞播報員的口吻都帶著嘲諷，報導赫希與律師團提出的一連串替代名稱時更聽得出來，「以下是核可的名稱，絕不會敗壞任何人的名聲」，禁令如是說，包括

「佛格爾門案」、「埃莉榭瓦事件」，或是這當中最妙的、絕對能吸引大眾注意的：「投標與捐款案」。

或許巴瑞克因為那天發生的所有事情——聲援信函，在他看來，他覺得幾乎算是解決了整起事件；然後是伊法，現階段看來她還沒被「玷汙」——早已承認他處於絕佳精神狀態，但他不由自主地把這則新聞視為這一整天最成功美好的事物。感覺就像是已經沒有別的新聞可以著墨了，整起事件已經岔入喜劇的境界，而且聚光燈首次從埃莉榭瓦轉移到別人身上。

氣象預報說會下雨，陰雨的天氣將持續到週六。

5

現在，他像部老電腦，費力地回想昨晚發生的每件事；他想起那封聲援信，他想起伊法，她跟子維·布魯似乎只不過是朋友關係，至少現在是；他想起還有第三件值得開心的事，但記不得是什麼。他頭痛，毫無理由，好像宇宙決定要處罰他，遲來的處罰，罰他前夜的豪飲。然後他打開冰箱門時，突然想起：赫希門案，或佛格爾門案，整齣白癡鬧劇突然看起來比以前都白癡，而且讓他覺得自己像個白癡。

也許是因為異常冰冷的關係。他站在打開的冰箱門旁，重新評估足以慰藉的事情。他老婆那愚蠢的臉書頁面、西爾多·赫希的滑稽舉動。誰在乎。連給他母親的聲援信忽然間都毫無意義了，只有一刻跟隨他母親進入短暫的安慰中，但其實沒有任何意義。

他想到歐瑪，有點侷促不安，就好像粉筆在黑板上發出短促尖銳的聲音。到底哪點吸引他。二十五歲的電視新聞播報員因為他母親所發生的事，而覺得他是個名人，他沒做什麼有用的事，反倒和她一起喝酒上床；即使所謂有用只不過是坐在家裡擔心，像個四十歲男人應該做的事，普通人，而且說這些話：這怎麼可能有幫助、或這不是媽會想要的、也太遲了、有人死的時候你才會那樣說。他沒有辦法抓住每個迎面而來的慰藉。大家都說他母親是名罪犯，他們誹謗她、譴責她隱蔽事實；這是最大悲劇的元素，而現在這些出現在他的生活中。他可能會失去母親，天曉得什麼會奪走她，但他沒有坐在這裡抱頭逃避，而是為她做這些小小的盤算，她目前還好，她把事情都弄清楚了，她會全身而退，她一向如此，而他這麼做是帶著一絲邪惡的怨恨，好像這是他總是令她失望的適度懲罰，所以就這麼一次她會知道被懷疑、令他人失望是什麼感受，讓她嚐嚐吶喊著「事情不是這樣的！你們都不了解最根本的原因！」是什麼滋味。

他打電話給黛芙娜，說：走吧，我們去看媽。

第五章

1

我有艾騰的最新消息，黛芙娜爬進他的車裡時說。巴瑞克覺得振奮，好像準備好這一路要聊八卦。這趟路程短雖短，卻充滿冒險的精神。我們不要告訴爸媽我們要去找他們，巴瑞克告訴她，我們就直接過去。而黛芙娜稍微反對，媽一定會殺了你，也許我們應該，我也不知道，傳簡訊給她，然後我們可以把手機關機什麼的。但她很快就被巴瑞克的興致說服，也無法拒絕他的承諾——他們會在阿布戈什停留，在那裡待一整天，有何不可，如果他們把我們趕出去，我們就一笑置之，然後去艾恩卡勒姆吃飯。

所以你想先聽什麼，她問，私生活還是工作的事？巴瑞克回答，隨便，先聽比較有趣的。艾騰是黛芙娜的另一個失敗計畫，在過去她還常常失敗時。在艾騰小時候，還沒學會捍衛自己的權益時，黛芙娜常黏著他，部分是因為他有潛力當個非常可愛的弟弟，但多半是因為他無可奈何，這純粹是他年紀小的結果，讓他成為黛芙娜所有時尚實驗的完美模特兒。一開始，她為他選擇的穿搭都是讓他看起來比實際年齡更孩子氣的，完全的可愛——這絕非艾騰的風格，即使在他年幼時也不是；但隨著她年紀漸長，她開始在不同的年齡層跳來跳去，直到能夠以驚人的速度，把他打扮成她認為與自己年紀相符的青少年，男生版的，像是她不存在的男朋友。最後，她變得比較冷靜，只想讓他穿得體面，但是那時艾騰已經年紀夠大了，可以把她打發走；他已經學會自動拒絕任何關於幫忙穿著打扮的提議，並且擺脫傳統上老么的身分，少了這個身分，他覺得心滿意足。

黛芙娜帶著懊惱讓步了——畢竟，她也快二十歲了，有其他的事情可忙——但幾年後，米卡兒懷孕時，甚至特別是涅沃出生那時候，她又奮力一搏，企圖跟艾騰走近一點，這次她採用的策略是用他們共有的為人父母經驗。艾騰出於手足之情禮貌傾聽，但老實說，他對自己照顧小小孩的天賦自信滿滿——他之前主要的展現對象是黛芙娜的孩子——以至於他沒辦法勉強自己去聽姊姊分析不同廠牌汽車座椅的優缺點。

另一方面，米卡兒卻很想聽，甚至更想跟家裡熟絡起來，於是最後米卡兒和黛芙娜倒成了朋友。米卡兒會告訴黛芙娜幾乎所有事，也因此無意間，艾騰也不知不覺地跟家裡變得比較親。黛芙娜會接著把一切都告訴巴瑞克，於是他們倆也會對弟弟比較支持、比較寬容。艾騰這些時日都把時間花在荷茲利亞攝影棚，和他的電視圈新朋友一起——套句他的新行話——「培植」他的真人實境節目，這個節目結合了孩童和精神病學兩大主題。

不用說，艾騰大力反對他的節目被歸為「真人實境秀」，而且每次巴瑞克堅持要這麼叫時，他甚至抗議飄盪在佛格爾家客廳那令人不舒服的刺鼻氣味，彷彿那是後來添加的東西，彷彿在乾淨又將邪惡墮落的世界阻隔在外的客廳裡無法容忍那樣粗野的說法。

事實上，當巴瑞克聽到所有的細節時，他發現那其實不算真人實境秀——反倒更糟糕、恐怖至極、非常前衛、無以名狀。節目的概念——「在醞釀期間」不斷變化，而且基本上，巴瑞克隨著每一次的安息日晚餐眼睜睜地看著它惡化——是這樣的：每個星期任務團隊會集合，由精神科醫師艾騰領軍。團隊成員包含一位尚待確認的心理學家；一位來自米實瑪哈麥克集體農場的傳奇體育老師，名叫掃羅；一位知名的私人教練，名叫勇。他們會在國內某所曾遭逢悲劇的學校集合。艾騰喜歡提幾個例子：貝爾圖維亞的小學，小女孩在那裡遭到殺害；雷霍沃特的中學，輪姦事件；男孩在臉書上被霸凌後，在蓋代拉的地區學校上吊自殺；夏爾哈內蓋夫市立學校兩名十年級生在校園內揮刀互砍致死；荷茲利亞的拉賓學校，小孩在玩塑膠袋時，將一名八歲女童悶死；納哈里亞的民主學校，該校任教美術的女老師將自己的兩個小孩淹死在海裡；佩塔提克瓦的班阿維市立學校在舉辦畢業典禮時，視訊螢幕掉落，砸死三名高三學生；亞實基倫的拉賓學校的十年級生從她公民老師住的公寓屋頂跳樓，因為公民老師上吊自殺，而後來才知道之前公民老師強暴該女學生；莫迪因的格倫布學校的十二歲學生，因為媽媽拒絕為她支付整形手術費用而射殺媽媽。節目的概念是艾騰和團隊成員會花一星期時間在學校裡和教師與學生談話——但不和直接涉案的學生及其家人談，這是和第二電視台與精神醫學會倫理委員會主席充分協商後不情願接受的約定——從而「治療」學校，並延伸到社區，引述結束，整個過程會拍攝下來，並且剪輯成高潮迭起的四十五分鐘節目播出。

雖然巴瑞克對他弟弟不怎麼提得起勁，但他得承認沒有人比艾騰更適合擔任這個節目的主角。小孩為艾騰瘋狂，艾騰知道怎麼在短短的、事先安排的時間內吸引他們：演場好戲，讓他們讚嘆，娛樂他們，用帶著適合兒童的幽默與毫不稀釋的情感之聲光場面讓他們筋疲力竭，然後就打包走人。各位，結束了，你們真是一群很棒的觀眾，我得上路了。

他對自己的小孩涅沃也一樣：他對照顧小孩最枯燥的部分沒興趣，日復一日、無挑戰性的事務誰都可以做。他當然沒這麼大聲嚷嚷，但其實也不用他開口。幹麼浪費他的才情在這些平庸俗事上？他是為了大結局來的，是為了那個「鋒芒」，他們在荷茲利亞攝影棚肯定是這麼稱呼的。

大體上巴瑞克懷疑他是個沒公開的沙文主義者。米卡兒突然宣布她想完成受訓，去當精神科醫師，跟艾騰一樣，但艾騰對此完全沒興致；他不希望她結束無止境的育嬰假重返職場，回到她之前做得很好的醫學影像新創公司，要是她沒懷孕的話，算艾騰狗屎運，這個工作還極有可能推她更往前進。最重要的是，他擔心從她那小小的事業中會衍生出什麼實質的東西——用回收木材做玩具——在有寶寶之後，她會在家裡開始做。

雖然在去年期間，米卡兒已離開新創公司，等於清除了他們關係裡的一枚未爆地雷，她卻開始更認真地談出國去進一步學習木頭玩具製作。她調查了幾家專精於此的藝術學院，但也發展出強烈到近乎癡迷的慾望，要和某位義大利的特定木工藝家學習，那位專家住在某個名字聽起來像是虛構的小鎮，每年只收兩名學徒。

艾騰對意料之外的情況改變心生恐懼，他知道不聽她抱怨他們不是平等主義的夫妻是不可能脫得了身的了。讓他最害怕的是，他們有可能搬到這個小木偶師傅住的地方，也就是說，他不但會和他所珍視的一切——成功、地位、財富——斷了線，還得長時間沉浸於大自然裡，而打從童年開始，此事向來讓他厭惡；他喜歡在他鍾愛的長篇大論時列舉出原因，大意就是大自然被吹捧過了頭。

只要米卡兒在申請碩士學位的路上遭遇困難，或者，更好的，申請木工坊不順利，艾騰必須假裝支持；他得為她填寫數不清的表格，始終流露出心甘情願努力幫忙的樣子，評論她的英文論文。還有，特別要在她收到拒絕信函時隱藏自己的喜悅——她已經收到三家的拒絕信了。

但是米卡兒可不笨，她其實滿聰明的，不用多久，整個情勢就爆發了。米卡兒指控艾騰假裝她的決定其實都是她一手造成的，說她自己選擇要待在家照顧涅沃，而事實是艾騰根本沒給她其他選擇。艾騰說他明白，也同意她的職涯跟他的一樣重要——也許甚至更重要，他撒謊——但那不代表他的工作就一文不值，尤其請別忘記，恕他直言，他可是賺錢養家的人。

米卡兒不喜歡他提到錢的樣子：她娘家父母很有錢，卻沒那麼多規定，他們也比埃莉榭瓦與班—亞米慷慨得多。她不情願地接受他們的錢，也不喜歡談這件事——這讓她看起來像個無助的小女孩，而不是她應該表現出的成功職場女強人形象。她說，好啊，既然你賺比較多錢，顯然我們應該聽你的命令行事，那正好，我們可以假裝我們住在貝都因人的營帳裡。而艾騰就會翻白眼說，噢。

現在黛芙娜說，首先，顯然電視台希望他的電視節目馬上播出，不要等到夏季。還有，他們把節目時段從下午改到晚上，九、十點。巴瑞克說，不會吧。黛芙娜說，根據米卡兒的說法，他們非常期待首播，艾騰成了某種半能人高手，他們已經在想怎麼為他的電視節目造勢，在廣播上，我不知道。但是從她告訴我的一切聽起來，節目進行很順利。

巴瑞克說，唉呀，他們一定是瘋了才會選晚上九點播他的節目，他是精神科醫師，一個完全沒有電視經驗的人。我希望他們力捧他不是因為媽的關係。黛芙娜問，什麼意思？巴瑞克告訴她自己在攝影棚遭埋伏突擊的事，然後說，雖然我很尊重艾騰，不過媽被逮捕後兩天，他突然就從下午四點跳到黃金時段，實在有點詭異。黛芙娜說，我不知道，說不定事情之前就敲定了，只是她現在才告訴我。巴瑞克說，也許吧。

她說，我覺得你可能有一點點多疑。巴瑞克說，也許吧，我只是不希望他失望而已。黛芙娜看著他，帶著那種你以為你在唬誰的表情，然後說，好吧，隨便啦。

2

他們開到耶路撒冷時，她說，你確定不要先知會爸媽我們來了？巴瑞克說，聽著，如果我們打電話過去，他們就會叫我們不要去，他們會說自己在法院大樓什麼的，自從媽被逮捕後我就沒見到她了。黛芙娜說，為什麼不，我見過她。巴瑞克說，喔，拜託，她可以跟我們坐個五分鐘吧，又不會發生什麼壞事，我們是她的小孩耶。

黛芙娜說，巴瑞克，我們該拿你怎麼辦？巴瑞克說，這話什麼意思？黛芙娜說，我們是她的小孩，她應該坐下來跟我們談，她又不會怎樣。你是哪門子的白癡？這不像你。巴瑞克說，我不知道，聽著，如果我跟妳說件很難為情的事，妳不能取笑我。黛芙娜說，我真不敢相信你心裡有好事在那裡慢火熬燉，還會讓我沒完沒了地講一個半小時艾騰荒謬的電視節目。巴瑞克說，其實沒那麼有趣啦，真的沒什麼，然後他告訴黛芙娜有關歐瑪和臉書盯梢的事，還有之後他對媽媽油然生起一股熱情與關心，好像這兩件事情一點都不相干。她說，你在說什麼，這一點都不難為情啊，很窩心。他說，黛芙娜，我上了一個二十五歲的小女生，我年紀都可以當她爸了，好啦，或許再多加幾歲就夠當她爸。黛芙娜說，不要太誇張，她二十五歲，不是十六歲，而且我告訴你，即使你跟我說你搞上一個十六歲的，也不會像你以為的會嚇到我。

此時，巴瑞克的車已經停在艾哈利茲街一會兒了。黛芙娜說，好，待會兒再說，我其實對你告訴我的事有話要說，不過現在先專注在我們父母身上。所以我們進去，然後呢？我們要說什麼？巴瑞克說，嗨，你們好嗎，一切都好嗎，媽怎麼樣，我們剛好在耶路撒冷所以決定順道過來看一下。她說，如果他們問為什麼不事先通知。巴瑞克說，那我們就說手機沒電。黛芙娜說，我們兩個的都沒電？巴瑞克說，黛芙娜，拜託，我快冷死了。

3

他們按了很多次電鈴，但沒人在家，最後巴瑞克拿出他的鑰匙。黛芙娜說，我打給他們，事情不對勁。但她還沒反對完，他們就已經進屋了，眼前站在他們對面的早餐桌前的，就是他們的母親，一手停留在菸霧裊裊的菸灰缸上。他們的父親坐在她對面，神色驚恐地盯著門，手指夾著香菸吸著。

巴瑞克的母親三十四年前就戒菸了，那是黛芙娜十歲生日的禮物，他父親一年之後也戒了，因為埃莉榭瓦變得有點極端，再也無法忍受菸味。巴瑞克覺得他正看著古早黑白電影裡的一對夫妻吞雲吐霧。

一開始巴瑞克說，媽！埃莉榭瓦說，巴瑞克！她的語氣應該是要模仿巴瑞克，表示她已經恢復鎮靜並且毫無過失，雖然她被逮個正著。黛芙娜說，妳在抽菸。班—亞米說，妳忘記要打招呼、說你好嗎、最近怎樣、抱歉我們沒事先知會你們說要來？黛芙娜說，我想先通知，但巴瑞克不要。她邊說著邊走到桌前，從兩包完全相同的菸盒之一取出一根香菸，那兩包菸像是餐廳裡分好的一份份餐點。

黛芙娜都在傍晚抽菸，在走廊，趁雙胞胎沒注意的時候；巴瑞克則是想抽就抽；而他們兩人都把偶爾抽菸的事實瞞著父母，畢竟父母親從他們小時候就戒菸，不碰菸已經很久，久到他們都覺得父母沒有任何足以導致罪孽的負面慾望，久到他們以為父母一輩子都沒抽過菸。

現在黛芙娜抽得那麼自然——好像這麼做她就沒有出賣什麼——讓巴瑞克開始懷疑她以前也打破過他們的協定，就像她背叛兩人要共同承擔責任的協議：我們倆都決定不要先通知你們。有那麼一會兒，巴瑞克覺得自己百口莫辯；他母親已點燃另一根香菸，而且難以置信地，這三位癮君子突然就好像在圍攻他一樣。然而，他花了一點功夫向黛芙娜示意，以手勢，遞一根給我，黛芙娜也花了一分鐘才意會過來。埃莉榭瓦一直看著他們，像是試圖弄清楚事情的來龍去脈，然後看懂了卻沒說什麼，像是她有話要說，但沒有權利說出口，而且不只是因為她在抽菸。所以他們四人對坐著，抽著雲斯頓淡菸，大白天的——巴瑞克從來沒在這個時間抽過菸。

黛芙娜說，那到底怎麼了，媽。然後巴瑞克問，而且妳幹麼不開門。埃莉榭瓦說，我道歉，真心的。然後班—亞米說，通常都是記者和攝影師來敲門。黛芙娜說，我就跟你說嘛。巴瑞克說，妳跟我說什麼，妳有告訴我是因為記者嗎，妳跟我說個屁。班—亞米說，喔，喔，喔，你們有看到中心的聲明嗎？巴瑞克說，有，真想不到，幹得好。埃莉榭瓦說，你在說什麼，巴瑞克。然後班—亞米說，我不是說報紙上的聲援信，赫希中心今天早上發布一則正式聲明。此時埃莉榭瓦厲聲打斷，班—亞米，他們還沒看過，然後轉身面向桌子的另外半邊，面向黛芙娜與巴瑞克說，基本上，阿米坎把整件事都歸咎於我。巴瑞克說，什麼意思，他把什麼歸咎於妳。埃莉榭瓦說，全部，捐款、金錢、所有過去十二年來他做過的瘋狂事，他都要我扛下來。黛芙娜說，他們就直接這樣說？埃莉榭瓦說，妳自己看新聞。班—亞米說，他們其實不是那麼說的，他們說要靠警方查，然後等待調查結果出來。然後埃莉榭瓦說，耐心等！班—亞米說，他們會耐心等待調查結果出來。黛芙娜說，好喔，但我不明白，問題在哪裡？埃莉榭瓦說，不用白費力氣了，黛芙娜，妳就信我一次，可以嗎？我已經在這房子裡待十天了，中心裡沒有一個人來跟我講話，妳不知道到底發生什麼事了。班—亞米說，情勢看起來不太妙，崔柏認為阿米坎想把整件事都丟給媽。

阿米坎。他突然覺得這麼叫他似乎是陳年往事了，阿米坎，沒有「史登」，自從他犯的罪被披露之後，「史登」就像是緊接在後搖動著表示不贊成的手指。阿米坎．史登從他童年起就是個熟面孔，他父母親那些住得很遠、住在別的城市的友人其中之一，每隔幾年才會見到一次面，你得對這些友人的小孩很和氣，即使他們不是太老就是太年輕。

但是後來阿米坎為外交部做事，跟巴勒斯坦人打交道，而媽被指派加入大學的外交與區域合作學院的執行委員會，然後史登開始更頻繁地出現在他們家，有時候自己一個人來，沒有他太太歐菲拉陪同。歐菲拉碰巧人很好，比阿米坎和他的小孩好多了。有一次，在晚餐桌上從頭到尾咯咯傻笑後，巴瑞克和黛芙娜問他們的媽媽說，她和阿米坎之間是不是有什麼，她和爸是不是已經決定哪個小孩要歸誰，但埃莉榭瓦只說，你們可真有幽默感，真的很好笑耶。班—亞米說，我誠摯地希望，為你們母親好，當她終於下定決心要離開我時，也找個比較有魅力的對象吧。

不久之後，媽接到職務邀約，要她協助創立和平中心，她正式從以色列史系辭職，反正她一直都不是正教授，而阿米坎．史登成了家喻戶曉的人，他們更常見到他了，即使這時候黛芙娜和艾騰和巴瑞克都已經長大，只有重大活動才會出於禮貌而出現。

巴瑞克對阿米坎．史登沒什麼想法，到現在他得問自己他的看法是什麼，而他也得回答老實說並沒有，至少沒有現成的。連偽造的博士學位他其實都不太在乎，那只是另一個巴瑞克可以從法寶袋裡拿出來的話題，如果他必須炒熱討論氣氛的話，只是另一種度過夜晚的方法。

他依稀記得，童年時期他們並不怎麼迷阿米坎；他會恭維他們，方法不怎麼適合那個年齡的孩子，就像沒有小孩的人無法分辨出三歲小孩和十一歲小孩。但隨著時間，他們所認識的阿米坎．史登和阿米坎．史登那個頭銜合而為一：「赫希和平中心執行長阿米坎．史登」，他的名聲和臉孔家喻戶曉，雖然沒有人能明確說出這個人為誰做了什麼。

因此，通常代表中心的人是他母親，因為史登長相沒特色，談吐也不怎麼樣，還有因為他有一百萬件其他的事情在忙，占據他大多數的時間。但所有的指控一浮上檯面，在巴瑞克看來，很明顯地事實上就是他幹的，就是這個有投資、有錢財、阿諛奉承、油嘴滑舌得平淡無奇的人。巴瑞克唯一可以想到為此人辯護的理由，就是他和他母親的關聯。他突然想到也許這是對他的懲罰：你不相信別人的父親，現在沒有人會相信你的母親。

巴瑞克說，等一下，我完全搞糊塗了，把什麼丟給媽？國外旅行那種事，整起事件之初他們就一直在說關於他的那些事？埃莉榭瓦說，沒有人在乎國外旅行了，他們現在關心的只有那筆錢。多省事啊，管理所有的財務的是埃莉榭瓦．佛格爾，拉贊助人的是埃莉榭瓦．佛格爾，簽署所有必須簽署的文件的是埃莉榭瓦．佛格爾，而阿米坎．史登從來沒有讓雙手沾染銅臭，阿米坎．史登是和平的代言人。是的，他是真高尚，現在試著證明看看埃莉榭瓦．佛格爾一毛錢都沒有拿。

她停頓，像是要專注於她的憤怒上，彙整她和自己無數次假想對話的所有細節。然後她說，當然，確實埃莉榭瓦．佛格爾從她一直以來工作的地方幾乎一毛都沒賺到，而且有半數她做的事情她都自掏腰包；重點是，她偷了三百四十萬謝克爾。

巴瑞克聽著他母親的第三人稱獨白，覺得他不太能掌握重點，這種彆扭的風格，埃莉榭瓦．佛格爾這個、埃莉榭瓦．佛格爾那個的，把真正重要的都掩蓋住了，讓他快進入夢鄉。他突然有股衝動要出去抽菸，自己一個人，到花園去，他從來沒在那裡抽過菸。他想像自己站在外面，在植物之間抽著菸，那一剎那他覺得他瞥見未來的自己，在父母都已過世之後，也許過世才不久，而他們的孩子可以在現在已變成他們房子的屋內為所欲為。

黛芙娜說，我太驚訝了，媽，阿米坎．史登拿了那三百四十萬謝克爾？突然之間巴瑞克心想，如果他再聽到那個數字一次，三百四十萬，他鐵定會失去理智。他別無所求，只盼望那個惱人的數字改一下。然後他大吼，黛芙娜，他拿了什麼有很重要嗎，現在重要的是媽。而他已經可以聽到黛芙娜的聲音對他說，也許是在回程的路上，巴瑞克你在自以為是什麼。但此時此刻，黛芙娜看著他說，有很重要嗎？在我看來非常重要，對不對，媽？埃莉榭瓦說，全部都很重要，然後她問，現在幾點？班—亞米說，妳想聽新聞？埃莉榭瓦說，把客廳的打開，然後她轉向黛芙娜和巴瑞克，問道，你們要留下來嗎？歡迎你們留下來，但我想聽新聞，好像她試圖要擋掉額外的問題，或是斥責他們之前的提問。

巴瑞克說，我們要留下來，當然要留，我只是先出去打通電話，好嗎？但埃莉榭瓦和班—亞米已經往客廳去了，黛芙娜帶著譴責的眼神怒目而視，跟在他後面，像頭待宰的羔羊。

他走到庭院裡，發現他忘了拿打火機，跟個抽菸新手一樣，然後他又進屋、再出來。有人告訴過他，香菸灰對植物很好，他決定姑且信之。

又一次，他無法擺脫死亡的感覺；這一次，他覺得彷彿屋內正在進行他父母的葬禮，而他才剛出來抽根菸。他覺得遭到遺棄，但不是像孤兒那樣，是別種的遺棄，他覺得自己很多餘，可有可無。他突然想到，自從母親被指控以來，他一直有這種感覺；好像只要其他事情都順順利利的，他父母就能執行家長的職責，但當他們的精力不得不轉移到其他地方，他們就對小孩停止供應原本應有的同情心、摯愛、無止境的耐心，把這些轉移到最需要之處，好像在沉默地駁斥那句古老的諺語，說什麼父母有無窮盡的儲備金，只提撥給自己的小孩。

他覺得自己根本無法依附媽媽，瀕臨墜落，毫無作用。而他想獲得手足的安慰卻不行，他完全不知道手足對他的感覺或對彼此的感覺，有點像是在比較痛苦，比較一個人身為兒子、身為孩子的角色。最近，他老覺得孤單，好像整起事件讓他們更疏遠，而非把他們拉在一起，明明理應如此才對，整起事件強化了競爭，激烈到都可以估量了，也因此加強了各自的本能，誰會堅持不懈，誰會抽張牌讓他繼續玩遊戲，讓他加強他的決心。未知的領域，在這當中一切都有可能，每個人都是平等的，新的開始，一種重新校準的概念。但巴瑞克並不覺得欣慰；恰恰相反。

他刻意甩掉這種想法，試圖重現廚房裡的那個場景，當時他試著要把那件事忠實地烙印在心底，然後，一如往常，他以為自己成功做到了，但現在他才知道他只記得事情經過的大概。那和意識型態有關，帶著難堪，他不明白，但他不明白的是什麼，有好多事情他都不明白。就像他父母的聲援啟事，他們朋友登的那一則。那是政治迫害，他們寫道，是因為中心的意識型態，所以他們才對她窮追猛打。巴瑞克很高興，事情開始明朗化了，至少露出一線曙光，但他努力集中精神，不要歡欣鼓舞，他不希望這一刻再次離他而去。他們在啟事上說是因為中心的意識型態，但現在他母親出來說，他把這事丟給我，阿米坎．史登才是混帳東西，不是政府。對於目前揭露的消息，他以飛快速度努力挖掘另一個可能的解釋，也就是母親的朋友說的是一回事，他母親說的又是另一回事。而董事會歸咎於意識型態，但他母親才是唯一知道箇中原委的人，也許這兩種解釋並不衝突，他們緊咬著他們是因為他們的意識型態。但是，結果，還真的有值得窮追猛打的原因，也就是最後終於曝光的罪犯阿米坎．史登。但儘管如此，事情還是說不通，不是這樣就是那樣，他拚命回想他母親一開始說了什麼，當赫希事件首度爆發時，回想她是否觸及那個話題，而答案似乎是肯定的，她有。當時她說：他們又再度追著左派人士打，但他不確定，那種話她常常說，在許多不同的背景下，所以全都混成一團。

突然他想起她當時對史登是那麼保護，幾乎絕口不提他犯罪的事，即使她當時掌握的資訊不亞於現在。這實在是很貼心，有點犧牲，這溫暖了他的心。他按熄香菸，連帶他的思緒，然後進屋去。

4

回程路上，黛芙娜說，米卡兒明年到格羅塞托深造的申請被拒絕了，即使對方覺得她的檔案滿亮眼的。巴瑞克說，哪裡？他對黛芙娜剛剛說的話一個字都聽不懂。然後黛芙娜說，格羅塞托，就是木工師傅住的地方。巴瑞克說，米卡兒，想起他的弟妹跟手邊目前的事件絲毫沒有關聯，然後他說，告訴我，妳怎麼會現在想到這件事？黛芙娜說，我答應要跟你說他們私生活和工作的事。巴瑞克說，妳答應過我的事可多了。黛芙娜說，噢，有人不爽囉。巴瑞克說，我沒有不爽，妳只要說句謝謝你帶我去看媽，沒有我妳一個月都不會見到她，說不定下次妳看到她就是帶雲斯頓淡菸去牢裡給她。

黛芙娜說，夠了，不好笑。巴瑞克說，放輕鬆，沒人聽得到妳說話。黛芙娜說，她不會真的去坐牢，對不對？巴瑞克說，我怎麼知道，我看起像什麼都知道嗎？黛芙娜說，夠了，巴瑞克，她不可能去坐牢的，她不會去坐牢。巴瑞克說，把音量開大一點，我喜歡這首歌。黛芙娜說，這東西要怎麼把音量調大。巴瑞克把一隻手從方向盤上拿開，自己調高音量，然後他說，昨天我才在想這首歌是誰唱的。黛芙娜說，這首歌很棒。巴瑞克點點頭聽著：「泥胚牆，乾旱季，小妹妹，妳不小心，被拋棄的羔羊，羊群的恥辱，妳神志不清，妳狀況不好。」然後他說，哇。然後黛芙娜說，什麼。巴瑞克說，「被拋棄的羔羊，羊群的恥辱」。然後黛芙娜說，那又怎樣。巴瑞克說我記得不是這樣的。

第六章

1

只有在開到亞夫內的路上，經過他聽都沒聽過的路口時，巴瑞克才允許自己承認他一直在想著通識教育中心主任娜瑪·穆哈，已經想三週了。

有位大學同窗在臉書上追查到他，告訴他亞夫內的大學待遇不錯，尤其是對有知名大學博士學位的應徵者，因為他們有的是錢，祝他好運。但他們的公眾形象需要改善。

他瀏覽該校網頁，找到通識中心主任的電子郵件——那似乎是最適合的系所，整個網頁中唯一有提到課程的五行字一點用處都沒有。他寄給她一封禮貌性的短箋，套用標準的慣用語句，與他之前寄過多次的一樣。讓他驚訝的是，她回覆了，並邀請他前來會面，而不是小氣巴拉地用一行字打發他，他已經習慣收到的常見回覆不是直截了當拒絕他，就是不大情願地向他要履歷。

中心主任是娜瑪·穆哈；好名字，他心想。他很樂觀。

整體來說，他注意到母親的醜聞除了造成許多騷動外，還帶給他很奇特的平靜感：這麼不尋常、這麼糟糕的事發生在他身上，所以他覺得他的壞命運配額已經用光了，所以現在他脫離險境了。他把這件事告訴黛芙娜，她說，你知道問題在哪裡，對吧，問題就在一件事不會取代另一件事，事情的規則就是這樣，他們指控媽這個事實並不代表你不會死於癌症。而巴瑞克說，說得好，黛芙娜，現在我覺得好多了。黛芙娜說，你要我怎樣，是你自己提起這個話題的。

收音機正在播放下午的歌單，洋溢著愛的氣息，這些歌曲只加強了他對娜瑪・穆哈的幻想。幻想會被點燃，是因為收音機的大音量與他獨自一人在車內，兩個危險因子一觸即發，讓他得意忘形。但真的，有娜瑪・穆哈這樣名字的人會有多糟？娜瑪・穆哈—佛格爾，娜瑪和巴瑞克・佛格爾，娜瑪和巴瑞克・穆哈，你不會放棄像穆哈這樣的名字。一首新歌，頗悶的歌，突襲了收音機，巴瑞克利用這個機會讓自己進入理性狀態，以免失望。但這首歌太短了，或也許巴瑞克太開心了，然後羅西音樂合唱團的歌傾洩而出。巴瑞克遣走在心中站崗守衛他的巴瑞克，開始放聲跟著唱和。

2

他毫不費力地在他的學位間優游，善於利用遊戲規則，有時候拿雙重津貼出國，所以他的花費是同時由希伯來大學和研修學校支付，研修學校對從以色列飛過來竟然只需花那麼少的金額似乎覺得不可思議，顯然認為以色列比實際上遠得多。

他的博士學位，他承認，是屬於比較無法歸類的領域，至少在學術語彙上是如此。不純粹是哲學、或科學史、或醫學、或社會學，他被警告過，結果可能會有問題，人們這麼說；即使是他的指導教授馬克也曾經告訴他，好好考慮一下，你這是在指望別人心胸寬大——他帶著濃濃的英國腔用了open-mindedness這個英文字——那不是你應該指望的事，一般而言不行，在學術界自然也不行。

作為反證，巴瑞克列出所有目前為止對他來說很不錯的好事：他受邀參加的那些會議，津貼補助等等。然後馬克說，你有深具原創性的題目，他們喜歡的就是這點，不是大家都有原創性，博士論文就更不用說了，他們聽到新時代，耳朵就豎起來了。問題是接下來呢，他們會知道該如何利用你的才情，不只是請你去演講，給你些掌聲，而是對你說，請加入我們系所；那就是問題所在。但我可能錯了，我衷心希望是我錯了。巴瑞克知道他說錯了，錯得離譜，當時他還年輕，世界任憑他闖蕩，更何況，和大家經常犯的毛病一樣，他也很難相信未來有一天真的會到來，即使未來真的出其不意地出現了，至少也不可能順利無事。

他完成博士學位，但並沒有拿到「優異成績」，當時他很驚訝，但他記起指導教授說過的，或至少記起他中意的那部分。他怪罪讀者的小心眼，同時忘了從現在起他應當能預料到那種反應，而且任何意料之外的成功應該被視為驚喜：那是例外，而非常態。

他申請那七家頂尖的大學，普林斯頓、耶魯等等，他壓根沒想到要申請別的學校。第一封回函來自耶魯，他提醒自己——帶著對當時的他來說理想的謙遜（假的，僅僅是表面上看起來）——競爭很激烈，只有最優秀的人才能得到入學許可，如果他沒進耶魯，他就會去柏克萊或史丹佛。然後，他真的接到柏克萊的邀請，去接受面試與會談，而他前往只是要確定結果，處理幾件瑣事。會談進行得非常順利，他覺得他給大家很好的印象，他心情雀躍地回到以色列，某天深夜他甚至犯下原罪，上網搜尋大學附近的出租公寓。

當他收到拒絕信後，馬克說，這種事難免，事實上，這種事很常發生，不用去追問原因，畢竟是柏克萊耶，錄取率只有十分之一。後來他又收到五封，接二連三，巴瑞克不再去尋求解釋了，反而把它們看成一個集團，神祕莫測，違背常理。

一年之後，他原本應該重新申請這七間學校，並加上幾所可接受的學校，儘管往下降一階，不過都還在頂尖之列。他很明顯地對申請一事意興闌珊：他真的很想要的那七所學校讓他滿懷被拒絕的怨恨，他覺得想到再被拒絕就特別令人厭惡，彷彿會把原本的「不」從任意的衝動升級成合乎邏輯的立場。至於其他大學，那些二流學校，他總有一種感覺，這些學校將因為他之前的自大而處罰他。他努力對抗這兩種感覺，但沒成功，最後是伊法救了他，伊法在她的電信公司升遷了，升到法律顧問的位置。你為什麼不在這裡留一年，她說，你就可以出產一大堆文章和著作，然後一年之後，你再試試看，到時候你一定可以申請到，我也可能可以請調。

巴瑞克假裝很失望，甚至裝給自己看，表現得像衷心支持男女平權，但同時又期待他的犧牲會受到讚美。然而，彷彿奇蹟降臨，此時特拉維夫大學的科學史與科學哲學系出缺了，就那麼一個缺，會開缺是依據剛好任該職位的人的死亡率而定。伊法說，喔！露出淘氣的笑容，巴瑞克看得出這個職位緩和了她對沒有進展的所有罪惡痛苦，她還不能承認有這個痛苦，因為他們應該是擁有平等的婚姻。

他申請了那份工作，完全沒有信心，彷彿自信是二元現象，要嘛有，不然就沒有，而且一旦自信的外皮被戳破，就消失無蹤了。他交出該交的東西，見了該見的人，馬克也盡可能和他面談。然後，最終決定前幾個月，馬克出乎意料對他說，你母親在特拉維夫大學應該有認識誰吧。

這個問題讓巴瑞克大為震驚，首先，因為他自己根本沒想到，他母親不就是位知名的講師——退休了，沒錯，而且人在耶路撒冷，但人面還是很廣；第二，因為馬克的背叛，他那麼隨口一提、天真單純的問題切中要點，明白透露出他不認為巴瑞克可以靠自己就被錄用。

巴瑞克問，為什麼這樣問，你真的覺得我需要？馬克說，在理想的世界裡，不需要，但我們不住在理想的世界裡，一個人有才華、值得被任用是事實，但不能保證什麼。你不想看到別人奪走這個位置，某個你在某場會議聽過的人，你明知對方超級平庸，但人家父親和某號人物總是共進早午餐，而你才發現要角逐這些教職，要嘛你母親或父親是某學院的院長，不然就是他們和某學院院長固定有飯局。突然之間，巴瑞克不禁覺得受到玷汙，只因為他母親確實固定和這些人一起吃飯。

下一次他們全都聚在艾哈利茲街的家吃午餐時，他提早一小時到；他告訴母親反正他剛好在附近，沒什麼大不了的，然後他靠在廚房牆上，看著母親把菜餚遞給班—亞米，他再把菜端到桌上。

他說，我這星期遇到安赫爾，剛好在他休假進修之前。埃莉榭瓦說，他是個有趣的人，他有跟你說他和列維納斯一起搭計程車的事嗎？巴瑞克說，沒有，我應該覺得生氣嗎？她說，你就為他即將去休假進修感到開心吧，也許他也沒機會告訴你了。

然後他說，哇，媽，妳每個人都認識，對不對？他希望廚房的聲響能蓋過他那過度的渴望。而埃莉榭瓦說，等你在學術圈待了四十年，你也會每個人都認識。他說，現在我只求在學術圈待一小時就滿足了。埃莉榭瓦說，只是時候未到，別擔心。他說，沒那麼簡單，妳知道現在一個缺額就有五百個博士搶破頭嗎？現在跟妳當年不能比了。埃莉榭瓦說，我知道，怎麼著，你以為我不知道，我看著十五年前跟著我做博士研究的學生，哀求某人施捨他們某大學的一門課教。但那不會發生在你身上，相信我。有才華的人會成功，而你有才華。巴瑞克說，很多人都有才華。埃莉榭瓦回答，我看你是努力想從我這裡勒索更多讚美。好啦，你很有才華，一定會成功，而且你長得也帥，我說得對不對啊，班—亞米？正走進廚房的班—亞米說，什麼對不對。埃莉榭瓦說，巴瑞克是我們孩子當中最迷人的，對不對。班—亞米說，埃莉榭瓦，我要錄音存證，打電話通知社會福利局，這段對話有虐待兒童之嫌。

巴瑞克說，告訴我，媽，妳有可能幫我嗎？埃莉榭瓦說，幫你什麼？他說，我也不確定，馬克說我不應該冒險，他說每個申請這份工作的人都找了大人物關說。埃莉榭瓦說，你的意思是我是大人物嗎？巴瑞克說，我怎麼知道，媽，但妳真的認識大學裡的每個人。

她說，所以，你要我跟某個人談，我們講清楚點，跟誰，跟吉德隆？巴瑞克說，對，就吉德隆吧。她說，聽著，我跟吉德隆談根本沒有意義。首先，我不確定我這樣做能幫到你，自從系裡發生那件事之後，我完全不曉得他是怎麼看待我的；然後第二，我認為那麼做只會讓他生氣。你需要那個幹麼？用你的實力應戰，你發表的論文，你的推薦函，相信我，你會拿到那個職位的。而且如果這個拿不到，也會有另一個。

他帶著越來越不耐煩的口氣說，哪來的「如果這個拿不到，也會有另一個」，沒有別的了，妳得明白，這個特拉維夫才剛開出來的缺是千載難逢的機會。然後她說，好，我明白，我也明白你壓力很大，但就我看來，你不用這麼覺得。更何況，即使我想幫，也真的幫不上什麼忙。他說，那吉德隆以外的人呢？特拉維夫沒有別的熟人了嗎？她說，我不懂你在想什麼，只因為我在學術界，我就會認識學術界裡的所有人嗎？我人在耶路撒冷，更別說我在以色列史系，而且不管怎樣，你可能還記得，我離開了學界。所以你到底在想什麼，巴瑞克，真是的。

他說，算了。然後又說：妳當真覺得我有機會得到這份工作？她說，當然！這是哪門子的問題！然後他沉浸在她的溫暖中，把其他事都拋到九霄雲外去了。

到最後，阿農．伊拉夫得到那份教職。巴瑞克不認識他，但聽聞此人非常有才華，他不知道自己該不該感到安慰。接著是一所以色列大學的博士後研究暫時解救了他，但其實沒改變什麼事實。接著是個每兩年收一名博士的學程，但不是錄用他。然後又另一份教職缺，但他母親在本古里安大學也沒有朋友；相反地，她在那裡還樹了敵。

巴瑞克沒有想到要懷疑所有的敵人和對手是打哪來的，他母親不是和整個世界為善嗎，父親是農夫、母親是幼稚園教師的學生都可以在普林斯頓找到某個在那裡當系主任的遠親，知道在耶路撒冷或特拉維夫或海法該找誰關說。而他母親，一位教授——雖然是副教授，不是正教授，但一樣啦——身為每個你想得到的機構的董事會成員，還負責也許是全世界排名第二十五大學的國際關係，卻突然無法想到任何一個人來為兒子關說，而這個兒子據說既聰明又有能力，所以為他背書會是完全合情合理的。他相信他母親絕對沒有惡意，如果有一絲懷疑在他心中升起，他會不假思索地將之排除；母親是勾心鬥角的冠軍，是個騙子，如果她這麼說，那就絕對沒錯。

後來，在他引述母親在艾哈利茲街家裡說的另一個更無說服力的藉口後，伊法對他說，嗯，顯然因為某種原因，她不想牽扯在內。巴瑞克對她的分析感到驚訝，聽到這些一直漫無目的在他腦中漂泊的字眼突然依照句法呈現出來，他對她說，妳在說什麼。伊法說，也許因為和平中心的一切而讓她覺得彆扭？也許因為看起來像偏袒自己人，而她害怕有心人會抓住她的小辮子？我不知道，但顯然沒有必要再要求她了。

巴瑞克很高興伊法是這麼認為，很高興她沒看出事實，其實箇中緣由他很清楚：他母親什麼都不怕，就怕沒有才華。應該成功的人就會成功，她心裡是這麼想的，所以她不會介入，即使是自己的兒子。這個有點斯巴達式的教育實驗，專門設計來強調一個原則：你的實力就是你的實力，就靠這個讓你人生前進，或後退，你也莫可奈何。至於他，母親一定認為他會成功，真心相信他會靠實力成功，但當他沒做到時，就等於證明了自己越來越不值得幫忙，每次的失敗在在確認她之前沒想過要證明的事。她以為他其實更有能耐，但結果她錯了，而他真的沒有立場去期待她做些什麼。

3

結果伊法在公司做得很好，請調他處已不再是個選項，巴瑞克則藉此機會中止他的努力（其實一開始就不怎麼認真看待），而不用放棄他對太太那種理直氣壯的憤慨。

同時，他手上有三門課在教：在特拉維夫大學和沙崙區某大學教授「新時代、舊時代」，以及在靠近加利利海的一所學校教授「新時代狂熱」，這所學校會補助他的油錢。事實上，課程內容根本一樣——巴瑞克之前被要求需準備一系列可能的課程，他卻把時間花在想出五個不同的課名，而實際只有一門課，他唯一想得到的課，他唯一有興趣的主題，根據他的博士論文所設計。這招奏效了，他對自己很滿意，但經過一學期後，他發現學生沒有那麼滿意，至少沙崙大學是如此，填寫課程意見調查的學生在問卷上寫滿意見；巴瑞克很難相信，這些上課時如果講師發的文章沒有翻譯成希伯來文還都不願意讀的懶惰年輕女性，竟然願意在沒有分數的誘因下，花自己的閒暇時間多寫一大堆意見。就是這樣不尋常的努力，讓他發覺她們有多討厭他。不管怎樣，結論是她們覺得他憤世嫉俗（其中一人甚至寫了「他是個惡毒的講師」），此外，她們分不出他是在開玩笑還是說正經話，還有他的課程根本名實不副，既不是心理學，也不是企業管理，但因為這門課是選修課，所以最後那則批評其實不是他的問題。

分不清楚who和whom的學程主任把他請進她的辦公室，告訴他當然她沒有把學生的意見看得太重，畢竟學生都想要輕鬆拿學分，一向如此。我們請您過來是因為您是位教學品質很高的教師，而那些小女生得自己「想辦法」，但她也必須說——她完全沒有要亂改課程內容的意思——他可能會想考慮一下這門課畢竟是選修課，是個以……不完全是輕鬆愉快的方式，但不妨以一般的方式，幫助學生拓展眼界的機會。而她從學生那裡得知，這門課有點緊張，考量到只是兩學分的課，而且，此外，課程中有數學的成分嗎？巴瑞克說，沒有數學的成分，但有百分比的成分，就我所知，學術界就是這樣呈現資料的，除非選修課有不同的規則。然後主任非常嚴肅地說，就她所知，規則都是一樣的。然後她又說，那好吧，一切都沒事，她們喜歡發牢騷，這些小鬼，相信我，我知道，有些人也修我的企業倫理課，但現在我知道前因後果了，沒問題的，我信任你。當他正要走出去之時，她大叫：「一定要給她們點顏色瞧瞧！」巴瑞克說，當然，然後離開。

另一個學期，他繼續給她們顏色瞧瞧，學期末學生向行政抱怨這門課的考試簡直強人所難；最後，大家都從校方那裡拿到「通過」的成績，至於下個學期嘛，他們會再聯絡。

他在加利利海附近的那所學校撐比較久。沒有人抱怨，沒有人說過什麼。但在他任教的第三年，修課學生不足，該課程遭取消了，直到他固定在Google搜尋自己的名字，這才在一名學生評比課程與講師的地下網站發現有人寫了「千萬別修！課程聽起來棒，但實際上無聊得要死。」下面連著三則回應，用語沒那麼嚴苛，但也都附議這個看法。

巴瑞克很清楚發生了什麼事；事實上，早在他草擬那個有趣又吸引人的課程名稱時，他就知道會發生什麼事了，課名中的「新時代」幾個字是那麼無辜、和善，就像一枚藏在書包裡的炸彈。學生想要的老師是個實踐新時代生活方式而不是個傻蛋——但這個人好歹是個博士，這個人也經歷過個人生活的徹底改變，但能以清明的眼光看待此事；這個人或許不願意自己去教重生課程，但仍然支持這種思想，能夠接受這種思想，因為畢竟，大多數人都能接受，即使他們不在裡面教課——結果，他們卻得到巴瑞克。

在特拉維夫大學，選修課的預算被刪減，巴瑞克也被刪了，但他沒有很難過：他一整年都得看著那十一張臭屁的嘴臉，他們比加利利大學不甘願讀書的學生更讓他洩氣，他們自信滿滿，完全無法閉嘴聽他講課。他對這種新的風氣相當著迷——他很確定他的年代沒有這樣——就是每次重要思想家的名字被提起，學生就自動畏縮不前，用最新的流行語來帶過：「那是他的看法」。傅柯說過那句話？很好，那是他的看法；愛德華．薩伊德寫過？很好，他有權利這麼想。從他離開教室至今僅僅幾年，他發現，有種半共產主義的學生獨裁氣氛當道，在這種氛圍下，所有的見解都同樣站得住腳；社會學研討會的二年級新生、傅柯、哲學概論的丹娜與德希達。正如同人人都可以在真人實境秀的大結局上用簡訊投票，他們在科學與資訊面前也一樣平等；專業、知識、經驗——這些都不會受到學術圈的蔑視；像運氣與裙帶關係，那是保守派的渣滓，階級分化的一部分，而且嚴格說來，應該被徹底摧毀。他不要再經歷一次。他想出另一串課程名稱，而且雖然全都不同，卻都是枯燥到令人討厭、他暗自認為誰都不會喜歡的課名。他想在一大票學生中打撈出想法和他相仿的人，如果沒人選課，也無所謂；否則，其實也沒有意義了。不過，他也不能確定自己會選修有這麼嚴肅名字的課：「反智主義頌」、「新年代文化對理性主義的蔑視」（他知道他不能用「新時代」一詞，不能公然——他認知到大家會被這個詞彙蒙蔽，他們不能看到之前或之後有那幾個字眼）。到目前為止，他還沒收到任何回音。

過去三年來，他賴以維生的工作，就是在學校教科書發行前審查書內的練習題，這份工作是從一位朋友那裡接手的，令人驚喜的是，這份工作內容豐富，待遇不錯；隨著時間，書籍、課程與科目的種類越來越廣：「生活技能」、「社會與環境」、「會話與演說」。在整個教育部，他是唯一坐擁這個職銜的人，像個君王；他費盡心力，成功說服他的上司有些領域他一無所知，比如法文，然後那些書就轉給別人，或根本沒有審查。

他把圖片和句子配起來，用正確的動詞形式完成對話，檢查從《聖經》摘錄之文句的出處，回答三角學的問題；他做了這麼多年——即使他已不再自作聰明、審查得太過火，為什麼母親是幼稚園老師、不是醫師，為什麼「細胞及其環境」中的每個人非得是金髮碧眼不可——還沒有哪一次毫無斬獲的，可能是個大錯誤、逗點放置標錯、模稜兩可的用語。反正，他比預期中還喜歡這份工作。

同時，每年從十月到十二月，他持續向各家大學和學院兜售他的產品，簡直就像一部餐點自動販賣機。一長串清單，根據配方遣詞用字。偶爾他會受邀參加會議，通常是透過認識的人介紹，但沒有人有經費，大家都在縮減開支。巴瑞克會上這些機構的網頁瀏覽還沒被砍掉的課程；他背得很熟，如果有新課程加入，馬上就能區分。舉例來說，他看到荷茲利亞現在有「從柏拉圖到伍迪．艾倫」這門課，而海法現在有「探究式的招呼：臉書和推特作為學術輔助」。

如果不再教書，巴瑞克也可以接受，但他不懂為何其他人都不了解這有多不公平，他被武斷地斥為憤世嫉俗，只因為他用澄澈無偏見的眼光看事情，而所有那些小丑和他們的嘍囉，那些到處可見的講師們，那些系所主任，他們不計一切代價，只為了多一門課，多一份鐘點費，多兩萬八千謝克爾——沒一個真正有料。巴瑞克想要，至少，緩和那存在已久、揮之不去的侮辱，因為他畢生的心血而被指為憤世嫉俗，即使沒有人比他更坦率、更認真，而那些成打的憤世嫉俗者卻正利用人性弱點，利用人永無休止的盼望；而且如果有人願意跟他聊聊，不要動不動就生氣，或是更好的，願意讀他的作品，他們就會明白他真的是不諳世事，或至少是理想主義者，因為沒有哪個世故或非理想主義者會心甘情願深入戰場。但巴瑞克無法用一個侮辱換另一個，新的侮辱只強化了第一個，而舊的侮辱只確認了新的，直到它們融合成一綑，那麼密實地纏繞著，他再也無法保護自己，也不知道還能怎麼辦。

4

到亞夫內的路上，巴瑞克想像著通識教育中心主任娜瑪・穆哈，此時此刻她還只是個可愛的名字和三封短短的電郵，短到沒有任何殺傷力。

她的單姓也讓他大為振奮。最近每個人都在用連字號，連伊法——原本信誓旦旦說即使結婚以後仍要沿用伊法・史隆尼姆的本名，她沒有辦法忍受那些雙姓——最後還是用了連字號，是基於官僚主義的原因，或是基於方便，他記不得細節了，總之她成了伊法・史隆尼姆—佛格爾，然後某天艾隆娜的名字在幼稚園的通訊錄上被誤植為艾隆娜・史隆尼姆—佛格爾，而曾經取笑過艾隆娜同學未來配偶名字（艾蜜莉・羅森費爾—夏利塔—馬利奇，還有阿爾瑪・馬利奇—薩克斯—夏利塔）的伊法，現在半開玩笑地說，你知道嗎，好像也沒那麼糟，而雖然那麼寫不是出於她的本意，結果就變成那樣了。

「連伊法」。這三個字放在一起讓他難過，因為也許這不再有意義了。伊法，他始終依靠的對象；他能夠根據她站在哪裡而衡量事物，因為不管她從哪裡出現，那裡就是好地方。現在，臉書通知他，這個伊法「讀了名為『偶然的智慧』的一則貼文」，而巴瑞克點了連結，連到「奇蹟課程」網站，儘管他很訝異有機會在自己的恐懼中打滾令他頗為樂在其中。她顯然又回去了，一如他所料，而他瀏覽所有的項目與承諾，「我們的故事」、「最新活動」、「朋友見證」，在一大堆證言中翻找，蒐羅顯示其有罪的證據和荒唐的說法，這樣他才能向她反擊，好像他有權這麼做似的，好像某人有開口問他的意見。但是，他在網頁文字中仔細檢查，絕望地，帶著強烈的無望感，知道所有他蒐集的證據根本不會有人在乎；它們只在他私人的法庭上才不符合要求，而那裡連伊法都已棄之不顧，她甩上門，頭也不回地走了。他在上面留言——「有趣」——這樣她就會知道他知道了，這是刻意中傷的訊息，但伊法不予理會，而該留言收到八個「讚」。

所以娜瑪．穆哈未婚，她有個年輕的名字，雖然你偶爾還是會遇到五十幾歲的娜瑪，然後她是某中心主任，所以也許她有大腦，而且她還不是博士，或至少沒有堅持要冠上「博士」的頭銜，光憑這一點來看，她不是很年輕就是很正派，而不知怎麼著，上述種種加起來，讓巴瑞克覺得他快愛上娜瑪．穆哈了。

5

他坐在寬闊且出乎意料美麗的亞夫內學院會客室裡等待。真不巧他沒隨身帶幾張報紙，至少那能讓他消磨一點時間。或是一本書，如果他帶本書在身上，然後她從辦公室裡走出來接待他，看見他在讀書的話，那就再好不過了。但他沒有帶。

最後，門開了，巴瑞克可以不用再假裝傳簡訊了。他抬頭看娜瑪・穆哈：纖瘦型女性，約莫四十歲，黑鬈髮高高綁起，有點像刺刺的馬尾，他不知道這種髮型叫什麼，如果有名字的話。她讓他想起童年玩伴的姊姊，總是全神貫注在自己的事情裡，事情又多又神祕，那位姊姊對她弟弟和弟弟的朋友總帶著輕蔑，輕蔑到過了頭，全都是因為他們卑微的身分：年紀小、反應慢的弟弟和他的朋友。那女孩長大後成了備受尊重的插畫家；巴瑞克現在偶爾還是會遇到她，她和她深膚色的兒子走在街上，微微扭動她的五官來打招呼，感覺比完全不打招呼更糟。

娜瑪・穆哈不是他的菜，因為就不是，而且因為他肯定也不是她的菜，天差地別的兩種品味碰巧在同一單位裡行進；而且不管怎樣，她的表情表現出一種不需要，一種自滿，那是在有自滿之自由的人身上才能找到的，因為他們沒有在尋覓愛情，因為他們找到了。

他心中升起一絲怨恨，倒不是因為失望——他沒失望，真的。但是他覺得受懲罰、被推擠到一旁，彷彿他不受管控的寂寞允許他自視甚高，以至於只需要某個女性，基本上只要開個門，就能把他彈回現實。

娜瑪・穆哈——巴瑞克想叫她別的名字，把那個名字保留給另一個女孩——微笑著說，很高興見到你，我是娜瑪。然後巴瑞克說，嗨。然後他們步入一間相當大的辦公室，是巴瑞克相當熟悉的那種：在這類地方的辦公室總是比較大，比較豪華，書架上都沒書，試圖淡化學生如鼴鼠般的生活，好像深怕會嚇著他們似的。

她對他說，我看了你的履歷，非常精采，很了不起的博士論文。巴瑞克說，謝謝。她又接著說，我並不是說我同意你的結論，然後巴瑞克在心底嘀咕，她哪有辦法根據履歷上的短短三行就同意或不同意他的結論，而且，什麼叫做「同意」或「不同意」，講得好像在國會一樣。他再次感到絕望，不知什麼原因，這種感覺總是來來去去，而不是停駐生根。她大概是因為去過印度什麼的，所以才不同意他的結論，雖然她必定有自己的解釋，她是那種好辯的女生，換句話說，很堅持己見。

他說，那無所謂，我並不期待每個人都要認同我。然後娜瑪說，哇，相當虛心，這點在作研究的男性身上可不常見。而巴瑞克不知道該說什麼，最後他說，在作研究的女性身上也不常見！帶著故作神祕、自作聰明的口吻，正投娜瑪所好。她微笑著說，那倒也是，然後她說，巴瑞克，理論上我們此時沒有要開任何新課程，因為預算的限制等等一大堆因素，我就不拿細節來煩你了，不過我明年真正需要的是一位優秀的教師，可以教基礎課程，如怎麼讀學術文獻、提出論點、書目等等那些東西。巴瑞克說，妳是指學術論文寫作？他知道這門課，每一所沉悶乏味的大學都有開這門課。但娜瑪．穆哈說，類似那樣的，對，我想你可以這麼說，好像對她而言，這個想法是什麼神來之筆，相當前衛，未經檢驗，必須從頭開始打造。他說，所以我得自己彙整安排？娜瑪．穆哈說，嗯，我當然會幫你，我們不會把你丟到鯊魚群裡。巴瑞克說，沒關係，其實我喜歡被丟進鯊魚群裡。他怕這話聽起來有點變態，所以試圖想辦法提起他有女兒的事實，這樣她就會知道他很正常。但娜瑪．穆哈只說，好，太棒了。然後巴瑞克說，那好吧。

6

回家的路上，右手邊突然出現一長排大型購物商場，而巴瑞克，出於一股不尋常的自發性，停入深埋在停車場中央唯一剩下的車位。他發現自己舉棋不定，考慮要選當地的咖啡館——漂亮的招牌掛在窗邊，印著女性筆跡書寫的「咖啡杯」字樣——還是選那裝飾著熟悉、暖心的全國星巴克經銷商顏色的大型連鎖店。又一次，他心裡的罪惡感作祟，覺得自己是全球化的幫兇，沒那麼受在地、獨特的店吸引，但在亞夫內，要消除那些罪惡感容易得多，於是他走進星巴克。

他在等咖啡時，瀏覽著架上的報紙。太多當天早上簇新的報紙等著他，有些完全沒有人翻閱過，彷彿剛出生一樣，彷彿它們努力展現自己使人無法抗拒。但巴瑞克沒心情看他母親的新聞，所以他從最底層抽出某本皺皺的娛樂雜誌。

等待糕點和咖啡準備好的空檔，他翻著書頁瀏覽有什麼好看的，看到一篇訪談，是他見過的電視劇女演員的訪問。他得知今年是她很順利的一年：不但在那一檔節目中出現，而且目前的感情（「他不是圈內人，我覺得這其實對我比較好」）也很不錯，除了素食主義外，雖然她從不評判人，一點都沒有說教的意味，她自己必須每個月吃兩次魚，醫師囑咐的，經過那次各大媒體都有報導她在彩排時昏倒的事件後，每個人都認為她有厭食症（「我也希望！我超愛澱粉類！」）或是嗑藥（「它們跟我不和」），但是後來發現她是輕微貧血，但當然他們沒寫到這件事，因為內容不夠聳動。

看到文章結束咖啡都還沒好，巴瑞克開始往回翻。他盯著那些在花俏標題下坐在各式咖啡館裡似曾相識的臉孔的圖片，然後視線徘徊在一名穿著泳裝的年輕女子身上；她大腿和臀部的交接處被圈起來，三個箭頭指向圈選處：「太多西班牙香腸」，這幾個字放在不知從哪裡冒出來的對話泡泡框中，好像沒有人想為裡頭的文字負責。巴瑞克忖度這語句指的一定和這名女子有關，巴瑞克知道她的名字，但不知道她和西班牙香腸有什麼關係。

然後他看到她：伊法，他太太，側面角度，亂髮蓋住半邊臉，回頭往後看，和一名身著褐色外套打領帶的高大男子手牽手，他半邊身體被裁掉了，他們兩人擠在一張團體照的左側，那是Typecast的開場派對，Typecast是什麼，巴瑞克的目光急忙在密密麻麻的小字中搜尋，但沒提到他們倆，顯然這張照片的主角不是他們。巴瑞克認不出那男子的身分，因為他有部分被裁掉，也許照片沒被裁掉他也認不出來，而且他很訝異竟認得出伊法來，她突然看起來像個完全不同的女子，這個雜誌上的女子。

有人說話的聲音讓他抬起頭來：又瘦又高的年輕男子站在他旁邊，端著咖啡和可頌，他說，你是巴瑞克嗎？巴瑞克望著他，又望著托盤，然後說，對。然後男子說，我們已經叫你的名字五次了，略有譴責之意，那種語氣鐵定是咖啡店員工手冊裡嚴禁的吧。

第七章

1

杯子底部的咖啡漬顯示她早就到了，而且讓她看起來比實際更寂寞。巴瑞克趁這個機會，試著從遠處端詳她，想看出些端倪。但是一如往常，他的恐慌勝過理智，理智告訴他應該退縮，而他竭盡所能，跨著最大的步伐朝她走去。

她從椅子稍微起身往前傾，尷尬地在他臉頰上親一下，他們以前從來沒有這樣，所以那宣告他們目前的處境，他們見面是要談事情的，他們以前從來沒有為了談事情而見面。

巴瑞克已經在盼望事情趕快結束。他逃避這次會面超過一星期了，身為遭逢不幸的家庭的一份子，這個新角色也只能讓他拖這麼久。儘管如此，還是有個限度的。伊法太了解他了，在艾隆娜出生之前以及自此之後，他的行程表是對她開放的，這點他很懊惱，他從來不趕時間，他時間太有彈性，而且反正，到了這個節骨眼，巴瑞克想知道、想聽到、想跳到發表聲明的另一面，想開始摸清事情的底細。

她說，你好嗎？而他說，妳說呢。她說，你在生我的氣嗎？而他說，我應該生妳的氣嗎？然後她說，我不知道，你表現出在生我的氣的樣子。

他說，也許妳應該告訴我妳原本想告訴我的事，我覺得這樣的對話有點弱智。然後伊法重重地深呼吸，但巴瑞克才不同情，他在生氣。而她說，好，事情是這樣的，簡單來說，幾個月前我開始和某人約會。

那些字詞假冒為不起眼的單詞——只有一點點，簡單來說——像在製造噪音一樣，在他的腦袋裡搭搭作響，宣告這起事件的說詞有鬼，雖然她極力佯裝這事沒那麼驚心動魄，卻沒成功。他知道他應該說，真的嗎？我真為妳開心；或者，也許，更有說服力的，比如：我承認，我有一點嫉妒，告訴我，我什麼時候才能找到有緣人。但是他沒有，反而當場在他們對坐的方桌上簽下自己的死刑執行令，說了，跟誰。而伊法說，某個記者，而在巴瑞克有機會消化這個新訊息之前——雙頰、鬍渣、他從電視上認識的記者，整個戰場濃稠一坨閃過他的腦海，愚蠢，多餘，妒火中燒，試圖把八卦專欄裡那被切掉一半的高大猴子連起來，但沒成功——她說，那不重要，我們不來往已經一陣子了。而巴瑞克只有一個想法，沒有別的，他們倆在這次會面之後會不會上床，因為現在有機會了。突然整個世界似乎充滿希望，不會有什麼壞事發生了，因為她已不再跟他出去。只有一點點，跟某個記者。而伊法說，那不是事情的重點，而此刻巴瑞克不在乎重點是什麼，而伊法說，事情是這樣的。

她說，我們交往的時候，就是整起阿米坎．史登案事件開始時，他要進軍政壇，那些事，大學、學位、全部，所有的記者都緊追著不放，尋找所有的蛛絲馬跡，不放過一絲資訊，記得嗎？

那整件事在我們認識後不久就開始了。然後巴瑞克說，什麼方式？伊法說，我們是透過什麼方式認識的？就認識了。然後巴瑞克說，那是什麼意思，就認識了，在網路上？伊法說，噢，拜託，我們在某個朋友家認識的。巴瑞克按捺住，沒追問是哪個朋友，在他的想像中，他已經知道她在說謊，他們是在某間酒吧認識的，而且馬上就上床了，可能在某場新書發表會或心電感應研討會，誰知道，她老婆的生活已飄到很遠的地方，離他遠遠的，改變得飛快，彷彿曾經飛落在他身上片刻，但從來沒打算長留。

她說，簡言之，順其自然地，他知道我是埃莉榭瓦的媳婦，順其自然這一點常被提起，他才剛發表了他對阿米坎．史登的調查，而她一直重複的順其自然嚇到他了，他是那麼蠢，非常不順其自然的事情都可能發生了。然後她說，你也知道我對你媽有多崇拜，我有多信任她和她的良好判斷力，幾乎總是如此。而巴瑞克只聽到幾乎一詞，他說，繼續說。然後她說，總之，從他談論阿米坎及其所作所為的樣子看來，顯然他覺得阿米坎是個道德完全敗壞的傢伙，所以我會為阿米坎辯護，只因為那些你媽說過跟阿米坎有關的事情，我是說，我怎麼會知道，我又不是從亞當那裡認識他的，但如果我沒記錯的話，她一直都說他好話，不是嗎？而巴瑞克說，嗯。伊法說，對嗎？巴瑞克說，就假設妳是對的吧。伊法說，即使以前當我們大家都聚在一起的時候，她說他從政是一大錯誤，他們會把他生吞活剝，而巴瑞克不願意回想那一晚，他寧可把那晚想成詭異而非悲傷，即使其實是悲傷。那一晚，晚餐過後她沒有和他回家，她去了別處，沒有說哪裡。然後她說，總之，我告訴他，比方說，我們在倫敦時還得付公寓的錢，一毛都逃不掉，我說他對這種事真的是個怪胎，怪到自成一格，還說他甚至連給自己的至親好友一杯水都要記錄，還印請款單出來。你記得我們那時候有多氣吧，你媽服務的單位在倫敦有間公寓，我們一點便宜都沒占到，你記得我們還狂取笑這件事。巴瑞克感覺她努力要用共有的回憶討好他，但他仍然不明白為什麼需要討好他。伊法說，記者對我說，赫希中心在倫敦有間公寓？我說是啊，事實上我不確定公寓是屬於中心的，還是在阿米坎名下，而且這點似乎也不那麼重要。順便問一下，是他的嗎？巴瑞克說，我不知道。她說，沒關係，我也不知道，那很自然，而我對他說，事實上，我不確定公寓是屬於中心的還是阿米坎的，還是怎樣，然後當天晚上，他傳簡訊給我說赫希中心在倫敦沒有公寓，在其他地方也沒有，如果公寓當真屬於阿米坎，那就有意思了，還說我暫時不要向任何人提起此事。當然我超級擔心的，我打電話給他激動地求他不要再提這件事了，這種事我真的不知道，我也真的不曉得公寓到底是誰的或誰付了什麼給誰，我只知道他們一向嚴守規矩辦事，而且據我所知，這個叫史登的傢伙既正直又坦率，而他叫我冷靜，公寓不是史登的，我問他那是誰的，他說他還在調查，但無論如何絕對不是史登的，他確認過了。然後我又問了他或許十次有吧，他是不是百分之一百萬確定不會拿史登開刀，我真的超心煩的，根本無法跟你說，我很怕我在無意之間害到你媽任職的中心，但他說他已經不管史登了，他對史登沒興趣了，而且反正公寓也不是他的，所以他對這個資訊也無從使力。就這樣。我沒告訴是你因為，真的，沒什麼好說的，我很確定他已經不管了，我不想讓你白擔心，但是我發現那個王八蛋要為報紙上揭發你母親的報導負責，說什麼公寓是她的，而且這件事我已經心煩一個星期了，我不知道該如何是好，巴瑞克。而巴瑞克看到她圓潤的腮幫子變得更鼓，這個微小的動作是要掩飾雙眼快迸出的淚水，然後他說，妳跟歐佛・烏奇埃利交往，心裡其實在說妳和歐佛・烏奇埃利上床，妳和別人上床，然後伊法說，對。

他覺得他應該大怒，崩潰或發火或走人，震驚或痛苦或恐懼，但他最深的感覺是他需要她，只有她才能解釋這場她甫釋放在他身上的夢魘——夢魘的範圍和構成要素。然後他又再次對自己生氣，氣自己太懶了，沒克盡職責去調查針對他母親之指控的細節。雖然人生一直回過頭來賞他巴掌，試圖一再告訴他那是他該做的事，氣他沒有能力爆炸、爆發，做正常人該做的事，氣他什麼都要權衡輕重，連情緒都是，那麼小心翼翼，只要情緒一探頭就命令它們縮回藏身處，氣他信任她，而這名女子，此時就等同於回過頭來請他不要再信任她，他受夠了，還有氣他自己是氣自己而不是氣她。

他說，我不明白，妳到底跟他說了什麼，妳跟他說在倫敦有公寓？伊法說，相信我，我也不知道。但巴瑞克不相信她，她一分鐘前才說過的，她記得可清楚了，是他才不知道該怎麼聽，不知道該怎麼聽這種事。伊法繼續說，我告訴他我們住那間公寓，每一塊錢都得付，我是那麼說的。然後巴瑞克說，難道他沒辦法自己發現那間公寓的事，如果他早就在調查史登了？伊法說，我猜他會，我想他顯然遲早會自己發現那間公寓。而巴瑞克感覺他被騙了，但是他自己也要負責，伊法想要認罪，但他堅持要洗淨她的罪，即使那個罪讓他看起來很愚蠢。而他骨子裡可以感覺到那熟悉的誘惑，想要粉飾太平，把不可能的麵團揉捏成可能，全都是出於懶惰，因為有些事即使是即將看到它們險惡的形體就足以讓一個人墜落絕望的深淵，有些船下沉是比較好的，有些島嶼不該被發現，但他不但對自己又惱又怒，讓他更氣的是那股衝動、那股需要去拆解伊法生活中沒有他的那部分，把她的生活碎成一片片小到無所遁形的碎片。然後他說，妳是說他正在寫關於阿米坎的文章？我是說，他就是爆出阿米坎報導的人？伊法說，我們是在調查之後不久談到這件事情的，也因為有調查所以才提起這個話題的，所以很自然地，當他聽聞公寓一事他整個人都積極起來。巴瑞克說，但是怎麼會扯上我母親？他那時又不是在報導我母親。伊法說，我認為不是。巴瑞克說，所以本質上，沒有人在對我母親進行調查。而伊法說，我不知道，巴瑞克，你告訴我，我哪知道報紙是怎樣，我只知道歐佛告訴我的事情。突然之間此事觸怒了他，她說的林林總總的事還有她說話的語氣，她說「巴瑞克」就像擠乳液一樣大方，還有這個突然迸出檯面的「歐佛」，好像他就只是另一個人。他說，妳說妳不知道是什麼意思，這個叫歐佛的傢伙刊登了媽的調查，除了他沒有別人，不是嗎？而伊法帶著愧疚和尷尬說，是。巴瑞克說，所以，換句話說，如果當初他不知道公寓的事，他也不會開始調查媽。而伊法說，我不知道，巴瑞克，我真的不知道。巴瑞克說，妳不知道，但是妳的直覺怎麼說。伊法說，我直覺不是這樣。

2

他一直等到她的車開走好一段距離了，才把手從已經插好準備發動引擎的鑰匙處拿開，讓他的手不需看起來那麼忙碌，不需看起來好像準備好要做什麼似的，因為他擔心某個伊法的幻影可以看到他在擋風玻璃下的手。

他往後靠，但豎直的椅背沒辦法提供他一直想望的慰藉，免於期待之焦慮徹底絕望感的慰藉。他考慮把椅背一路往後傾，但覺得大白天的在北特拉維夫的商業區中心這麼做有一點太古怪，動作太醒目，簡直在宣告他的怪異——他一直受此所困，也始終努力想擺脫這種形象。所以他只好坐著，被囚禁在椅背和方向盤之間，也被困在他的良知壁壘之間，一名高大的男子不知道長手長腳該擺哪裡，不知道哪裡可以慵懶地伸展，不知道那樣想到底對不對。

「沒有失敗這回事」的箴言躍入腦海。他不喜歡那些保險桿貼紙格言，總覺得那些格言強加一種多餘的樂觀給被困在車陣中的人，但現在他心想，這其實適用於他，因為他需要這個失敗，不知打哪兒去找，或是該如何被其淹沒，或是如何融入其中。而剎那間，「沒有失敗這回事」的箴言讓他覺得很悲傷，一點都不樂觀，那麼多人漫遊在那些喜悅之中，試圖逃離，但他們不知道如何真正悲慘，偶爾他們也需要悲慘一下；他們有某種基因缺陷，少了一個，又或許多了一個染色體，所以註定要一直站崗看守，找不到慰藉，也找不到寧靜。

他打電話給黛芙娜，只要不獨自一人回家都好——而且他並不是沒試探過伊法；即使他們已經結束談話，他還是沒有剝奪自己最後一次被羞辱的機會——但柏亞茲接起電話說，她現在在阿拉瓦開會，沒辦法接電話。而巴瑞克幾乎想脫口而出，嘿，柏亞茲，我可不可以去你家坐坐，然後他想到他根本找不到話題，柏亞茲突然就像個全然的陌生人，像是男性版本的伊法，他姊姊的先生，而有生以來第一次——巴瑞克既自豪又尷尬——他對大家所說的血緣關係感同身受，在義大利電影裡、但也在一般家庭裡大家都說，你唯一真正可以依靠的人你是的父母和手足。

稍早，他和伊法談話即將結束之際，她問了，你會告訴你媽嗎？巴瑞克說，我不知道，我得想一想。他想保護她是出於某種可憎的本能，他對她的愛憐大於他對家人的愛憐，但他聽得出她聲音裡的討好，故作無辜的口吻。而突然之間，她好像非常冷漠，她說，你可以幫我個忙嗎？巴瑞克說，這個嘛。她說，如果你準備要告訴她，可以先通知我嗎？讓我有心理準備，就這樣，我也不知道我要怎麼做到，不過反正那是我的問題。然後他說，這點我可以答應妳，伊法，沒問題。

現在他在想，他到底答應了什麼，何以覺得沒問題，他也開始想這個協議是否也涵蓋他姊姊，而巴瑞克知道，不管怎樣他根本就沒把這承諾當作一回事，這點是確定的，他甚至可以證明，因為如果黛芙娜二十分鐘前有接手機，她就會知道了。

而且也許耽擱了終究有好處。突然，他的家人似乎都創造力豐富，思緒縝密糾結，也許他不應該冒險告訴他們，不能告訴他母親，連他姊姊也不能，直到他更能掌握整起事件可能衍生的後果，以及知道該對誰說。

他以失敗者的典型姿勢揉著前額，告訴自己他莫可奈何，告訴自己從現在開始，他有權利沉湎於悲傷與自憐中至少一陣子。他母親被軟禁在家。他沒時間自憐自艾。但哪知伊法沒有放過他，他逐漸開始了解她丟給他的大災難可能會有什麼後果，不是丟給他母親，也不是丟給他的家人，而是丟給他，丟給巴瑞克獨自承受，而現在他要做決定，也許甚至決定某人的命運。他不能再當理論上憂心忡忡的兒子，不能再當那個如果可以，很願意幫忙母親，但發現事情超乎他的控制，大到他無法應付的無助男孩。伊法從他那裡奪走了這種慰藉、這種寧靜、這種惰性，而巴瑞克知道如果說他對什麼事情生氣的話，就是這一點。如果他無法原諒她的話，也是這一點。但突然有個影像映入腦海，伊法正在和歐佛·烏奇埃利做愛，於是他就不那麼確定了。

靠近巴瑞克停車之處，在二手書店的前窗有本厚實的書，雖然很重，卻好像漂浮著，蓄著八字鬍的男子從窗戶往外看著他，上方是另一種語言的字母，隔著一段距離，他辨識不出那些字。巴瑞克覺得那是個徵兆；什麼事的徵兆他不知道。

3

三不五時，通常在準備度假前，有機會去享樂前，巴瑞克會想起在倫敦那不愉快的一週。

公寓本身很好：位於一棟新大樓的三樓，摩登又充滿英國風，坐落在漂亮的社區，綠意盎然，地處市中心，交通便利，硬木地板，裝潢美侖美奐，就像少有人住的房子一樣，乾淨又舒適，但令人有點不舒服也是因為如此。唯一賦予屋子風格的，是對日本書法不尋常的過度偏好。在每個房間都掛有手繪卷軸，似乎是同一系列的，一整批同時買進，好像某人盡最大的努力要給來訪者某種既定印象，好像這屋子和以色列的和平中心完全無關。

但公寓新穎的舒適感，以及其他全都對他們有利的條件——天氣好，一歲八個月大的寶寶艾隆娜表現超乎預期，完全沒破壞這趟旅程——只增加他們的心頭重擔，讓他們更焦慮：必須玩得愉快的壓力。

其實不好玩。他們去了倫敦眼，眺望整個倫敦，在高級餐廳用餐，艾隆娜也相當配合，逛街購物，去了動物園，看了一場給親子的表演，四處散步，充分享受當地氣氛。就像那些容易找到樂子的人喜歡說的，我們一直走一直走，踏遍整個倫敦，漫無目的地走，好像如果走得夠久，他們就會開始得到樂趣，就會達到心情舒暢那一刻，痠疼的身體拋下你，把你愉悅的心靈留在背後——而他們仍然沒有感受到一直期待的那種昇華，那種理應籠罩著度假之人的滿足感，那種將他們和那些只是忙碌奔波的可憐人區分開來的滿足感。

巴瑞克特別記得他獨自一人的那個下午——他們之前說好兩人都能有一下午的單飛時間，他走過私人住宅，透過窗戶往裡望——他在以色列也會這麼做——然後羨慕著當地居民，不是因為那種倫敦味，而是他們每日生活的常態，羨慕他們住在自己家，而非在度假。

直到那刻，他都以為他的障礙和太陽有關，他無法享受一般的海灘或島嶼度假，因為他需要更合他意的天氣型態——灰濛濛、雨綿綿——才能樂在其中，但他現在開始懷疑問題可能更嚴重，懷疑他根本就不適合度假或放鬆或享樂。這個想法困擾著他，尤其因為艾隆娜還是個小小孩，還有好幾年童年要活在他的陰影裡。現在他在想，如果當初他就知道此刻參透的事，也就是艾隆娜對他的不滿其實和此事無關，他會不會覺得好過一點。

第四個晚上，在床上，他對伊法說，告訴我，我們玩得愉快嗎？她說，你的意思是我們玩得不快樂？他說，我不知道，總覺得這個假期沒有應該有的樣子。而巴瑞克以為她會答，什麼叫做應該有的樣子，我們玩得愉快就是玩得愉快啊。但是她反倒說，我懂你的意思，接著他們分析此事，大笑以對，胡扯一通。在旅程的後半部，他們取笑自己在尋找樂趣，但那不夠。

現在他記起他們對那間公寓有多謹慎，好像公寓是在國王名下似的，他們是如何乖乖聽從母親的指示，還滿懷感激：協議好的每晚價碼，乘以八，加上額外費用，大概要抵付他們使用之水電瓦斯的微薄費用——即使以最大方的計算方式。他們把冰箱的內容物補滿，比原先提供給他們的備品慷慨得多，他們甚至狂熱地重新填滿料理台上的水果籃，即使那一整個星期以來，他們只吃掉一根香蕉。

如果公寓真是他母親的，那她的行為舉止就很荒謬。談不上是謊言或騙局，而是場鬧劇。巴瑞克很高興他至少能篤定那間倫敦公寓不是母親的，就是如此，而這潛入調查的誤會是他可以抓著不放的救生索或提燈，他可以放在心裡當作祕密的，多虧了那一個星期。也許那個星期畢竟是好事。

只不過並不是好事，他領悟到這點，因為如果沒有那次旅行，根本不會有調查存在。他隱約覺得羞愧，做好承受可能遭受指控的準備。不要告訴別人這間公寓的事，埃莉榭瓦以前總這麼告誡他們，我是認真的，我們旅行時住哪裡完全不干別人的事；我們把錢藏在哪裡也一樣（塞在《沒人寫信給上校》的書頁裡，他們會大聲回答，而埃莉榭瓦會斥責他們，不要這麼大聲！神情相當嚴肅，彷彿她正允許自己把通常竭力壓抑的所有怪癖和誇張都導入其中）；或爸媽賺多少（我們怎麼會知道，巴瑞克總是問，直到艾騰終於告訴他，每年都會公布在報紙上三次，那是非營利透明公開的一部分，不是嗎？一年二十幾萬的基本薪資，如果我沒弄錯的話，而埃莉榭瓦會勃然大怒，極力否認這個金額，而艾騰會說，如果我們不知道妳賺多少錢，那妳幹麼那麼擔心我們會去跟別人說，這時埃莉榭瓦就更生氣了）；或我們有或沒有多少間公寓，諸如此類的。舉例來說，茉莉巷的公寓，你就付你在付的，巴瑞克，那真的不干別人的事。然後巴瑞克和艾騰和黛芙娜就會輕聲模仿她，怎麼模仿視他們當時的年紀而定，以及她試圖要淡化什麼事，還有他們每一個人在家庭互動中扮演什麼角色，妳真是杞人憂天，他們會說，妳太過頭了，誰在乎妳有什麼或沒有什麼，妳是唯一花整天時間在意那件事的人，如果妳繼續下去，我們真的會開始覺得好奇。

隨著時間，他們的錢財增加，孩子長大，他們就越來越少取笑她了。

4

他能怎麼辦？他該往哪裡去？他真的考慮去亞米納達，就直接出現，去柏亞茲的家，只要不獨處什麼都好。他想像自己和柏亞茲一起，在他石造平房的家裡，黛芙娜不在；他無法想像。他提醒自己柏亞茲在那裡也是個異類，在廣闊的亞米納達農業合作社；一般而言，無人居住的小塊土地只能由合作社原本創始人的後代購買；當然柏亞茲不屬於這類人，但黛芙娜是房地產專家，而柏亞茲是那麼多含糊不清領域的專家，大家一點也不驚訝他們能買下那麼大、地段那麼好的土地，而沒有來自鄰居的抗議。

這是黛芙娜的專業領域：過去十年來——換句話說，自從她三十四歲結婚以來——她會買下各式各樣年久失修、破敗不堪的土地（其中包括一處廢棄的軍事哨所，在利伏塔郊區，已成了毒蟲的巢穴；還有馬茲立亞農業合作社的一部知名活動房車，是四人謀殺案的事發地點）；她會自掏腰包修繕這些房屋再賣出，賺取暴利。她這方面的天分令人目眩神馳，連艾騰都聽她的建議，買下南雅法一棟荒涼的建築物，原屋主是個大家族，但目前正在爭遺產繼承權。在黛芙娜密切監視下，這棟可怕建築物內部的公寓合併成一座宮殿；艾騰遵照她的指示耐心等待，等著鄰居預期中的死亡，尤其是四樓可愛的阿拉伯夫妻，他們渾然不知屋頂上的建築物屬於誰；他們計畫收購整棟建物，一旦將來輕軌開始經過該地區，房子將值數千萬謝克爾。

近年來，黛芙娜的公司——該公司使用的「席丹不動產」這個觸楣頭的名字，來自黛芙娜的雙胞胎兒女席拉和丹的名字——擴展，納入收購小組。黛芙娜出色、不招搖的品味，讓她可以隱藏她其實已成為富婆的事實。

她人生有這樣的轉變，都要歸功於柏亞茲。認識柏亞茲之前，黛芙娜是名落魄的藝術家。在她失敗的巔峰，也就是認識柏亞茲時，她正在一處廢棄的空間裡拍石膏雕塑的影片，並在持續的迴圈中串流這些影音檔。結果證明這些空間她如果買下來，境況會更好。他們認識的過程是那種財經雜誌會報導的故事，但是他們以暖人心扉的深情與體貼講述，好像彼此是在一片秋牡丹花海中邂逅，而不是在某成功的房地產交易現場結識，打情罵俏。

黛芙娜當時住在特拉維夫希望社區的一間小公寓，她用來當作工作室，創作難看的藝術品，也兼做儲藏室存放那些作品。那個時期的柏亞茲是自營房仲，有天由屋主陪同，出現在她的公寓，屋主有意賣掉公寓，想估算房子的市價；在那天之前都搞不清楚公尺和平方公尺差在哪裡的黛芙娜，冷不防從後面的房間走出來，突然以一副專業房仲的口吻說，柏魯克，他想騙你，十年後這間房子會比現在漲十倍，二十年之後會漲二十倍。我告訴你，不要賣，除非你拿到合理的價錢。

不管是出於求生本能才促使她這麼說，還是聖靈降臨賦予了她從前未知的能力，當下柏亞茲無可救藥地愛上她。同時，她就像個小女生走在沙灘上輕快地哼著歌，忽然被巴布．迪倫發掘。那個週末，黛芙娜搬去與柏亞茲和他兒子一起住，住在柏亞茲在希望花園租賃的公寓裡。而且，在柏亞茲的慫恿下，黛芙娜從此告別她的藝術創作，反正那些藝術品都分解成灰塵了，並且開始全新的職業生涯，這一次是當個房地產奸商。

所以，他們倆就成了某種行動房地產及信託企業集團，只要他們在場，你絕對會覺得他們在對你和你的房產估價，閒聊間，裝修、重建、銷售全都定案。就像你和心理醫師相處一定會覺得自己被看個精光，跟美容師在一起必定覺得她在評斷你的膚質。

但是有件事持續折磨著黛芙娜，她對自己最後竟然進入如此卑微、如此粗鄙的行業有著一絲絲羞愧感，所以她成了舞蹈、戲劇、藝術狂熱的愛好者。她癡迷地購買藝術品，即使她對藝術的喜好並沒有比大多數人強，也就是說，沒有很喜歡。她對藝術的過度贊助背後有兩大支柱，一是她母親在好幾個藝術組織擁有會員資格，提供許多票券與參加開幕式的機會；二是柏亞茲相當樂意陪伴她參與任何場合，心裡盤算總有一天他可以找到方法好好利用，也因為他明白這年頭所有跨領域的事情都很了不起。

一度，黛芙娜甚至還想把伊法拉進去一起工作——她當時和巴瑞克還有婚姻關係，但伊法懂真正的藝術，也能分清楚嚴肅高雅的舞蹈和其他的差別，所以她用各式各樣禮貌的藉口回絕黛芙娜的邀請。巴瑞克看出來龍去脈，仍對伊法耿耿於懷，尤其是她持續和他母親出去，對此毫不內疚，甚至在和巴瑞克分居後，婆媳二人偶爾還是會利用各種文化活動的季票與邀請函相偕出遊，那些票轉送給別人根本就很容易，甚至也可以直接忽視啊。

同時，黛芙娜在房地產業成績斐然，闖出了名號，而柏亞茲不再當房仲，在那之前他是退休規劃顧問，更早之前是做股票的。他開始在網路上閒逛，偵查所有可能的生意機會，但從來沒獲得什麼，更別說是賺錢了。此外，柏亞茲也把前段婚姻所生的兒子帶進來，類似嫁妝的概念，二十歲的兒子諾安姆是個理論上的無政府主義叛亂份子，但他很懶，懶到沒有製造任何混亂。柏亞茲會得到兒子的監護權，是因為前妻告訴法官她發言人的工作使她無法獨力撫養七歲的兒子——當時諾安姆七歲；自從那時候起，諾安姆漸漸長大，但他對家裡的貢獻卻沒有隨之增長。

埃莉榭瓦和班—亞米對這點也頗有微詞。他們很滿意，比滿意還更滿意女兒在職業上的轉變。當黛芙娜還是藝術家時，一直被烙印為官方版的佛格爾家害群之馬，突然之間她以飛黃騰達之姿現身——在並非多數人開始飛黃騰達的年紀，在這麼普通的領域。但依他們看來，收購柏亞茲是多餘的。

檯面上，埃莉榭瓦不贊成他沒在工作這件事，至少沒做你可以印在名片上的工作，至少不是你可以很自在遞給文明人的那種名片，而且她擔心他們一旦離婚或當其中一人或兩人同時身故時要怎麼分財產。有一次，黛芙娜和柏亞茲遲到非常久才赴午餐家聚，之前電話也連絡不上，巴瑞克覺得他母親鬆了一口氣不是因為女兒沒出意外死掉，而是女兒沒在立好遺囑之前死掉。

但埃莉榭瓦會失望，檯面下的原因是柏亞茲談論金錢時那種漫不經心、毫不隱諱的態度。金錢這個話題大家都有共識是很私密的，應該慎重處理。柏亞茲顯然全無自卑感——這點埃莉榭瓦打從心裡厭惡至極——不覺得他失業有什麼問題，尤其是從他的角度看來，他有工作，還很賣力工作，他也不覺得沒收入有什麼問題，他很確定收入將從網路而來，會如同氣勢磅礡的瀑布，反正他不覺得他有什麼好自卑的。他愛錢，也愛談論錢，有時候提及某些事物不呼其名，只提其價值；或在不當時刻提起可能的生意提案，如那些原本應該談論文化的時刻。班—亞米也受不了柏亞茲，他覺得柏亞茲根本就是個吃軟飯的傢伙，做著捉摸不著的工作，還帶個前段婚姻的拖油瓶，不誇張地說，那小子的無政府主義根本沒什麼搞頭。班—亞米是個自由主義者，主要是因為在六十六歲這個年紀，住在里哈維亞讓成為自由主義者是件不費吹灰之力的事，但他表現出的形象，是始終盼望有點正常，平和愉快，不要特別自由主義。最終，彌補他和柏亞茲與女兒關係的正是這點：班—亞米盼望的，不只是正常，而是要假裝正常——他年紀越長就越覺得兩者之間的差別相當微小。而在黛芙娜的婚禮上，黛芙娜從不正常的這一邊投身正常的那一邊，即使她所嫁的人多少貶低了她的成就。因此，班—亞米盡量克制自己，甚至有一兩個誇大的動作，想給某個假想的宇宙一個印象，表現出新郎和丈人家是真正的親密；向黛芙娜證明他努力過了，同時也稍微修理一下柏亞茲：有一次他提供柏亞茲一個位高權重的職位（位高權重到坐這個位置的人沒機會盜用太多公款），任職的單位在「成果」，那是他名下的人力仲介關係企業，全國最大的；還有一次，他準備在艾隆娜班上祖父母節活動進行一場統計學演講，為此他請教柏亞茲的意見。第一起事件以災難收場，因為柏亞茲婉拒該職位，但向班—亞米建議了一些「思考點」，用詞咄咄逼人，針對以色列及世界其他地方人力仲介產業的未來進行理智的對話；在第二件事時，班—亞米帶了錄音機，這樣他就不用假裝筆記柏亞茲對演講的建議，但他根本懶得在錄音機裡裝電池。

巴瑞克其實喜歡柏亞茲，而且喜歡到他們家勝過任何其他地方。柏亞茲和黛芙娜非常實際，實際到有點不懷好意，和他的朋友非常不同。事實上，和大部分他認識的人都不同，他的朋友可以一再重複同一個話題，從不同的角度，甚至從同樣的角度，沒什麼目的，純粹就是想重複，如果得出任何結果或結論都會被評為次等。

和柏亞茲與黛芙娜一起，巴瑞克可以講上好幾個小時——他們不會對那些瑣事有異議，恰恰相反——但他總會帶著收穫離開，沒有例外。同樣地，他們從不會刻意讓他覺得好過，即使那多半正合他意。他們會憑事情的表相檢視之，在他面前討論，公開協商，然後告訴他該怎麼做，如果真有結論的話。柏亞茲擅長給予實用的建議，有時候巴瑞克都想相信，將來有一天柏亞茲宣稱的那些辛勤努力真的會迸出什麼結果來。

有時候他只是喜歡和黛芙娜與柏亞茲坐在他們位於亞米納達家中的舒適客廳裡，為他們三人打算當晚要看的電視節目編無聊的名字，這樣雙胞胎才會甘願去睡覺，然後他們就可以看電視、吃喝閒聊。在他眼裡，柏亞茲是輕度失敗者，冒充為成功的商業人士，因為他的失敗相較來說是微不足道的，而且，最主要的，因為他娶了非常成功的女性；柏亞茲讓巴瑞克覺得有親切感，魯蛇兄弟情誼，即使大家心照不宣的是，他們倆表現出來的樣子是柏亞茲很成功，只有巴瑞克是輸家。

巴瑞克也喜歡柏亞茲的兒子諾安姆，不只是因為他總讓家族其他成員不寒而慄，這是個稀奇的個案：一個人服膺的原則（在此個案中是無政府主義），竟然和完全沒有原則（在此個案中是成天無所事事）一樣糟。諾安姆二十歲，嚴格說來是成年人了；而且其實他很聰明，又討人喜歡，甚至有幽默感，和他父母不同，不管是親生父母還是繼母，至少就巴瑞克所知。巴瑞克會知道，是因為之前他和柏亞茲的前妻安娜特曾被送作堆，兩人約會過，安娜特是乳品公司的發言人，只要聽到任何類似消遣的批評，就覺得自己有必要跳出來捍衛公司名譽。

諾安姆令人擔心，是被提出來討論的常客——他生活無所事事，也沒當兵，而且他讓父親特別操心。柏亞茲將自己定位為工蟻，他絞盡腦汁也參不透諾安姆的行為是從何而來。巴瑞克覺得他們庸人自擾：諾安姆從父母那裡承襲了一個特點，這點在他們的客廳討論中越來越明顯：他分析情勢的驚人天賦簡直到了濫用的程度，就像電擊酷刑一樣，鐵定能有結果，在此個案中則是行動計畫。在他人生的這個階段，這男孩選擇不使用這個天分，這點可以理解，但巴瑞克並不懷疑，到了最後，這些什麼無政府主義都不過只是螢幕上的光點，是人生道路上一段無謂的、無足輕重的脫軌，將會變成極度實際的東西，最終會讓諾安姆比在座任何人更有錢、更沉穩。

唯一讓巴瑞克不安的，是包圍著他姊姊的那些聲音如何輕輕緩緩滴入她心裡；巴瑞克旁觀者清，所以他可以分辨那些疑慮何時何地一點一滴嚙咬著她，也可以看出她對柏亞茲的愛越來越沒有安全感，讓她自問那些流言蜚語或許有一絲屬實。或許這名年輕力壯、數年未掙一毛的四十九歲男子真的哪裡出差錯，或許他在金錢上依賴她的程度和愛她的程度一樣多。

巴瑞克將此斥之為無稽之談；有時候他會看她透過手機談事情、解決一樁最近的危機，表現出色，只有了解金錢的人才有那樣的表現。而柏亞茲會無助地望著她，眼裡充滿渴望，對他結髮多年的妻子充滿新鮮純粹的愛戀。在所有巴瑞克認識的夫妻中，他們是最恩愛的；他發現自己從來沒有那麼想告訴黛芙娜這點，想要撫慰他煩惱的姊姊，想伸手進她的腦袋裡，移除原本就不應該在那裡、不小心闖入的思緒。但黛芙娜從來就什麼都沒提，所以他也無從回應。有時候他試圖用心電感應傳送給她，但他又提醒自己，他並不相信這個。

5

有那麼一下子，他考慮開車到阿拉瓦沙漠。就那樣，一時衝動，車子打倒車檔，從拉瑪特阿維夫的商業中心付費停車格開出來，到阿拉瓦去，在路上就把內心的重擔卸下，學著找到某種方法去忍受伊法丟在他腳邊那滴答作響的不良包裹，然後往阿拉瓦去。到那裡一切就會沒事，因為他姊姊黛芙娜在那裡，黛芙娜對拆解炸彈最在行。但是，他都還沒開到阿亞隆高速公路，就覺得這個想法好像很愚蠢，太不切實際，因為某些老掉牙的原因，註定要失敗。比如他會迷路，他不知道姊姊下榻哪家飯店，他得打電話給柏亞茲，他得停在路邊打電話，他要在哪裡停啊，那麼多公車站，如果繞過公車站，又會錯過開上阿亞隆的左轉道。而且，這個想法似乎會引發災難，一般人不會以時速一百八十哩或六十哩之類的，只為了到阿拉瓦的房仲大會去找姊姊，而且，反正，他心想，誰會在阿拉瓦舉辦房仲大會。再說他突然恍然大悟，如果他真的到阿拉瓦去，說不定會發現姊姊的祕密，和目前已經曝光的所有事情完全無關的祕密，完全不相干的獨立存在事件，而不管那會是什麼，都不是現在他需要的，一定是他必須堅決抵擋的。即使他並沒有發現姊姊的什麼新祕密，這些就已足夠當作他的藉口了。

艾騰也是拆彈老手，巴瑞克心想，但艾騰家在雅法，攝影棚在荷茲利亞，而他那二十四小時可通的手機似乎比阿拉瓦的任何一場大會都來得遙遠，簡直就是虛構的。

他還能去哪裡。他想到宜農，但宜農對他母親的這整起事件一無所知，不知道到底發生什麼事，當然也不知道他們的對策、他們的機會，她又不是宜農的母親，巴瑞克自己都不太清楚了，而她還是他母親呢。宜農所能做的，只是一次又一次告訴他，一切都會沒事的，他母親很堅強，他應該想想上一次國內有人被起訴是麼時候，甚至真的被判有罪是什麼時候，那樣的人那麼多，我們都知道，所以起訴巴瑞克的母親是很荒謬的。但巴瑞克已經體認到，隨著過去幾天事情發生的進度，他知道光覺得事情荒唐並不能保護他，到最後只可能發生事件清單中的另一個類別。

他覺得宜農的安慰話很幼稚，那些話或許適用於幾分鐘之前他們都擁有的生活，或許適用於上床，適用於失意沮喪，而且，理論上永遠適用——巴瑞克帶著怨念思考此事，帶著難以掩飾的妒意，眼紅地望著原本應該屬於他、但除非有事發生否則永遠不會屬於他的未來。但他並不氣宜農；真要說有人違約的話，那也是他自己。遭到警方指控竊取三百四十萬謝克爾的母親，並不在原本的誓約裡，任何友誼契約中都沒有，縱然友誼那麼穩固，縱使是二年級歃血為盟的誓約，但因不像火和水，朋友的母親被監禁是根本無法想像的事。

突然他想到外婆，她住得遠，又獨居。真怪，他覺得自己像個九歲小孩，只不過他九歲時從來沒有跟外婆尋求安慰過，她不是那種你會想討拍的外婆，也不是那種你會主動拜訪的外婆，但是分裂瓦解的現下讓他想叛逆，反抗過往時光，反抗日常慣例與泛泛空談，因為那些顯然全都比看起來還要裂痕斑駁，只消輕輕一碰，就會瓦解崩塌。而且誰知道，也許她確實是那種外婆，也許如果你開口，她就會回應。但他不知道他要開口說什麼，他也知道自己不會這麼做，他不會偏離原路，單槍匹馬深入險境，而且，他的孤獨與她的孤獨無法接上線讓他絕望。

等紅綠燈時，他用緊張不安的大拇指滑著手機上的聯絡人，這個熟悉的手勢通常是保留給更明確易懂的情況的。他們邀請朋友時——通常是艾隆娜或伊法的生日，偶爾是稍微更精心規劃的聚會——會快速瀏覽清單，確定在邀請所有普通朋友時，沒有忘記邀請真正在意的人。現在巴瑞克很沮喪地發現，大部分的聯絡人，可以這麼說，都是伊法的朋友，一對一對的夫妻，有些分居了，但其實也幫不上他的忙，他就只能找夫或妻其中一人，原則上分居夫妻都是他們的朋友，他們兩人的，但想到要聯絡其中任何一人又不太可能，有點像是外太空某處的小小軌道，現代科技還無法抵達。

瀏覽過一遍朋友清單後，巴瑞克僅剩的選擇就是那單薄、宛如虛構的現實：希拉N，那是誰，而且是要跟哪個希拉區分，還有艾騰的米卡兒，以及他的牙科保健員雪莉。沒有人有機會按他喇叭：紅燈轉綠時他剛好抬起頭來，直接開車打道回府。

6

回到家他坐在電腦前，好像那是可堪慰藉的豐富寶庫，像是某種實用電話號碼清單，只不過無窮盡，而且他以新的方式上網搜尋。那是過去幾天發展出來的，他的手已經習慣了，老練地避開與他母親有關、為數眾多的訊息，但網路做得到，平穩流暢地加強了他的錯覺，妄想在他母親之外還有個完整的世界，完好無損，完美無缺，像是平行的宇宙，和網路上所有其他的東西一樣，活生生且瘋狂熱絡，因此看起來包含了最新資訊，真實可信，是一個風平浪靜的世界。

而現在，他真的出了一點事，午夜後偶爾會發生之事。大概在凌晨一點或兩點或甚至三點，尤其在與伊法分手之後，他會突然驚醒，獨自一人，隨著夜越深，他會慢慢褪下正常的偽裝，他靈魂的外膜，也就是讓人可以不傷到自己或表現得像白癡的掩護。而在夜晚的籠罩下，也許是摳破自我憎恨與悲慘無聊的傷痂的一種方式，他會開始查詢往日遇過的人，女人、同事……不管是誰，沉湎於細節中，越多越好，因為在凌晨三點，沒有東西也沒有人可以阻止他，他當然也不準備阻止自己。有時候他覺得這是分手帶來的最大損失：沒有人可以照看你。所以你就在那裡，被放逐到百無禁忌的國度，因為，結果發現，只被自己注意的人可以僥倖逃過很多事。

他立刻就找到他：歐佛．烏奇埃利，兩千四百多個朋友，舊的YouTube影片剪輯，黑人唱黑人靈歌，艾瑞莎．弗蘭克林在底特律酒吧獻唱，他是那種人，撰寫那類的貼文。巴瑞克看著他的最新動態：「所以到最後，我們沒有驅逐外籍勞工的子女。漂亮！」巴瑞克從不曾這麼厭惡過一個人。他想像著他聽聞倫敦公寓的事時也對伊法說「漂亮」的語氣——用英文說——天知道還對哪些事說。

然後他點進他的照片集，迅速點閱，只是要確定伊法沒有在任何一張照片裡：三千萬張照片，有他的「摩洛哥之旅」，所以他是那種會去摩洛哥旅遊的人，還有「奈維特四十歲生日」，以及「示威抗議現場」。

他試圖破解這個爛人在抗議什麼，但沒找到答案，上廁所途中，他的手機亮起來，黛芙娜的訊息從零點四十分開始就一直埋藏在他靜音的手機裡。

他回電，叫醒她，分不出她是在阿拉瓦還是亞米納達。她沒問他現在幾點，而他把事情一五一十全部告訴她。

第八章

1

小時候，巴瑞克都會模仿他母親。他不會在穿著打扮上模仿，因為他知道，真正高明的模仿，外貌只是其次。他會坐在椅子上，一副若無其事的樣子，即使他只不過是個八歲小孩，卻能完全不為周遭的眼光所動，眾人要先懇求他才會回應，然後他會安靜坐著一分鐘，彷彿在等待母親附身，然後周圍的人也會安靜坐著等待。然後他開口說，班—亞米如果你想去那你請自便但我不會去看切德瓦和阿梅蘭自然也不會週五晚上去他們是一對粗俗鄙人我這輩子還沒見識過這種貨色。他會連珠炮似地射出這一大串長篇大論，完全不需要標點，一氣呵成，然後他們會笑到直不起腰來，尤其是當他說「粗俗」的時候，然後他們會問，異口同聲或三三兩兩，粗俗，為什麼粗俗，而巴瑞克會說，端沙拉出來沒附上公用叉，簡直前所未聞，每個人都把自己的叉子往沙拉裡刺，噁心至極。

但看到母親在電視上被人模仿，還是讓他措手不及。一開始他沒意會過來：一名肥胖的演員，胖到可笑的地步，顏色鮮豔誇張的華麗吊燈耳飾從他的耳垂墜下，他的臉不是臉，只是四或五層下巴。巴瑞克看著螢幕上的那名女子，帶著一種幸災樂禍的好奇，笑別人時專屬的那種，你只是想知道你取笑的是誰，然後就準備拍拍屁股走人，而他甚至有機會開心地想，近來因母親的事煩心，他都錯過各式各樣的新聞時事了，所以他才看不懂那人要揣摩的對象，而他母親顯然沒有他之前認為的那麼有新聞價值、那麼舉國知名，然後他繼續看著螢幕上那詭異的女子坐在辦公室內，周圍環繞著令人厭惡的和平白鴿填充玩偶，粗俗地——還真是粗俗透頂——數著錢，從深不可測的口袋裡掏出大量的錢，用手指沾著口水點數鈔票，像計程車司機一樣，時而朝著翰楠．朗道的人形立牌送出充滿貪欲、撩人的飛吻。而他還是沒看懂。

然後，一陣敲門聲，她打開門，見到一群猶太定居者。他們說，埃莉榭瓦．佛格爾？而巴瑞克瞪著螢幕，或許下巴都掉下來了，像卡通裡畫的一樣，那種看到家人上吊自殺的遺體時的表情——又來了，他對死亡的執念，最近他和死亡是怎麼回事，你不能別過頭去，但你還是別過頭去了，否則沒辦法往前進——而她說，是，然後那群猶太定居者開始唱歌，歌聲像是唱出來的電報。埃莉榭瓦．佛格爾，我們向妳致意，因為妳恪遵自然與上帝的法則。妳沒有把錢給阿拉伯少數族群，反而為了一己之私將部分留存。如果朗道能見到此事，他必定會大叫。但是且慢，女士，一切都會平安無事。有了埃莉榭瓦的旨意，以及上帝的旨意，多維克．梅納罕很快就會加入你們。最後那部分的用意是深度評論，福利部長多維克．梅納罕接見自殺炸彈客的遺孀，但巴瑞克覺得整件事情相當俗氣，並非因為那是他母親，而是因為本來就不好笑，也不具諷刺感。但他知道什麼，他哪有資格評斷，也許人家節目很出色。

節目繼續播放，巴瑞克沒辦法決定要不要看，一方面他想懲罰他們，但同時他又不想錯過任何內容，沒有人可以保證最糟的部分已經結束，也不能保證沒有別的內容蓄勢待發，但在決定之前，他收到一則簡訊，好像已經事先寫好，一旦最後的細節已經提供，訊息就準備送出，是伊法傳來的，我看到了，如果你想的話我在家。

2

伊法告訴他她將倫敦公寓的事情告訴記者之後的這幾天，她數度來電。她想知道他怎麼樣，好不好，他母親好嗎。但巴瑞克聽得出她聲音裡的恐懼，她在蒐集訊息，他是否已決定要不要告訴埃莉榭瓦，但不知怎地，巴瑞克對此不怎麼在乎，這種虛情假意的探問，也許是因為一切終於清晰可見，無形之中很顯眼，沒有人談論此事，但每個人都知道現在伊法需要他，好不容易終於如此，他手中正握著王牌。一直以來他對權力都退避三分，總是試著把他所有的重量放在蹺蹺板他的這一端，好讓另一頭的人永遠在上面——但這一回，他其實滿樂在其中的，也許是因為有冠冕堂皇的理由，證據確鑿，伊法是應該坐立難安一下，這點沒人可以否認。

而且正因如此，或許他也不想告訴伊法他已經告訴他姊姊了，水壩已經洩洪，背叛已經被出賣了，即使他逼姊姊發誓要保密。而他不想告訴她黛芙娜說的話：你得告訴媽。

他告訴黛芙娜了，當然，當然，而只有在談得很深入時——巴瑞克彷彿可以聽到她聲音裡有類似憤怒的元素，對這兩名女子從未有過的友誼，即使黛芙娜努力嘗試過，在不讓自己難堪的前提下盡量努力——他才敢問，但是告訴我，最基本的問題是，媽知道真的會比較好嗎？黛芙娜說，什麼意思？巴瑞克說，那只會讓她難過，妳不覺得嗎？黛芙娜說，我不認為你有權利做這個判斷，這是媽的事，我認為她有權利自己決定那件事重不重要，換作是你，你難道不會想知道嗎？巴瑞克說，事實上，我不知道，要是我知道有這件事，我會想知道，但如果我不知情，感覺不知道會比較好一點。然後黛芙娜說，聽我說，我換個方式問，如果你知道家裡有人知情而沒有告訴你，你會生氣嗎？巴瑞克說，妳說得有理。

她說，更別說現在我也知道了，這已經不是你一個人的祕密了。巴瑞克說，什麼意思？黛芙娜說，我的意思是，現在我也同樣沒有告訴媽，我也同樣對她藏了個祕密，這對我不公平。巴瑞克好像聽到她聲音裡隱含著沒說出口的威脅，但他不發一語。

3

他又讀了一遍簡訊，努力思考到底該怎麼做才能離開家門，盡快趕到她那裡，他穿好衣服了嗎？可以把義大利麵就這樣放著嗎？然後他又讀了第三遍，即使浪費時間的舉動十足愚蠢，想從當中擠出最後一滴的樂趣。突然之間，那則簡訊似乎完全不一樣了，彷彿在他穿上褲子的十五秒內某種邪惡力量挾持了那則簡訊，如果你想的話我在家，聽起來好像是如果你想談的話，而不是如果你想過來的話，要時間他什麼都不確定了，他不相信自己的判斷，然後他點選「回覆」，寫著，我應該過去嗎？然後他又刪掉，改成，現在過去方便嗎？最後，他寫了，我在附近，我該到妳家坐坐嗎？長著翅膀的信件圖示確認訊息正在傳送中，傳送給伊法。此時，他才驚覺自己真是天大的白癡，因為如果他真的在她家附近，換句話說，不在自己家裡，又怎麼可能看到電視模仿秀，他要如何假裝還沒看過該節目，但此時他掌心的手機變得溫熱，那股暖意顯示有訊息傳進來，巴瑞克在正式簡訊鈴聲響起前就搶先把訊息打開了，不確定還要多久才會到家，打電話給我，我超想跟你講話。

巴瑞克太熟悉這搖尾乞憐、偽善虛假的「超想跟你講話」，再說哪有人會那樣講話，超想跟你講話，必定不是伊法。顯然那是為了彌補訊息的其他部分，她就要出門了，她有可能上哪去，她一定已經找到別人，她當然不會浪費一分一秒，那丫頭。而巴瑞克，坐在床沿，褲子都還沒拉上，在不知該說什麼的情況下回電給她，並說，還好嗎？伊法說，真是一群笨蛋，對不對？但巴瑞克已經對那件事沒了興趣，他已經換到下一件事了，但他不想表現出他的急切，有可能會毀了整個效果。他說，電視就是那樣，那些人完全搞不清楚到底發生什麼事。伊法說，沒錯，又一次，虛偽的惡臭灌入他的鼻腔，他突然憶起某時刻，某時刻的瞬間。在分居之前，他們坐在一家咖啡館裡，伊法對女服務生說，蘇打水，麻煩妳？她說話的口氣——甜美、討人喜歡、尤其是刻意賣弄說話者的魅力——簡直讓他快瘋了，她突然看起來很恐怖，好像那六個字已經提煉出她所有的虛假，所有的甜美，但又不完全是，所有喬裝成天真單純的部分，但其實從頭到尾都狡猾地眨著眼。

他費勁地說，我不知我媽有沒有看到，我還沒跟任何人說過。伊法說，你在哪？巴瑞克想起他應該在某處，於是說，噢，沒特別在哪裡，要去某處的路上。伊法問，是好玩的地方嗎？巴瑞克說，一點也不，話一出口他就後悔了，他幹麼給她一道緩刑令，他為什麼不能說或許吧，或甚至是對啊。不過這倒是給了他一個開端，他問，那妳呢，妳要上哪兒去，等同於溫和版的妳好嗎，他越來越擅長這類語彙了。而她說，喔，只是去喝個咖啡。巴瑞克心想，最好是喝個咖啡，肯定是去上個床。然後他說，我希望不是跟歐佛．烏奇埃利吧，語氣盡可能裝得輕鬆，即使他身體緊繃，心也是。而她說，不是，當然不是，他聽得出她語氣中的驚訝——顯然他的偽裝比預期成功——彷彿她還沒準備好漫過對話的這一波親密浪潮，不知打哪冒出來的，但她沒說正在跟誰交往，巴瑞克等待著，但她還是沒說，即使在善意的潮水已退去，即使在他提起她的前男友、他母親的剋星歐佛．烏奇埃利之後也沒說，看他們有多親密，這些事有多迷人。突然之間他受夠了，他沒力氣繼續裝下去，於是他說，那麼。伊法說，那麼。那還是可當作調情的開始或巧談妙語的結束。而他說，那，我們再聊？她說，好。他聽得出她的困惑，但他不予理會。然後她說，一切都還好嗎？他說，還好，並且很滿意自己表現出自制，沒有再加一句，除了不好的事以外。

4

還有二十多分鐘，那個可怕的節目才會結束，巴瑞克看著，若無其事，漫無目的。至少他母親的模仿秀沒有再出現。但當然，也沒有必要。

他想著自從母親遭到逮捕以來的這段時間。只有兩個星期，但各大雜誌、廣播電台、新聞節目、八卦專欄、電視頻道和網站全都是她的新聞。事實上，大概還有很多有關於他母親的報導，只是巴瑞克沒看到。

變成名人感覺很奇怪，即使是在這樣的情況下。他一直以為最難的部分是應付那些媒體的關注，但現在他知道最重要之事是保持耳聰目明，孜孜不倦追蹤所有曝光的內容，雖然全都攤下陽光下毫無遮掩，不見得總是能抓住他的目光。在最後幾週，巴瑞克已經太習慣被動接收所有重要訊息，所以不再主動搜索；搞得現在他差點錯過伊法和這個智障的照片，要是他沒去亞夫內，這張照片就會完全從他身旁溜走，這就是個明證。要是當初沒看到那張照片呢？不過，他寧可知道也不要像個傻瓜一樣過活。

再者，這個想法引發另一波多疑妄想。新的花絮不斷出現，你沒注意，老兄，你沒注意，突然巴瑞克彷彿能見到名人總是會走向的發瘋險境。不過，他不要忘了沒有人對他有興趣，當然也沒人當他是名人，也許，歐瑪除外，他的一絲光榮時刻，然後他想起歐瑪有多瘦削，她在很多方面都是他的一絲光榮時刻。不過，那也都結束了。

節目播完了，接下來的是簡潔緊湊的新聞快報，一名黑髮年輕女性出現在螢光幕前，她莊重的臉孔試圖隱藏得到坐上主播台機會的喜悅。

晚安，她說，為您帶來特別的新聞快報。根據消息來源指出，警方正要求對埃莉榭瓦・佛格爾提出控告。這些消息來源指出，目前已扣押的文件指證歷歷，都和祕密接受餽贈、收取賄賂、洗錢、偽造文書相關條款有關。現場請到我們的評論家拉安南．盧比克為您帶來今晚的獨家報導。晚安，拉安南。晚安，瑞茲。是的，沒錯，那些文件沒留太多想像空間，根據熟悉資料內容的資深警官指出：錢被拿走，不是用來嘉惠巴勒斯坦學齡前兒童。根據文件內容——那些從赫希中心及埃莉榭瓦．佛格爾電腦中沒收的文件，還有特別是那些由A.R.E.A.其中一名所有人艾福瑞姆．提爾曼交給警方的文件，顯然幾百萬謝克爾——我們之前說是三百四十萬謝克爾，但實際數字可能稍有不同——最後落入埃莉榭瓦．佛格爾手裡。而且，瑞茲，這不是一兩次的偶發事件，而是過去八或九年來持續的金錢移轉。而且，順帶一提，瑞茲，看到來自大眾與媒體的壓力所造成的影響，很有意思，現在我們見到警方以相對迅速的速度完成調查，證明警方若有心，其實是有能力的。當然，歐佛．烏奇埃利拱手讓給他們或多或少的資料也大有助益，可以這麼說。拉安南，這樣的案子意味著什麼，從政治的角度來看？這個，首先，對中間偏左的政黨來說——就是我習慣說的中左翼——這顯然是個重大危機，絕對不是他們現在需要的，我想大家都很清楚。容我提醒妳，瑞茲，這個機構近年來累積不小的勢力——社會、政治、經濟、妳想到的都有，也許這對未來有警示作用，這類所謂的超黨派機構能夠累積多大影響力，會是個問題，但我認為現在推測還太早，畢竟司法制度的大筆都還沒對是否有罪畫下隻字片語。在我看來，似乎大家今晚開始了解最能夠感受到可能後果的人就是埃莉榭瓦．佛格爾，對她來說，後果可能會是入獄。謝謝你，拉安南，務必再回到節目來告訴我們這起備受矚目事件的最新發展。接下來的單元是「你在說什麼」，姬瓦．索蘭將為您分析本週新聞最熱門的評論。晚安。

第二部

「明天將是好天氣，全國都會下雨。」（天氣預報）

第九章

1

在人生的某個時刻，班─亞米．佛格爾說服了自己，他對金錢實在一無所知。這有點奇怪，因為班─亞米是位小有成就的統計學者，還是一家成功企業的老闆。他深思熟慮，講求效率與精確，不像那些不食人間煙火，終生思索人生意義的高貴哲學家，他從不輕忽任何數字，無論這個數字出現在小數點後幾位。可是班─亞米從沒想要這種會賺錢的能力，這個能力算是強加在他頭上的，他曾盡全力抗拒這個沒有品味的天賦。長期下來，他培養出一個信念：將統計視為一種有創意的藝術，是和雕塑或詩歌一樣的右腦活動，他試著向自己與其他人推銷的形象，是個眼神夢幻、不在乎人間虛華的統計學者。

班─亞米的摯友與事業夥伴尤拉姆．培力德，在不知情的狀況下協助班─亞米實現了他的新觀念。尤拉姆和太太莉亞是佛格爾家的好友，就住在里哈維亞離他們兩條街外，走路不到一分鐘的地方。培力德很有自知之明，不會假裝自己有什麼高尚之處，他喜歡經手金錢的事，不論它的本質是美麗或污穢，他都沒有任何心理障礙。結果就造成尤拉姆負責「結果職業介紹所」這家連鎖人力仲介公司的財務，讓班—亞米有餘暇處理公司發展及充實內部的工作。事實上，班—亞米對經營公司的現實財務面也很專精，只是刻意閉口不提自己的想法，他也發展出一套特定的肢體風格，讓自己不需面對這些想法，包括做出舉手投降這種意味著「由你去做吧，我又懂些什麼呢」這種不確定且不影響決策的手勢。

家裡的事也很單純，埃莉榭瓦主掌財務大權。但不是現金與帳單這些瑣碎小事，這些事班—亞米熟練得很，而是管理所謂的「資產」，也就是這些年來經常會出現在猶太人家庭的，多出來的公寓房產。這些房子往往都是獨居的叔伯與沒有子女的表親辭世後留下的，其中有些人發瘋跳樓了，有些人有結婚但後來喪偶，最後小孩也跳樓了，於是就在像耶路撒冷與特拉維夫這些很適合居住的城市，留下了公寓；如果留下的不是公寓，就是只需要稍加注意的土地。

理論上，班—亞米的家族應該也貢獻了相當多的報酬，他的父親在羅什平納出生，他的祖父母還是該城的創建者之一，他的母親是家庭主婦，父親是植物學教授，儘管他的雙親並不特別富裕，卻擁有一塊土地，只要看看那片土地上那棟美麗的石頭舊房子，就不難看出這塊房產讓人炫目的價值。

但班—亞米有三個兄弟姊妹，當他的父母於十日內先後辭世，證實了他們就是這麼相愛的夫妻後，大家才發現他們根本沒有留下遺囑。根據正義的自然規則，每名子女應該獲得四分之一的遺產，但這時候卻開始出現各種考量與說法，利用可悲的舉動掩飾不能大聲說出來的話。那就是由於四個子女中，有三人遭遇過某些人生悲劇，因此他們應該分到更多遺產。柔哈拉是長女，她一對雙胞胎子女之一的兒子亞隆因癌症去世。接下來的長子則是約翰霍普金斯大學老年學教授約伊爾，他是年近七十的單身漢，二十多歲時，他的未婚妻娜歐米於婚禮前五週死於車禍。年紀最小的兒子葉倫如果沒有在黎巴嫩被殺害，應該快要六十四歲了，他身後留下懷孕的老婆妮麗，後來生下一名女兒。妮麗後來再婚，嫁給一位成功的離婚律師，還生了另一個小孩，因此，根據這家人的看法，她並不需要任何金錢，也不該分任何遺產，但對此事她顯然有不同的看法。當然，這些孤兒有權在法律上取得屬於他們的部分。

夾在中間的就是班—亞米，他排行第三，在這個情況下突然變成年紀最小的子女；但這並沒有幫他爭得任何優勢，他的人生美好又穩定，他的不幸渺小且無關緊要。只是他們當時並無法預測他未來會遭遇的不幸，他的妻子會遭到這樣的指控，他們的世界會瀕臨崩潰，不過就連他自己也明白，他無法利用這些不幸爭取到多少利益。

也許就是從那時起，班—亞米決定讓自己與金錢保持距離，他決定不參與分配遺產的討論，彷彿他寧願在一開始就放棄，也不要去打一場必輸無疑的戰鬥。他拿了分配給他的那份遺產，順便一提，這筆錢也不少，然後讓他的姊姊、哥哥與弟弟的繼承人，根據他不在乎的某種制度分配剩下來的錢。最後雖然全體都同意了，還是留下一點疙瘩。不過班—亞米和這筆遺產還是保持距離，這讓他如預期般地受到崇拜而且沒有瑕疵，更因為他這種無可挑剔的行為，而被大家寬容對待。遺憾的是，隨著時間過去，他才明白，這種被污染的痛楚已經侵蝕了他們之間的所有關係，因此即使有人能夠維持清白，卻於事無補。

埃莉榭瓦一如往常以實用的態度，接下這個管理家庭財務的角色。當時她已經是歷史系負責國際關係的非官方主管，不久之後也出任人文學院的正式募款主任；對她而言，管理家庭財務是一件很簡單的工作。這讓班—亞米得以自由地做其他的事，包括施展他的創意來迷倒全世界，甚至在過程中留下自己的印記；縱容自己享受金錢所能產生的各種樂趣；佩服埃莉榭瓦對物質世界以及其他事物無止境的耐心，並且原諒她不以相同的敬意待他，因為她根本就不佩服任何人；以及最重要的一點：耐心地等待她，等著巨大的回報來臨的那一天。他知道這一天，沒有明確承諾會發生何事的這一天總會來臨——一旦他們真正自由，一旦他們擁有足夠的金錢，一旦他們擁有足夠的時間——將伴隨著爆炸性的喜悅而來臨。

但時間過去了，什麼事也沒有發生。金錢確實很足夠，但看來並沒有什麼效果，埃莉榭瓦太自得其樂了。事實證明，塵世間的愉悅就已經很足夠，她非常享受，而班—亞米卻在很久前便自我漂流到其他地方，還為了一個從沒實現過的諾言而等待著她。現在呢，人生快要結束了，他又得到了什麼？

巴瑞克有時覺得，他的父親並沒承受過太多悲傷與麻煩，即使如此，他還是得感謝命運與運氣，最終還是讓埃莉榭瓦沉寂且停止下來，儘管這意味著將要帶來真正重大的打擊。

2

律師拉米·崔柏的辦公室看來更像一間診所，甚至是心理醫師的候診室。它座落在特拉維夫舊城區一條小巧精緻的街道上，往下走三階原始但保留完好的平緩台階，就能前往一條鋪著各種大小瓷磚的小徑。辦公室左手邊風景窗下方花盆裡種著五顏六色的鮮花，照料得恰到好處，既能容下偶來的新品種，也顯得很自然。但這幅美好的畫面在面對這個男人時卻沒能派上任何用場，這個男人面帶微笑坐在桌子的另一頭，努力讓自己看起來完全是因這環境而心情愉悅，卻徒勞無功。

班—亞米說，他想與我們所有人見面，幫我們為接下來的步驟做好準備，說明將會發生什麼事。而巴瑞克想著，加護病房的醫生一定就是這樣安撫病患家屬的。

他說話的口氣就像一位父親，非常了解盡可能會規避一切的小孩，但事實上他的小孩在這方面都很順從，他們會在被告知該出現的地點出現，甚至還很準時，現在他們很想聽到些消息，任何消息都好。基本上，他們都希望能見面，彷彿他們都懷疑另外四個人不自覺地持有一部分訊息或看法，只要妥善整合這些零碎的部分，就能移除不舒服與混亂的感覺，拼湊出事件的全貌。

但不知為什麼，巴瑞克總認為這次會議會在耶路撒冷的家裡舉行。也許是因為他腦中有一個來自電視節目的印象，就是律師穿梭在被媒體包圍的房內，裡面有犯下各種罪行的嫌疑人；或者是因為他很容易想像拉米．崔柏這個他們已經在法院見過面的人，坐在艾哈利茲街房子的客廳裡，他的舉止配合著這棟房子及居住者而改變，就像必須配合每棟房子改變一般，他與這些人彼此對等般地談話，彷彿他們都了解究竟發生了什麼事，因為他在很久以前，便已知道自己面對的是怎樣的人。這些人並不是強姦犯、不知悔改的累犯，或者世間人渣，這些都是知識分子，當然，這不代表任何事情，但老天啊，他們畢竟還是人道主義分子與左派人士啊，即使他到現在還不知道這件事，等他看見那棟房子時，一定就會明白的。也或許只是巴瑞克習慣了居家監禁這個觀念，即使他的母親現在已經被釋放，可以在國內任意移動，只要不離開國門即可。

事實上，當他發現會議地點在特拉維夫時，內心感到失望。他想像著他們一家五口，佛格爾家雙親加上三個小孩，日夜並肩駐守在一棟像碉堡的屋子裡，在找到脫離困境的方法前足不出戶。有那麼一瞬間，他覺得自己好像把這件事與廣告事務所工作上的期限混淆了，那些期限總是在他的電視螢幕上出現，寫著「你還有二十四小時完成一項很棒的提案，在我們解決這個案子前，誰也不許走」，以及「我們叫中國餐外賣來吃吧」這樣的字句。接著他又懷疑自己究竟想不想進行這樣的腦力激盪，這聽來或許有趣，但當然很幼稚，更何況他自己根本提不出什麼可以放在檯面上做出貢獻的想法，畢竟他對罪行的相關條文幾乎毫無所知，正式文件上的偽造印章，他仍然不了解這究竟是什麼，但現在再問已經太尷尬了。

他再次發現，自己的看法主要是來自電影與電視的畫面，儘管現在面對的是他真實的生活。而這些有趣問題的答案，包括這一切究竟是怎樣，以及感覺如何，應該來自他的真實生活，而不是來自關於大型竊案的電影或報端文章，因為這些來源還是需要運用想像力來補足其中的空白。但很奇怪地，他的真實生活經驗渺小到不足以容納這麼多的戲劇性內容。他家庭中所有成員，似乎都在各自的家中過著自己的日子，而他們的母親，也在自己的家裡過著她的生活，彷彿這整起事件，這筆三百四十萬謝克爾的龐大竊案，這麼嚴重的盜用公款，已經龐大到無法編進平凡人的生活裡。這筆錢數量太大，因此註定要飄在他們的頭頂上，有點像神一樣，你必須面對，但不知該如何面對，你只能等候最後審判那一天，等候神與你面對面。

自從他和黛芙娜一起離開之後，就沒再回去看過埃莉榭瓦。他想回去探望，至少起過這種念頭，但不知為何總是沒能成行。他再次明白，他的父母現在並不需要他們這些子女，因為他們幫不上忙。也許正好相反，可能他們所做的——儘管是無意為之——卻是對父母提出更多要求。他試著想像，如果情況逆轉又會如何，然後發現即使他已經這麼大了，卻仍然會立刻鑽進父母的懷裡，忘記彼此之間的小小怨恨與不滿，因為這些都不重要，但是父母似乎不該鑽進小孩的懷裡，正如父母也不該比子女更晚辭世一樣。某種程度上，他對他們深懷感激。

在這段期間，他靠著電話與父母交談。父親告訴他母親還好，雖然深受打擊，但仍充滿能量，她盡可能地投入，詳細分析所有細節，包括文件，以及她所能想到與每個人的電話談話內容。巴瑞克並不知道她與誰談過，或者談了些什麼，可是他也沒開口問。

而確實，當他真的與母親談話時，她聽來仍像她自己，而不是自己的影子或碎片。她那種自大與不耐——總是試圖教他一些東西，即使那些東西根本就不具教育意義——的語氣依然存在，卻帶著一種新的加強色彩，談論著過錯與不公。她會不斷重複說著，我工作得盡心盡力，付出了我的人生、週末，其他人都拿來與孫兒輩共度的退休時光，我卻仍然待在那棟發臭的建築裡，不斷節省出謝克爾來，好讓阿米坎帶著他那些外交部長去耶路撒冷的美國克羅雷酒店享受，我像狗一樣卑微地與馬里蘭保守又迂腐的猶太人見面，他們認為所有阿拉伯人都該丟到海裡，即使從這些人手裡，我都還能設法迎合他們，而撈出一些錢。我的錯誤，就是沒在還來得及的時候舉發阿米坎。但我以為這樣會傷害到我們，你懂嗎，我就是這麼傻，我以為這樣會對中心造成傷害，所以我告訴自己，隨便吧，讓他繼續在安道爾度滑雪假期吧，不然我不知道可能會傷害到誰，讓他去享受吧，天哪，我現在可真是後悔。

巴瑞克除了偶爾吐出一些空洞的話來填補對話間的空白之外，什麼也沒說，他只是努力讓他的電話這頭出一些聲音，主要是為了不讓母親停止交談，不讓她厭倦這些交談，以及老天保佑，不會讓她認定和他說話是浪費時間。而他想著，我們對自己的父母是多麼不關心啊。對他而言，赫希中心只是她的工作，是她生命中平淡無奇的一段敘述，履歷表上的一則經歷，除此之外，她對那裡毫無興趣。但現在看來，那裡有她的整個世界，充滿苦痛傷口，而且是與她的子女毫不相關的世界。這可不是個讓人快樂的想法。

3

他試著弄清楚她是否體重減輕了，但覺得並沒有，她看來與往常無異，也許更沉默了點，更不俗豔點，彷彿她不打算為了只是與律師見面，而費勁挑選令人印象深刻的服裝顏色，尤其是考量到這次會見的性質。但他不信任自己的判斷，也許她真的瘦了一些；又或許她就是老了一點，一如其他女人。

他們圍著拉米．崔柏的桌子坐成橢圓形，這張桌子顯然是為更少的人數設計的，應該是兩到三個人。他問著，大家還撐得住嗎？口氣就像年度露營活動中友善的領導者一樣，但巴瑞克還是暗自慶幸他沒有問大家好不好。他們都沒回應，崔柏看來也並不期待他們回答，但還是說著，很好，你們需要保留所有力氣。

他說，基本上，我想與各位見面，因為就我看來，我們要處理的是家庭議題，這不是你們母親個人的問題，尤其我們談的是像你們這麼強大的家庭，你們都能處理問題的細節，也都想伸出援手。首先，我想確認大家都了解我們的立場。我們目前基本上正在審閱手邊的文件，目的當然是要找出錢去了哪裡，以確定每一謝克爾都計算清楚。這還不包括警方尚未提供的調查資料，我所說的是十二年的文件，有些甚至還不是電腦檔案，我這麼說，只是為了讓各位了解，我們要處理的東西範圍很廣。同時我們也在試圖釐清阿米坎．史登的角色，因為我們總得解釋，為何你們母親的簽名會出現在這些不屬於她的文件上。這些非法交易，據我了解，百分之一百五十是史登所為，他創造出一種機制，讓捐款流入所謂的史登家族基金公司，但不知為何，這些款項卻流回你們母親這裡，我們得釐清，更重要的，是要證明這些事情背後的原因。這就是目前的全貌。

巴瑞克問，我們可能證明這樣的事嗎？我是說，根據你目前所見，有可能證明嗎？黛芙娜補充問著，彷彿想要確認，即使母親的名字在某些文件上出現，是否仍然可以證明她的無辜？

巴瑞克對姊姊深感同情，她似乎不斷努力著從真正的打擊中復元，母親被懷疑侵吞三百四十萬謝克爾已經夠糟了，但這筆錢為何要來自她的專長領域，來自不動產與相關開發建設？為什麼鞋匠的媽媽要光腳？為什麼她只是某人的小孩，一個四十四歲的孩子，就讓她無法看清現實呢？僅僅這件事，似乎就足以讓這整件事令人感到不可思議。儘管如此，或許正因如此，當她在他們的母親面前說話時，這給她帶來想要澄清的壓力，讓她變得支支吾吾，就像普通外行人一樣，她早已結束的青春期再次出現，她所有的努力全屬枉然。巴瑞克看著她的時候，突然就更看清自己以及艾騰，以及自己那些什麼都會相信的片刻，因為他們對自己父母的孺慕之情，是絕對又持久的。

崔柏在椅子上向前傾，看來打算轉化成心理醫師的角色。律師總是這樣描述自己，我的工作有百分之九〇是心理醫師，他開口說，情況有點複雜，但我們來這裡就是為了解決這個情況。這就是我們的工作，然後他敲了敲桌面的木頭，目前為止我們做得很好。

他看來對自己很滿意，就像以振奮人心的語氣總結這部分討論的人似的。但艾騰忽略了他下結論的口氣，並且詢問，你能不能說得更詳盡一些？崔柏回答，針對什麼說得更詳盡呢？艾騰說，你打算怎麼處理所有非法交易文件上都有她的簽名這件事，你要怎麼證明她並沒有涉案？回答問題的不是崔柏，而是埃莉榭瓦，她一直坐著聆聽，就像對發生的一切了然於胸，只是在耐心等候，絕望地等待新資料出現。她說「她的」簽名根本不曾出現在任何金融交易中，艾騰，別再這麼說了，我從沒簽署過任何文件，我不想再聽見你這樣說。

艾騰對她的責難感到震驚，轉向他的右側，面對其他坐在房裡的人開口說，我不懂，我說了什麼，他不是剛剛才說過，妳的簽名出現在那些文件上嗎？如果那些文件上沒有妳的簽名，那我們就沒問題了，對嗎？埃莉榭瓦說，我不想聽你再提起這件事了，好嗎？你不懂這些文件是如何運作的，簽名有時並不是簽名，我拜託你，讓了解內情的人來處理，我最後一次跟你說，請不要再提了，尤其是對在場以外的人提起。

艾騰誇張地翻了個白眼，以表示他認為這裡誰才正常而誰不正常，班—亞米悄悄把手放在他的膝蓋上對他說，讓專業的人來處理需要處理的事務，我相信一切都會沒事的。

崔柏看著這一切，帶著這種家族戲碼在他眼前上演司空見慣的表情，這讓巴瑞克突然覺得，崔柏這種做作的慷慨寬容與無限耐性，根本只是這場偽裝成很需要、但其實完全沒必要的會議的自然副產品。一切聽來很合理，要讓全家人了解目前的情況，但事實上根本什麼也沒說。一個粗糙且過度簡化的想法浮現巴瑞克的腦海，崔柏會不會連這個小時都要計算他的收費時間，但他排除了這個想法，因為像崔柏這樣的人，不需要再賺這一小時的三百謝克爾，他已經在這個案子上賺一大筆了。

崔柏說道，事實上，這把我們帶往另一個話題。我了解你們二位都在媒體工作，對嗎？他看著巴瑞克與艾騰，艾騰率先回答，口氣直截了當，似乎想從一開始就杜絕後續的提問，我在二號頻道有個節目就要開播了。崔柏回答，這很好，我能請教是哪個節目嗎？艾騰說，這是個社區討論類型節目，內容是有各種問題的學校。巴瑞克補充道，這會在電視播出。他不確定這樣的補充是否夠清楚，並有點生氣艾騰總是漏掉提起電視這個字眼，彷彿電視是個不入流的字眼，儘管它確實包含了所有努力的精華，也確實有些不入流。

崔柏說，太棒了，很期待看見它播出，然後看著巴瑞克。巴瑞克回答，我不在媒體工作，算不上是，我偶爾會參加晨間節目擔任嘉賓，談我博士學位的內容，但除此之外，我與媒體界便無交集。崔柏說，讓我告訴你們我為什麼問這個問題，這對戴莉亞也適用。黛芙娜開口糾正說，我是黛芙娜。崔柏說，抱歉，黛芙娜，現在最重要的，就是你們不能就這件事接受任何訪問，基本上，你們甚至不能在先與我或我的同事商量下，在公開場合說任何話。好嗎？因為現在每個字都很重要，就像你們的媽媽說的，她說得對，就連曾經和媒體合作過的人，都可能在不知不覺中犯下大錯。這讓巴瑞克想起伊法，並突然感到非常內疚，彷彿這位律師能看穿並破解他的祕密罪惡，卻還在等待他招認。就像心理學家那樣，崔柏短暫停止說話，似乎是讓巴瑞克自白，但他再度放過這個機會，於是他繼續說道，所以我要求你們，別透過電話、電子郵件，以及在什麼報社工作的你們的朋友的朋友，更不要和你們最信任的人，透露任何消息。明白嗎？巴瑞克答應了，甚至試著帶點草率的意味，主要是想影響他的姊弟，尤其是艾騰，因為事實就是，這個叫崔柏的傢伙確實並不壞。

4

他們沿著班固倫大道走了一陣子，看來肯定很像來大城市旅遊的觀光客。巴瑞克、黛芙娜和艾騰三人想帶著父母看風景，彷彿當全家人都在特拉維夫時，他們就有責任要讓大家都覺得很好玩。可是他們對這個地區並不熟悉，巴瑞克和艾騰不住在這一區，黛芙娜也不在這裡工作，於是他們走得太快也太刻意，有時候會消失在某個街角，或者衝向某條小街道，急欲成為第一個找到可以坐下來的地方的人，彷彿現在找到一個可以坐下休息的好地點是特別重要的事似的。

他們最後終於找到一家街角的咖啡店。他們一就座巴瑞克就發現，有一桌坐著一位正在閱讀報紙的老詩人，他帶著一絲驕傲向其他人指出這位詩人，彷彿這位詩人坐在這裡，就證實了此處果然是個坐下來小憩的好地點。

黛芙娜說道，不知道會不會有人認出我們？埃莉榭瓦看著艾騰說，我道歉，可以嗎？這整件事讓我備感壓力，但即使如此，我的舉止還是太過分了。艾騰回答，沒事的，反正當妳這麼擔心時，看來有點迷人，讓妳看來更平凡一些。埃莉榭瓦用英文回答，別太過分了。

黛芙娜開口問，到底怎麼回事，媽？彷彿她想好好利用自己母親的自白。巴瑞克知道她想做什麼，因為他也會做這樣的事。但埃莉榭瓦說，夠了，我們不要再談這件事了，好嗎？我沒心情多說，我知道這對你們而言很有吸引力，但你們得諒解，我已經整天都在處理這件事，我們就談其他話題吧，好嗎？艾騰的節目怎麼樣了？艾騰回答，我的工作量很大，是真的很大。巴瑞克再次感覺，他這句話裡的每個「很大」，就是他在表達這是很嚴肅的事情，而不只是個愚蠢的電視節目。艾騰接著說，顯然播出日已經定在下個月。

班—亞米說，太棒了，播出前幾天提醒我們一下。艾騰說，當然，我想我的提醒可以來得更早，明天我應該就知道節目的播出日期了。

他們沉默了一陣子，巴瑞克突然感到憤怒，母親怎麼從沒問過關於他的事情，就像自從他沒能申請上耶魯或者普林斯頓大學之後，他的任何事就都不重要了。他又等了一會，足以給她另一個開口問他的機會，也足以給他自己的那股怒氣搧風點火，但這股沉默還是讓人感到尷尬，於是他開口說，好吧，我可是有些新發展，但沒人聽出他口氣中的不滿。於是他繼續說著，我明年會在亞夫內學院開一門課，他能看見「開課」這個字眼，讓艾騰的臉都亮了起來，讓他印象深刻，以及「亞夫內」這個字眼把那股火焰給撲滅了。

黛芙娜說，真的嗎？你怎麼沒跟我說。巴瑞克答道，這才剛發生，是最近的事。埃莉榭瓦問道，是什麼課程，是根據你博士學位內容的課程嗎？巴瑞克回答，是的，還有些其他內容，他們給我很大的自由度。埃莉榭瓦說，太好了，這聽來很不錯。艾騰問，亞夫內學院是怎樣的學校，除了它在亞夫內之外，這點我知道，那裡的學生都學些什麼？巴瑞克回答，就和其他大學生一樣，法律、心理學，還有其他學科。我知道它聽來不怎麼樣，但他們的師資裡有許多高知名度的人，他們的經費非常充足，也捨得花錢吸引明星級教師。當巴瑞克發現這些話的含意時，他立即補充，天啊，顯然不是我啦，他認為這句話讓他看來鬧了更大的笑話。

黛芙娜說，柏亞茲說到頭來，例如人文學科這種學校裡不教的東西，都將會消失，包括所有不實用的學科，以及不能每年為學校帶來三萬謝克爾學費的課程。埃莉榭瓦說，我還真希望柏亞茲判斷錯誤，因為如果人文學科科系都關門了，未免也太滑稽了，更何況，活在只重視現實的世界未免太悲慘了。班—亞米說，他們也曾經這麼說書本與報紙，他們說這些媒體撐不下去，可是現在它們都還活得好好的。黛芙娜與艾騰交換了一個意思是我們放棄了的眼神。巴瑞克回應，只是活得好嗎？它們根本就非常蓬勃！班—亞米問，你們讀實體書嗎？你們看報紙嗎？我讀實體書嗎？所以就只是活得很好！艾騰說，很好的論點啊，爸。班—亞米回應，我親愛的小男孩，如果我沒聽錯的話，大家對你的電視產業也在說相同的話，你最好確認一下，別讓你的節目還沒開播前，電視產業就消失了。艾騰說，我的電視產業啊！埃莉榭瓦說，好了，我想我們已經把這個有趣的討論談死了，現在我們可以繼續了。

黛芙娜說，對了，柏亞茲要我代他問候妳，他頗關注這件案子，讀著網路上能找到的所有資料，幾乎有點著迷了。埃莉榭瓦說，聽到這個消息真好。無論如何，對他說聲謝謝。

巴瑞克接著有點挑釁地問黛芙娜，柏亞茲還好嗎？彷彿他在為所有不曾詢問這個問題的人做補償似的。黛芙娜回答，他很好，巴瑞克，很謝謝你關心。巴瑞克掙扎了一下該不該繼續這個話題，他們都懂了，但顯然並不是那麼關切這個話題。但在下決定前，他看見伊法與艾隆娜就站在咖啡店門口，他傳了個簡訊，告訴伊法把艾隆娜帶來這裡，不要帶去房子那裡，但他突然覺得自己很蠢，他在做什麼，居然想都不想就叫她這麼做。

但現在已經太遲了，他別無選擇只好對她們招手，大家都回頭張望，伊法帶著艾隆娜走向他們的桌子，艾隆娜跳上艾騰的膝蓋。伊法說，嗨，大家都好嗎？有些人回應嗨或者還不錯，有些人則淡淡笑著不發一語，彷彿他們在不知道巴瑞克和伊法的分居協議內容狀況下，被臨時抽考。只不過這不是新聞了。巴瑞克看著黛芙娜，她則回報帶著譴責與期待的目光，就像在說看吧，你覺得這看來很正常嗎？伊法說，我得走了，見到妳真好，再見，埃莉榭瓦。埃莉榭瓦回應，希望很快再見，親愛的。伊法給了坐在艾騰膝上、全神貫注看著菜單的艾隆娜一個她不想要的吻，然後對巴瑞克說，再見，我們晚點再談。由她帶來卻沒帶走的尷尬，就讓艾隆娜處理掉了，她能解決許多尷尬感覺，因為她只是個小女孩。

第十章

1

他第一次看《安妮霍爾》時還很年輕，只有十二或十五歲，看完後就奉行一個新的座右銘：沒什麼比得上在大白天去看場電影更讓人感覺自由。後來他在其他電影中看見了相同想法，發現他的頓悟並不特別獨創，也許是因為它很快就過氣了，就像如今的影像一樣，引介和播放完畢都在一口氣間完成，因此他就不再提起這個座右銘了。但在內心深處，他還是緊緊抓著不放，也許是因為即使其他更有名的自由思想，例如可以去印度旅遊便可去任何地方旅遊這種說法，對他而言並沒有吸引力，所有人都需要感覺到，在人生中至少擁有一些自由。

現在，他坐在耶路撒冷國家圖書館三樓的指定桌位上，想著自己居然在四十歲時才發現另一個經驗法則，這也許是他第一個理論的後半段：沒有什麼比在大白天坐在圖書館裡，讀著自己母親的博士論文，更讓人感到絕望了。

他覺得這句話的措辭還需要修改一下，因為「絕望」只是一個字眼，也許某些族群會對它有感覺，但它還不夠精確。他感受到的比絕望更強烈，是一種孤獨的苦澀，一種沒有任何好處的成長，是人們在發現關於自己父母的某件新鮮事時所感受到的那種成長，儘管違反他藏匿、潛伏與因為太「孩子氣」而受到壓抑的所有本能，他卻無法跑去父母那裡，把頭埋進他們的懷裡，然後說，爸，媽，聽我說我聽到了什麼，保護我，拯救我，幫我忘記這些話。

他來圖書館，是為了全然不同的理由。他與亞夫內學院的娜瑪．穆哈會面並沒有什麼成果，等於是讓他上了一堂給不是很聰明的新學生上的學術論文寫作課，但她教這堂課時慷慨大方——把它學起來、加以定形，然後隨心所欲地應用，因為我們需要堅強的人——的態度讓他充滿熱情，就像一名失敗的學生突然找到有人相信自己時。他知道這很荒謬，也知道這顯示自己有多絕望，於是他用明目張膽的淘氣來抑制自己激動的情緒，雖然這個舉動只是針對自己，卻能讓他不會感覺自己徹底可悲。他採取的行動就是，整個課程的材料，他的學生所要閱讀與分析，以及寫在書頁邊上的筆記，和補充資料裡的參考書目，都是取材自他的博士論文、他著作的文章，以及他喜歡的文章。這是一個加速且密集的課程，內容是他所相信的事物，這是拯救這些二十多歲的人，讓他們免於度過愚蠢一生的最後機會，萬一他沒成功，他失去的最多也只是個不那麼有聲望或高收入的課程。雖然說不出原因，但巴瑞克還是有預感，這次這門課真的會成功，也許是因為他感覺到亞夫內學院是如此有魅力，它將竭盡所能，不只滿足學生，也會滿足教師。

因此，他來圖書館研讀一些書，讓自己振作一些，彷彿這些學生可以看出他是否跟上了最新的社會語言學與詮釋學研究，即使目前學生根本分不清導言與結論的區別。但這並沒有阻止巴瑞克，反正沒人會看見他，他覺得就假裝大家需要他一個早上，也還滿有意思的。這個大家不只是亞夫內的學生，而是整個學術研究圈子。

他還不嫌煩地特別開車去耶路撒冷的圖書館，他不喜歡特拉維夫大學的圖書館，那裡的草皮上總是躺滿在等待的人，何況他手上有大把時間，還有，或許因為他想重溫一些這座城市在被他母親的出現徹底污染以前所擁有的東西，因為她現在發生的一切，已經讓大家無心在意其他的事了。

可是抵達圖書館時，他的熱情開始減退，一如往常，想法很誘人，但執行時卻不然。當他突然間要開口說出欲借閱的那本書的書名，然後將那本書拿到手中，打開來逐字閱讀，而他必須詳細研究這麼多東西，過程像是一條無止境的鎖鏈，而他還得單獨面對這一切時，整件事看起來更是毫無意義。

他稍微研讀了一下，但給自己充足的休息時間，接著，在圖書館安靜、遠離真實生活又不怕被人批評的環境下，他做了一件器量狹小、多管閒事又帶點偷窺意味的舉動，他去搜索了阿儂·伊拉夫的論文。這個人得到特拉維夫大學歷史與哲學系的工作，這是巴瑞克想要的工作，但當時他的母親太過謙讓，而沒有推薦他。想到這裡，他的嘴邊泛起一股酸苦滋味，他認為過去幾週發生的事件，似乎證明了當他提出要求而她拒絕時，他的想法是正確的。不過說起來，他當時想要的太渺小了，現在一切都很渺小了，相較於目前正在發生的事，其他的一切都微不足道，他知道關於他的事情，也只能自己義憤填膺而已。

他根據作者的姓名搜索論文，找到「一八五〇至一九〇〇年美國醫學流行病學研究與統計技巧發展」，顯然這就是伊拉夫所寫的內容，於是巴瑞克前往圖書館的那個藏書區。但在正想找一層與眼睛高度相同的書架當作搜索那本論文的起點時，他看見一本裝訂好的論文的書背，名稱是「猶太教士大衛．布扎格羅的希伯來阿拉伯禮儀詩中出現的Fogach、Rivka與Maqams」，當他把「Fogach」誤認成佛格爾時，突然知道自己需要閱讀的是什麼了。

2

如果考量到母親提出論文的年份遠在一九八一年，就會覺得這本論文意外地容易找到。它們就像照顧良好的墳墓一樣容易辨識，三本完好無缺的論文，放在那裡耐心等候遊客來探訪。他把三本都借了出來，然後選擇該看哪一本，也許在其中某一本裡頭藏著什麼東西，可能是他母親年輕時寫的一張紙條，一份手寫的作者致意詞，某種讓人後來可以據此寫成書的資料，又或者是意外發現一張紙的碎片，引導一名男子走上將會徹底改變他的中年之旅。但這三本都完全一樣，只有其中一本的封面和第一頁之間夾著一張白色的紙。但那張紙是空白的。

他將其中一本帶回位置，在那裡放著一根他早先挑選的巧克力棒，就像他準備好了要獎賞自己一般。〈在寂靜的深夜寫給耶路撒冷：一八九六至一九〇四年間，大衛．沃伏森根據與西奧多．赫茨爾的關係，在錫安主義者路線上的轉變〉，埃莉榭瓦．佛格爾的博士論文。她在最後一刻，在指導教授的授意下，增加了關於赫茨爾的部分。他認為這能讓她的論文提升層次，並為她打開許多扇門，把她從撰寫沃伏森事蹟的人，轉變為撰寫赫茨爾相關事情的人。

巴瑞克知道這則故事，他從她那裡不只一次聽過這件事。她提起的口氣有點像只是旁白，有點像傳說的意味，但巴瑞克還是覺得他聽到其中隱含的警告，甚至訓斥的味道，彷彿他的母親試著利用這個故事，提供他一些新的智慧，甚至以此彌補一個他錯過的發展階段，教導他在這個世界上，事情有其運作方式，不懂的人就會被推到其他人後面，繼續苦等機會。

事實上，指導教授說得對，在他母親的職涯中，其實獲得了比學術榮譽更多的聲望，也經常在世界各地旅行、在電視上露臉，這都是拜赫茨爾之賜，埃莉樹瓦會侃侃而談關於他的話題，卻從未指出事實上她的論文主題根本就不是赫茨爾。

但這一切都沒能阻擋她代替大衛懷著長久的積怨，他們在家裡就是不帶姓氏稱呼他為「大衛」，就像大衛雕像的那個大衛一樣。但這位大衛從沒得到應有的歷史地位，總是被其他錫安主義者無可爭議的光榮所遮蓋。她一直在找理由讚揚他，想方設法將他的名字編入對談之中，就像必須提起的行銷口號，贊助節目播出的廚具公司，以及提供獎品的輕食炸肉排廠商。這幾年，巴瑞克有幾次看見她以歷史學者的身分在電視上露臉。他對她堅持這麼做感到很欽佩，即使有時這會影響流利程度、風趣機智，以及語句結構，這種堅持持續多年未曾停止，儘管大衛自己都違背了承諾，而且幾乎沒有給她任何回報。

他看著這本論文的裝訂，裝訂方式與現今的論文意外地類似，只差在上面的字體更加深入紙張、更具自我意識，以及更像是由打字機打出來的。他迅速地把希伯來日期轉換成公曆，並發現他母親是在八〇年代撰寫這篇博士論文的，從數字上來看，這當然說得過去，但如果有人就這樣直接問他，他大概確定會回答是在六〇年代寫的。他的母親在他成為學生的十年前還是個學生，這一點讓他感到震驚，讓他們更接近了那個潛在的學術地位輩分錯亂，或更糟糕地，拉近了老派學者與年輕學者之間即時的嚴肅競爭感。

他翻開論文的第一頁，上頭寫著給我的父母，對布魯諾致上充滿幸福的回憶，而對雅薇娃，祝她長壽。他開始閱讀論文。

3

他的外祖母即使已經如此高齡，卻還在大學選課旁聽，她很喜歡告訴大家，她這輩子已經兩度耐著性子上完了自己女兒的課程。她說這並不是因為自己的女兒不是個好老師，只是，不論孩子已經多大或多有成就，父母就是無法嚴肅看待自己的子女。我是說，你了解自己的女兒已經五十五歲，還是一位教授，可是你會說，這個我親手換尿布養大的傻女兒。當然，我是滿懷愛意這麼說的，不管孩子是變成了一個普通人、一個重要人物，或是學者，都不如我們想像的那麼不得了。不知為何，第二個可能性看來合理得多。

他的母親聽著這個說法，卻不覺得自己受到冒犯。相反地，其他人總是很清楚，她就是顆學術界明星，也是一位很有天賦的講師，外婆的說法只是加強了她的聲譽，因為如果有任何人質疑她的能力，那她母親的這個說法就根本不會被人轉述。

但現在他開始認為，也許像「看看我這個傻女兒，誰能料到她突然就出名了」這種偽裝成嫌棄的讚美，事實上就是他的外婆試著掩飾她聽了自己女兒的授課真的不認為有多好的方法。埃莉榭瓦畢竟不是多棒的演講者，這不是因為她是她一手帶大而客氣地這麼說，而是因為她真的就不是那麼棒。

這篇論文並不糟糕，寫得很好，甚至滿有趣，努力傳達了論點，也很謙虛地將學術研究的苦工隱藏在字裡行間。因此巴瑞克花了些時間，才了解這篇論文原來如此薄弱，辯證理由在能夠說服人之前就消失了，提出的主張會神祕消失不見，而未經證實的論點只用了空洞的華麗詞藻連結。這篇論文是：可讀性相當高的許多段落，忝不知恥地讓自己匍匐在讀者腳邊，以明目張膽的不屑方式縫補串連起來的作品。這些串連方式很明顯只是盡到責任而已，彷彿這項平凡無奇的工作，是由從未露面的某個比較沒有才華的人完成的。

巴瑞克花了些時間才了解這一點，因為他要先選擇站在哪一邊，然後根據選擇的立場來詮釋一切。一如他的外婆，在她的年代，外婆也曾經爭辯（或至少看來爭辯）過，究竟是讓她女兒得到這份讚美，還是對學術界保留自己的意見。巴瑞克同樣每次都選擇寧願忍氣吞聲，也不要放棄自己母親的名聲。他自認並不了解歷史，而他對早期錫安主義的知識更是糟糕透頂（這篇論文所討論的時間，到底算不算錫安主義的早期？），這一切在他看來毫無道理的唯一原因，就是他不明白細節，他的吹毛求疵，只是要掩藏自己的無知。

但隨著他繼續閱讀，證據就變得更加明顯到無法忽視，他的歷史或許很糟糕，但這已經與歷史無關，而是邏輯，是寫作，以及研究方法，而這些他是了解的。對自己清楚記得這些方面的事情，他感到相當訝異。

這篇論文就像他的母親一樣，只是他為何要因此感到吃驚呢？耀眼、浮華、快節奏，並且忽略任何對她沒有幫助的東西，例如艾騰。他情不自禁地想到這點，而苦澀的感覺超出他的預期。沒有他的母親真正站在這裡，大聲朗讀這篇論文，讓它顯出生氣，用她柔和的語調填充這些段落，這讓論文像廢棄舞台上的破爛木偶般散落在書頁中，毫無價值，沒有人來把生命吹回這些文字裡。他想著，她不是學者，而是其他的身分，一名女巫，或者一名表演者，一口氣可以讀出五百字，然後在她表達自己觀點的當下卻失去了動力。這個主題並不真的讓她感到興趣，她只是有足夠的天分可以到達想去的地方，就像所有有天分的人那樣前進，這種人做什麼事都能成功，哪怕從事他們不該成功的事。她只會研讀足以讓她處於知識線上的知識，這條知識線只要努力，人人都能看見，但很少有人做到。

突然間，他發現自己其實一直都知道這一點，他徹底了解他的母親，他已經活了四十年，而她一直都是如此，只是他從未把這兩者連結起來。一方面是他的母親頭腦敏捷，速度讓人眼花撩亂，不論在她的私人生活還是他們的私人生活皆然；另一方面則是他的學者母親，一位資深研究人員以及受人尊敬的講師，也是一位知名以色列歷史教授，因為事情便是如此。

而現在他問自己，是誰教導我事情便是如此的？我究竟是怎麼這樣認知的？他想著，從沒人這麼說過，但他仍然覺得自己受騙了，他只能責怪自己，但也責怪試圖欺騙他的人。現在他突然想起，她申請正式教授職位時遭到拒絕，這可能是她一生中唯一未能成功的事，至少是他唯一能想到的。而就連這件事，在他腦海裡也算不上失敗，就連沒有成功都算不上，他就是對她的天才程度這麼有信心，只需要偶爾調整一下罷了，如此而已。她也鼓勵他這麼想，她將沒能得到教授職務，與她主動辭去系上職務，專心從事其他事務，並成為中心創辦人之一這兩件事混在一起。她處理得很有技巧，也很有說服力，幾乎看來就像她沒能獲得教授職務反而幫了她的忙，讓她更容易做決定，因此可以被歸類為某種勝利。

現在他想著，也許在學術界的高峰點，在跨過助理教授與正式教授那個微妙接縫點上，所有細節都會受到驗證，而想修飾你的履歷並不那麼容易。也許在這個接縫點上有人知道些什麼，不過，沒有人可以永遠隻手遮天，至少無法維持連續多年。他想著，又或者她已經計算好，在最後那一刻放棄，就在他們即將開始審視她的教授申請案，她選擇在任何瑕疵出現之前離開學術界，而就此錯過了她的機會。

現在他得重新定位自己的整個世界，這是個既難受又讓人沮喪的想法，他得鬆開一直努力維持著的，對父母崇拜的依賴感受。他腳下開啟了一道深淵，但深淵的問題可以等候，他受夠了，現在他可以為了偷偷在自己良知深處出現的孩子氣的愉悅感而覺得安慰，這個感覺可以等待機會，等待眼前的不悅過去，好讓它最終出現。他的母親滿嘴胡言亂語，這才是重點，她根本就不是教授，她在任何方面都沒有超越他，在政治上，她可能比他強一些，但以學者的身分而言，她並沒有比他好。相反地，他讀過她的作品，也讀了自己的作品，而她的整個觀點，最重要的地方，就是可能反映了這些年來他們之間發生的一切事情。他的母親覺得，我因為我擁有的東西而進步了，但不知道為什麼你卻沒有進步，我並不是說你沒有天賦，因為你有，但顯然你缺少什麼東西，因為如果你夠好，你就會成功，就是這樣，成功沒有其他法門。可是現在，這個觀點至少已經需要重新檢視了。他應該擁有再一次的機會，這是四十歲的人通常不會有的機會。他應該可以和母親再戰一場。

這並不表示他會說些什麼。他能說什麼呢？他既沒有權力也沒有證據，只有對一份三十年的文件所形成的主觀判斷，而就連這個判斷，都可以說是有瑕疵的。他不會說任何事，即使在這整件事過去之後也不打算說。也許再往後一些時間再說。但不論如何，這份論文現在在他手裡，這一定有些重要性。

他跳到下一章的開頭，想多讀些內文，再給這篇論文一次機會，他不想太倉促做出決定。但是到後來，他根本就沒有真正在閱讀。他在第二段確實找到一個錯字，應該是「在深化中」，卻打成了「在申化中」，這個字眼的特殊性質更引來他的注意。有那麼一刻間，他發現自己違反意願地感到狂喜，彷彿這個錯誤證明了些什麼，即使他停止仔細專心閱讀都還能找到錯誤這件事，暗示著文章內也許還有許多其他此類錯誤。但過了一會，他覺得自己是個毫無價值的苛刻之徒，他的母親應該被當成一個人來看待。

他試著想像她當時二十來歲的模樣，用一根手指敲打著論文，全神貫注，也許在其他有打字機的人的房裡，一名焦慮的年輕學子，在耶路撒冷與其他學生合租一間公寓。他試著沉浸在這幅過往的畫面裡，卻發現自己不經意地計算著，她當時並不是二十歲，她已經三十多了，與他父親一起住在外公布魯諾的阿姨位於舊卡塔蒙的公寓裡。事實上，巴瑞克也跟他們在一起。她在那個時候已經生他了。她已經是他的母親了。

他留下分成兩堆的幾百頁論文，將它們排在一起，然後自行走開，沒有把論文放回書架。

4

在圖書館外的大草坪上，他試著融入自由，融入那種像學生、遠離家庭的感覺。現在是正午，在耶路撒冷的大學裡，沒人知道他在哪裡，他周遭都是還年輕但又不是太年輕的人，他可以讀一本書，或者做白日夢，也可以抬頭看著天空。

他覺得這應該會讓人陶醉，這是人們常用的字眼，但他卻不想讀一本書，也不想看著天空，老實說，他也不怎麼想坐在草地上。他再次覺得自己快樂的能力有點破損了，彷彿他已經不知道該怎麼享受小確幸，怎麼活在當下，他最後強迫自己選擇一片草地坐了下來。

他無所事事地四下張望，但一分鐘後，他沒有理由地拿出手機，彷彿要在收到的簡訊中尋找某種救贖。他突然發現黛芙娜和伊法都在他把手機調成靜音時打過電話，他慌亂地將手機解除靜音，彷彿為了避免一場到目前為止只有奇蹟才能避免的災難發生，然後回電給伊法。

聽著，她說，有件事我想聽聽你的意見。

自從那天晚上通過電話，他在談話時恐怖地模仿了母親之後，雖然巴瑞克已經不記得談話的內容，他們之間好像就有什麼東西破裂了。就像管狀藥膏開端那層覆蓋的小圓箔片，你必須掀開它，才能讓一切流出來。現在他們之間的互動，上頭都鋪著一層淺薄但迂迴的外表，即使只是討論艾隆娜的事也是一樣。也許就是那次的談話，雖然很巧妙，但還是暗示了他們之間可能的新生活模式。我很快就要出門，我不在家，我正要去某個地方，這種零散的象徵與符號，意義都已經被理解了。

他想過伊法是在奉承他的可能性，所以他不會對他母親提起她和歐佛．烏奇埃利，以及那棟公寓的事，她那種安撫他的口氣，可能會讓人反感或者迷惑，端視你自己的決定。但「奉承」這種庸俗的措辭，卻使這個想法看來太平凡，不適合伊法，也不適合用在一般的生活裡，因為生活應該比這個更複雜一些。此外，他還感覺到她已經不再害怕，她相信他已經做出決定，證據就是事情已經過了十天或兩星期，而他並沒有向任何人提起。

她一開始為什麼要告訴他呢？如果她這麼害怕他會告訴自己的母親，那她為什麼要告訴他？這個問題出現得如此突兀，讓巴瑞克幾乎往後絆了一跤，彷彿他試著與自己的愚蠢、天真、遲鈍，以及總是太晚才知道發生的事……這些特點拉開距離。她的良知讓她感到困擾，這點他知道，因為這很明顯，它困擾著她，這是有原因的，她仍然依附著這個家庭，她還是在乎，巴瑞克根本懶得去想其他原因。但隨著時間過去，一連串的表情、文字與關切謹慎地只流向一個方向：朝他母親那裡流去，而那個解釋突然間看來就有些欠缺說服力。如果她是如此害怕那種反應，害怕損及她與這家人良好又親密的關係，那她就應該維持沉默，自白並無法讓她洗清嫌疑。

一股苦澀混著一些罪惡感，從他胸前滑過，自一側到另一側，他從以前就感覺到的一股確定感，那種你確定自己所愛的人實質上是有缺陷的，而且是真實的缺陷，而你對那個人的所有想法、所有懷疑，原來都是對的。突然間，彷彿這股感覺是一陣電流，重新啟動體內所有系統，將他的思緒帶回那張照片，那張該死的照片，伊法與歐佛．烏奇埃利竟然一同登上八卦版。伊法知道這張照片已經被刊登過，沒有其他的可能，她只是擔心巴瑞克會看見，或者聽說這件事。他的前妻居然和調查他母親的記者手牽手走在一起。他會聽說這件事，然後會大發雷霆，而她則會失去本來用及時的懺悔以及半真半假的淚水所能換取的事物。

即使是在娛樂性週刊的頁面撞見她，撞見他們出現在亞夫內商業中心這樣渺小又可悲的巧合，她還是不肯給他機會，私下獨自沉浸在這不太可能的悲傷裡。那些深信奇蹟、神蹟與超自然力量的人總是這麼說，根本沒有巧合這回事，沒有什麼事情是無端發生的，萬物必有因，而現在看來這些人是對的，每件事情的發生確實都有原因，但並不是因為有隻看不見的手在操弄，而是因為人們不肯放手，他們不再允許生活順著自己的特殊規則而自然開展；相反地，他們緊緊抓住所有瑣事，把所有微小事件都仔細收藏起來，納入他們令人吃驚、大受啟發的武器中。因為你看嘛，你看不出來嗎？還看不出來嗎？事出必有因。所以伊法現在也在這裡，趕在疾病還沒發生前，先提出一種治療方法，即使這不是突發事件，而是有預謀、事先排練好、在她腦中完美地安排與計畫過。人們居然還說他憤世嫉俗。

他心想，結果她才是對的。她挑了正確的時機坦白，而他站在她這邊。現在她很自滿，太自滿了，她不認為他會背叛她，她表現得彷彿她在依賴他，但她心裡卻在吸取他所有力量，對待他像個小男孩一樣，即使在他沒有能力的時候，都讓他覺得自己能做得到。一個裸體的小男孩，也許他真的就只是如此。

他想證明她錯了。

5

她說，聽著，有件事我想聽聽你的意見。四號頻道打算製作一個新節目，聽來滿酷的，不過誰也說不準。這是個讓小孩討論當週議題的節目。討論與兒童有關的議題，但當然也包括其他題目，是正經的新聞議題。我是說，這個節目是針對成人製作的，而不是兒童節目，它的播出時間在晚上，整個概念是聽小孩談這些話題，應該滿精采也滿清新的，我認為這節目會有些真實性。

巴瑞克說，好啊，彷彿他不知道這個談話會往哪個方向轉移似的，而伊法說，問題是，他們想讓艾隆娜上節目。

這遠遠超出他的預期，所以他花了些時間來消化這麼大量的資訊，然後，一些有暗示性卻又看不見、如藤蔓般狡猾的資訊從其中浮現：四號頻道、電視、「他們」、「想要」、「他們想讓艾隆娜上節目」。於是他開口問，這是妳的主意嗎？然後他自己回答，這不是妳的主意。伊法說，這不是我的主意，但是個不錯的主意。巴瑞克說，好吧，那這是誰的主意？有一瞬間，他的腦裡閃過一個可怕的想法：這是艾騰的主意，這正是他會做的事，他害怕自己一個人陷入電視的泥淖裡，於是就拉著自己哥哥的小孩在他旁邊跟著賣笑，用致命的接觸內容來污染他們，而他突然恍然大悟，伊法和艾騰一直都有聯繫，而且天知道他們這個聯繫維持多久了，也許艾騰甚至曉得巴瑞克知道伊法和歐佛．烏奇埃利，以及整起調查的事。但在他繼續想歪之前，她回答，是歐倫的主意，你認識歐倫嗎？巴瑞克疲憊地說，我該認識他嗎？這一切難道只是一場表演，每個人都知道該怎麼演，你認識他，你不認識他。他當然不認識這個人，他為什麼要認識他，如果不是想掩飾什麼，為什麼要大費周章演這場戲，而究竟有什麼需要掩飾的，只有一件事。她說，他是瑪雅的朋友，你記得竇坦的朋友瑪雅嗎？他是十四頻道的節目內容經理和發展部副主任。

巴瑞克帶著真實的震驚感覺說，節目內容經理？他與伊法以前一直取笑這個職稱，一個有內容的男人，一個有內容的女人，你都做些什麼呢？我創造內容啊，這種很希伯來、新穎又庸俗的感覺，畢竟，還有什麼可以比創造內容的人所創造出來的內容更缺乏內容呢，也許除了那些創造內容的人本身。而伊法真的說著，對對對，就像那些我們以前嘲笑的人那樣。巴瑞克答道，如果我們如此嘲笑這種人，妳為什麼還讓這傢伙把妳女兒捲進這個節目。伊法說，別這樣，別這麼刻薄，我只想讓你知道他很棒，完全不像那些我們以前嘲笑的人那樣，他正在進行一些很驚人的計畫。基本上，他與內容創造部很不一樣。

他問，妳和他在約會嗎？伊法回答，你瘋了嗎？巴瑞克說，妳說我瘋了是什麼意思？妳說得就像十秒鐘前妳沒有和另一個混球約會似的。而伊法答道，因為你現在身處敏感位置，也因為我寬宏大量，我就不告訴你他事實上並不是那麼混球。巴瑞克說，看吧，妳自己都說了。伊法說，對，我就是說了。巴瑞克說，他怎麼樣，很甜蜜嗎？很棒？伊法回答，巴瑞克，我沒有和任何人約會。他只是瑪雅和竇坦的朋友，我帶著艾隆娜去參加巴爾的生日宴會時第一次見面，結果艾隆娜讓他深深著迷。

他鎖定了從巴爾的生日宴會中流露出來的家庭感，也許他真的反應過度了，然後他問道，他也讓自己的孩子上節目嗎？如果他也讓自己小孩上節目，我就讓艾隆娜去。伊法回答，他沒有小孩。

當然了，他早該想到的。美好、清新，她還說了什麼關於他的評價？太棒了。歐倫這個內容王者的精神，正用一層稀薄卻黏稠的開發部副主任架式，從各方面主宰著整件事，只有愚蠢又沒有小孩的負責內容之人，才會把「清新」這種字眼使用在小孩身上，真笨的字眼，他可能用這個字眼形容小孩和雪碧吧。

她說，她不必通過試鏡之類的過程，這點你不必擔心，我不會同意，絕對不會，可是歐倫說她非常適合。他覺得她得停止這麼自然喊著其他男人的名字了。她接著說，事實上他說得很對，想想她說話的樣子，她有多麼風趣，以及她對其他人那種奇怪的洞察力。怎麼，難道你認為她無法勝任？我們舉個例子吧，討論麵包漲價的議題嗎？

他說，告訴我，我一定要問妳，奇蹟課程那些人覺得妳讓自己小孩上電視這件事ＯＫ嗎？因為我覺得這好像和他們的主張完全不一致。伊法說，什麼？你在說什麼啊，巴瑞克，這真是我這輩子聽過最不相干的事情了，你對奇蹟課程根本一無所知，我真是快笑死了，事實和你想的完全相反，一個電視節目並不會絕對不好，沒有什麼東西是絕對不好的，順便告訴你，就連奇蹟課程也不會是如此，尤其是在當你根本不知道它是怎麼一回事的情況下。

他回答，好吧，絕對不要。伊法問，絕對不要什麼，巴瑞克答，她不可以去上電視節目，伊法，妳這是瘋了嗎？伊法說，為什麼不可以，我不懂。巴瑞克說，妳居然要讓妳女兒坐在電視攝影棚裡，臉上化妝，被人拍攝，而且在她九歲的時候，接受二流製作人的指導，試著看來風趣、聰明又甜美，和一群可能從四歲開始就這麼做的小孩競爭？妳真的想讓她上電視嗎，更別說是一個給成人觀看的節目？我簡直不知道該從哪裡開始批評了。談論現實生活，這又是什麼鬼，誰要

花男
はなおとこ HANA OTOKO
松本大洋
男孩和父親，
常常還有棒球。
台灣限定
收錄日本初版彩色扉頁
新舊彩圖，一次擁有！
首刷限量贈品
花男 応援小掛旗
COMICS

大塊文化新書推薦

微精通

成功不是花無數個小時追求一件事的完美，
而是練就鑽研許多小事情的功夫，閃閃發光！

徐玫怡（作家）、狸貓（人氣粉專「黃阿瑪的後宮生活」奴才）、許芯瑋（全球孩童創意行動挑戰台灣發起人）、Emily（《指繪快樂》、《我愛陳明珠》作者）、黃子佼（多媒體跨界王）、鼻妹（圖文作家）、劉安婷（Teach for Taiwan創辦人）推薦

★什麼是微精通？
——至少包含6種元素

1. 找到上手訣竅
2. 移除手忙腳亂障礙
3. 找到輔助工具，開發小訣竅
4. 永遠有獎勵等在後面
5. 重複練習也樂此不疲
6. 無窮盡的實驗可能性

「這個世界似乎逼著我們一輩子只能做一件事，其實不必那樣。」

人們說，熱情要專一：若想精通一件事，就得花上一萬小時，全心全力只練習一件事。然而事實上，諾貝爾獎得主等全球最成功的人士，有空就學習各式各樣的新事物，接觸新活動。

不論是烤出完美舒芙蕾、畫一扇門，還是升火，當我們挪出時間培養小小的專長，一切就此不同。我們將不再害怕學東西，可以找到更多發揮創意的機會，還讓大腦更健康，幸福感加倍，以完全不同的角度看待知識。

從小事開始，再小也沒關係，重點是踏出第一步——那一步就能帶我們走向精通的康莊大道。

作者 羅伯特．特維格（Robert Twigger）

暢銷作家，冒險旅遊家，終生信奉微精通。第一本著作《憤怒白道服》（Angry White Pyjamas）講述在日本武術道場一年的生活，榮獲「希爾年度最佳運動書籍獎」（William Hill Sports Book of the Year Award）與「毛姆文學獎」（Somerset Maugham Award）。特維格平日於牛津布魯克斯大學商學院（Oxford Brookes Business School）、牛津大學、皇家藝術學院（Royal College of Art），以及P&G、快桅船運（Maersk）、甲骨文（Oracle）、南非米勒（SAB Miller）等各大企業，傳授風險管理、博學主義與領導力。

個人網址：www.roberttwigger.com

定價300元

幾米20精選典藏

精選二十年來幾米經典畫作，以及近年來尚未發表的插畫及油畫作品
幾米創作20周年獻禮，畫冊外加硬殼書盒，典藏幾米畫作最佳選擇。

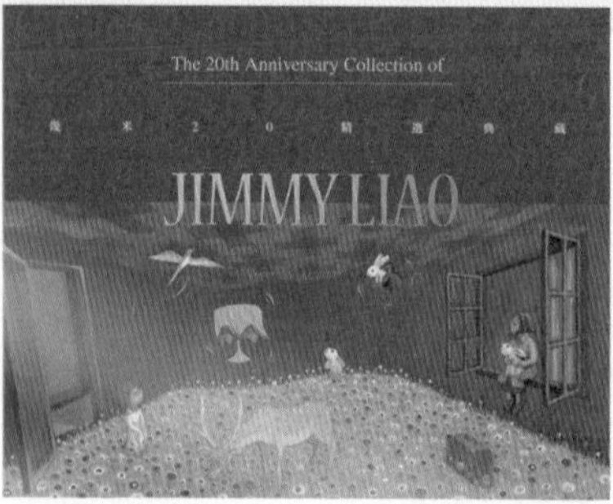

☆ 幾米創作20周年畫冊
☆ 300×400mm大開本精印
☆ 50幅歷年經典與新創畫作
☆ 可裁切裱裝收藏

希望有什麼人在地下鐵出口等著的盲女、期待著被擁抱的獅子、任何人都會被撫慰的星空、默默每天幫世界做一件微不足道的小事的世界角落裡的男孩、靠著電影找到人生答案重新奮起的女孩、午後在窗外呼喚的毛毛兔……二十年來幾米創作了逾五十種膾炙人口的作品，有可愛的童話故事，也有恢宏的生命史詩，有調皮慧黠的短語，也有思索人生的低吟。不管你是什麼生命的哪個階段將幾米作品納入書櫃的收藏裡，我們的心中總是存著幾幅打動自己的幾米畫作。幾米的圖總是這樣，往往在不經意的時候擊中人心，讓人感到撫慰。

幾米的每一幅畫作都有獨自創作出來的作品空間，非常適合當作單獨的畫作欣賞，而且因爲帶有繪本故事的基底，畫作中的角色與場景像是會動作起來，跟你訴說一段悠揚的故事。本畫冊收錄了幾米作品的經典角色與場景，以典雅的紙質和精美的印製，用大尺寸的印製，展現幾米二十年來不容錯過的美好，獻給喜愛幾米作品的你。

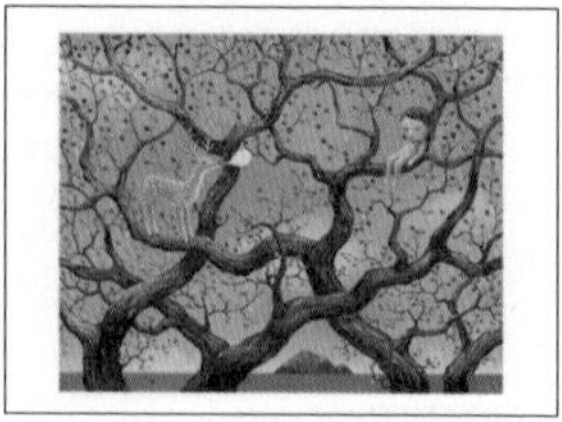

作者 幾米

定價2500元

她談現實生活，誰要她甚至知道現實生活是什麼，我希望她三十歲之前，都不必知道現實生活。

她說，首先，我請你不要這樣攻擊我。巴瑞克說，誰在攻擊了，我根本就沒有攻擊。伊法說，有的，你在攻擊我，而且還很猛烈，但不管了，你能不能聽我說一下話，還是你根本就不會聽別人說話？他說，別說教了，只管說吧。她說，首先，你對這個節目一無所知，好嗎？這些孩子從沒上過電視，這才是重點，要引進一些新鮮面孔，而不是找一堆童星，好嗎？其次，你或許會感興趣，這個節目的主持人是葉爾．澤梅，所以你所說的這個節目很傻、很蠢、試著故作有趣，以及所有你拋出的指控，都不會發生，你必須同意我說的這點。他說，好吧。她問，你同意嗎？而他回應，提醒我一下，我要同意什麼？她說，如果葉爾．澤梅擔任主持人，情勢就完全不同了。

葉爾．澤梅是知名的外交評論家，通曉多國語言與方言，他是視野廣闊與電視黃金時代的縮影，而他還不到四十歲。事實上，他的名字確實讓巴瑞克感到印象深刻。儘管如此，他還是說，我怎麼能確定情勢會不同？我猜我應該假設葉爾．澤梅所做的一切都是高品質的，總之，我簡直不敢相信我會同意妳這麼做，不管這是不是高品質的節目，我不在乎，我就是不希望艾隆娜上電視，我不敢相信你居然會希望這樣。

伊法說，艾隆娜也想上電視。巴瑞克說，艾隆娜想上電視？妳在問我之前，已經問過艾隆娜了？伊法說，我並沒有問她，是她偷偷聽見的。巴瑞克說，妳說她偷偷聽見是什麼意思，一定有人和她談過，我猜是歐倫吧。

她回答道，天啊，巴瑞克，放輕鬆點，就只是個電視節目，別把全世界的責任都扛在自己肩上。他說，歐倫，一個做節目內容的人。我告訴妳，我發誓，妳最不需要做的，就是和這種貨色約會。

她說，聽好了，不是你想的那麼糟糕，你只是因為邀請你參加的那些電視節目才留下了陰影。別這樣，就由著她一次，他們那天甚至不會錄影，只是個去認識大家的活動，讓她去吧，然後你再決定。

他說，所以如果我拒絕，我就變成壞人，妳知道妳把我放進了怎樣的局面裡吧。她說，我知道。他問，是知道我是壞人，還是知道妳做了什麼？伊法回答，是的，總理先生。巴瑞克回答道，當心點，妳的幽默感正在迅速消失。

第十一章

1

黛芙娜接起電話，並舉起一隻手作勢等一下時，他的目光不由自主地凝視著那棵種在她家後院的檸檬樹。這棵樹現在已經朝著地面彎曲，被那些巨大、黃色，看來有點不自然的水果壓得低垂著頭，渾似個肥胖的肚皮舞者。

巴瑞克記得這棵樹，當初是他們把它放在汽車後座，從苗圃載回家的。那時候它很瘦小，感覺不太能存活。巴瑞克很訝異她選了這棵樹，而不是其他已經長出小花與枝芽的樹苗與窗口花盆，對懷疑論者來說，那些五顏六色似乎才能保證開花結果。那時候，他將那種訝異感歸因於自己缺乏園藝能力，他從來都沒辦法栽培植物，無法守著它，真正關心它，看不到種子與植物隱含的可能性，他也很短視且缺乏想像力，他很難相信它們會改變。

可是現在，當這些碩大的檸檬看來像在催促人們不要懶惰，趕快採收它們，不為別的原因，就只為了想取代它們的下一批檸檬已經迫不及待要站上枝頭，用它們滿是花蜜的唇親吻土地時，他突然想到，也許這就是他的個性，也許根本就與植物無關，他的態度現實到對未來完全不抱希望，對任何未來都一樣，不論好壞，不管現在活著的人覺得安慰或失望。儘管如此，但他覺得好像從現在起，一切都不會改變了，或至少這是最可能的結果。儘管近來的事件似乎都想證明他的想法是錯的，想證明事情在不斷改變。但巴瑞克難以想像另一個時間的存在，在那個時間裡他們想去哪就去哪，而這件事將不再是他們生活的一部分。當別人在任何時間，以企圖有感染力的樂觀口吻提起它時，他也可以言不由衷地加入這個話題。

但你能從檸檬堆積出什麼，畢竟它們就只是檸檬。巴瑞克從檸檬堆裡抬頭，對柏亞茲說，我告訴你，我不能再這麼下去了。這是一種不代表承諾的聲明，對每種對話都合適，因此或許有點惹人生氣。柏亞茲則是對黛芙娜示意。她正在接電話，她比了個等一下、我要聽電話的手勢。巴瑞克感到被懲罰又傻氣，就像有人為了自己瞧不起的人而調整自己演說的內容，最後卻發現原來是對方對自己毫無興趣。

他別無選擇，只好聽著黛芙娜講電話。她說著，在我看來，是的，對我而言，是的，然後就不斷重複，是的，是的，用各種不同的語氣，在不規則的間隙中說著是的，直到對話變得幾乎怪誕為止。是的，是的，是的。等黛芙娜掛電話時，巴瑞克已經因這場對話的荒謬而深深著迷，他還發現，她在談的是將在納哈里亞市興建的商業建築，顯然會由席丹不動產負責開發。

一陣短暫的尖銳感穿透了他的身體，那是一種孤寂、錯過了的感覺，人們計畫他們的未來，彷彿這不是什麼大事，好像什麼都還可能發生，土地誕生建築，樹木結出檸檬，生命以其力量包圍著他，彷彿什麼也沒發生過，彷彿他們的母親沒有老化而死去了一點。

而他呢？

2

她掛了電話對柏亞茲說，他們真是把我累壞了。她舉起手機，確認他知道自己說的意思。柏亞茲以頭擺了個姿勢，意思也許是妳能怎麼辦呢，這就是人生的一部分，是談判的一部分。巴瑞克則是受夠了他們之間一直交換那些親密的不動產行業手勢，卻明顯假設不需要理會他，因為他就是家人，因為他總會在那裡。他非常渴望轉個話題，去討論更好的主題，能一勞永逸根除關於納哈里亞開發案的談話。但在他能想出該討論什麼話題之前，也許和伊法討論她的電視節目，以及關於艾隆娜的事情是不錯的選擇，這不是個壞題材。黛芙娜說，你還沒和媽提起。巴瑞克當下就後悔自己跑來這裡，這真是個糟糕的晚上，誰有耐心談這些啊。更別提她說起這件事的口氣，就這樣，在柏亞茲的面前，這表示柏亞茲是知情的，他早就知道了，雖然巴瑞克從不真的認為她會像保證過的那樣不告訴他，當時就說過別對任何人說，好嗎？甚至連柏亞茲也別說，算幫我一個忙。他還是比較喜歡在亞米納達市外面度日，並且想像也許她還沒有告訴他。

但現在反正他也不能說任何事，柏亞茲就坐在那裡，突然間他感到非常疲憊，他寧願就這麼原諒她，好讓自己不需要在稍後想起，他應該感到憤怒的。他說，沒有。黛芙娜回應，請了解這已經演變成不只是道德問題與個人問題，我不知道該怎麼定義它。巴瑞克說，道德！妳是不是有點過頭了。黛芙娜說，聽我講，柏亞茲說它可能會影響審判。柏亞茲說，我沒說這會影響審判，我從沒說過這樣的話。黛芙娜說，你說過也許我們可以利用它。柏亞茲回應，我只說過我不認為讓一個男人和調查對象的媳婦上床，是獲取資訊最合法的方式。巴瑞克則試圖克制自己，不去想他姊姊與姊夫之間長期背叛他，而現在輕易透露出來的談話，也不去想「上床」這個迴盪在夜空，留下一絲毒藥氣息的字眼。他說，你為什麼認為這會如此重要，能改變些什麼呢。柏亞茲說，我不知道，也許有新聞道德的問題，也許這整起調查案，都能因為證據取得的方式而遭到撤銷。巴瑞克說，但他並不是在對媽媽的調查進行到一半時勾搭上伊法的，他們早就在一起了，她剛剛才說過的，這些消息只是隨口而出，他並沒有試圖挖掘關於媽媽的情報。柏亞茲說，那是他跟你這麼說的。黛芙娜說，那是她告訴他的。巴瑞克說，什麼，妳想說什麼，別用那種討人厭的語氣，妳是說伊法和這個蠢蛋聯手整了伊法的婆婆，是這樣嗎？黛芙娜說，不，但也許那個白癡假裝對伊法有興趣，但他真正有興趣的卻是別的事情，這看來很有可能，至少值得考慮。巴瑞克很訝異地發現自己覺得被冒犯了，既為了自己的妻子，也為了自己，但在他有機會為他們挺身而出發言前，柏亞茲開口了，他說得對，這聽來真的很像一部拙劣的不入流電影。黛芙娜說，你自己剛剛才說，也許他是用不誠實的手段取得證據的，也許我們可以讓這個調查作廢。巴瑞克說，我認為你們兩個人有點太著迷於《法網遊龍》影集了，我們要求退回對方的提議，是因為被告在沒有法院命令下，進行了ＤＮＡ測試。柏亞茲說，事實上，我有可能是從影集裡得到的想法，我覺得我說的內容聽來有點熟悉。黛芙娜說，你能從中得到樂趣我很高興，但《法網遊龍》裡頭的情節，不代表在真實生活中也存在，事實可能正好相反。巴瑞克說，說些我不知道的好嗎，讓我告訴你，我們的生活現在就像一集《法網遊龍》。

柏亞茲說，你知道我以前可以把《法網遊龍：特案組》的開頭片段背下來嗎？那是我的特殊才能。黛芙娜說，拜託，不會吧。巴瑞克說，什麼開頭，你是說一開始的那首歌嗎？柏亞茲說，那首歌沒有歌詞啦，別說傻話了，可是在那首歌之前，當螢幕一片黑暗的時候，上頭會出現字幕，說明這個影集。柏亞茲接著用低沉的聲音說，在犯罪司法體系中，就是這個部分。巴瑞克說，太厲害了，你是說在出現屍體或強姦罪行之前嗎，那是我最喜歡的部分。柏亞茲說，既然如此：

在犯罪司法體系中，性侵相關的罪行，特別讓人髮指。在紐約市內，有一群專門的警探，負責調查這些邪惡的犯罪，他們就是被稱為特案組這個菁英小組的成員。這就是他們的故事。

巴瑞克加上了影集開頭時最後的兩聲配樂，梆梆。

3

他與柏亞茲之間有一種輕鬆的關係，也許這就是兄弟之情，黛芙娜也感覺到了，顯然，她在門廊處察覺到自己的弱點，因此放棄了假裝的優雅，並開口說道，米卡兒說這件事我們得去找律師。巴瑞克一開始不知道她在說什麼，米卡兒是誰，他認識好多個米卡兒，有些是小朋友，是艾隆娜的朋友，還有席拉和丹的朋友，可是過了一會兒，他抓到了方向，於是開口說，哪個米卡兒，艾騰的那個米卡兒嗎？黛芙娜說，還有哪個米卡兒？柏亞茲說，拿什麼去找律師，律師要怎麼處理，寫封信給這個叫歐佛的傢伙，然後警告他什麼，要他不能再寫任何關於揭露佛格爾家族的煩人報導嗎？巴瑞克說，等一下，柏亞茲，黛芙娜，我簡直不敢相信妳居然告訴了米卡兒。黛芙娜說，聽著，我現在就跟你說，我不要事情發展成你對我發火，然後你表現得好像我做錯了什麼似的，米卡兒是我的朋友，很好的朋友，她問我怎麼回事，問我媽媽怎麼了，然後我就說了，不然我能怎麼辦。難道我要說「沒事」，可是我腦袋裡明明就卡著這件事情。你不能在告訴我像這樣的事情，這種直接與我母親有關、因此也與我的生活有關的事情之後，還期待我什麼也不說，只因為這會干擾到你的陰謀，你的計畫。巴瑞克說，什麼陰謀，什麼計畫，妳在說什麼？她回答，我不知道，不管你和伊法之間有什麼，或者你和媽之間有什麼，你的那些考量與算計，你該與不該對她說些什麼。很抱歉，巴瑞克，事情不是這樣的。

他說，全天下這麼多人，妳就非得告訴艾騰的米卡兒嗎？說真的，黛芙娜，妳真的不知道在妳跟她說了之後，她不會馬上告訴艾騰嗎？妳可以跟我說，對我生氣，隨便妳，可是妳為什麼要去跟米卡兒說？

她說，她不會告訴艾騰的。巴瑞克說，少來了。她說，她不會告訴艾騰的，相信我好嗎？你不知道米卡兒跟我說了多少關於艾騰的事，而艾騰根本不曉得我知道了。巴瑞克突然好奇心大增，但他不用花太多力氣便壓了下去。黛芙娜繼續說道，你知道當她曉得自己知道關於家族的事情，而艾騰卻一無所知時，她有多享受嗎？相信我，這給她一種權力感，而這就是她和艾騰搞砸的這段關係裡，她所需要的東西。巴瑞克再也忍不住，於是開口說，搞砸，語氣中不帶著任何轉折，他想看看她會怎麼回應。黛芙娜說，搞砸是因為艾騰搞砸了，而不是因為她，老天爺啊。柏亞茲說，等等，黛芙娜，妳想見識什麼是搞砸嗎？讓我介紹一些真正搞砸的人給妳看看，也許那時候妳就會多體諒妳弟弟一些。

他想要逃跑，想不辭而別，完全不解釋，即使事後也不要，但除了這裡，他還能躲到哪裡。黛芙娜在亞米納達的房子總能讓他覺得好過些，但現在他在那裡覺得像個陌生人，與別人一樣只是訪客，在那棟房子裡，就算他離開了，事情還是如常發生。他帶著讓自己感到孤寂的他的祕密，放在自己的懷抱裡，保護它不讓無數伸手想搶它的人如願。他是個本來被忽略的孩子，卻突然受到重視，就像突然繼承了重要物品的人，結果導致家裡其他人必須停止假裝和睦相處。

他心想，每個人都要找些好處的，他將這個想法深深埋在腦海裡，既用力又無情，就像有人吃著太鹹或太酸的東西時，所吞下的悲哀的喜悅，因為事情便是如此，如果註定要酸楚，那不如一路酸到底。

黛芙娜也想取得一些好處，即使她對自己的母親毫無優勢，也許她就是少了一張牌，柏亞茲這張牌。自從青春期開始，黛芙娜就在外遊蕩，完全暴露在外，即使有了家，卻還像個無家的女兒，她擁有一切，但她媽媽還是懷疑她的能力，可是她卻不懷疑巴瑞克和艾騰。母親也不同情她，即使她已經迷失了這麼多年，就像許多女孩一樣，直到她遇見柏亞茲為止。埃莉榭瓦在她女兒遇見他之後，也沒有同情自己的女兒。而現在，在這場關於他們母親最新戰役的陷阱變得更明顯之後，誰來拯救媽媽，誰要跳到手榴彈上面？她不能放棄，不能在擁有可以提供給母親當作禮物的情報時放棄，也不能在可以居功的狀況下放棄，因為是她催促他來報告情報的，是我叫他來跟妳說的，媽，我一直跟他說，不信去問米卡兒，她知道的，即使巴瑞克要付出代價都不能放棄，巴瑞克是她弟弟，她很愛他，但媽媽就是媽媽，而戰爭就是戰爭。

米卡兒也一樣，她只不過是家人的薄弱附屬品，不需要任何事，也不需要任何人，她只是個不需要家庭以及任何事物的男人的附屬品。米卡兒不斷掙扎著想證明他們都知道，她一直想證明：看吧，我是個好人，也一直掙扎著想了解誰還和艾騰一起知道了什麼，而現在她終於知道些什麼，她擁有了權力，她會不斷運用它來討價還價，直到沒有價值，直到這個情報失去熱度為止。她可能會把情報出賣給艾騰，或者可能會讓自己獨享擁有情報的樂趣一陣子，直到她覺得好些為止。

艾騰也想要些好處。他知道如果自己能知道故事的始末，巴瑞克是無法真的看清楚的，就像一切都轉去一個平行宇宙，艾騰的宇宙，而巴瑞克根本無法進入。就連柏亞茲都想要好處，柏亞茲一直想要些什麼，為了黛芙娜，甚至為了他自己。

每個人都有自己的心思，為了自己的利益盤算，沒有任何人的心思和盤算是一樣的，即使他們的基因相同，連孩提時期都相同。他怎麼可能如此疏忽，這個現在朝他接近的祕密，即使事情到達關鍵時刻的時候，他怎麼可能沒有把持住？

他說，好吧，我去告訴媽媽。

第三部

「戰爭自有其發展方式。」——佚名

第十二章

1

尤拉姆·培力德和莉亞·培力德住在哈蘭街上，一間比佛格爾家小一些的房子，雖然它只離艾哈利茲街幾碼遠而已，蜿蜒的街道從體面的烏什金街，延伸到迪斯欽—伊賓夏普魯特區這個非常傳統、建築多半沒有什麼特徵的區域。

但他們的房子仍然讓人印象深刻，從某種意義上而言，是更加讓人印象深刻。它位於兩層樓公寓的底層，只有耶路撒冷的石頭讓它看來不至於完全不起眼。看來不怎麼樣的入口，與其後占據整層面積的龐大公寓之間的差異教人驚嘆，讓訪客立即對屋主產生敬意，彷彿他們透過感官或技巧，顛倒了空間法則。

這棟龐大房子的內部非常明亮，或許本來並不明亮，但低矮又寬敞的物體讓光線有了更多空間。屋裡陳列的是屋主多次從旅遊中買回來的雕像和其他沒有用處的物品，除非你特別發問，否則他們不會特別專注於某件物品，然後說些關於它的「有趣故事」，不過這些故事總是好的，不會沉悶，不會冗長，到最後你不得不做出結論：這件物品真的很獨特，而它的擁有者也沒有觸犯東方主義或殖民主義，或其他有錢人經常被指控而讓其他人感到安慰的奢侈觀光客罪行。

當埃莉榭瓦與班—亞米慶祝他們結婚三十週年紀念日時，所有人，包括培力德一家、他們的大女兒希拉及其伴侶蒙妮卡、他們的小女兒丹妮葉拉和男友洛埃——他們之後結了婚又離婚，加上埃莉榭瓦、班—亞米，以及他們的三個小孩，大家一起在巴塞隆納度過一星期。在那整個星期裡，埃莉榭瓦、班—亞米、尤拉姆和莉亞總是為了錢爭執。誰要付帳，我們來吧，不，該我們付帳。這非常累人，而且讓人有些驚奇，過了一整個星期，他們就是無法想出一個可行公式，或者達成大家滿意的約定。這一點，也許還加上大量酒精，促使黛芙娜、艾騰與巴瑞克之間展開三邊對話。這是在他們某天到了中古世紀風格的餐廳晚餐，並帶著足夠的決心，不讓父母跟他們爭論，以及不讓希拉、丹妮葉拉和洛埃試著加入他們後，通知家人他們要留在旅館之後，所進行的一場對話。

你們覺得誰更有錢，巴瑞克肆無忌憚地問，是爸媽還是尤拉姆和莉亞？他問這個問題的那種粗俗感，讓他們都歇斯底里地笑了出來，這讓他們更親近，彷彿他們在談論性話題似的。巴瑞克不記得整個對話，因為既冗長又散漫，但他確實記得黛芙娜說起，理論上他們應該擁有一樣多的錢，因為爸爸和尤拉姆是合夥人。巴瑞克覺得這完全合理，他很佩服自己的姊姊在酒精影響下，還能做出這麼精明智慧的判斷，直到艾騰開口說，這根本不能代表什麼。首先，他們可能對金錢做完全不同的操作，例如進行好或壞的投資，其次，還有莉亞和媽媽。

巴瑞克覺得這聽來既高明又合理，就像你在法庭戲劇裡看見的審判一樣，每個人的荒謬言論都很有說服力：在購物商場工作的聖誕老人因為精神疾病遭到解雇，從一方面來說，他已經接受治療，而且完全可以工作；但另一方面，必須考量兒童的福利。黛芙娜說，理論上你是對的，可是我認為爸爸和尤拉姆都不是特別積極的投資人，他們這兩個書獃子就算有做投資，可能也是一起合作。即使現在，在經過這些年以後，巴瑞克還是會偶爾想起這段對話，從各種上下文脈絡來推敲，很明顯，即使在那個時候，黛芙娜在本質上都是不動產經紀人或是算數字的人，他們怎麼會忽視了這點。很難想像她曾經想成為把顏料潑灑在畫布上的藝術家。黛芙娜繼續說，還有媽媽和莉亞，莉亞擔任語言藝術教師之類的工作，我不認為妳能靠這種職業致富，而媽媽則賺取一般的薪資，好吧，可能比一般薪資高一點。但我們談的，不是那種你能在商業界賺的大錢。所以就我看來，根本來說，他們的錢應該是一樣的。

巴瑞克說，妳說服我了。艾騰則說，事實上，我也被說服了。黛芙娜說，這還沒考慮他們的不動產，我沒考慮那些，雖然我猜尤拉姆和莉亞也有房子。不過從另一個角度看，媽媽和爸爸有三個小孩，而尤拉姆和莉亞有兩個，所以可能最後的遺產平均下來會每份一樣多。

巴瑞克突然笑了出來，彷彿黛芙娜說了什麼禁忌字眼，很快地，其他人也跟著笑了。

2

當尤拉姆與莉亞要出國旅遊時，他們會請埃莉榭瓦與班─亞米幫些小忙：在沒下雨時幫他們的植物澆水，幫清潔工開門，並且在她離去後幫忙鎖門，他們不希望鑰匙「到處散落」，以及幫忙給院子裡的貓一些水，幫忙收信，還有在緊急狀況時和他們聯絡。

埃莉榭瓦和班—亞米自願幫這些忙，尤其是尤拉姆和莉亞也會幫他們做同樣的事。但這些年來，有些事情改變了：尤拉姆和莉亞房子陽台上的植物開始繁殖，舊有的植物成長茂盛，有部分功勞多虧埃莉榭瓦和班—亞米的辛勤灌溉；院子裡的貓也繁衍起來，他們覺得準備飲水與食物（現在也有貓糧了）是應當做的，就像每天升起的太陽一樣，不期待因此而被感謝；清潔工開始每週打掃兩次，為何不呢，大家都想多賺點錢；郵件數量也多起來了，因為他們增加了新創事業與公司的數量。從埃莉榭瓦和班—亞米的觀點來看，能指派到對街去為植物澆水、給貓咪裝水以及收郵件的小孩越來越少。現在埃莉榭瓦和班—亞米得親自跑去那棟又大又寬的房子，在裡頭你會感到無論你走多遠，卻總是哪裡也去不了，這種感覺在你必須從廚房水龍頭走到陽台七趟時尤其明顯，這是上次他們數的次數，因為當你在兩個一點五公升的瓶子裡裝滿水，你也就只能拿這麼多了。

另一個更顯著的變化，就是尤拉姆和莉亞這對曾經年輕時帶著小孩又偶爾出國旅遊的夫婦，變成了比較年老的夫妻，富裕又健康，而他們的海外之旅簡直讓人眼花的頻繁，有時兩趟旅程間只差三個星期。當他們旅遊的次數不那麼頻繁時，班—亞米和埃莉榭瓦就會受到每趟旅遊日期都很長的折磨，例如高加索山脈一個月之旅，或者西藏與不丹二十二日遊之類的。與此同時，埃莉榭瓦和班—亞米仍將他們的旅遊維持在合理的次數，有時因為埃莉榭瓦繁忙的行程還會減少旅遊次數，而她的行程表，卻在她越來越接近大家所謂的退休年齡時更加忙碌。埃莉榭瓦經常為了和平中心獨自旅行，通常是為了募資。班—亞米也經常獨自旅遊，去美國探訪他的哥哥。但這些獨自的旅程，對班—亞米和埃莉榭瓦並沒有幫助，因為他們的房子必須空出來，需要請人幫忙照料，才能對尤拉姆和莉亞提出適度的小報復。

這個議題終於在幾週前——就在埃莉榭瓦被指控盜用公款的事情爆發前——達到緊要關頭。尤拉姆和莉亞一時興起，決定前往土耳其旅遊一週，而且老天爺啊，竟然不是待在旅館，而是要去山裡，由於整趟旅程太突然了，他們直到抵達機場後，才記起來下一個安息日——他們旅遊回來的次日——他們邀請了五對夫婦來家中晚餐。在飛機起飛前二十分鐘，莉亞打給班—亞米表達歉意，這真的很尷尬又讓人不舒服，他們知道這是個很不合理的要求，但還是拜託他，能不能讓他們稍後傳一份需要去肉販那裡採買的清單，並請他們把清單上的東西放在尤拉姆和莉亞的冰箱裡。那星期稍晚，清單來了：一磅里脊肉、六塊兩磅重的沙朗牛排、六塊一磅重的沙朗牛排，以及十二份牛骨髓。

這整件事簡直讓班—亞米和埃莉榭瓦抓狂。就像一隻蒼蠅腿漂浮在良好關係這碗湯上一樣。而且培力德家又不是沒錢，難道他們不能給哪個鄰居兒子每天二十謝克爾，甚至是十謝克爾，讓他來放些水給貓咪喝，以及為清潔婦開門嗎？那個孩子會很快樂，他們也會很快樂，班—亞米和埃莉榭瓦當然也會很快樂。找兩名已經有忙不完的計畫與生意的成人，讓他們無限期被綁住，每年幾乎有一半時間要當他們的代理管家，這有道理嗎？而且還是自願的？

但他們一直以來不發一語。一開始是因為兩家互相幫忙的差事差不多，還可以暫且忽略：其中一對夫妻每年或每一年半外出旅遊一趟，另一對則是每六個月旅遊一趟。之後則是因為，這樣的安排持續這麼久之後，開始違反所有的邏輯，變得比較有利於培力德家，彷彿事情這樣越久，持續這樣的發展就越合理。到最後則是因為，他們越是對這個狀況感到憤怒，就越發現尤拉姆和莉亞在提出要求時態度十足的天真，這是因為某種特別的盲目，而不是因為節儉或壞朋友的惡行，因為事實證明，他們在其他各方面，一直都是佛格爾家的好朋友。

每當班—亞米和埃莉榭瓦的憤怒到達高峰，也就是旅行快結束，當那些植物都適當地澆過水，兩人在幾個星期來越講越不舒坦，神經已經極度緊繃的時候，尤拉姆和莉亞便會在行李中帶著慷慨的禮物回家，那真的是有價值而且非常獨特的禮物，不是很有用就是很漂亮，還伴隨著培力德家願意與友人分享的精采故事。班—亞米和埃莉榭瓦會立即融化，並對自己惡劣的友誼表現與小器的評論感到羞愧，尤其當他們面對長期不必澆水的日子，而未來又總是讓人覺得無法想像地遙遠時，羞愧感就更加強烈。

他們夫婦的旅遊還有一項額外的好處：讓埃莉榭瓦和班—亞米有些事情可以煩惱，這是非常必要的發洩管道，讓他們釋放一些即使在親密朋友之間都必須偶爾釋放的怒氣，這有助於他們的健康。更別提這種被控制的衝突，儘管從沒獲得解決又有些滑稽卻惱人，因此反而很真實。在佛格爾全家一起吃飯，在沒有話題可說之後，甚至還沒把話題用盡之前，往往成為很好的談資。

有一次巴瑞克說，你們知道嗎，我很好奇他們都是怎麼說你們的。班—亞米說，你在說什麼呢，我們每年可能只有一次要求他們幫忙照顧房裡的東西，就連那種狀況下我們都很謹慎。巴瑞克說，好吧，可是他們說的，一定也是同樣的事嗎？我很確定他們在談你們其他的事情。埃莉榭瓦說，你知道嗎，巴瑞克，我知道這聽來太天真，可是我真的不覺得他們有在背後談論我們。

3

那天下午的某個時刻，柏亞茲說了，埃莉榭瓦，妳需要立即找個公關顧問。

他們都坐在丹妮葉拉．培力德在卡法薩巴的房子有樹冠的花園裡，他們的聚會是要慶祝她的父母尤拉姆和莉亞結婚四十週年紀念日。現在只剩下殘羹剩菜，沒有跡象顯示前一天報端指責性的那篇文章在隔壁房間很搶手。偶爾會有人緩慢踱回屋裡去上洗手間之類的，然後會有一陣子不回來。巴瑞克以為這可能是他的想像，但當他走進廚房裝水時，卻看見丹妮葉拉正在那裡讀著那篇報導。

丹妮葉拉退後了一步，現行犯似的，巴瑞克為她感到難過，她之前一定沒有讀過這篇，不論是沒有機會還是不感興趣，現在只是想趕上進度，好讓自己知道大家究竟在談什麼。但巴瑞克發現自己想著，丹妮葉拉並沒有違反任何規矩，拿著報紙讀這篇報導並沒有問題，只要不是在花園裡當著大家的面，而是在這個看來像是為這個目的而指定的房間裡讀就可以。就像危險的物種一樣，必須謹慎接近它，並隔離處理，而且在任何情況下都不能帶到外面。

當然，巴瑞克讀過這篇報導。只讀過一次，這是真的，他在違反自己意志下，盡快將這篇報導囫圇吞棗地讀完，彷彿他在吞嚥什麼讓人異常厭惡的東西。他必須閱讀這篇才能了解，必須更新資訊，但他從昨天起就沒有看了，彷彿希望如果沒有人看這則新聞，它就會消失。

根據在標題照片上橫跨過埃莉榭瓦胸前，彷彿她贏得選美皇后的大號斜體字，這是一篇側寫報導，由孜孜不倦的歐佛．烏奇埃利撰文，他看來就像每次都從不同的樹後頭偷窺著巴瑞克，就像推不倒的充氣小丑一樣，而他也透過和巴瑞克的合法配偶上床取得太多利益了。他在五頁報導的最終署名處寫道：「試著破解謎團形象的友人、同僚與親戚們」，謎團，他是認真的嗎？「製造謎團的這名女子，當她上個月因涉嫌竊取赫希和平中心數百萬謝克爾而遭到逮捕時，震驚了全國。她是理想主義的和平分子，還是機會主義的女生意人？是意圖良善的慈善家，還是唯利是圖的企業家？無辜，還是有罪？這是關於她的側寫。」

「親戚」這個字眼，從標題向他發出吶喊，讓巴瑞克瘋狂地在字裡行間搜索，深感害怕，他瀏覽片段與每個句子，想找出事情怎麼會這樣，以及到底是誰。但這個親戚，事實上只是一個親戚，而不是親戚「們」，並沒有具名。他所說的那幾句話，也只是被塞在報導最後，顯然因為烏奇埃利已經把最好的材料都放在最開始的地方。「『她非常難搞，』一名佛格爾家的親戚這麼說。你說難搞是什麼意思？『這麼說吧，她對傻子很沒耐性，說得保留些，場面會變得很難堪，更別提她認為幾乎所有人都是傻子。我記得有一次我們出席一場活動，有人提起一本書名，有些人並不熟悉這本書，只是聽過書名，而她看待這些人的那種輕蔑，會讓你覺得發生了什麼十惡不赦的事情。你不知道這個嗎？不知道。你怎麼可能不知道？她說話的態度很尖酸刻薄，大家都嚇了一跳。』根據你與她的關係，你認為她有可能偷了這筆錢嗎？『絕不可能，我們談的是一位有三名成功子女的婦女，她內心深處是個理想主義者。她有可能傷人很深，但即使如此，我想，也只是因為她太在乎了。』」

巴瑞克反覆讀了這一段好幾次，就像一名探員負責的整個案子所欠缺的細節即將浮現一樣，但他越嘗試，就越難弄懂這段文字在說誰，或至少那場活動是什麼，好讓他縮小這名親戚可能是誰的名單。他從沒聽過關於那本書的故事，但聽來是可信的。另一方面，這名親戚的口氣是他很不熟悉的。他無法把這種說話方式和他的任何家人加以配對，至少不是親近的家人。「我們談的是一位有三名成功子女的婦女」，誰會這樣說，而成功又是什麼意思，他們不是小偷，他們也不是強姦犯，這也只是人們所能做的最好推測。至於「內心深處是個理想主義者」這一點，「我們談的是一位有三名成功子女的婦女，她內心深處是個理想主義者」，這兩點之間到底有什麼關係，這是他一生中聽過最蠢的句子之一。

還有烏奇埃利這傢伙。「你認為她有可能偷了這筆錢嗎？」這是什麼意思？他怎麼會這麼想？當她發現有人從沒聽說過雅可夫・沙巴泰的《過去進行式》——我們姑且假設就是《過去進行式》這本書，在這些情況下，一直都是《過去進行式》——根據這點，以及根據她的反應，你真認為她有可能偷取三百四十萬謝克爾嗎？

巴瑞克想著，唯一他能想到會背誦出這種獨白而且用那種方式表達的人，只有柏亞茲，就連口氣聽來都有點像他。但柏亞茲不可能在報端如此詆毀自己的岳母，這種事不會發生，根本不可能，就是這樣。

還是有可能呢？巴瑞克發現，從不可能發生的事居然發生了的那一刻起，任何事都可能發生了。如果他的母親能遭到逮捕，那柏亞茲當然也可能做出幾件大家想不到的事。他的腦袋開始漫遊到他在不同時間想到的想法，你不會用這些想法來評斷你的親戚或任何人的，這些想法會被自己駁斥，因為它們太不合情理了。他的一個鄰居曾有一次談到自己的女兒，談話的口氣讓人有點毛骨悚然。巴瑞克無法指出明確時間，但他當時很確定柏亞茲曾經涉及毒品。他多年前曾與黛芙娜談話，內容提及一個可能性，儘管看來只是開玩笑，但艾騰有點對男人感興趣，因為當時他還沒結婚，他們也不覺得他會和女人在一起。但這一切對他而言太沉重，這些想法也很讓人耗費精神，巴瑞克還有一整篇報導要閱讀。

其他受訪者對埃莉榭瓦毫無協助的義務，既無血緣關係也不是家人，即使他們真的虧欠她什麼，也顯然已經讓自己卸下幫助她的義務，可能是因為她被指控的罪名，已經消除了他們欠她的人情。因此這些人也都沒有透露名字，不只是這個不忠誠的親戚。文中說道：「某個曾與佛格爾共事的人說：『她透著些許狡詐的感覺。一方面看來，她很溫暖，很快就和大家打成一片，大家很容易就信任她。我認為這是她成為很厲害的募資者的原因，她很難讓人拒絕。但另一方面，她有很明確的範圍，一旦跨過這道界線，哪怕只是意外，她就會變得專注在你的越界行為，變得不友善而易怒。』就像《化身博士》嗎？」寫這篇文章的人真是混蛋。「『我不確定是否會這樣形容她，但她確實有些高深莫測，不論你們共進過多少次午餐，都還是如此。我們這麼說吧，如果你現在告訴我，我也不知道該舉什麼例子，比如她有戀鞋癖，她會在晚上跑去其他人的公寓偷他們的鞋子，我還真的會相信。』（笑聲——歐佛．烏奇埃利）。」與他母親共事的這些混蛋都是誰啊？天啊。

「『在大學時代，她被認為非常勤奮，是你能依靠會把事情辦好，而且快速辦好的人，』」說這些話的人「是與佛格爾家親近的人，目前在美國一流大學任教。」「『但如果你選擇挖得更深入一些，你就會發現，她其實在走捷徑，你可以看到一些兜不攏的地方、不完全正確的主張、對她有利的誇大言論，所有這些讓她的成就大打折扣的小心機，而這還是最好的狀況。在最壞的情況下，它們會讓事情大幅惡化。』你聽來小心翼翼，彷彿走在薄冰上。『聽我說，其他事情暫且不說，這位女士可是在許多領域大有建樹的人，不論是在學術界還是在公共服務領域，尤其是在公共服務領域。我可不想只因為我看見的幾樁事件，就把她的所有成就一筆勾消，而且我相信我看見的都是可以解釋的。不過，它們還是說得通的。』」

「一位政界高階人士」表示：「『我們談的是一位熱愛權力的人，學術界也好，赫希中心也罷，到頭來，你都能透過這些地方累積相當大的權力，不論是短期或是長期。而她想要的絕對是長期的權力。出於對和平程序的尊重，她絕對不是天真的花派嬉皮[2]，差得遠了。我並不是說和平對她不重要，只是還有其他更重要的東西。你可以從她耕耘的關係中，以及從她那些小計謀裡看出來，別誤會我的意思，這些都是完全合法的，但即使都合法，感覺上卻不是那麼乾淨，而且如果你仔細研究，它們的目的、它們更高一層的目的、那個大計畫，就一清二楚了。』」

他很訝異地發現，除了輕蔑，他這次的閱讀還感受到一些希望。也許他能讀到裡頭的某段話、某個問題，或者某句引言或回憶或暗示，給了他一個解釋，給了他一些粗淺認知，讓他明白為什麼他們認為她犯了案。為什麼，又到了哪個程度？她究竟想買什麼？她想獲得什麼？這一切只是為了更多錢嗎？就這麼單純嗎？這近乎庸俗，但巴瑞克祈求能有人提出這個議題，至少要問這個問題，如果不為其他原因，至少也拯救他的母親免於面對這個答案、預設的答案、自動生成的答案，以及這個問題所暗示的讓人厭惡的特徵。但顯然沒人有興趣，他則對問自己姊姊與弟弟這個問題感到不舒服，他認為尋找動機，就等於承認犯罪。

他繼續讀著那篇報導。最糟糕的部分就是第五頁左手邊的那篇方塊文章，裡頭有長長一段文字。烏奇埃利去找了數週前報紙刊登聲援信的簽署人，也就是他所說的「高階軍政官員、意見領袖與學術界的頂尖教授們」，並詢問他們現在警方判定證據已經足以起訴她，以及評論員與其他熟知本案來源所做出的觀察，都認為警方掌握的文件「並沒留下多少想像空間」，他們是否仍然支持他們原先的主張，仍然全心全意相信佛格爾是無辜的？

愛迪娜．烏爾曼、阿維乎．米斯戛夫、米謝爾．張、葛拉希拉．席莫爾、艾曼紐．赫斯基、尼夫．寇普洛維茲以及雅瑞特．葛利克曼都拒絕評論。尼茲亞．米斯戛夫准將表示，我將這件事留給法院裁決。葉胡蒂．巴爾席拉教授說，我建議我們耐心等待宣判。敏納什．索柯羅夫斯基表示，這是個唐突的問題，在這個階段，我拒絕回應。雷哈瓦．賀非醫師指出，你知道這句俗語，只有傻瓜才從不改變想法嗎？歐佛．烏奇埃利追問，這是什麼意思，而雷哈瓦．賀非醫師回應，我想已經很清楚了。謝謝你。葉夫塔．多姆中校則表示，就這件事情我要說的話，會直接告知埃莉榭瓦，而不會公布在報紙上。歐佛．烏奇埃利說，但上個月你想說的話卻可以見諸報端。葉夫塔．多姆中校回應道，簽署一封聲援信，與針對一件這麼敏感的事件在這麼敏感的時機發表公開聲明，是有差別的。如果你不明白這一點，那你很可能入錯行了。

巴瑞克還很清楚地記得最初的聲明，所有人的名字都是成雙出現的，緊密結合在一起，形成一股力量，從四面八方包圍著他的母親。現在他們變成個別的名字，顯然是因為無法同時取得兩

2 花派嬉皮（flower child），一九六〇、七〇年代，在西方出現主張和平、愛情的嬉皮，因常佩戴或手持鮮花宣揚和平與愛而得名。

個人回應，而刀刃看來更鋒利也更殘暴，彷彿現在已經沒有兩個人可以彼此藏匿對方，他們已經赤身露體，既然已經完全暴露，又到了最後關頭，於是他們傾向於說出實情。巴瑞克突然開始質疑第一封聲援信的有效性，阿米拉與莫莉．英格曼，亞迪娜與班傑明．帕爾尼克，這些夫妻的名字一行一行，就像電話號碼簿一樣，這麼一大堆名字，儘管其龐大數量象徵著巨大的力量，但仔細看這份名單，也將夫妻的力量相互抵銷，將一個人的力量隱藏在另一人之下，如果某人沒有簽字，另一人可能也就不會簽了。

這篇報導文章裡只找到一位正直的人，慷慨又不害羞地用他的全名為他母親說話，那就是尤拉姆．培力德，「一位佛格爾家的老友，也是班—亞米的生意夥伴」，巴瑞克懷疑自己是不是從「生意」這個字眼裡，幻想出了暗示的糾結，帶著一絲苦澀的斥責味道，好像身為生意人就是一種錯誤，尤以佛格爾家的成員牽涉在內時為甚。「埃莉榭瓦是我認識最誠實的女士之一，我是以完全肯定的口氣告訴你這一點，我願意賭上我的名譽，她從沒偷過一謝克爾。如果你認識她，就會了解這整件事情有多荒謬，這位女士夜晚會躺著不睡覺，想著自己相信的事。讓我跟你們說個故事，幾年前，我們四個人去越南，這趟旅程我們夢想以及規劃了近八個月。就在我們抵達的第四天，他們打來通知她，阿茲列里中心建築上的電力和平圖案發生短路，已經三天沒有電力了，招牌管理員有點拖延，因為他們不想打擾埃莉榭瓦，但他們無計可施了，已經過了三天，他們想也許她能幫忙找些關係。埃莉榭瓦和他們通了幾次電話，發現事情沒有進展，等到次日早晨，她已經上了飛回以色列的班機，當時離我們假期結束還有二十天左右。你無法想像我們多努力試圖說服她別管那件事，但她就是不聽。這個和平圖案是她畢生的工作，我敢這麼說，她對在赫希中心所做的許多計畫，以及許多大眾不知道但也是由她負責的事，也抱持著同樣的熱情。因此關於有人指稱她私吞金錢，還放在她的銀行帳戶裡，我簡直都不知道該從何批評這種說法有多荒謬。就是這種誹謗會誇大到離譜，最終讓一個好女人的生活變成了地獄，我只希望當真相終於浮現時，造成的傷害不會無法癒合。」

巴瑞克突然為了他們花幾百個鐘頭說培力德家的壞話，而對自己的父母感到羞愧，他們那些原本就很小的罪行，現在更是微不足道。他也為自己讀了這麼多人的說詞而感到慚愧。有些似乎沒有看起來那麼無法無天，連他自己都能想出部分說詞，他本來就在懷疑這些說詞，現在既然已經被人說了出來，那些模糊又潛伏隱晦的罪名開始抓撓著他的良心，他問自己有哪些已經說出來的事情看來有道理，但又把這個問題推開，開始關注下一件事，他寧可不想這些事，不要把它們從不斷堆疊的指控裡篩選出來，最好讓它們不要被指認出來，最好連自己都不要知道。

4

她坐在一張木凳上，由於缺乏背部支撐，而不自覺地駝著背，她對這張椅子並不熟悉，對這種坐姿與食物也同樣不熟悉。食物是由丹妮葉拉與她的情人葛嫩在烤肉架上烹煮的，他們遊說了佛格爾一家人，大老遠跑來她們家，慶祝尤拉姆和莉亞結婚四十週年。就連埃莉榭瓦的母親雅薇娃也沒能躲過，在這四位朋友中，她是唯一還活著的雙親，這幾年就連尤拉姆和莉亞，也以尊敬長者與讓他們不必單獨度過安息日為藉口，尋求她的慰藉。

他們約好在進屋之前，先在門口車道見面，也許是因為他們擔心對主人前院的不熟悉感，也或許是他們希望，能讓自己與一打開門就會傳來的那一陣朝他們攻擊的評論與安慰火力隔絕開來。在與房子還隔著安全距離的車道上，巴瑞克說著，時機點真糟糕，對吧？班—亞米回答道，有些人總能在不對的時間來拜訪或打電話或計畫一場生日宴會。這不是他父親的用語，而是他母親常講的句子。巴瑞克察覺到他父親在引述母親的話，以便在她沉默時代表她發言來鼓勵她，為了她至少暫時把他自己的身分放在一旁。他的母親什麼也沒說。

諾安姆曾說，我必須替他們說句話，他們不可能知道這篇文章何時會刊登。班—亞米沒有回應，他顯然不擅長這種對話，可是巴瑞克知道他該說什麼，知道他的母親會說什麼，理論上這是對的，但我告訴你，有些人就是這樣。他們所做的都不是他們的錯，這些沒什麼，但加總起來會變得很不恰當。

現在他就看著她，用不自然的姿勢坐在那裡，尋找他父親和黛芙娜說了什麼的跡象，顯然因為她是他的女兒，而這正是你會跟自己女兒說的事。女兒是父親會去商量的對象，他商量的內容就是他母親昨天哭了一整天，而且整晚沒睡。

她偶爾會哭，不像其他那些像是鋼鐵做成的母親似的，她是真的知道該怎麼哭泣。但她從不為自己流淚，至少不在他面前哭。她會為了再平凡不過的小事哭泣，當電影裡演到有人死去、小孩、愛情、電視上的悲哀故事、出乎意料的重聚、等待已久的腎臟移植，就是這種專門設計來誘人掉淚的事物。這些事物她應該都免疫了才對，因為她就不該是這種人，因為她比大家更聰明，但她還是免不了掉眼淚。就好像她要哭出最後的一絲不理性——讓她無法控制的混亂邊緣，彷彿這是她唯一的擺脫方法。

當黛芙娜告訴巴瑞克他們父親說了什麼時，他感到害怕，那是五歲、八歲或十五歲的小男孩，初次看見自己母親哭泣時所感到的害怕。他想著，也許她的眼淚終於找到了真正的原因，而她再也不必把眼淚浪費在看見腎臟移植這樣的事情上了，因為現在她知道自己真的需要掉眼淚。

可是當她坐在餐桌上，旁邊放著綠色塑膠盤子，裡頭放著已經沒有肉的皮塔餅，還有裝著健怡汽水的塑膠杯時，沒有人看得出來她哭過。她看來幾乎和往常一樣，只是坐的位置有所不同，坐在一張沒有椅背的木凳上，她穿著涼鞋的腳放在草地上，伴隨著正好在草地裡的所有東西，你永遠不知道誰或什麼東西藏在草地裡，但她坐在那裡彷彿這是一間拷問室，是一種懲罰，是她無法避免的事。她看來很不開心，像一隻被剪去翅膀的小鳥，在這個週六困在這場烤肉活動中，她只是個隨機的訪客，毫無特權。她看來也像個被剝奪了發言權的人，被判處了死刑，而她想說的話都已經說過，現在她只能閉嘴聆聽。

他們剛開始走進來時圍繞著他們的那種氛圍——那種撫慰喪家般的感覺——到現在已經在花園和房屋內蒸發了。當他們一開始走進來時，那就是他感覺到的，彷彿他的母親已經過世，而這是她的葬禮，她走進屋子時就像是個鬼魂，而其他人則在面對這場悲劇時，低頭看著她並且搖頭。他們都讀過那篇報導，這是無法避免的，從她有禮又得宜的反應看來，埃莉榭瓦也已經做了準備，那種反應就是你會期待一個絕症病患有的反應，雖然安慰的話語都已經無用，但她仍然有禮貌地接受。

但當他們從屋內移到花園時，這場對話卻被白天的光線，以及儘管發生這些事件卻仍然慶祝她結婚週年的嘉賓高昂的興致，帶動得光明許多。莉亞比往常更加愉悅、合群，唯一讓她不陷入火力全開瘋狂狀態的，就是週末報紙的那篇報導，這是必須特別點出來的，她的聲音在話速和情境方面都特別加以控制，就像馬匹被騎士用韁繩勒住，並受到適當的控制。只有在她跑去草地上陪她的其他客人而離佛格爾家人很遠時，她才讓自己的聲音任意提高，然後又回頭提到他們。看起來和這件事無關的尤拉姆，則被留下來陪他們坐。

柏亞茲說，我想知道的是，報上引述的這個親戚是誰。對嗎，埃莉榭瓦？而埃莉榭瓦說，不，我不怎麼想知道。黛芙娜說，不想嗎，媽？妳是在告訴我，妳真的不在乎家裡哪個成員對報紙記者說了那些關於妳的事？班—亞米說，是誰說的有什麼差別，反正不是妳也不是我，對嗎？一定是什麼遠房表親，逮到了機會享受屬於他的十五分鐘聚光燈，他應該活得很快樂。還有，如果你要編造一個故事，那起碼也要編得可信度高一些。

艾騰則問道，什麼啊，媽，說真的，這一切從沒發生過嗎？妳完全不記得了嗎？埃莉榭瓦則回答，你們真的認為我會為了有人從沒聽過某位作者而大發雷霆，態度還這麼殘酷與輕蔑，就像報上描述的嗎？你們真的這麼想？艾騰回應，媽，妳知道的，妳不必讓自己比教宗還正直，怎麼，我們舉例吧，妳是說當有人不知道《過去進行式》這本書的時候，妳不震驚嗎？巴瑞克說，為什麼大家總是用《過去進行式》當例子，誰能跟我解釋一下嗎？其實沒有人用過其他的書當例子，但他的這個評論既沒人回應，也沒能緩和當下的氣氛。黛芙娜說，我現在就跟你們說，我從沒讀過《過去進行式》。巴瑞克說，我也沒有讀過。埃莉榭瓦說，但你們總聽說過吧。黛芙娜說，當然。埃莉榭瓦回應，很好，太棒了，我建議妳讀這本書，這是最好的書之一，但我曾經大發雷霆，只因為妳沒有讀過哪本書嗎？或者因為妳沒有聽過哪件事嗎？從來沒有。

尤拉姆突然說，妳對我大發雷霆過。柏亞茲開口說，有人突然從場外看臺喊加油了，太不可能，現在可精采了！埃莉榭瓦轉向尤拉姆說，我對你大發雷霆？什麼時候？尤拉姆說，放輕鬆，埃莉榭瓦，我們只是開玩笑而已。埃莉榭瓦說，好啊，繼續吧？他說，這可能是二十年前了。諾安姆說，你怎麼可能記得，這太酷了。尤拉姆繼續說，你給希拉買了本書當生日禮物，書名是《五月三十五日》，還記得嗎？埃莉榭瓦說，好吧。尤拉姆說，妳到底記不記得？希拉說，事實上，我記得。埃莉榭瓦回道，好像有吧。尤拉姆說，我從沒聽過那本書，也沒聽過關於寫這本書的女人的事。埃莉榭瓦說，作者是男的。尤拉姆說，看吧，天啊，妳當時對我可真夠兇的，你怎麼可能不熟悉這位作者，你從沒聽過這本書，你從沒聽過那本書，妳不斷念出他的其他作品，但我能怎麼做，我就是沒聽過他。然後妳就說，難道你不希望希拉長大後成為愛書人士，你難道希望她整天玩小精靈，還是現在流行的電動玩具，如果你自己不以身作則，又怎麼能抱著任何期待？你簡直就是把我放在火上烤。

埃莉榭瓦說，好吧，首先，如果你被我的言語傷到，我抱歉，我不記得這種事情，但既然你記得，就一定發生過。尤拉姆說，別傻了，埃莉榭瓦，這真的沒什麼，我都已經忘了。埃莉榭瓦說，問題就在這裡，看來你並沒有忘記，但無論如何，那是你的權利，我能跟你說什麼呢，也許我比自己想像的更接近那篇報導裡描述的女人，顯然我是個很糟糕的人。

巴瑞克說，夠了，媽，這不像妳，我們只是開玩笑而已，妳是怎麼了？妳真認為這裡有任何人覺得妳不是好人嗎？我們都很愛妳！她說，我不知道該跟你說什麼。

埃莉榭瓦看來像在判斷她該覺得自己受了多大侮辱，暫時隱忍著她最大程度的憤怒，直到最終結果宣判為止，當作以防萬一的舉措。但是本來坐在從起居室拿來的活動躺椅上、安靜抽著菸、看著外面草地的雅薇娃說，我的天啊，妳真是顧影自憐啊，埃莉榭瓦，聽妳說話感覺真糟，妳知道嗎？

他們看著她，然後轉開目光，好像很想匆忙離去，不要在說這些話的時候在場。顯然，好玩的時間過去了，熱場的歡樂時間已經結束，捏造的戰鬥、放縱的受傷感都不復存在，只有埃莉榭瓦看著她的母親，她的嘴稍微張開，彷彿她能看見未來，但在她爆炸、崩潰或爆發前，給她母親最後一次機會，她已經為所有狀況做好了準備。

巴瑞克上個月跟他外婆談了幾次，但她從沒提起過他母親。當他提起她的時候，這畢竟是個好話題，而他也確實有點擔心她。她說，我希望一切都會沒事，巴瑞克，否則我們就只能等著看了。這些微不足道卻終結話題的聲明，同時也保留了些什麼，只是巴瑞克不知道。當他和她說話時，他以為她很難過，她在擔憂，只是不想增添他的焦慮，算是外祖母和外孫之間的某種協定。但現在當他看著她在草地上的扶手椅中坐起身來，毫不留情地朝著埃莉榭瓦來一記回馬槍，突然間看起來好像她才是受傷的人，被自己女兒以這個事件和這些嫌疑，破壞了家族祖傳的耶路撒冷人風範。

她說，所以這一切都不是妳的責任嗎，埃莉榭瓦？一切都是從天而降，掉到妳的頭上，他們說妳跟尤拉姆說了那些話是什麼意思？他們說妳走捷徑又是什麼意思？他們說的這整個故事又是什麼意思？妳在那裡工作了十二年，居然從沒留意到任何事情嗎？妳就這樣像個乖女孩一樣保持沉默，然後突然妳就記起這個叫阿米坎．史登的傢伙做了什麼，以及他拿了什麼，去了哪裡，以及老天知道還有哪些事情？妳覺得大家會怎麼想？妳難道就不能早點開口說些什麼？妳任事情發展直到現在，到妳必須自救才開口？難道妳不明白，難道妳不夠聰明，無法了解，一個擁有博士學位以及各種成就和真正智慧的婦女，難道妳不懂人們為什麼會皺起鼻子挑剔妳？為什麼局面看來不妙，這還只是說得好聽點？就像艾騰說的，妳不必把自己裝點得比教宗還神聖，因為妳並不是，順便告訴妳，沒有人能這樣，當然更別說是妳了。妳表現得如此天真，以及用妳氣死人的正義來給自己洗白，還不肯承擔任何責任，這些只會增加人們的懷疑，並不會讓他們想相信妳，也不會讓他們更同情妳，我很抱歉要指出這些，埃莉榭瓦。

班—亞米說，恕我直言，雅薇娃，我認為妳對她有點太嚴苛了。埃莉榭瓦對她做了個手勢，彷彿在說，由她去吧，根本就沒有人可以說說話，況且反正我也沒興趣。班—亞米回了一個手勢，把他的手放在她手上，彷彿在說，我為什麼要由著她這麼說，給我一分鐘，然後他就接著說。妳並不知道故事的全貌。埃莉榭瓦在中心熬了一段很艱難的時間，也遇到很困難的事情，一切都不是黑白分明的，請給妳女兒足夠的信任，如果有什麼她沒有挺身說出來，或者對有關單位舉發，或者其他我不知道的事件，那也絕不是因為她自己有什麼利益，好嗎？

雅薇娃說，班—亞米，在我這把年紀，已經沒精力扯這種事情。什麼給我點信心、相信我、相信妳的女兒，這種話對我毫無意義，我不相信任何人，也不會給任何人信心，我只相信自己，和親眼看見的東西，這並不是因為我不愛埃莉榭瓦，她是我女兒，我非常愛她。其實我沒必要說這些，我也同樣沒有精力扯這件事。因為人生很複雜，班─亞米，而且即使因為誰是你的孩子，而你深愛著他，願意為他死，或者如果能夠的話，代替他受任何苦難，這也不代表他就是完美無缺的。沒有人是完美的，事實就是這樣，埃莉樹瓦越快停止假裝自己是什麼模樣，就能讓自己越快從這團混亂中脫身。

埃莉榭瓦全程坐著沒動，她的手肘放在分開的大腿上，下巴放在合起來的手臂裡，彷彿在作夢以及聆聽，同時儲存她的憤怒。然後她說，所以基本上，妳說的是我女兒可能偷了三百四十萬謝克爾，這聽來並不那麼難以置信。還是更多？妳認為我偷了更多？

雅薇娃說，埃莉榭瓦，幫個忙吧，我沒說這樣的話，別把話塞進我的嘴裡，我不認為妳會偷任何錢。我知道妳，我很明白妳不會做這樣的事。埃莉榭瓦說，喔，現在妳又突然知道我了。雅薇娃提高了音量，幾乎形同大叫著回答，埃莉榭瓦，別用這種口氣說話，停止，我已經受夠了，妳總可以要求自己多一點常識，去聽聽別人怎麼說吧，我不認為妳會偷任何東西，我完全不會這樣想，但從妳告訴我的，以及我從報紙上看見的，以及那篇阿米坎．史登的揭露報導裡，我認為妳那個中心裡確實發生了一些檯面下的事情，而根據我的了解，妳至少知道其中的一部分，妳自己都說過，妳是知情的，只是不說出來之類的，或者也許妳甚至真的有些關聯，埃莉榭瓦，別攻擊我，因為我沒說妳偷了那筆錢，但我知道這些大企業是怎麼回事，並不是所有事情都按照規矩來的。人人都找捷徑，埃莉榭瓦，這點我可沒妳想的那麼震驚。因為讓我告訴妳，埃莉榭瓦，我這是經驗之談，無風不起浪，我認為因為這些真的很荒謬的指控所造成的壓力，逼得妳走到絕境了。但如果妳冷靜一下，把妳知道的一五一十告訴律師，包括妳那些可能不那麼完美的行為，那妳就能馬上脫離這種困境，還能毫髮無傷。埃莉榭瓦，沒人在乎妳是不是虛報了一些加班時數。

巴瑞克覺得他應該思考一個特定議題，但他能想到的，卻是那個似乎在他這個凡俗家族中代代相傳的信念或傳統：人們往往自作自受，不論好壞都是。一個男人不會無故被學術界除名，一個女人如果沒有做錯事也不會被捕，這個男人可能很有才華，這個女人或許也不是小偷，但他們一定都做了什麼錯事。

然後他突然明白，他們所有人有多麼沉悶，整個家族成員有多傳統，即使他們擁有輝煌的歷史，主張自由主義與人道主義和少數族群權利，以及追求和平，喜好古典音樂，鄙視本地劇院與對華格納的欣賞。他們心中懷著多少信念，一種因正義而熾熱的信念，不是那種你必須努力爭取才有的正義，而是一直存在的自然正義，有才能的好人終究會獲勝，一種盲目、天真又褊狹的信念，相信事物的基本正當性，少數的例外如果會造成什麼改變，也只會強化這個規則而已。他們都有些自以為是，他現在想著，這是個可怕的字眼，卻很精準。他們都充滿著一種正義感，這世界是公正的，而他們站在正確的一方。他們對弱者心存懷疑，儘管他們絕對不會承認這一點。

而他的母親甚至沒發現這件事，她根本看不見這一點，她完全被憤怒與正義蒙蔽了。它們就是會有這樣的效果，你無法張開自己的眼睛四下張望，根本就沒有過去和未來，一切都不是相對的，只有每個人的現在才是正確且絕對的，正因如此，她才未能意識到她在要求全世界偏離她自己設定的規則，那些在她心中適用於所有其他人的規則：事出必有因。

他懷疑自己是不是也像這樣，是一個可怕的自以為是的人，或者可能並不可怕，而是一個相信世間規律的人，對叛逆與理想主義都沒有興趣。他記得以前自己有多瞧不起伊法，因為她這一生從沒闖過紅燈，即使在狹小的道路上，而且目光所及之處根本沒有其他車輛。他從前會對她說，妳根本就是體制下的吉祥物，交通警察喜歡的乖女孩。而她會回應，叛逆是一種有限資源，何必浪費在穿越馬路這種小事上。

埃莉榭瓦一直聽她母親把話說完，然後又坐了一下，後院此時已完全沉默，她接著起身，快速走進屋內，從視野中消失。

雅薇娃說，喔，又來了。

第十三章

1

從停車場走到這棟大樓的路上，他盡力試著對每個走過的人說明自己不是那種父親，這只是個視覺上的假象。事實上，是這個小女孩抓著自己老爸——而且顯然是違反老爸的意志——走來電視攝影棚的，而不是爸爸帶著女兒來的。

他們來到這扇上了鎖的門，這可能算得上是巴瑞克的天賦異稟，他總是能把車子停在離大門最遠的位置，老是錯過入口。艾隆娜迅速消失，然後又馬上出現，手裡拿著路線指示圖，你朝這裡走，然後往那邊，然後在這棟建築的角落，就會有個牌子寫著「小小頭腦試鏡」。巴瑞克再次覺得艾隆娜的反應實在了不起，她到底是怎麼讀懂這個指示的，這實在很難看懂，即使是成人。

在他們走到最後那些指示前，一名年輕女子出來接待他們。這是個瘦小的女孩，看來特別適合接待這種身高的嘉賓，事實上，她幾乎不必蹲下就能看著艾隆娜說，嗨，我是俐綸。艾隆娜回答，嗨，我是艾隆娜．史隆尼姆—佛格爾。俐綸說，妳好啊，艾隆娜．史隆尼姆—佛格爾，還有艾隆娜・史隆尼姆—佛格爾的爸爸，你也好。巴瑞克答，我是巴瑞克。俐綸說，走吧，我帶你們逛逛，還要再等一陣子，我們還在布置攝影棚。艾隆娜問，我們也能化妝嗎？俐綸說，很快就要了，小乖乖。然後對巴瑞克說，她真是可愛。

他們走進一個由金屬凳子環繞的區域，顯然是附近化妝間的等待區。巴瑞克在自己的想像中看見幾百名小孩，和他們愛出鋒頭的父母，在某個院子裡彼此踩踏。但在這些金屬凳子中有七個小孩或坐或站，他們的父母看起來也完全正常，彷彿他們對自己的小孩有比上電視更高貴的規劃。

他旁觀艾隆娜看著這些小孩，而這些小孩也彼此互望，並回視艾隆娜。他再度感受到之前有時她陪著他、又有其他小孩在場時的那種感覺：他們之間有重大的事件發生，但他既無法也不許了解，彷彿他們是用另一種他的耳朵無法分辨的頻率溝通，就像小狗和外星人那樣。

艾隆娜和另一個女孩開始玩那個女孩媽媽的蘋果手機，那個女兒在自己媽媽微弱的抗議聲中，還是從媽媽皮包裡把手機拿出來玩。這兩個女孩說的話，手機螢幕上的貓咪就會重複。據巴瑞克所知，這兩個女孩甚至沒問對方的名字。

那個女孩的媽媽說，很累人，對吧？巴瑞克不知道她指的是養育小孩，還是要把他們抓到攝影棚，還是等候的時間，但他回應，可不是嗎。然後用眼神指向她的女兒並且問，她幾歲了？那名女子說，快十歲了。巴瑞克說，我的九歲。那名女子說，她很漂亮。巴瑞克說，她的美麗不是遺傳我的。那名女子說，怎麼不是，你不必這麼謙虛。巴瑞克出於本能地查看她是否已婚，看來她似乎沒有結婚，但她手上戴了一堆戒指，不過反正她也不是他喜歡的類型。

在等待區上方掛著的電視裡，一名年輕女孩正在和一名白髮男子開心又興奮地談話，這個男人的臉看來有點熟悉，在他相片底下打出了名字：伊藍．瑞格夫博士。在安靜的房間裡，這個女孩的聲音清晰可辨，她說，那個排出物是稀稀的，還是血淋淋的？而坐在另一端的女子答道，妳可以說都有一點。這段讓人尷尬的會談，只讓室內的沉默分外明顯，彷彿這個討論只供早上十一點獨自在家的人收看。

過了一會俐綸回來說，孩子們，跟我來！她對打算起身的孩子們的父母說，爸爸媽媽們，你們得在這裡等候，如果你們想去，沿著走廊右手邊有個自助餐廳，但請不要進去攝影棚，這只會讓我們更難進行，也會讓孩子們更難進行，相信我。

巴瑞克朝艾隆娜揮手，而她已經跟著玩蘋果手機的女孩一起走了。這個女孩的媽媽在後面喊著，莉歐！莉歐！莉歐！莉歐終於聽到了並且回頭。她媽媽朝她舉起大拇指，並且說著，再見，我的達令，再見。

2

孩子們一離開視線，他就走到外面的草坪，假裝在講電話。他不想和這些除了對自己的孩子深具尚待驗證的信心之外毫無共通點的人相處，這是否代表這些父母也很有自信呢，隨便吧，他現在一點也不在乎，他特別擔心自己是否給莉歐的母親留下了「我們一起打發時間吧」這樣的印象，而他們會被綁在一起，長達只有天知道錄影還有多久的時間。

從眼角，他看見這群人消失在走廊上，看起來黏在一起但仍然維持幾個各自分散的小組，互動並不明確，彷彿他們自己仍然不確定，在未來幾小時內，他們的命運是否會互相分享。

他等了幾分鐘，然後還是尾隨他們走進屋內，反正他也沒地方可去，而且又餓著。可是當他抵達自助餐廳時，他看不見他們，餐廳很大，這倒是真的，可是他們就是不在這裡。就像他們在大廳中突然改變主意，然後走一條祕道偷溜出去了。

相對地，這裡有另一群人，大概八或十個，風格與樣貌都與等候室的那些父母類似，年約三、四十歲的爸爸和媽媽，穿著相當不錯，看來也有些不自在。但巴瑞克相信，這組人是由另外一群人組合而成的，他曾經和先前那組人坐在一起長達四十五分鐘，他認得出那些人的臉。他覺得有點像置身於陰陽魔界，不過雞肉和油脂的香味稍稍緩和了這種感覺。

這一群新的父母坐在戶外，在吸菸區。巴瑞克突然很想抽菸，他也想聽聽他們的談話，了解他們是誰，也許和他們親近一點，可以解答他自己創造的這個不存在的神祕事件。

他買了一個可頌和一瓶礦泉水，端著自己的盤子走到戶外，然後坐在離一名年輕女子附近但仍可以溝通的距離，這名女子就坐在這個團體的外圍，獨自坐在一張桌子旁。他現在發現，這個團體的成員也彼此不熟，他們占了三張桌子，在這裡吃飯或抽菸，但很難看出誰和誰是一起來的。

他快速吃完可頌，好讓自己轉向這名女子說，對不起，能借一根菸嗎？

有些年輕女人就是讓你不想向她們借菸，她們看來太單純，讓你覺得開口向她們借菸就是汙染了她們。但這位看來不是那種類型，她看來很瘦又戴著眼鏡，可是臉上的皺紋有點像馬，又大又清晰，讓人難以判定她究竟是非常性感，還是有點醜。她的眼鏡也給她的臉帶來一種幹練、不害羞的感覺，就像她正當得來的疤痕一樣。她說當然可以，然後從皮包裡拿出一盒菸，打開來，接著為他拿打火機點火。巴瑞克點了菸問道，我能請教你們在這裡做什麼嗎？他概略指向那三張桌子，然後接著說，我試著猜了一陣子，已經有點厭煩了。這名女子笑著說，那你的猜測是什麼呢？因為如果我告訴你，你也只會再次感到厭煩。巴瑞克說，我倒沒想到這點，好吧，我猜也許妳是陪著孩子來參加他們的電視節目錄影？這名年輕女子說，嗯，很有趣的猜測，這可能會是我的第五百個猜測，不過好吧，這也是個正當猜測，但猜錯了。再猜猜看。

他說，妳不在這裡工作。那名年輕女子說，這是一個聲明，還是一個問題？如果是問題的話，就算你猜了一次。巴瑞克說，我不知道我只能猜有限的次數。那名女子說，我讓你猜四次，這已經綽綽有餘了。他說，好吧，那這不是一個猜測，因為我滿相信妳並不在這裡工作，妳臉上沒有那種電視人的表情。他看著她，想知道自己的洞察力是否給她留下印象，但看來並沒有。她說道，你在冒險，萬一我真的在電視台工作呢？巴瑞克說，首先，妳並不在電視台工作，其次，如果妳真的在這裡工作，妳也不會覺得受到冒犯。

好吧，那名年輕女子說，那麼你的答案是什麼？他用誇張的態度看著她和附近坐著的每個人，他有其他想法，但都很無趣，而且重點並不在於猜對，於是他最後說，你們都是從斯德洛特或南部某個地方來的，他們在你們的家園被摧毀之後，用巴士載你們來這裡的電視台玩一天，但這一天的樂趣還沒開始，因為還沒有攝影機可以把你們變成一則新聞。不是從斯德洛特來的，她說，而是來自亞實基倫，此外，我們還是智障人士，但除此之外，你猜得都很正確。巴瑞克說，聽聽妳說的，怎麼會用智障這個字眼呢，難道妳不知道妳不能說智障這個字眼嗎？這名年輕女子說，如果你是智障，你就能這麼說。

好吧，巴瑞克說，既然如此，遊戲結束。年輕女子說，看來是如此，太可惜了。巴瑞克說，妳能怎麼辦呢，我是個天才，和我玩遊戲就有這種危險。年輕女子說，下次我會記得這點。巴瑞克說，真的，還會有下次嗎？她說，難道不會有嗎？巴瑞克說，當然會，那該怎麼見面呢？她問，你手機號碼是幾號？他告訴了她，她立即撥打這個號碼，幾秒後，一個號碼顯示在他的手機螢幕上。她說，把它存起來。就在此時，一個戴著入耳式耳機、看來就像是電視公司員工的人，從攝影棚走出到陽台，並對他們說，跟我來。這名女子對巴瑞克說，我叫蜜莉。巴瑞克說，哇，我根本沒想到要問，過了一下子補充說，我叫巴瑞克。蜜莉答道，再見，巴瑞克。然後他們就離開了，他很想再抽根菸，可是這時候，戶外吸菸區已經空無一人。

3

他們問了我關於油價的事，艾隆娜在他身邊坐下時說著，相當興奮，但沒有興奮到詳述細節的程度。在她看來，這個經驗實在太精采了，但她還不想跟她的父親分享。這些字眼從她的口中說出來，就像外國話似的，石油價格，他女兒對石油價格知道什麼，她是什麼時候開始知道石油是什麼的，如果他們一小時前問他，他會發誓她根本不知道是什麼讓汽車可以開動的。他問道，那關於石油價格妳說了些什麼呢？艾隆娜說，我說了各種事情。巴瑞克說，怎麼，這是個祕密啊，他覺得自己聽來像個千歲老翁。艾隆娜說，我說我認為汽車這麼貴、石油也這麼貴很不公平，如果汽車這麼貴，那石油就應該便宜些，否則就沒人有錢剩下來了，然後像十六歲的年輕人，就永遠無法開車。他說，可是十六歲的人本來就不准開車啊，他們還太年輕。艾隆娜回應，爸！彷彿他說了什麼讓人無法忍受的、令人憤怒的話。他說，還有，慢著，難道妳不認為如果有人負擔得起要花許多錢的車子，那他也可以負擔相較之下便宜得多的石油嗎？她說，我不認為。巴瑞克問，為什麼不呢？艾隆娜說，是這樣的，人們沒有金山銀山，他們的錢，只能買這樣或那樣東西。巴瑞克想著，沒錯，這節目會很精采。艾隆娜說，只有奶奶才有金山銀山那麼多的錢。

如果這是部卡通或電影，那麼就在這個時刻，他可能就會差點出個意外撞車之類的。但他盡量努力維持鎮定，並且問道，奶奶？妳為什麼覺得奶奶有金山銀山？艾隆娜說，因為她有三百四十萬。巴瑞克問，她有三百四十萬？妳怎麼知道？艾隆娜說，因為報紙上是這麼說的。巴瑞克問，妳從什麼時候開始讀報紙了？艾隆娜回答，從他們在社會意識課要我們讀報紙開始。他問道，慢著，所以妳在社會意識課裡頭讀到關於奶奶的消息？艾隆娜說，不是，但是我班上有些小朋友跟我說了。巴瑞克問，他們還說了些什麼？艾隆娜說，停，爸爸，你很煩耶，關於問我太多問題這件事，我們約好什麼來著？巴瑞克說，好的，抱歉，我閉嘴。

他試圖弄清楚她的感覺，她究竟知道什麼，其他人又跟她說了什麼，她是不是感到困惑或悲傷，但艾隆娜又回頭開始談電視節目，而她活潑的口氣讓他出乎意料，也讓另一個話題看來很不重要，或許更不公平。

她說，我還沒有卸妝，他們說這樣沒關係。巴瑞克說，妳臉上化了妝很好看。艾隆娜說，我認為等我們真的上節目時，他們還會幫我們弄頭髮。他問道，告訴我，其他那些小朋友怎麼樣？那個叫莉歐的小女孩看來不錯，是不是？艾隆娜說，她就是個腦袋空空的智障。但過了一會兒，像是妥協或贖罪，她又補充，不過他們還不錯，有些小朋友還不錯。

他說，所以妳想上這個節目？妳知道妳是可以改變主意的，而且妳真的真的不是非要上節目不可。艾隆娜說，我知道。

等了一會兒她說，別擔心。但巴瑞克不知道她指的是什麼。

第十四章

1

這個星期五就沒有上個星期五那麼糟糕了。過去幾週來，他只希望能捱到星期五下午，看不見新聞。星期五早上特別危險，有太多的報刊在這天發行，就有無數次機會看見新的報導，看到無數的猜測、訪談與特稿，好像每個人都有話要說。大家在談論他母親時，沒有人想安靜地站在一邊。但如果他能熬過星期五早上，如果他可以平安看完他能拿到的所有報紙，不會接到他手足或用意良善的熟人打來的電話——那些善盡義務的電話，詢問他說你聽說了嗎，你聽說了嗎，你看到那篇報導了沒。他現在實在好討厭那些星期五早上的電話！只要熬過星期五早上，一股安靜的感覺就會包圍著他，這種安詳感，就像原來的焦慮感一樣深。星期五下午什麼事也不會發生，報章雜誌和網路上都不會有事，警局和法院也不會有新消息，而星期六當然也不會有事發生。

而這個星期五，沒有任何新發布的消息，報上沒有他母親的消息，彷彿她不曾存在似的，巴瑞克一直等到下午兩點，才終於讓自己去麵包店買了個他最愛的糕點，留待晚上享用。他就喜歡這麼做，用一個接一個東西款待自己，當然並不是說給自己一回款待，就能彌補一個已遭打壞興致的週末。

那天稍後電話響起時，他正好在家。他看著螢幕上不熟悉的來電號碼，想著他沒有看的那些報紙，他帶點焦慮地接了電話。

巴瑞克嗎？來電者用美國口音問著，巴瑞克的腦海突然充塞著那些外國報紙：《華盛頓郵報》、《英國衛報》、《紐約時報》……他還知道哪些報紙，老天幫幫忙，他根本就沒想過這些。巴瑞克回答，我就是，並追問，妳哪位？電話中的聲音問道，你不認得我嗎？巴瑞克同時感到平靜與憤怒，平靜是因為這不是《英國衛報》，憤怒是因為，他想對之前的自己，那個會為小事生氣，最生氣的就是電話測驗的那個自己，送上愉悅的敬意。但這個聲音聽來確實有些熟悉，是他能聯想起父母的朋友的聲音，於是他說，我不想猜錯讓我丟臉，不過您是我媽媽的朋友，對嗎？電話那頭的女人替他喝采，給你十分！然後她說，我不逗你了，我是諾瑪？諾瑪和班吉的那個諾瑪？巴瑞克回應，諾瑪，妳好嗎？雖然他的腦袋拒絕揭露哪個壯碩的女人才是諾瑪，他腦中想像出三個不同的女人，但她們的臉龐與身體卻切割成諸多不同的組合，直到最終合在一起，呈現出一幅大致的圖案。但諾瑪和班吉住在德克薩斯州，這點他是記得的，他對自己父母的朋友這種事總是記得住。

諾瑪說，喔，我還好，歐德上週又生了個兒子！所以我們才會來這裡。巴瑞克不記得他們的哪個小孩是歐德，他從前有和這些小孩一起玩，但在那個時候，他們會和任何在面前出現的人一起玩。更何況，他根本不知道這個歐德已經有了一個兒子，不過他還是說，哇，兒子啊，真是太棒了。諾瑪說，你媽媽沒告訴你嗎？巴瑞克說，嗯，還沒有。事實上，我們這星期還沒什麼機會說上話。諾瑪說，我們在醫院看見她，我們帶她去看他，她還用手機為他照了張相，你請她把照片傳給你。巴瑞克說，她去醫院見你們了嗎？他突然覺得大受鼓舞，他的媽媽居然做了這麼正常的舉動。諾瑪說，我們是湊巧遇見的，她去醫院做身體檢查。巴瑞克略感失望，雖然年度健康檢查仍然展現了某種生活常態。諾瑪接著說，我已經有三個孫輩了，你能相信嗎？巴瑞克說，我媽媽有四個了。諾瑪說，但是你媽媽有孫女了，我得有人替我生個女孩，在這件事實現之前，我拒絕死，她接著熱情地笑了，是那種有人最後終於回到以色列，於是可以稍微褪掉警戒的那種笑聲。

她說，巴瑞克，我需要你媽媽和爸爸的新電話號碼，我們在俾什巴的醫院裡交換了號碼，但我就是個白癡，她用英文說出最後這兩個字，我把號碼弄丟了。巴瑞克說，是索羅卡嗎？諾瑪說，什麼？巴瑞克說，妳是在索羅卡醫院見到她的？諾瑪回答，是的，不然還能在哪裡，巴瑞克問，歐德住在俾什巴嗎？彷彿讓他感到訝異的是這個部分，而不是他的母親居然跋涉這麼遠，只為了一次身體檢查。諾瑪說，他住在雷哈敏，你知道在哪裡嗎？我覺得那裡沙漠太多了。他說，我也這麼認為，好吧，妳準備好了嗎？諾瑪說，等一下，好，我準備好了。只是我們今天受邀去尤拉姆和莉亞家，我本來想在那之前和你媽媽談談，看她想不想合起來買禮物給希拉和蒙妮卡，結果你爸媽的電話號碼都沒有公開，為什麼號碼沒有公開呢？巴瑞克不知道為什麼號碼沒有公開，只能希望號碼不公開好一陣子了，而不是因為記者與其他讓人受不了的來電者，才讓他們決定不公開號碼。他突然希望諾瑪和班吉知道發生了什麼事，畢竟，在有個新生嬰兒和醫院偶遇的狀況下，他的媽媽很可能忘記告訴他們，而他的父母也不會迫不得已再說一次整個故事，然後又泰然自若地吸收所引發的震驚與害怕。

他把號碼給了她，然後說，真高興聽到妳的消息，諾瑪，幫我向歐德致意，還有恭禧妳！諾瑪說，謝謝，小乖，我們會在這裡待三星期，我真希望我們能有機會見面。巴瑞克有強烈的直覺，認為他們不知道發生了什麼事情，但這種感覺卻沒有差到足以破壞他的整個夜晚。

2

但是電話後來又響了，他正要吃義大利麵，然後再吃小蛋糕，而電視上他最愛的猜謎益智節目正要開始。巴瑞克認出是諾瑪打來的，於是說道，妳好，諾瑪，並且已經準備好對她說，如果他們沒接電話，留言就好了，他們可能在洗澡。但諾瑪很心煩地說著，她的德州腔因為苦惱而慢慢變得尖銳，我覺得我嚴重失禮了，巴瑞克，我不明白，埃莉榭瓦和班—亞米有可能今天不去尤拉姆和莉亞家嗎？這種事有可能發生嗎？巴瑞克說，不可能的，諾瑪，這種事絕不會發生。諾瑪說，跟你媽媽談談，巴瑞克，跟她說說，她很心煩，我從沒想過他們今晚居然沒有受到邀請。老天爺啊！

巴瑞克說，諾瑪，這不可能，我相信這一定是哪裡搞錯了。諾瑪說，打給她，巴瑞克，現在就跟她談談，好嗎？巴瑞克說，別擔心，我在處理了，我很確定沒事的。他掛上電話，把電話拿在手裡一陣子，提醒自己尤拉姆為他母親所做的一切，以及即使到現在，他在那篇報導中為他母親所說的話。他們說的可是尤拉姆和莉亞，這一切肯定是哪裡搞錯了，他們甚至邀請他們去卡法薩巴，但他還是沒有勇氣打電話給她。猜謎節目的開場主題歌已經在關成靜音的電視螢幕出現，巴瑞克看著它，彷彿對他而言一切都被破壞了，包括義大利麵和小蛋糕，還有安息日，以及看電視的夜晚。在調整成靜音的現場觀眾歡呼聲中，他看見一個熟悉的身影走上舞台，他花了些時間看仔細，她已經站直，化了妝，她的頭髮垂下，他迅速調大音量，及時聽到主持人說：蜜莉．普拉斯科，我們開始吧。

第四部

「關於兒童、醫療，以及之間的一切。」——電視節目廣告

第十五章

1

公關顧問史尼爾．祖爾想看看這間屋子，這對他很重要，也許這已經包含在他收取的費用中，所以他現在正在起居室走動，看著裡頭的藏書與繪畫，喝著檸檬水。過了一會兒他說，很好，很好，非常獨特，真是太棒了。他一度以心照不宣又自鳴得意的口氣說，這對我們很有幫助，他指著書架上的某樣東西，從巴瑞克坐的位置，看不見他指的是什麼。他補充說，讓我說清楚，我在想的是將來拍照片的機會。巴瑞克覺得這傢伙還是不明白他面對的是什麼樣的人，他們又不是智障。

但起居室總共就這麼大，空間是有限的，而非無限大的，史尼爾．祖爾最後不得不停下腳步，他說，我們在等大女兒，對嗎？這句話有些古怪但又很引人注意，聽起來好像黛芙娜是終於可以獨自待在家裡的十二歲小女孩，而不是四十五歲的婦人。埃莉榭瓦說，你是說黛芙娜吧，是的，她應該隨時會出現，她就在附近。

史尼爾．祖爾。這名字聽起來好像是某個人搬到特拉維夫，或諮詢過命理學家之後改過的名字，有點表面、膚淺、含糊，是個可有可無的名字。尤其是史尼爾．祖爾已經四十歲，也許甚至更老一些，這個名字在他身上，就像一張被剝開的標籤，隨時可能掉下來。巴瑞克敢打賭他的本名是尤希．歐恰納，要不然就是尤希．阿巴莫維契。他看起來不像有什麼特別的出身，就像他看起來也彷彿沒有性別一樣。不過他看起來確實有些年紀了，而史尼爾這個名字實在不適合這個年紀。

但史尼爾．祖爾是有人大力推薦的，這是他母親忘了最初就是柏亞茲建議要找個公關顧問之後，對大家說的話——就是他在丹妮葉拉和葛嫩在卡法薩巴房子的草坪上當著大家的面提出這個話題，但他母親卻堅信是艾騰的主意。巴瑞克懷疑該如何在這種案件中定義「大力推薦」，是誰推薦的，是連續強姦犯，還是史上最有名的侵吞公款罪犯？而且難道不是犯的罪越嚴重，被告越有罪，這種推薦才會越有力嗎？但連巴瑞克都從報端聽說過他，ＰＱ顧問公司的史尼爾．祖爾。巴瑞克很想問他公司名稱的這個縮寫代表什麼，更重要的，是想讓他無從解釋，這個縮寫沒有任何意義，就只是兩個空洞的字母。

史尼爾．祖爾說，我們是否先開始，等黛芙娜來了之後再加入我們呢？埃莉榭瓦說，讓我打個電話給她，看看她在哪裡，如果她不是快到門口了，那我們就開始。她打了電話，大家都能聽到鈴聲，接著黛芙娜的聲音在門外說著，我到了，我到了，開門。

2

史尼爾．祖爾說，首先，我看著這個美麗的家庭，然後看著這棟房子，我無法理解，你們怎麼還沒有接受訪問。巴瑞克說，什麼，全家一起接受訪問？史尼爾．祖爾說，全家一起，或者單獨受訪，有太多種可能性，我們會充分利用這些機會，相信我。

巴瑞克問，假設我們安排一次訪問，我們該說些什麼？史尼爾．祖爾說，巴瑞克，交給我來處理，好嗎？我們一次解決一個問題。艾騰說，交給他吧，交給他吧。巴瑞克和艾騰迅速交換了感到有趣的一眼。史尼爾．祖爾說，謝謝你，艾騰。巴瑞克懷疑他不斷重複他們的名字，是否想證明一切都在他的掌握中，就像廣受歡迎的拉比，一個晚上要主持三場婚禮時，仍然堅持熟記每場婚禮的岳母和祖父的名字一樣。

首先上場救援的人是埃莉榭瓦，妳必須接受訪問，而且要馬上接受訪問。我們無法接受現在登出來的這些文章，大家都匿名說妳的壞話，而妳卻在家裡，安靜、屈服、順從，沒錯，因為我不覺得妳是個屈服與順從的人。埃莉榭瓦說，這一定要和律師協調，我得問他我現在能透露多少。史尼爾．祖爾說，當然，別擔心，一切都會處理好，妳可以把這部分交給我。埃莉榭瓦說，好吧。史尼爾．祖爾說，真正的問題當然是妳要在哪裡接受訪問，這取決於妳要說些什麼，說得更精準一些，是我們想強調什麼事。當然，其中一個選項，就是從家庭方面著手。據我了解，這個家庭現在似乎正處於哀悼期？埃莉榭瓦問，哀悼期？史尼爾．祖爾答道，在你先生這方面的親戚？然後他看著班—亞米。據我所知，你弟弟在黎巴嫩戰爭中過世了？班—亞米吃了一驚，看著他說，是的，但那是三十年前的事了。史尼爾．祖爾說，我了解，我也不是說我們就是要拿這件事來發揮，但我們確實得想想有哪些可以用的籌碼。

艾騰說，他還有個哥哥也發生了悲劇。班—亞米說，艾騰，夠了。史尼爾．祖爾說，我知道這很敏感，我重申，我們不會做任何讓你覺得不舒服的事，這點我向你保證，然後他給班—亞米一個眼神，意思是說現在我想聽聽那個故事。埃莉榭瓦說，他哥哥的未婚妻在婚禮前夕因車禍身亡。艾騰補充道，直至今日，他已經年過七十了，還是單身。史尼爾．祖爾說，這真的很難熬。然後他轉向埃莉榭瓦問，天可憐見，妳這邊的家人沒有像這樣的傷心事嗎？埃莉榭瓦說，很可惜，我家裡的每個人都活得很好。巴瑞克覺得在她的口氣中，察覺到一絲她的老母親的味道。

史尼爾．祖爾說，好吧，那麼，做一次個人專訪是個可行方案。妳經歷了什麼，從妳、妳的家人以及妳的朋友的角度看起來，這件事情又是如何，大家有什麼反應。在這種訪問中，我們甚至不會談到任何與金錢有關的話題，以及案件的細節，因為事實就是，這些事情真的並不是那麼有意思。另一個可能性是做一次夫妻訪談，你們兩位一起，這也能讓我們避開金錢問題。談談你們夫妻經歷過什麼事，我們就能在這裡加入一些關於班—亞米那邊有意思的家庭故事。

黛芙娜說，那你說不提到金錢相關的話題是什麼意思，你怎麼能夠不談到錢的事情？他們每次訪問都會問，她非得說些什麼。

史尼爾．祖爾說，首先，這點會讓妳吃驚，一切取決於做訪談的人是誰，訪談內容在哪裡發表，以及你和報社事先談好什麼條件。現在能訪問到埃莉榭瓦是大事件，沒有媒體能拒絕，我們得充分利用這種情況，讓它為我們發揮最大效益。其次，我們會準備好如何回答那些問題，我們不會逃避問題，埃莉榭瓦將會回應，我相信她會回應得很好，但這絕不會是訪談的焦點。

他轉向埃莉榭瓦說，我再度強調，我們總能選擇做一次硬碰硬的訪問，也許就安排跟歐佛．烏奇埃利本人訪談。如果妳選擇這條路，只要妳準備好回答所有問題，那些文件和簽名等等，所有這些問題，那理論上妳就有機會很有說服力。但首先，讓我告訴妳，會讀這種訪談內容的人比較少，這些是大家在頭條標題以及照片會看見的新聞，所以沒有人有耐心在星期五下午還來閱讀細節。其次，妳在冒很大的風險，因為妳大可放心，他們一定會拿著所有文件來問妳，那麼妳就得準備好做一大堆解釋。

歐佛．烏奇埃利的名字刺進巴瑞克的心，讓他感到罪惡感，這種感覺從房子的一個地方移動到另一個地方，因為他假裝自己只是個陌生人，是個角色扮演者，但實際上他卻和坐在這間房裡的人的體液與髒污親密地結合在一起，而且比他們所認為的更深入他們的生活，他偷窺著他們，然後離開，但沒有人知道。

這幾週來，他試著告訴伊法，或至少打算要告訴她，就像他對黛芙娜保證的那樣，雖然他無法保證這是為了她的利益，還只是為了他自己的，因為整件事已經失控，已經有太多人知道，太多事情會發生，他真的沒有選擇。但事情層出不窮，每件事都比之前的更嚴重、更緊急，而且總是找不到好時機，更別提他們根本就沒有獨處的機會。

但自從伊法告訴他那些話之後，他第一次真的為發生的事情感到羞愧，雖然這不是他的錯，也許這是他的錯，如果他們沒有分開，如果他們沒有對母親那些麻煩的指示嗤之以鼻的話就好了。我要求妳不要談任何跟家庭和錢有關的話題，因為妳就是不該談，我們有什麼跟沒有什麼，都不關別人的事，我建議妳也這樣處理自己的金錢，但那是妳的事。也許他們不該去那趟不必要的倫敦之旅。

當他待在特拉維夫的家中時，他很容易將家人排出腦海，只是原則上應付一下。但現在，在這棟他從小長大的房子的起居室裡，當著所有家人的面時，他突然為了自己想隱瞞的事情而覺得羞愧，突然間，他最想做的，就是讓品德高尚又被不公不義迫害的母親，和折磨她的人歐佛·烏奇埃利面對面坐在一起，讓善良對抗邪惡，直到最終裁決為止，不只是這個案子的裁決，而是人生的裁決。他的母親也代表著他，由他們來對抗所有不和他們站在一起的人，團結的佛格爾家族，來對抗世界上所有像伊法，以及歐佛·烏奇埃利這樣的人，他們根本不配得到任何東西。

他說，我無法想像看著我母親坐在那裡，接受關於她私生活的敏感訪問，對嗎，媽？這太難想像了。我認為妳必須接受他剛才描述的那種訪問，直截了當，妳就一個接一個問題回答，去他們的。

埃莉榭瓦說，沒那麼簡單。巴瑞克說，我沒說這會很簡單，但我認為值得一試。黛芙娜說，為什麼不簡單，媽？埃莉榭瓦說，妳問我為什麼不簡單？妳不是財務專家嗎，妳來告訴我為什麼這沒那麼簡單。我才是被幾千份、也許幾萬卷文件淹沒的人，我都不知道究竟有多少文件，數量多得我連自己的手腳都看不見，崔柏和我連百分之二十都還沒看完。巴瑞克看著黛芙娜在這個挖苦的讚美中，不明所以地接受了這個侮辱，並努力維持著自己的心情。她說，妳要我幫忙嗎？媽，妳要我幫妳審閱那些文件，是嗎？埃莉榭瓦說，不需要，黛芙娜，我們付錢給這些人，就是為了這個目的，而我們付的錢可多了，相信我。但別坐在那裡，天真地問我那有那麼複雜嗎，我怎麼可能完全準備好來回答記者冷不妨丟出來的所有蠢問題？她停頓了一下，然後說，還有，妳知道嗎？我不要坐在那裡面對歐佛．烏奇埃利，用閃躲的方式回答，為什麼在吉瑟的安息日額手禮計畫中，有一萬謝克爾下落不明，因為這個計畫每年都有幾十萬謝克爾的經費最後毫無消息，我很抱歉這麼說，但就是連個聲音都沒有。我試著不要說出自慰這種字眼，但我們都是成年人，所以我就說了，讓他們去調查吧，去查吧，如果他們沒其他事情好做的話，讓他們去看看安息日額手禮計畫到底是什麼，他們在那裡做的，就是餵那些文盲教師幾塊餅乾，以及給那些貧窮的巴勒斯坦兒童發一些關於身分認同的貼紙。但只要有人有一點遠見，想推動些什麼，想把那些充足的金錢、時間、資源和能量挪出一點來，做一些有具體意義和深度的事，他們就不同意。想做那個？老天保佑吧。他們甜蜜的玫瑰色和平工作，是不准任何人更動一絲一毫的。如果他們想找些事情來調查，就讓他們去查吧，相信我，我會帶頭幫他們。

巴瑞克並未真正了解他聽到的，但史尼爾．祖爾先抓住這個話題回應道，妳究竟在說什麼，埃莉榭瓦，這是個很有意思的觀點。埃莉榭瓦說，這不是觀點，這不是一雙鞋，而是一堆自鳴得意的人，拿了幾百萬然後坐著不動，把錢流進對捐獻者來說很好聽的愚蠢研討會和無意義的會議上頭，相信我，我知道這種事，不客氣地說，我知道得很多，因為我就是坐在這些來自瑞士和加拿大的人對面的人，而且這些人事實上只是想賺錢，所以試圖對金主推銷「兒童畫鴿子」真的能夠造成實質的影響。別唬人了。

史尼爾．祖爾說，妳願意談這件事嗎？埃莉榭瓦說，我沒什麼好談的。若有什麼可談，大家都知道，而且大家都會跟你說一樣的事。這不是祕密，只要是這個領域，而且對中心略有了解的人都知道。也許大眾沒有頭緒，這是真的，但我不想成為告知大眾真相的人，除了已經被指控的罪名之外，我不想再當踐踏大家幻想的埃莉榭瓦·佛格爾，我不想戳破我們正在為和平而努力的假象。很感激你，但我選擇不做這件事。

艾騰說，是什麼時候開始的，然後他做了個手勢，指著這個，這所有的一切。埃莉榭瓦說，什麼時候開始什麼？艾騰說，我不知道，媽，和平中心根本一事無成，他們在那裡做的事都是沒有價值的，妳得知道這對我們而言是新消息。埃莉榭瓦說，你說什麼是新消息，說來我們聽聽。艾騰說，我也不知道，我們一直以為妳很投入妳做的事情，至少我是這麼想的，如果其他人有不同看法，請糾正我，這份工作已經占了妳人生的十五年之久，現在突然之間又變得毫無價值了？我是說，我明白妳在說什麼，但至少對我來說，我必須承認，這有點奇怪。老天爺，妳是副主席耶！妳不只是個員工，妳可是副主席。如果這個地位還沒有價值，難道不該怪妳自己？

埃莉榭瓦仔細聽著，帶著一種等著輪到她發言的表情，最後她說，艾騰，我的兒子，順便告訴你，並不是十五年，而是十二年，這也表現出你知道的是多麼少。這十二年來，你對自己母親做些什麼毫不關心，對我在晚餐桌上講的故事也不關心，也不關心我邀請你參加的活動，更不關心我是否發表過任何激烈的批評，你對我的任何事情都不關心。我不怪你，做兒子的沒必要對他母親的工作感興趣，我也不在乎。但現在不要坐在這裡，表現得好像你知道一切，因為你根本不知道。艾騰開口說，媽……。埃莉榭瓦打斷他，提高了她的音量說，因為你並不知道，你根本就不了解，艾騰，你不知道我在那個地方經歷了什麼。

艾騰說，那妳到底在那裡經歷了些什麼，也許妳可以跳過這些被動攻擊性的言語，直接告訴我們。如果妳直接告訴我們你經歷了什麼，會不會比較容易呢？埃莉榭瓦說，等你真的有興趣的時候，我會跟你說的，但我不認為會有那一天。黛芙娜說，夠了，大家都有點緊繃了，我們先結束和史尼爾的談話，然後我們接著談，好嗎？

聽到自己的名字被提起，似乎為他注入了新生命，史尼爾．祖爾說，還有一件重要的事，我讀了所有報紙的報導，然後看見一個叫做尤拉姆．培力德的人，在那篇側寫報導中對妳讚譽有加，我想看看有沒有機會，安排他接受一家報社的訪問。我是說除了妳的訪問以外，不是取代妳的訪問。班—亞米說，目前這不在考慮範圍內。艾騰說，我認為這其實是個好主意，是不是，媽？妳何不問問他？埃莉榭瓦說，我認為我們今天想出的好點子已經夠多了。巴瑞克說，怎麼了，是因為那次與希拉和蒙妮卡的晚餐嗎？黛芙娜問，什麼晚餐？巴瑞克說，尤拉姆和莉亞家曾有一次晚餐沒有邀請媽跟爸。埃莉榭瓦說，他們不想我們搶走了光環，就像那次在卡法薩巴慶祝他們的結婚週年那樣。巴瑞克說，我想不通你們在丹妮葉拉家裡是怎麼搶走他們的光環的，如果有人提起這樣的話題，那也是他們自己。埃莉榭瓦說，別看我，我只是複述我聽到的話。艾騰說，我不明白，妳跟尤拉姆和莉亞已經不說話了嗎？班—亞米說，沒有誰跟誰不說話了。埃莉榭瓦什麼也沒說，只是把臉轉過去，做了一個抗議的小姿勢，就像她在努力保持安靜似的。黛芙娜說，怎麼了，我說真的，媽？妳不跟他們說話了嗎？埃莉榭瓦轉向史尼爾，控制著自己即將爆發的脾氣，她問，你何不看看那些訪談，然後再來和我們討論？還是你現在還有什麼需要和我們談的？史尼爾．祖爾說，目前沒有了。

3

在開車回家的路上，艾騰說，你知道是她做的。

巴瑞克大吃一驚，但也很開心，開心得過頭了，因為終於出現一個話題，讓他們不必在接下來五十分鐘裡處於沉默，或者試圖對一段快要死去的對話做人工呼吸。

也許大吃一驚不是精準的說法，這些日子裡幾乎沒有什麼事能讓他震驚。水庫炸開了，但放眼望去見不到任何一座水門。而艾騰真的很喜歡扭轉母親的劣勢，他用量杯去蒐集同理心，並濫用自己身為母親全心信賴的兒子的角色，一個假設母親無辜的兒子，因此他不問任何問題，即使是在私下提出質疑。但巴瑞克相信這還在合理範圍內，符合他們母親完全無辜的基本假設，就是這樣，就像被告律師會在審判前私下交叉質問他的客戶，好讓他準備好接受正式審判一樣。

他說，是這樣嗎？他覺得自己聽起來像個白癡，但他每次和艾騰說話，都覺得自己聽起來像白癡，彷彿為了達到某種想像的水準，會讓他說出一些最蠢的話。然後他說，在你用那種方式和她說話之後，我並不訝異——即使這其實真的讓他感到訝異。

艾騰說，怎麼，你不這麼認為嗎？巴瑞克還來不及回應，艾騰便繼續說，我知道了，你並不這麼認為。巴瑞克說，我不知道，但你真認為媽媽偷了三百四十萬謝克爾嗎？這對你而言合理嗎？我不知道。然後他心裡做了一個註記，提醒自己別再說我不知道。他說，難道我是唯一一個認為這超出了可能範圍的人嗎？當他們逮捕她時，你是不是也覺得這不合理？那是你想像得到的事嗎？我想知道我有多天真。

艾騰說，你認為我曾經想像過他們會逮捕她，你瘋了嗎？巴瑞克說，這個嘛。然後艾騰說，沒錯，但那是幾個月前了，在那之後發生了一些事情。巴瑞克說，什麼，你是說報上的那篇文章嗎？我真的不懂。

艾騰說，聽好了，老哥，你不是天真，你這是虛假。報上的那篇文章？這算什麼樣的譁眾取寵？別把我當傻瓜了。巴瑞克說，我真的沒拿你當傻瓜，我也看不出哪裡譁眾取寵了。你為什麼這麼有防衛心？解釋給我聽一下。

艾騰說，你知道嗎，不談這個了。我們重新來過。首先，有四號頻道的文件，對嗎？巴瑞克說，再跟我說一次，四號頻道的文件究竟是什麼，這整件事我什麼也弄不清楚。艾騰說，那些文件就是所有「A.R.E.A.」的資料，會議紀錄，還有那個該死的艾福瑞姆．提爾曼提供給調查人員的內部文件，就只有這些，沒什麼可以搞混的，更何況，這是他們唯一一次在電視上揭露文件，這並不複雜。巴瑞克說，好吧，我想起來了。艾騰說，總之，媽說他們在這些文件上偽造了她的簽名，對了，那個阿米坎也是被授權的簽署人，所以是他跟這個姓提爾曼的傢伙把她逼到角落嗎？巴瑞克說，所以呢？艾騰說，所以你知道嗎，我們暫且先接受這種假設，他們仿冒了她的簽名。巴瑞克說，我們幹嘛要假設，你為什麼一開始就假設她有罪？我發誓，我真不理解你。艾騰說，巴瑞克，少來了，我們為什麼要這樣假設？這十二年來，媽媽有幾個簽名可以被偽造，幾個？三個嗎？還是十個？巴瑞克說，我不知道有多少個簽名可以被偽造，我根本不知道，我對這些一竅不通，我也不知道你怎麼突然就變成專家，但我的推論告訴我，如果你能偽造一個簽名，就能偽造三百個。艾騰說，而我的推論則告訴我，赫希中心執行長，把他的時間都拿來偽造副主席的簽名的機率能有多高，別忘了，副主席的位階可是這整個組織的第二高位呢？然後這麼久以來，她都毫無察覺？基本上，這個機率是零。

巴瑞克說，那麼赫希中心的副主席，會把時間都花在仿冒和侵吞公款，以及我不知道還有什麼的事情上，而執行長卻毫無所悉，這對你而言就合乎邏輯？容我提醒你，這位副主席還是你的母親，你可能認識她，而那位執行長可不是你的母親。艾騰說，你知道嗎，每次你正要說一些重要的事時，你總是會把它搞砸。你說不合理的那一部分，就是她可以一直做這些壞事，卻竟然沒人注意，這部分我同意。但這世界上會發生的事，比這還可怕、可悲與嚴重一千倍。沒錯，他們兩人的簽名出現在所有標案上，這是真的，順便一提，就連財務長都簽字了，但事實就是沒有人懷疑他。讓我告訴你，也沒有人懷疑阿米坎，他們說就只有媽媽，還有她那套「他栽贓給我，他栽贓給我」的說詞。那為什麼沒有人懷疑他們，就是因為提爾曼為了自保，而交給警方的那些A.R.E.A.文件。這並不複雜，他們所做的事都得到媽媽的核准，就這麼簡單。這就是你問題的答案。另外那一部分，關於她是我們母親的說法，你幾歲啊，十二歲嗎？阿米坎．史登也有小孩，許多人都有小孩，怎麼，就因為她是我們的母親，就不會犯錯了？巴瑞克說，我不是說因為她是我們的母親，就不會做這種事，現在是你讓我看起來像個笨蛋了。我只是說我們了解她，這是我們認識的人，拜託，艾騰，這可是媽媽啊，她會偷這些錢？你瘋了嗎？她是個正直不阿的阿胥肯納吉猶太人，有著清教徒模式的道德觀念，你應該不需要我來告訴你這些，她是愛樂管弦樂團之友裡的超級宅女。

艾騰說，你知道嗎，你剛才說的一切並沒有證明任何事，你無法想像這對我有多不重要，這些對我而言毫無關聯性，你等於在對我說中文一樣。你究竟要說什麼，你真的想宣稱我們的媽媽太有教養又太有知識，不會是個罪犯？因為她不夠貧窮與骯髒？

巴瑞克說，你真是個很讓人生氣的吵架對手，天啊，我都忘記你有多惹人生氣了，你有本事把對手變成徹底的白癡。艾騰說，沒有，我才沒有那樣。巴瑞克說，有的，你真的有，但無論如何，並不是因為媽媽有教養，也不是因為她有錢，而是因為她的人格，這你應該有些熟悉，我只比你多認識她三年，我沒想到會造成這麼大的差異。媽媽是強硬派，不懂變通，她只懂好與壞，中間沒有灰色地帶，以及每個人都會得到自己應得的這些狗屁道理。我真不敢相信我居然要在這麼膚淺的層面為你分析媽媽，如果你想這麼做，我願意，但不知道為什麼，我希望你自己能想通，替我省了這個麻煩。

艾騰說，我沒有質疑事實，我只是質疑你的解釋。你所說的關於媽媽的一切，多少都是正確的。巴瑞克說，多少？你懂我說的了嗎，你總是要在最後留一根刺。艾騰說，你想要我怎樣？難道我要同意你說的每件事，好讓我的爭執風格不會天殺的讓你心煩嗎？巴瑞克說，好，不說了。艾騰說，我被你扯得忘了要說什麼。巴瑞克說，你不同意我的解釋。艾騰說，對了，我不同意任何擁有你上述的那些人格特質的人，就不會做出這樣的事的這種看法，尤其這並不是媽媽所有的人格特質，她還有一些其他特質。舉例來說，她有個惹人喜愛的特質，就是非常喜歡對人品頭論足，一切非黑即白，人們總會自作自受，就像你說的那樣，只是這些規則對她都不適用，只要稍加注意你就會發現，就像外婆在丹妮葉拉家中對她說的，她從不對自己吹毛求疵，和吹毛求疵的人通常嚴以律己截然不同——這個說法根本一竅不通，媽媽就是最好的證明。如果你給我六十秒鐘的時間，讓我說些廉價心理學，我認為，這和她身為家中獨生女的身分有關，這種說法也許有幾分道理。你的母親表現得好像她是獨自一人活在世界上，沒有人會仔細注意她的言行，好像這種事不可能發生似的。

巴瑞克說，你認為媽媽自律不嚴？媽媽是我認識最自律的人，她簡直是強迫症的完美主義者，我想不到更正確的名詞，她對細節的要求接近病態。艾騰說，你所說的每一件事都是事實，卻又不是真的，她表面上看起來會讓人以為她是完美主義者，非常重視細節，因為關於她的一切都非常稱職、非常快速，她似乎很成功也很有成就，不對，她就是很成功也很有成就，這一點我不懷疑。但如果你仔細觀察就會發現，她只是非常會表現出稱職的樣子，她確實有成功與達成成就的天賦與才華。我知道我說的聽起來很怪，但聽我說，相信我，你聽到的是關於你母親的籠統分析，由於她非常善於表現出成功的樣子，她也會草率行事，一切都能搞定，如果有某件事不對勁，只要沒有人注意，一切都不是問題。但事實的真相是，媽媽是便宜行事、美化細節，以及自我原諒的超級媽媽。我知道聽到這些話的感覺很糟，但事實是，當我讀著那篇有關媽媽的報導時，我的第一個想法就是，你知道嗎，我並不感到訝異。至少不是全部，好嗎？其中的某些部分。我能怎麼說呢，它並不讓我意外。

巴瑞克說，給我舉個例子。艾騰說，你還不懂我在說什麼嗎？你不認為我說的有一絲真實性？巴瑞克說，我想要一個例子，一個具體的例子。艾騰說，有太多例子了，給我一分鐘來想一個。他們安靜了一會兒，然後巴瑞克說，看起來並沒有太多。艾騰說，好，我想到一個了，你知道嗎，我有個很棒的例子：米卡兒的剖腹生產。媽媽在這件事裡最後像個英雄，對嗎，因為她安排了那個瑪格納斯醫生來執行手術？巴瑞克說，我不是很清楚細節，我記得當時有些要處理的事情。艾騰說，她必須在四十八小時內做剖腹生產，媽媽動用了一些關係，幫她和某位據說是頂尖產科醫生的人安排了會診。米卡兒不是笨蛋，所以她馬上上網查了一下這個人，結果她發現沒錯，這個人確實備受推崇，但他卻曾被兩名病患控告過——兩名耶！起訴罪名是業務疏失。我們向媽媽提了這件事，她說她認識他四十年了，從青年運動時代就開始，還說他救過她朋友歐娜的命，以及人們會親吻他走過的土地，還說她很確定我們說的都是無稽之談，但她會查問，然後她回來跟我們說一切跟她猜測的一樣。第一樁控訴案後來撤銷了，另一起案件他獲判無罪，顯然疏失是麻醉師的問題，所以在米卡兒的手術中，我們會找一位私人麻醉師，沒什麼好擔心的，如果我們想要的話，她可以把法律報告拿給我們看。米卡兒當然就忘了這回事，因為她相信媽媽，更何況隔天就要動手術了。結果手術毫無問題，兩天後她就能走動，完好如初，大家都對瑪格納斯讚不絕口，對媽媽更是稱讚有加，因為這位有業務疏失訴訟纏身的瑪格納斯，有六個月的排隊等候期，如果你想請他執刀做剖腹生產，就得在夫妻行房之前先找他排隊。可是後來，當米卡兒把他推薦給她公會所裡的其他女人時，有其他人寫了反駁信，說與事實不符，他的訴訟其實還有沒結束之類的。米卡兒回信說，這太荒謬了，所有的訴訟都撤回了，不然就是他已經證明無罪。寫信的那名女子給了她一個連結，米卡兒發現原來她只要花十秒鐘上谷歌搜索，就會發現在他被判定無罪的那起訴訟中，後來對方又提出申訴，他最後被認定確實有罪，因此他已經不在特拉哈斯荷馬醫院工作，只在私人診所看病，由於有些官僚問題，造成他的醫師執照沒有被撤銷，但他們已經將他送交懲處委員會，看起來在幾個月內就會判處他不准施行手術。媽媽確實不可能知道關於他的執照被撤銷的事，可能沒有人知道，但關於他被判處業務疏失呢？米卡兒的手術順利與此並不相干，很顯然如果她事先知道關於業務疏失的糾紛，她絕不會同意去找他。但她信任媽媽，就像我們一樣，而且這一切看起來都很有道理，因為一切都很完美，對嗎？

巴瑞克說，等一下，你有跟媽媽說嗎？艾騰說，我說了，我當然跟她說了。米卡兒不想親自去說，她已經很怕媽媽了，可是相信我，她非常憤怒。你猜怎樣，媽媽有道歉嗎，她有覺得一絲困窘，或一絲，我也不知道，不好意思嗎？巴瑞克說，我猜是沒有。艾騰說，你知道她怎麼譴責我的嗎？她這麼不怕麻煩，做了這麼多安排，為了幫我們找到最好的外科醫師，她得動用裙帶關係，利用她的人脈。裙帶關係和人脈這些字眼，讓巴瑞克的背脊感到不舒服，他也曾請她動用人脈，只是用了比較恰當的字眼。艾騰繼續說，她跳出來做了這一切，但我已經快四十歲了，自己還是個醫生，因此你可能會認為，我其實可以自己搞定。但是她愉快而開心地搞定了這一切，而且一直以為米卡兒的手術非常成功。但顯然她錯了，她願意接受這個事實，而且如果下次我能不讓她感到這麼悲傷，不要找她幫忙，她會很感激我。

艾騰說這件事時，口氣中顯露出他真正的痛苦，但還有另一種味道，那是一種機智辯論的味道，是勝利的味道，是律師演了一場法庭攻防好戲，並知道自己在人們心中留下一種印象，就是當他說完之後，別人會無話可說。

或許就是因為這樣，巴瑞克才會說，這個故事爛透了，讓媽媽看起來像是個讓人難以忍受的人，我不是說她真的讓人難以忍受，只是這不是個好的例子。艾騰看著他，帶著一種憤世嫉俗取代了訝異的表情，然後說，不是嗎？你不認為這是個好例子？那你告訴我，什麼才是個好例子？

巴瑞克說，別發火，我也有權不被你嘴裡說出來的話打倒，好讓我不會天殺的讓你心煩。艾騰很不情願地認出這是他自己說過的話，於是說，好吧。巴瑞克說，媽媽犯了一個錯，她搞砸了，她走了捷徑。這一點我同意你，好嗎？艾騰說，好吧，那這在我聽起來就是個很完美的例子。巴瑞克說，不是，因為這個例子和人格誹謗之間，還有很大的差距。艾騰說，人格誹謗，你是認真的嗎？巴瑞克說，你知道，你先前所做的，老天爺啊，我能說什麼啊，你真的相信她拿了那些錢，你說這算什麼？艾騰說，我說這就是現實，我只是認清現實而已。巴瑞克說，好吧，顯然我們對所使用的名詞有不同的詮釋。

他們安靜了一會兒，然後艾騰說，我不懂，當她至少五次改變對於中心、對於阿米坎的看法時，你不是和我坐在一起嗎？上一分鐘她還知道他違反了規定，還試著幫忙掩飾，下一分鐘她又說她什麼也不知道，先是說他把整件事都賴在她頭上，偽造她的簽名還有天曉得哪些違法行當，再來又說——這可是媒體揭露最新的說法——這筆錢基本上根本哪裡都沒去，而是它根本就沒有價值，這個中心根本只是胡搞一通。難道只有我覺得這很奇怪嗎？因為你們就坐在那裡，好像一切都很正常似的。還有，如果她這麼確定自己沒做錯任何事，那為什麼她這麼不願意和記者坐下來，仔細看那些文件，為自己辯解，告訴他這筆錢究竟怎麼了？對我說明一下這些疑點吧。這聽起來像媽媽嗎？同意接受愚蠢的訪談，和爸爸一起站在花瓶或天知道什麼東西的旁邊合影，就像那些戴著猶太小帽，在法庭出現的罪犯一樣？巴瑞克說，我不懂，這跟整件事有什麼關係。艾騰說，關係在於自從三百四十萬謝克爾的事件發生之後，媽媽就發掘出自己令人同情又私人的一面，在報端讓自己看起來很好，我現在就告訴你，她一定也會利用爸爸兄弟的那些故事，你等著看吧。

巴瑞克說，如果你問我，我認為你說服了自己相信這些，你的腦袋信服了這是她做的，你透過這層濾鏡來看一切，沒有什麼能讓你改變主意，哪怕證據都不行。艾騰說，什麼證據？我是說，有什麼證據證明不是她做的。巴瑞克說，這是我的理解，她和她的律師一直以來不就在努力這件事嗎，不然他們還打算拿什麼給大家看？艾騰說，那你就想錯了，因為目前我們看見的證據都對她不利，如果有人能給我看不同的證據，相信我，我會很樂於檢驗它。巴瑞克說，你看吧，「我會很樂於檢驗它」，聽聽你自己說的話，事實就是你根本不相信她說的任何一個字，你不願意信任她，你試著拿不重要的瑣碎細節來反駁她的說法。艾騰說，我剛才說她完全改變事情經過的說詞版本，你說這是瑣碎細節？巴瑞克說，這是最瑣碎的事了，一個人憑空被人朝肚子猛打了一頓，又要為自己的名譽、生命和自由抗爭，而你卻緊咬著她在這裡是這樣說、在那裡是那樣說的這麼一點事情不放？還有，版本又是怎麼回事，這些並不是版本，你不是她的律師，順便提醒你，你也不是她的心理醫師。艾騰說，什麼？你說這些究竟是什麼意思？巴瑞克說，我的意思是你是他兒子，你可以停止把她當成你的病人那樣對待。

艾騰說，好吧，就這樣了。我希望你是對的，我們可以到此為止嗎？巴瑞克說，你真的不會希望你才是對的嗎？艾騰說，別說了，別像個混蛋一樣。巴瑞克說，好吧，我等下就閉嘴，但先跟我說一件事。我們姑且假設是她做的，好嗎？為什麼呢？難道他們缺公寓住？還是缺錢？他們可不是隨意浪費自己金錢的人，我們談的不是毒品或這類的東西，告訴我，他們在想些什麼，你又在想些什麼，她要拿那些錢做什麼，她為什麼會需要錢？

艾騰說，對，這是個問題。巴瑞克說，只有當你覺得這是她做的時候，這才是個問題，否則就不是。艾騰說，我也想過這一點，你無法不思考這一點，我有兩件事要跟你說。首先，這筆錢沒有看起來那麼多，三百四十萬謝克爾，在特拉維夫或耶路撒冷可以買一間公寓，至少據我所知，她在那裡已經有公寓了，更別提在倫敦的公寓，如果她真拿了這筆錢，三百四十萬在倫敦可能只買得起半間房。巴瑞克說，喔，突然間又變成如果了。艾騰說，不是突然，我從沒說過我確定，我只說這不像別人眼中看起來的那麼不可能。總之，如果她真的拿了這筆錢，我的猜測是她會投資房地產，而不是華而不實的標的，我不認為她會把錢放在加勒比海或其他避稅天堂，這點很不幸，因為他們很容易就能找到公寓，但存在加勒比海的錢，他們根本追蹤不到。巴瑞克說，好吧，另外一件事是什麼？

艾騰說，這件事其實機率不大，我也並不是真的確定任何事情，好嗎？但在我看來，對於金錢這件事，媽媽和阿米坎．史登之間，長久以來一直處於對立面。我認為，她覺得他沒有付給她足夠的酬勞，他不只任命自己當主席，還搶走所有的光環，但其實是他們兩個人合力打造了那裡，但他為自己弄到很好的薪資，給她的薪資就不是那麼好。

巴瑞克說，你說在你看來是什麼意思，你怎麼知道的？艾騰說，再說一次，我什麼也不知道，別引述我的話，也別根據我說的話來推演假設。但有一次，當我跟尤拉姆和莉亞以及媽媽一起去了一個地方，我不記得是哪裡了，在路程中有一場關於這個的討論，我沒太留意，因為當時這個話題我沒興趣，但他們的對話中有些這樣的字眼，留在我的腦海裡，那就是媽媽覺得她的薪資不夠高。當他們公布所得最高的人的名單時，這一切對我就言之成理。媽媽的薪資是二十萬或二十五萬謝克爾，而史登的薪資則是高於五十萬，是個非常高的數字。還有，媽媽連一輛車都沒得到。所以當這一切被揭露時，我突然開始懷疑，你知道嗎，也許她只是替自己拿了她認為應得的薪資，或者她是在報復史登，或者我也不知道，可能是順著這個思緒發展出來的行為吧。

巴瑞克說，但她自己從沒告訴過你。艾騰說，她為什麼會告訴我？

巴瑞克說，這聽起來有點扯遠了，你真認為如果媽媽以為她應該賺更多錢，她會去偷？我覺得在她偷三百萬謝克爾之前，至少還有七百件其他事情可以嘗試。艾騰說，也許她不認為這是偷竊，也許在她的眼裡她只是執行正義，就像如果你的老闆沒有付給你足夠的薪資，你就覺得自己有權偷拿公司的筆和免洗杯。巴瑞克說，誰會去偷筆和免洗杯啊？艾騰說，你顯然不是在辦公室上班的人，真的，你這一生從沒工作過，然後很快補充，我是說在辦公室裡。巴瑞克說，怎麼，你想告訴我你有從辦公室裡偷過免洗杯？艾騰說，我所有的私人列印文件，都是在特拉哈斯荷馬醫院做的，米卡兒論文的草稿和所有最終完稿，都是在那裡列印的，總共可能有一萬頁。所以我能說什麼呢，等我六十六歲，對我所工作的地方，以及生活條件，還有生命本身與周遭的人，累積了三十年的怨恨、焦慮和絕望後，也許我就會偷走三百四十萬謝克爾，而不只是筆。巴瑞克說，你真的相信這個嗎？艾騰說，相信什麼，我有能力偷還是媽媽有能力偷？巴瑞克說，兩個都是。艾騰回答，兩個都是。巴瑞克問，真的嗎？艾騰說，毫無疑問。巴瑞克說，那你和媽媽有什麼差別？艾騰猶豫了一下，然後說，你想知道差別嗎？巴瑞克已經可以感到艾騰的叫囂，那種逐漸醞釀沸騰的洞察力，以及他對自己的洞察力的孤芳自賞。他說，想啊。艾騰說，差別就是媽媽有機會可以偷錢，而我沒有，這就是差別。

巴瑞克說，所以你基本上認為她只是因為憤世嫉俗而這麼做？艾騰說，我不認為媽媽對她在和平中心做的任何事感到憤世嫉俗，這聽起來不合理，反正至少不是全然憤世嫉俗，我不認為以她的狀態，能在那裡工作十二年，做著那些工作，然後一直憤世嫉俗。但我完全能理解她的那種感受，有些東西從她身上被剝奪了，而她只是將其取回，這與和平或巴勒斯坦小孩無關，至少她是這麼想的，她全心認為她所做的只是執行正義。

巴瑞克說，所以這就是你認為實際發生的？她拿回她覺得自己應得的錢？艾騰停了一下，然後說，不是。巴瑞克說，不是？艾騰說，你知道嗎，我越是和你說話，我就越相信，基本上，所有這些解釋都是胡扯，我認為她之所以犯下這件事，只是因為她可以，就只是如此。

巴瑞克說，所以你是說，在對的環境裡，任何人都可能做這件事。艾騰說，基本上是的。

巴瑞克說，如果是這樣，那你為什麼對她生氣，我是說，根據你所說的，她只是做了完全能理解的事。艾騰說，首先，我不確定我是不是真的對她生氣。巴瑞克說，我只能告訴你從外在看起來是如何。艾騰說，看起來如何呢？巴瑞克說，看起來像是你對她生氣了。艾騰揚起眉毛，就像有人不肯下決定，還在評估各種可能性那樣，然後他說，就算我生氣了，也不是針對她做了某件錯事的道德憤怒，我生氣是因為她把我的事情搞砸了，你明白我想說什麼嗎？我是說，她把我們的人生都搞砸了。即使我們已經不是十歲小孩了。雖然我們已經擁有自己的人生，她還是有辦法把事情搞砸。我是說，妳想提醒我們，我們永遠都是妳的小孩嗎？老天啊，找其他方法吧，你知道嗎？

巴瑞克說，我能跟你說什麼呢？艾騰說，夠了，我們已經把這件事談死，沒什麼好說了。

4

這次的對談讓巴瑞克感到緊張，因為兩個人像是負有任務要填滿整部車子的空間似地來回爭執不休，以及在整場對談中沒有第三方來緩和氣氛或強化論點，但同時，他也感覺自己像戲劇裡的某個角色，彷彿到了演出最後，這一切都對他毫無影響。

整體來說，他最近有一種疏離感，彷彿有一層紗隔在他與所有不是他的事物之間，就像第二層皮膚，阻止他去關心任何人或任何事。

他懷疑這已經持續一段時間了，就像細菌在培養皿裡繁殖一樣，在他的身上興旺起來，這是人們在三十至五十歲之間發展出來的額外一層皮膚，是一份會在步入中年時出現、取代智慧或常識的現代禮物。但他一直不曾真正注意到這一點，因為直到目前，沒有任何事情對他的心靈提出過這麼多的需求。

現在他心想艾騰什麼都不知道，他的意思是指跟伊法和歐佛·烏奇埃利有關的事，米卡兒真的沒有告訴艾騰，這一點很清楚，如果她真的有告訴他的話，他現在早就說了些什麼了。他突然明白，這就是他一開始能夠容忍這場對話的原因，這就是他的祕密引擎，他的知識力量，那塊一直屬於他的解謎之鑰。他也想著米卡兒，他弟弟的妻子，最基本的關係就是，她現在會和他分享祕密，而不讓艾騰知道，這個念頭讓他有了一些刺激感。他贏了，哪怕只有一點點，而艾騰就是不知道。但他終究會發現的。

5

從某個角度看，巴瑞克促成了艾騰人生的重大轉變，讓他從一名把精明心思浪費在情緒失調的小朋友身上的特拉哈斯荷馬醫院兒童心理醫師，轉變為受人尊重的電視醫生俱樂部成員，如果他偶然治好幾名邊緣型兒童，還能為自己錦上添花一下。

他們都在黛芙娜的家，慶祝雙胞胎席拉和丹的生日。巴瑞克的電話響了，是一位製作人，那種不屈不撓型的女人，也是她把他從晨間節目時段提拔到下午五點半的軟性新聞時段，但後來她後悔了，或者因此而遭到譴責，反正她再也沒和他聯絡，就連那次他們逮到那名占星師強姦犯，也還是沒聯絡。那次巴瑞克曾暗自希望，能靠這個案件讓他好好四處曝光，即使他高傲的自我原本打算蔑視這種提議然後將之拒絕。

這位製作人帶著典型製作人那種有耐心卻又不耐煩的語氣，問候他近來如何，為了談話過程中可能蹦出什麼有用的事，製作人覺得自己必須展現某種程度的親切，但同時也明白他們的親切只是在浪費時間，然後她提起他們正在「針對某個主題做些東西」，巴瑞克很喜歡電視行業的人用的名詞，讓一切聽起來都像是垃圾，即使整件事還在腦力激盪階段，製作人問他認不認識在攝影機前表現良好的心理學家，她知道這是他的領域。巴瑞克說事實上這不是他的領域。製作人問，你不是學術界的人嗎？巴瑞克說，我是的，儘管這也不全然是真話，他不算是學術界人士，他無法達到那個低等又雜亂的水準。他補充，不過我不是心理學這一門的，他試著專注於電話會談，想持續到最後，但他無法假裝沒有注意到艾騰，他就站在那裡，全神貫注又精準地給自己切一塊蛋糕，他一定聽見了製作人透過電話傳聲筒傳出來的大音量。

他其實並不想這麼做，但別無選擇。於是他說，但我弟弟是心理學家，也許他能幫忙。製作人說，太棒了，口氣彷彿是不是心理學家並不重要，他大可以給她一個焊工的名字。她問，他的外表如何，他是不是很會說話？巴瑞克看著他弟弟終於緩慢地把切得很完美的那片蛋糕挪到自己的盤子裡，並仔細聽著他們說的每一個字，還公然瞧著巴瑞克，「我弟弟是心理學家」這句話，讓他的偷聽有了正當理由，但在話筒另一邊的她並不知情。巴瑞克說，他是我弟弟，口氣中的意思是，他當然很會說話，不然妳以為呢。但他發現他的回答沒能滿足艾騰與製作人雙方，於是補充，他是個非常好的演講人。於是事情就這麼再度發生，巴瑞克為艾騰在一個他關心的領域鋪了路，而且是他很重視的領域。

在他們的童年時期，艾騰多少有點依賴哥哥，想想他本來就不太恭敬的個性，他對哥哥的依賴已經算很大了，他當時可能比現在更恭敬一些，因為年幼時，小孩子總是會比較順從一些。在那個時候，艾騰會聽巴瑞克說有關音樂與政治的所有話題，十四歲青少年的靈感泉源就是披頭四以及青年社會主義組織，沒什麼特別的。但艾騰會仔細聆聽每一個字，眼睛也會觀察所有東西，注意一切，也許是因為他還太弱小，無法爭論或抗議，也許是因為他想盡可能吸收資訊，這是艾騰典型的風格，先囤積和了解各種資訊，稍後再做出決定。

過了一些年，情勢改變了，巴瑞克不再住在家裡，艾騰也已經是個大孩子。從許多方面來看，十五歲時的艾騰和他三十七歲時一樣有天分，既聰明也很會自吹自擂，也夠自滿到可以維持這樣的個性，至少足以維持到三十七歲。

兩兄弟之間的差距變得越來越小，他們也從一個大小孩和一個小小孩，成為兩個青春期男孩，然後是入伍軍人，接著是兩個學生，直到最後他們都變成成年人，而他們身為長子與幼子的身分，並沒有因此讓他們不會彼此忌妒與競爭。只要巴瑞克做了任何事不久——有時是在同時——艾騰就會做同一件事，而且做得更好。他也在陸軍情報單位服役，而且和哥哥在同一個南方的軍事基地，但他沒有笨到參加軍官訓練，並不是他沒有被招募，事實正好相反，可是他沒有參加，他在很年輕時就很有政治悟性。巴瑞克在他這個年紀時，還什麼都不懂，就連艾騰拒絕軍官訓練招募的道理他也不十分理解，也許在多年之後，他終於了解了一點。接著艾騰也進入學術界，但他利用了加速方案，用四年時間取得學士與碩士學位，還可以自己挑選第二主修科目，然後做了一個很實際的選擇，不是讓人壓抑的實用，而是高雅實用的科目：醫學。當人生行事曆的下一個項目是選擇一項真正的學術事業以及博士學位這類事情時，他來回思考，而且聲音大到讓大家都聽得見，這邊看起來可以做這個，那邊看起來又可以考慮到那個，而且兩邊都有好康在等他，一邊提供非常優渥的薪俸，另一邊提供的特拉哈斯荷馬醫院駐院醫師職務也不可輕易錯過。而這整個考慮過程，有一股成功、自大，以及很艾騰的風格，在其基底則是失敗的巴瑞克，噎著一口氣抽搐著。艾騰表面上看起來是在掙扎，內心深處卻一點也不擔心發生在哥哥身上的事會發生在自己身上，這根本就不在他的考量之中，一點也不。直到最後，巴瑞克覺得自己快瘋了，要他快做個決定，然後閉嘴，於是最後艾騰決定在特拉哈斯荷馬醫院擔任駐院醫師，這至少讓巴瑞克不必再背負手足競爭的重擔。不過此時巴瑞克已經不確定他比較想要什麼，是想讓艾騰待在學術界與他競爭，最後勝出；還是讓他脫離競爭，並寬宏大量地清出戰場，讓他的弟弟不戰而勝，留下另外一種可能性，永遠飄盪在空中，無從檢驗。

6

車裡的氣氛還算穩定，這一刻意外地平和，讓人意外地心情愉悅，這個氣氛在一場互相爭辯，偶爾有點憤怒的對話後浮現，巴瑞克試著留住這種氣氛，也許這並不是他真正想要的，但他還是開口說，你的節目如何？

巴瑞克可以感覺到他在副駕駛座上的態度開始軟化，然後回答，很不錯，事實上，應該是非常好，這是極度困難的工作。他強調了極度這個字眼，但巴瑞克試著忽略。他接著說，要完成這種製作，難度之高簡直是無法想像，但真的做出來了，我到現在還是覺得很震驚。

巴瑞克想說些什麼，但艾騰沒給他任何說話的理由，巴瑞克有點辛苦地壓抑了自己想粗魯對待弟弟的衝動，沒有不經意地透露米卡兒已經告訴黛芙娜，而黛芙娜則已經告訴他，所以他知道這檔電視節目已經換到另一個時段，這其實沒那麼戲劇化，所以就算他知道又何妨，他不能說出來。在任何情況下，他的消息管道都不能曝光。他問，所以最後會在哪一天的什麼時段播放？艾騰上鉤了，回應道，好像會在星期二的九點，本來應該是在晚間稍早的時間播放，但他們改了時段，他們在看過第一集之後，就徹底愛上這個節目，我也不知道為什麼，我是說，它確實很好，但距離完美還很遙遠。巴瑞克以平常心看待這種虛偽的謙虛並說道，嘿，你應該感到開心，有什麼好在意的。

然後他說，小心別讓他們拿媽媽這件事來套你。艾騰說，我不懂。巴瑞克說，我沒跟你說我在那個晨間節目出了什麼事嗎？艾騰說，沒有。巴瑞克說，他們邀請我上節目，本來應該是談一場活動，但在現場播送時，她突然問我關於媽媽的事，真的，就是在整個事件發生之後，顯然他們不知道怎麼發現到我是她的兒子，但要查出這一點並不困難。

艾騰說，所以你是什麼意思，我還是不明白，你是說我會讓葛德拉去和朋友剛上吊自殺的孩子談話，然後羅騰會突然問我關於我們母親的事嗎？巴瑞克說，我只是說要當心，我不知道他們會做什麼，也許會利用這一點為節目作宣傳？把你以埃莉榭瓦．佛格爾兒子的身分推銷給報紙？我不知道，我只是不希望你被意外突襲，因為我以過來人的經驗告訴你，那種感覺很不愉快。

艾騰說，好吧，我記下來了，雖然我真的不認為他們會朝這個方向做，我懷疑他們甚至不知道我是她兒子。巴瑞克說，很好，別在事後跑來找我，對我說你好天真。艾騰說，就算他們真的這麼做了，那又如何，他們會問我什麼？我又能對他們說什麼？談談我有什麼有趣的地方？巴瑞克說，他們會挖出些什麼的，相信我，還有，請相信我，你是個有趣的人。

然後他說，我的意思是，你難道不覺得奇怪，他們突然在媽媽的故事曝光兩週後，把你挪到晚間九點的黃金時段？

艾騰瞪著他一陣子，帶著明白了比自己所想理解得更多的那種淺淺的微笑，然後說，哇，你真的覺得他們調整節目時段，是因為我突然因為媽媽而變成當紅炸子雞了。巴瑞克說，我不知道他們為什麼要調整你的節目時段，我不知道這一切的操作，我甚至已經不受邀參加晨間節目了。

我說的是，一個本來下午四點播出的心理勵志性質節目。艾騰打斷他說，是五點，而且這真的不是一個心理勵志性質節目，他特別強調真的這個字眼。巴瑞克說，好吧，五點，我是說，我相信這是個很好的節目，但是挪到黃金時段？這看起來有點可疑，但也許我猜錯了。艾騰說，你是什麼意思，怎麼個可疑法，你從中看見了什麼驚天陰謀？巴瑞克說，沒有驚天陰謀，我告訴你，也許他們打算把你當成宣傳重點，埃莉榭瓦·佛格爾的兒子，為其他人的小孩提供諮詢，我也不知道，艾騰，如果你覺得我想錯了，那我就是錯了，我不想讓你生氣，也許我就是疑神疑鬼，我的腦袋已經因為不斷想著誰會寫關於誰的什麼東西，以及媒體會拿我們怎麼辦，而搞得一塌糊塗。

艾騰說，好吧，但你已經把我惹毛了。巴瑞克正準備說抱歉時，艾騰已經說著，對我要有足夠的信任，相信我對人的了解，要比你認為的多一些。巴瑞克可以感覺到，艾騰開口想要的信任，已經從他身上拿走了。如果艾騰了解人們，那巴瑞克就是不了解，而他很不情願地想起，就在剛才，他還在扮演愚蠢村民的角色，這是個徹底的傻蛋，完全相信母親的天真與善良，而他將這一點歸咎於艾騰。他也說不上來為什麼，他不想去想這件事，而他既沒有開口說抱歉，也沒有說我會給你信任，就在這裡，接受吧。

第十六章

1

她知道在雨中可以找到哪一種維他命，米花是什麼顏色，《聖經》裡沒有提到哪一種動物，茨爾亞茲薩卡這個小鎮名字的意義，貓耳朵裡有多少肌肉，誰發明了剪刀，以及第一本用打字機打出來的書是哪一本。但她不知道哪一個路口更靠北邊一點，是希扎豐還是馬斯米亞（答案是馬斯米亞），工黨的「顧爾—阿葉事件」指的是哪一個議題（答案是根據偽造的醫學文件而赦免了罪犯），也不知道哪一個國家沒有河流（答案是沙烏地阿拉伯）。

但就在倒數第二題時，巴瑞克愛上了蜜莉．普拉斯科。她被問的問題是，詹姆斯．藍迪和誰爭執了一輩子？選項有(1)否認大屠殺發生過的大衛．艾文，(2)仍然有死刑的國家，(3)尤里．蓋勒，還是(4)菸草商菲利普莫里斯國際公司。

蜜莉．普拉斯科已經沒有求助機會了，她把這些用在沙烏地阿拉伯以及馬斯米亞這兩題上（顧爾—阿葉行動那一題是靠運氣猜對的）。但很難看出她是否需要求救，她看著螢幕上閃動著的問題，用的是她在整局遊戲裡看著主持人、觀眾和螢幕一樣的嚴肅表情，看起來深思熟慮，不發一語。主持人無法忍受這種死寂，這不像電視該有的時刻，開口問道，妳知道嗎？蜜莉．普拉斯科說，我希望我知道。但就在主持人宣布她可能輸掉多少錢——請記住，如果妳答錯這題，你將可能輸掉——之前，她已經按下三號按鍵。

主持人有點遲鈍又遺憾地說完了他的句子，她可能失去十八萬五千謝克爾，接著宣布進入廣告時間，然後在回到節目現場後，現場充斥著狂喜的感受，那筆十八萬五千謝克爾，已經增加到二十三萬八千。只剩下一個問題，亞伯拉罕．林肯被暗殺時，是去觀賞哪一齣舞台劇？蜜莉．普拉斯科回答《哈姆雷特》，而不是《我們的美國表親》，因此失去所有的獎金。

主持人安慰著她，但巴瑞克覺得主持人看起來並不悲傷，也許是為了報復她完全未能製造出戲劇化的綜藝懸念。但老實說，巴瑞克也不感覺悲傷，既不是為了蜜莉．普拉斯科，也不是為自己，雖然在他的想像中，他已經和蜜莉．普拉斯科住在一起，並和她分享獎金。事實上，在她猜出他此生最愛的詹姆斯．藍迪那題之後，他並不需要留到這麼晚，一直看到最後這個環節，也許他只是想留下來，確認她沒有徹底搞砸。

一個男人很少有機會可以看穿自己覺得愛上的女人的腦袋裡究竟裝了些什麼，巴瑞克無聲地瀏覽各種問題，蜜莉．普拉斯科的模樣在他的腦中成型，然後又變得模糊，根據她確實知道與不知道的事情而定。他注意到蜜莉．普拉斯科對地理並不拿手，不過他並不在意。

2

蜜莉・普拉斯科是靠著一樁對玉米莖起訴而發達起來的。不是像他首次聽說時以為的跟蹤狂，而是玉米莖。她留意到她在超市中看到的冷凍袋裝玉米，都宣稱內裝有七至九根玉米，但她每次都只找到七根。於是她買了一百袋，然後逐一數過，當她發現只有百分之二十八的袋子裡裝了八根，而且只有百分之二的袋子裡有九根時，她就發起一樁集體訴訟法案，她當了一次律師。她贏得超過三十萬謝克爾，有一陣子她就靠這筆錢過日子。後來她又贏了一場比較沒那麼出名的官司，是關於益智節目的，這節目他沒看，然後她又靠著那筆錢過了一陣子。而現在那筆錢用完了。

巴瑞克想問，現在妳在做什麼？但他有點謹慎，這聽起來有點像在問，妳做什麼工作，或者是妳所做過最狂野的事是什麼？他聽別人問過這種問題，甚至自己也被問過幾次，但這種問題會讓他立刻失去興致。曾經有名女子問他，你做過的最狂野的地方在哪裡？巴瑞克盡最大的努力忽略她的措詞，專注於這個極有性暗示的開場白，這個問題的用意便是如此，還有什麼其他用意，但到最後他還是無法繼續下去。他問她，告訴我，為什麼大家這麼迷戀於狂野的地方，真有誰在狂野的地方做過嗎？這是個隨機的問題，不是嗎？而那名年輕女子說，我曾經在塔巴邊境那裡做過。巴瑞克說，哇。而她則說，你真是個典型的天蠍座。

但蜜莉・普拉斯科只說，我現在在我爸爸的辦公室一週上兩天班。她補充說，就在亞夫內。巴瑞克說，在亞夫內嗎？蜜莉說，是的，我是亞夫內人。巴瑞克問，妳知道亞夫內學院嗎？在她回答之前，他說，別管亞夫內學院了，妳知道那間咖啡杯咖啡店嗎？蜜莉驚訝地說，你怎麼知道咖啡杯的？於是巴瑞克對她說了一切，他在去學院的路上，在該去咖啡杯咖啡店還是星巴克咖啡店之間舉旗不定，最終選擇了星巴克咖啡店，後來有點鄙視自己，就像他帶著艾隆娜去購物中心，而不是去城南商店買東西時一樣地鄙視自己，但他當時就是想這麼做。他還說自己坐在星巴克咖啡店時，在報紙八卦專欄上看見伊法的照片，但他沒說她和誰在一起，以及她是怎麼開始參加奇蹟課程的，這一點讓他相當失望，還有她又如何安排自己的女兒去參加一群自以為無所不知的小朋友參加的電視節目，以及他那天跑去電視台然後見到她。她還記得嗎，他們就是這樣遇見的，真的。還有艾隆娜在回家路上告訴他關於這個節目的事，關於石油價格，以及他如何被自己女兒嚇了一跳。他說了妳……但最後沒說出妳會見到她的，而只說那聽起來像是個搞砸了的節目。接著他告訴她自己女兒對富人和窮人的看法，以及關於石油和汽車和金錢的看法。然後他說「接著女兒對我說」時，他就卡住了，他女兒對他說了什麼呢？她說，只有奶奶有用不完的錢，但他現在還不想告訴她這一點，又或者他會告訴她。他看著蜜莉．普拉斯科的臉，她本身看起來就有點罪犯的氣息，也許不是犯法的那種，而是個陰謀家或游手好閒的人，喜歡輕鬆自在，希望花最少力氣便能享樂。她問，是什麼，她對你說了什麼？巴瑞克說，喔，沒什麼重要的，她說大多數人都沒有花不完的錢。蜜莉笑了，那是沒有小孩的人，在聽了其他人的小孩提出不算特別聰明的想法時露出的微笑，其實這個想法也許非常好，不過他們不夠了解，因此不懂得欣賞。

巴瑞克突然被愁緒所困，他從什麼時候開始有祕密了，他怎麼變成這種人的，而且不是別的，還是這種瘋狂又潛伏的祕密。我的母親是埃莉榭瓦．佛格爾，他越早透露這件事越好。他提醒自己。也許他不必透露這件事，舉例來說，或許他們之間不會成功，但這個想法並沒讓他振奮，更別提他大腦裡已經開始幻想成群想像中的女人，都再平凡不過，不但無從描述，而且長得一樣。這些人在他腦中浮現，等著他再度成為單身，而且都問著同一個問題：你為一個女孩所做的最瘋狂的事是哪一件。稍晚，埃莉榭瓦．佛格爾又故態復萌，提醒我說，這個問題聽起來很熟悉。於是他提醒了她們，而她們都有點生氣，即使這真的就是一件對她而言相當瘋狂的事。

但她沒留意到他的悲傷，或者也許將之誤判為巴瑞克有點想念他的女兒，因為她開口說，我的姊妹有三個小孩。巴瑞克說，我聽起來覺得小孩太多了，不過現在這倒是常態。蜜莉說，我的姊妹一點都不正常，除了她住在米斯葛夫區，以及嫁給一位小學校長之外。巴瑞克說，而且還有三個小孩。蜜莉說，她在四年間生了三個。巴瑞克說，哇。蜜莉說，她在三十六歲才遇見她先生，她當時已經快被貼上無可救藥的老小姐標籤，所以也沒有太多選擇。

巴瑞克問道，她比妳大還是比妳小？蜜莉說，我們是雙胞胎。巴瑞克聲音中透著訝異說，妳是雙胞胎？蜜莉說，是的。巴瑞克試著控制自己，不要再問任何更傻的問題。

巴瑞克說，這麼說來，是不是代表妳也是個無可救藥的老小姐？蜜莉說，毫無希望地無可救藥。巴瑞克嘴裡泛起一陣酸意，也許是因為無可救藥這個字彙，又也許是因為他計算了她的年齡，而儘管他並不想，也計算了那些她永遠無法生下來的小孩，雖然他自己一點也不確定，他是否還想要更多小孩。

她說，那麼，要吃提拉米蘇嗎？巴瑞克說，我以為妳不吃起司呢。她說，為了提拉米蘇，我可以破例。

第十七章

1

當埃莉榭瓦年紀還小，也許只有六或七歲的時候，諾貝爾獎得主山謬．約瑟夫．阿格農前來拜訪她的父母，他們是舊耶路撒冷的文化菁英。埃莉榭瓦．佛格爾不太記得那次拜訪，但有件事卻銘刻在她的記憶裡。「當他離開時，我母親做了個鬼臉，對我父親——願他的靈魂得到安息——說了一個字，那個字在我年幼的耳朵裡聽起來又長又難。我問我母親她在說什麼，她對我說剛才來訪的這個人是一位作家，他的文筆相當好，但有一點太從心中抒發，而從腦袋裡發出的想法則稍嫌不足。多年後，我明白了她當時說的字是『多愁善感』。沒錯，她說的是阿格農的作品，而不是在機場都有販售的平裝小說。那就是我小時候家中的氛圍，非常理性，有些神聖化的思想與行為，這些不見得有助於表達情感。」

妳的母親還健在嗎？

「生龍活虎，感謝上帝，她是個很棒的女人，充滿生命力，是個飽覽群書也善於表達的人。她在這場磨難裡一直很支持我。」

這個故事告訴我們的，與其說是關於佛格爾的母親，更多的是關於她自己。她的言論是細心調整、字斟句酌過的，平靜而不帶感情，即使對話讓她感到不自在，即使她帶著壓抑的憤怒，談著加諸在她身上的這些不公義之事，她也從沒失控。在訪談過程中，她只有兩次落淚，當她談到已經成人的小孩和外孫子女時，以及當她談到在她先生身上發生的悲劇時。「這並不經常發生在我身上，」她用半道歉半說明的語氣說著，「只是現在是很微妙的時機。」

當佛格爾提到「微妙時機」時，她知道自己在說什麼。去年十月，佛格爾在一次高度曝光的行動中遭到逮捕，震驚全國。佛格爾被控利用她赫希和平中心副主席的職務操縱標案，製造虛構的往來紀錄，並將大筆款項匯入據稱由佛格爾與其合夥人——商人兼包商艾福瑞姆．提爾曼——設立的紙上公司。佛格爾在有條件情況下獲釋，後續在她的律師崔柏—羅森伯格—契卻斯聯合事務所的拉米．崔柏協助下，也解除了被軟禁在家的狀況。上個月在警方建議對她起訴後，她目前仍在等候檢察官的決定。

遭到逮捕的感覺如何？

「這是很糟糕的感覺，我無法形容，對身體和靈魂都是很大的震撼。感覺是在別人身上才會發生的事，而不會是你，尤其是你根本沒有預料到，壓根都想像不到，一點蛛絲馬跡都沒有，你知道的，這並不是我殺了誰，然後坐在屍體旁邊等警察來。這聽起來可能有點好玩，在警察來之前的一小時，我才把一個哈爾瓦蛋糕放進烤箱，因為孫子們那個週末要來，不知道為什麼我還記得這一點。當警察來的時候，我還有點搞不清楚狀況，這是怎麼回事，這些人又是誰？而我腦中想到的第一件事，就是接下來會怎樣，誰能去把蛋糕拿出烤箱？」

現年六十五歲的佛格爾（「我對討論我的年紀毫無問題，我認為變老和年老都是一種榮譽與美麗」），出生於耶路撒冷，是布魯諾・亞特茲與雅薇娃的女兒。雅薇娃已經九十六歲，在哈達沙醫院胸腔醫學部工作了數十年，一開始擔任護士，後來擢升為護士長。她的家庭是極端錫安主義分子，客廳充滿耶路撒冷的傑出人物。她在希伯來大學研讀以色列歷史與考古學，後來留校擔任以色列歷史系教授。她的學位論文主題是西奧多・赫茨爾，專注於他某次來訪以色列的過程。

在五十歲那年（「就算是我給自己的生日禮物吧」），她在巴爾伊藍大學開始研讀調解與衝突排除。與此同時，她還開始投身於公共服務事務，並發現自己深受以和平為目標的學術與非學術機構的吸引。她曾經擔任扎克斯和平中心外交與區域合作機構治理理事會的成員、TNA中東合作教育基金會的學術顧問、二〇〇七年發展青年願景跨部門主導委員會的成員、永續和平泛學術研究團體調解員——希伯來大學薩克菲爾德學院的附屬機構、北美和平之友倡議行動代表、多元高等教育彩虹論壇主席、前進基金主席，以及掬祖爾草根合作社總經理等職務。

她嫁給班—亞米（「我青年時期的英雄，我的基石」），他是人力仲介公司的老闆。她有三名子女，黛芙娜（四十四歲），房地產開發商；巴瑞克（四十歲），一位教育家；以及艾騰（三十七歲），知名兒童心理學家，他從下個月開始，將主持深受期待的節目《七天裡》，這是一個原創以及突破性的節目，花一星期的時間追蹤一所遭受某種創傷打擊的學校的復原紀錄，這些創傷包括謀殺或其他種類的暴力。她有四名孫兒女，「我希望我的小孩在這方面沒有最終決定權，」她笑著這麼說。當我問她他們對這幾個月的事件有什麼反應時，她的臉色沉了下來。「這可能是傷我最深的事。因為我知道我自己，我也相信我自己，我相信我有能力應付這種瘋狂的指控，而且不需要特別強韌的性格，只需要事實，就能在這次事件中證明自己不僅無辜，還能毫髮無傷。這次的事件不會讓我變成脆弱的容器，雖然得到平反，內在卻元氣大傷，當別人發現自己在與這種困難的挑戰對抗時，是可能變成這樣的。但對孩子們來說，就完全不是這麼回事了，而讓他們受到傷害，是我最無法忍受的事。但他們還是受傷了，這在所難免，沒辦法躲避，即使他們已經是成年人了。你知道看見自己的母親在電視上遭到逮捕是怎樣的心情嗎？你能想像我的六歲雙胞胎外孫，在我帶他們去看電影時，有人指著他們的外婆說『小偷』時，是怎樣的場面嗎？所以我當然要盡我所能來保護他們，並且用適合他們年齡的方式來解釋這個狀況，但有些閒言閒語還是滲了進來。」

妳怎麼跟他們說？

「我們解釋說外婆正在努力，讓世界上的人和解，好讓大家不吵架，但有些人不喜歡這樣，他們不希望和平，他們事實上喜歡爭吵和戰爭，他們覺得這樣才好玩。這些人說了一些關於外婆的事情，但這些不是真的，現在外婆必須向大家說明，這些事情不是真的，但這需要時間，因為她必須向許多不同的人說明。」

那麼現在向我這個四十八歲的女人解釋一下。

「對我而言，事情非常簡單。赫希和平中心是個很有權力的單位，得到許多獎勵與認可，並實現了一些讓人印象深刻又有突破性的國際性成就。當然，它也製造了許多敵人，尤其是我們知道的那些黨派，對他們而言，能危及虛構衝突的有效和平協議，不是他們喜歡的東西，因為能在這些衝突裡得到利益的人可不在少數。我們這麼說吧，有許多人都很樂於見到我退休。」

即使在赫希中心內部嗎？

「赫希中心是個複雜的地方，我們就說這麼多吧。」

阿米坎．史登也很複雜嗎？

「我該說的已經都說了。」

對這整個爭議最終卻沒有起訴他，妳有什麼看法？

「下一題。」

妳指稱這是政治獵巫行動，但卻有文件，還有有妳簽名的銀行轉帳單。

「是的，這是史上第一次有人偽造文件。不開玩笑了，還有許多大眾沒看見的材料，如果必要，我非常樂於在法庭上將這些資料與大眾分享。這句話聽起來有點好玩，但從這個觀點而言，如果他們決定要起訴我，我真的會很高興。我不希望這整件事就只是逐漸消散，留下一個模糊的汙點，然後沒有人真的明白事情是怎麼解決的，尤其是這種事實再清楚不過的案件。」

他們住的房子非常好，夠寬敞，但不致於奢侈，房子坐落在里哈維亞的一條小街上。屋內的牆上掛著馬納舍．卡迪希曼、馬塞爾．揚科、盧文．魯賓，以及其他大師的作品。「我們是以色列藝術狂熱者，」佛格爾說，「但所有收藏品都是和收藏者與基金會交換來的，或者是藝術家本人當作禮品送給我們的，許多藝術家都是我們家的友人，否則我們絕不可能有這麼龐大的收藏。」

聽起來妳好像在替自己辯解。

「也許吧，但如果我在替自己辯解，也是出於痛苦的經驗。我不會告訴你我們是貧民，那樣太離譜了。我們辛苦工作，賺取合理薪資，但等到六十多歲後，我們想要、也能夠負擔比較高水準的生活，這是我們辛苦工作多年，以中產階級身分撫養一家人而賺來的，我不認為這是值得羞愧的事。」

妳認爲人們期待妳感到羞愧嗎？

「也許這樣說不大好，但是的，有一點這種感覺。一般而言，這很符合以色列的現象，這種對他人成就的狹隘心態，對人缺乏支持，而且不斷審查，他要去哪裡，他買了什麼，他送自己的小孩什麼東西？也許我過去不受這些影響，因為我比較不敏感，但我毫不懷疑在過去幾星期裡，人們用更高倍率的鏡片來看我。你知道嗎，幾天前我故意在街上遊走，而不是直接回家，我在等著人們穿過我，好讓他們看不見我走進我家的房子，這是源自一股羞恥感，我想我已經內化了，因為我住在很好的房子，而不是像大家所想像，為了顯示你沒有偷錢，你就應該住在棚子或其他該住的地方。然後我對自己說，埃莉榭瓦，振作起來，妳這樣太荒唐了，這些人又認不出妳，他們根本不認識妳，他們甚至沒有在看妳。你知道我在超市只買最便宜的品牌，以免有狗仔隊在跟蹤，或者有人在看我嗎？」

妳先生班——亞米也這麼覺得嗎？

「班—亞米是個很謙卑的人，這種曝光度對他而言很難適應。你得了解，這個人四十年來都買同樣的黑麥麵包，用同樣的方法切片，而且每五年左右才換一輛車，你絕不會看見他在精品麵包店裡買三十謝克爾的手切麵包。所以當人們把我們描繪成一對坐擁幾百萬，過著像被寵壞的夫婦的生活時，剛開始還很好玩，因為這一切實在太離譜，但後來就讓人生氣了。剛開始，我們用某種幽默感來武裝自己，舉例來說，每次我們其中一人要去抽屜拿一雙襪子，另外一個人就會說，不要！不在那個鑽石抽屜裡！不然就是說，你覺得怎樣，我們是不是該把錢藏在那裡？那裡看起來比放在烤箱裡安全。這就是我的因應之道，用幽默感來化解，那一直都是我的方法。但在某個程度後，一旦繼續拖延下去，日復一日，惡夢就變成真實生活。班—亞米告訴我，埃莉榭瓦，夠了，這已經不好玩了。我根本不必問他為什麼，是什麼突然改變了，因為就在他說這句話的那一刻，我知道他說對了，這一切真的不再好玩了。」

妳眞認爲這是一場惡夢，有一天妳會醒來，然後這一切就會消失？即使警方沒收了妳家裡的電腦，或者禁止妳與赫希中心的任何同僚聯絡？

「警方做了他們該做的事，這沒關係，這是他們的工作，要檢查所有資料，不能冒險，我對電腦被沒收從來就沒有任何問題，除了他們可能找到一些真的很丟臉的五行打油詩之外，不過那也不在乎了。我也理解禁止我和其他員工聯絡，順便一提，這項禁令不僅針對我，我一些同事也收到相同禁令，在經歷這麼複雜的調查過程時，這是必須的，事實上，當他們發現這項禁令根本不需要時，就馬上撤銷了。所以我是很訝異，確實很訝異，但主要是針對這次調查本身的一個想法。那就是這樣的事情，居然會發生在對我而言像是第二個家的地方，我知道這裡的一瓦一磚，或者該說我以為我知道。但這一切看起來是否更加不可能演變成一場調查？要坐牢？要去法院？就像在每一個階段，你安慰自己說，好吧，他們還沒有更正他們的錯誤，我還以為現在一切應該已經更正完成，但這不是一場災難。世界上還是有正義，一切很快就會更正完成，因為一切當然會被更正，沒有其他的可能，對嗎？然後你看見事情演變到一個局面，但一切還是沒有更正，於是慢慢地，你對司法制度，以及對自然正義，還有對世界一般正常狀態的信心，就開始遭到侵蝕。」

金融版有說法指出，在這起案件發生的初期，班—亞米和他的商業夥伴尤拉姆・培力德曾經發生爭執，而且已經到了要解除合夥關係的邊緣。

「我有時會為了報端刊出來的新聞如此不正確而感到遺憾，因為哪怕有一絲的真實性，我都會成為非常富有、非常開心的女人。『結果職業介紹所』是班—亞米和尤拉姆的畢生心血，不只是另一家企業而已，但一個人一生中會有些時候想去做其他事，班—亞米就是到了這個階段，這與赫希中心發生的事完全無關。班—亞米現在投入一項有關統計的迷人計畫，他需要時間來完成這件事，而他決定現在是離開合夥公司的時機。」

如同先前提過的，最近的發展，並不是班—亞米．佛格爾必須歷練的第一個危機。佛格爾家族是羅什平納創建者的後裔，他們近年來歷經不少痛苦與損失。大家滿懷祝福懷念的班—亞米的弟弟葉倫，在第一次黎巴嫩戰爭中遭到殺害，身後留下一個女兒和懷孕的妻子。幾年後，他妹妹的兒子亞隆，在與病魔對抗多年後，還是死於癌症。另外還有一起發生在許多年前的悲劇，他哥哥約伊爾的未婚妻娜歐米，就在婚禮前幾週，於車禍意外中喪生。約伊爾．佛格爾再也沒有結婚，目前在美國獨居。

埃莉榭瓦說：「這是個很特別的家族，非常堅強的人，也都是非常好的人，而且不在於好這個字面的意思，而在於最深刻、最本質的層面。他們失去了很多，但如果你見過他們，你會看見他們對生命的熱情以及對人類的基本信心，超過其他任何事物。這很能鼓舞人心，而且我必須說，也很有感染力。很顯然，這不能打消掉他們所忍受的可怕痛楚，但這也在某方面形塑了這個家族，這一點我非常清楚，而且也感受得到。」

能舉例嗎？

「這個問題有難度，我很難把任何單一事件獨立出來。我認為這與他們害怕失去，想要抓牢他們已經擁有的，甚至在失去之後都還努力抓住什麼有關，也與他們頑固又經常覺得需要戰鬥的想法有關，即使是針對根本不需要努力爭取的事物——這些事物已經存在而且是你們的——也一樣。」

在赫希中心事件發生之後，妳現在也會感到這種恐懼嗎？

「這其實不算是害怕失去我們所擁有的事物，因為我們真正擁有的，是無法被剝奪的，我說的不是家人、孩子和健康，我知道這有點陳腔濫調，但當某些陳腔濫調就是事實的時候，你又能怎麼辦，我說的是某種無法擊破的核心力量，是生命力，也是天分，我這麼說並不覺得可恥，這些是無法從我們身上剝奪掉的，根本就不可能。即使我們失去一切，即使我們最終要落入先前提到的棚屋裡，那種重新站起來並取回我們的世界的能力，是無法被剝奪的。」

妳有沒有想過最壞的情況？

「有的，有時候會。我不認為在我的處境下，有誰會不這麼想。」

那麼在最壞情況下，妳認爲會發生什麼事？

「我要到踰越節後才可能被判無罪，而且我一定要在以色列吃踰越節晚餐。」

第十八章

1

整整一個星期，在文章本來應該刊登的那個星期結束時，埃莉榭瓦．佛格爾的心情都很愉快。她告訴巴瑞克很多次，顯然也同樣告訴了艾騰和黛芙娜，彷彿她在試著膨脹自己的成功，或者要縮小她的公關顧問史尼爾．祖爾的成功，但她說整體而言，那次的訪談很順利，還補充說，是非常順利。就像有人從經驗中學到，最好別大聲說出這些感想，至少不要在時機未到時先說出來，卻又忍不住。

那一個星期，她和巴瑞克說了三次話，這是她過去幾週以來，任何一週和他說話次數的三倍。而且每次她和他說話時，時間都持續相當久，且聲音充滿活力，速度也很快。她也對巴瑞克很感興趣，就像在為自己的喜悅找個出口，也因為這樣，他準備好忍受平常他沒耐心的事。他短暫考慮過，想利用這些談話機會，告訴她關於伊法和歐佛．烏奇埃利之間的事，讓他可以卸下心中的負擔，把這件等著他在未來要處理的麻煩事，從待處理事項清單上刪除，把這件事努力地推到處理完畢那一邊，但他的母親是如此快樂，他沒勇氣去破壞這一切。有時他甚至懷疑她是不是太快樂了。他擔心訪談本身，這場最後終將刊登的訪問內容，可能不會像她想像的那麼成功、讓她那麼喜歡。但他試著低估這個憂慮，他能處理的事情有限，他也只能承擔一定程度的懷疑。

即使這次的訪談真的非常成功，又能造成什麼影響？她能說什麼，來讓她熬過目前面對的所有障礙？那些文件、簽名，以及公司紀錄上的偽造印鑑，這些事對巴瑞克而言都是無法克服的，憑一個血肉之軀單純的言論，當然不可能征服這些證據，無論這些言論在媒體上是多堅定地支持她。

他懷疑他母親這麼興高采烈，是因為錯誤的理由。她快樂只是因為有人拜倒在她腳下，朝著她集中過來，給她在起居室裡清出一個聚焦點請她說話，盡情發揮地大談自己，告訴大家她的意見。在好幾個月沒人聞問她對任何事情的意見，也沒受邀去任何地方後，外界已經將麥克風與攝影機從她身邊拿走，並轉往她沒受邀的其他地方，她的命運就是在那個時候被決定了。

但他不想扮演那個角色，那個傳令員和掃興者的角色，過去這幾週他已經扮演太多次這種角色了，包括對艾騰和他的電視節目，突然間，他感覺在自己的一生中，扮演這種角色的次數已經太頻繁了。

2

等到星期五，兩篇文章刊登出來了。巴瑞克花了些時間才弄清楚，他母親的臉在封面看著他。這是一張在不幸時刻的一個側寫，就在她走進公寓時拍的。巴瑞克根本不需要去讀這張被弄髒的醜陋照片的文章內容，也能了解這並不是一篇充滿同理心的訪談，他們把罪過推到她的頭上，他們欺騙了他的母親。

他很快地翻到正確的頁面，標題寫著佛格爾的公寓，一名赫希中心支薪的雇員，怎麼能在特拉維夫和耶路撒冷買得起四棟公寓？這是一篇揭密報導，但巴瑞克並沒有全篇讀完，他只是大致翻閱一下，掃了幾眼，找他要找的內容，找他們當初答應他以及答應他母親的內容。他以為一切都必須公平，彷彿有人欠了他什麼，但這篇文章就這麼結束，而另一篇又開始了。

巴瑞克闔上雜誌，再次盯著封面，彷彿想解讀些無法理解的東西，然後身邊一名婦人撿起了很重的袋子，裡頭裝著附近書報亭的雜貨，突然他母親龐大而有皺紋的真實面孔，就這麼從競爭雜誌封面上看著他，她坐在家裡的起居室，感覺厚重而坐得挺直，穿著深綠色洋裝，看起來有點嚴肅，手裡拿著上了漆的陶杯，在照片上用華麗的字體寫著「別評判我」，在她的下方，像地毯一樣放置著一行字，「公開逮捕、努力維持神智正常、被悲劇打擊的家庭，以及讓她失望的朋友。埃莉榭瓦首度獨家訪談」。

他甚至沒有翻開那份雜誌，也沒有翻到正確的頁面，他一直都相信母親所說的話，這場訪談進行得很順利，但現在大難已經臨頭，而它是來自完全不同的來源。他看了看報亭，站在這些雜誌前方，彷彿保護它們不讓來往客人與可能的雜誌買主看見，試圖一眼就能看見兩份雜誌，就像第一名回報員，先評估損傷程度，戰況如何，又是誰打敗了誰。過了一下子有人過來，把手伸進那一堆雜誌中，然後取出一份報紙——當然就是左邊的那一份——巴瑞克什麼也不能做，反正他本來也想不出來可以做什麼，他是應該買下那份被弄髒的報紙，還是該站在那裡閱讀，還是根本就不要讀，當作抗議或者表達不屑。老實說，這是他最想做的，他現在沒有讀它的意願，他就是不想，在巴瑞克真正的想法中，雖然已經太遲，但他從昨天起、甚至到幾小時前就很渴望的星期五，是陪他母親讀一篇親切又愜意的訪談，直到昨天，這聽起來還像個很糟糕的星期五，但現在這卻是他唯一想要的。

最後他走進街角的市場，將三家主要報紙全部買下，彷彿透過買下它們，他在表達某種漠不關心。他帶著三份報紙走過一條街，進了咖啡店，煞費力氣地把厚重的週末增刊，從數不清的報紙內容與超市特惠和汽車廣告中抽出來，並無意中深深地吸了一口氣，然後開始仔細但快速地閱讀增刊的封面。這樣他就可以走進去、把報紙放下，避開別人的視線，而不會意外在其他顧客群中展示這些報導。

標題是「夷平資金」，巴瑞克花了點時間才明白是什麼意思，一想清楚，他就想全速逃離這一頁。他迅速地讀著標題，「埃莉榭瓦．佛格爾是如何成為四棟精華地段不動產的主人，赫希中心的捐款人可能不會太高興聽到答案，歐佛．烏奇埃利的揭密報導，詳見十六頁」。又是他，歐佛．烏奇埃利，巴瑞克開始詳讀這份報紙，跳過廣告，稍微在給編輯的來函專欄那裡停留了一下，但當字眼開始在他眼前浮動，他就無法繼續讀下去，他突然必須回到封面，必須直接面對，必須拿頭去撞牆，類似這樣的感覺，他必須確認自己沒有錯過任何角度，任何痛苦的來源，就像如果他現在錯過了任何東西，就會發生不好的事。

他翻回封面，看著那棟公寓，在門口站著的就是他母親。無法辨識地址來認出這棟建築，但顯然是耶路撒冷的建築，你可以從漂亮的石頭辨認出來，巴瑞克認為，這張照片可能是在奇葉希穆爾或塔比葉拍的，儘管他所看見的那一小塊入口並沒給他什麼線索。他告誡自己，他在報紙上讀到關於他母親的事，顯然有點深印在他的腦海裡，以及他反射性地把母親和金錢以及奢華地區公寓連結在一起。但後來他原諒了自己，因為這反正不相關，這可是他的母親，這只是她經常出沒的地方，並不是像吉夫阿特澤埃夫或塔皮奧特這些更中產階級的區域，至少據他所知不是這樣。但不論他怎麼看，這個想法還是很擾人，而且讓人無所適從，他放棄了這個想法以及封面，直接翻進內文。

整整八頁醜陋的內容，太惹人反感以至於根本無法閱讀。裡頭有散落各地的建築照片，每一棟看起來都很類似，或至少差異不大，都是公寓建築，散布在圖表上，加上完全不吸引人的冗長評論引述，以及幾個人的照片，有他的母親與阿米坎．史登，還有律師拉米．崔柏，甚至死後也不得安寧的前外交部長哈南．藍道，這是文章裡用的說詞，後頭帶著問號，這一切的內容都不太吸引人，整篇文章都用黑框框住。

有那麼一會兒，巴瑞克幾乎感到一絲安慰，如果這篇文章對他，她的親生兒子，也是最有興趣的讀者而言，都如此反感，那還有誰會讀呢？還有誰會有耐心看下去？但他立即明白他錯了，有些人就是有耐心，永遠不缺乏有耐心的人。

他簡略翻閱那些公寓的照片：哈堤沃寧街六號，八百六十平方呎；衣索比亞街二號，一千零二十平方呎；倫敦伊東大道五十六號瑞士村NW三號公寓。當然了，還有倫敦，那棟該死的倫敦公寓。

然後他看見它了，藏在最後一頁的底部，也許是因為這張照片的尺寸很小，或者是這棟建築的狀況不會抓住任何人的注意力，茉莉巷八號，八百四十平方呎。這是他住過的公寓。

他專注於這張照片的內容，也許有什麼隱藏在這裡面。對其他人而言，這是又一棟公寓，八百四十平方呎，也是他母親買的，但這份報導只透露了無數的黑點，這是劣質印刷的證明，他將灼熱刺痛的眼睛移開，至少暫時避免看見這篇報導，去看看比較不那麼讓人心力交瘁的東西。

他望著街道一陣子，讓自己振作起來，立刻又回頭看這篇文章，尋找他一開始就該找的內容，提到這棟他住過的房子的內容。他近乎狂熱地搜尋著，在找了一下子之後——這篇報導很長——他的熱情轉為羞愧，因為他在搜尋這棟他住過九個月公寓的出租、家具，以及其他陌生的資訊。就像一頭母獅子，準備維護它，代表它作戰，但他卻任由自己的母親在那裡，被橫跨八頁、超過四千字、一個又一個的不實報導抹黑，而他甚至還沒有花心思去閱讀。

他終於找到這段文字：「在這之後不久，也就是二〇〇一年二月，佛格爾買下一棟位於特拉維夫拉瑪特以色列區茉莉巷八號的公寓，買價為十四萬五千元（在該區過去十年間的居住成本大幅增加後，類似的公寓價值約為四十五萬元）。

「與其他公寓不同，購買這棟公寓的支票，是直接由埃莉榭瓦與班—亞米．佛格爾的私人帳戶開立的。但是，正如四號頻道的調查顯示，就在交易完成之前的二〇〇〇年十二月，赫希中心核准了五筆和「戴爾以色列」這家行銷與會議規劃公司間的交易，這些交易都預定在二〇〇一至二〇〇二年間進行，分別是『燭光相傳』、『巴勒斯坦醫療線上計畫』B與C階段、『和平安詳計畫』、『赫希中心社區計畫』，以及『和平花園』等，總金額則是二十八萬一千元。警方已經證實這筆錢儘管數額不大，卻是調查人員目前正試圖追查的三百三十八萬謝克爾的一部分。

「警方正在調查耶路撒冷隱羅結街五號這棟公寓的租金情形，這棟公寓登記在赫希中心名下……」

巴瑞克從報紙裡抬起頭。他想找到一張熟悉的臉，想對誰揮手，就像快淹死的人那樣。他想對人說，就是你，聽聽這個，看一下我拿著的報紙，這就是我的房子，你覺得怎麼樣，我在做什麼。但他不認識任何人，而且總之他在這時候已經把剩餘的句子想完了，這是我的房子，這是我的母親，然後他便停止思考。

他的目光掃過坐在咖啡廳裡的人，他們的擔憂都顯露在臉上，他們大聲交談的片段句子則在空氣中迴盪：他要嘛就照這樣接受這個案子，不然就拉倒；我有乳糖不耐症；把這個記下來；同理心領導風格；我們等一下拿出來……他羨慕這些人的憂慮，這些憂慮當然是真實存在而且痛苦的，他還記得這點，但這些都是能帶在身上到處走動，可以大聲討論，不需要帶著羞愧感，屬於正常麻煩範圍的憂慮，它們不但證明了自己的存在，甚至還證實了其他不在場骯髒麻煩的存在。

他再度看著那棟他的房子的照片。這是什麼呢？是一棟偷來的公寓？竊盜取得的財產？他們會把他趕走嗎？如果他們這麼做了，他要去哪裡？他顯然不能住在他母親的任何一棟公寓裡，堤沃寧街那棟不行，伊東大道那棟也不行，他必須在這附近租一戶租金昂貴的公寓，好讓他與伊法和艾隆娜住得近一點。她們會讓他回到在索依菲爾街的公寓嗎？

而現在又扯到了班—亞米，這是怎麼回事，班—亞米為何在這裡出現，班—亞米．佛格爾，埃莉榭瓦與班—亞米．佛格爾的個人帳戶。其實仔細想想，這是有道理的，已婚夫婦擁有聯合財產，誰也沒有指控誰做了什麼，但是，他父親的名字還是在報導中出現，非常不正式，非常被動，但這個名字現在壓在巴瑞克的胸口上，衝進他的良心並搖晃著它。他們很親近，他們住在一起，他了解關於錢的事情，他不是傻子，巴瑞克怎麼能沒想過這點，他至少應該想過這件事，也許他的父親也涉案，或者只有他的父親涉案，這種像黑洞般數不清的新的可能性，讓他無法負荷，他必須有一個沒有污點的父母，他強迫自己冷靜下來，並決定花些時間理性思考整件事。他的父親啊，這可是他的父親，如果他真的涉案，他們現在早就撲上來了，報端早就曝光了。因此他對自己宣布，他已經考量了各種可能性，而這個想法是不對的，別再想了。

他在這些房子的照片間來回翻動，毫無目標，只是讓手和腦袋有些事情可做。有一瞬間他認為，也許還有其他他認得的公寓，但他卻從沒見過這些公寓，他甚至沒去過這些街道，至少記憶所及沒有。

他突然想起他外婆在貝哈克倫的公寓，還有法國丘的那棟公寓，他念大學時就住在那裡。他的父母還有其他公寓，至少還有兩棟，在這篇文章中並沒有提到。還是貝哈克倫的那棟公寓是他外祖母的？

他回頭看報導的標題和副標題，再度試著理解這篇文章中提到的公寓究竟有哪些。想到還有其他公寓在那裡等著發動突擊，在法國丘或貝哈克倫，以及天知道還有哪裡，就等著在哪個星期五被哪個新聞記者在巧妙的時機揭露出來，這種想法讓他頭皮發麻，他無法繼續承受了。但標題都在談「軌跡」，金錢流動的軌跡，金錢流向哪裡，現在在哪裡。他試著閱讀內文，可是內文沒有幫到他，只有越來越多的文件和簽字和房屋仲介，加上好幾百平方呎，巴瑞克滿心希望這篇文章沒有包括所有的公寓，只提到那些與案情相關的，希望作者對法國丘或貝哈克倫的公寓毫無興趣，但他必須承認，情況並不樂觀。他們似乎不太可能知道佛格爾家族所擁有的全部公寓，即使它們都是合法購入的，他們不會提起或刊登這些公寓的照片，哪怕只是因為擁有六棟公寓比擁有四棟來得糟糕得多。

他突然感到一陣焦躁不安。他從不知道父母到底擁有些什麼，也從來不曾真的在乎。他知道他們擁有一些家庭公寓，這就足以讓他感到生氣，至少每個月都會憤怒一次，當他把房租支票付給母親的律師時，在繳房租的兩個日期之間，當他想到或提起這件事時都會感到憤怒，畢竟降價的房租還是房租，一切都和生意的務實主義與家庭的溫情有關，彷彿這兩件事真的可以混為一談。

但現在，當他突然看見所有這些公寓，一面牆又一面牆，花園和前廊，有屋頂的花園和露台，還有棚架、花盆，以及耶路撒冷的石頭，所有這些都是他們的，他的父親和母親的，也許只是他母親的，他不知道這中間有多大的差別，但不管怎麼看，他們都擁有這些財產，這種讓人作嘔的富足。如果他們以合法手段擁有這些財產，那很讓人作嘔，如果他們是以非法手段擁有這些財產，同樣讓人感到作嘔，即使已經這麼富足，他們每個月還是要向他收取三千八百二十五謝克爾的房租，這還是打完折扣以後的租金。

他闔上這份報紙，彷彿想從這一切所描繪出來的畫面逃開，就像在恐怖電影放映到一半忍不住按下停止鍵來緩一口氣，但他忘了母親就在封面那裡等著他。現在她們躺在彼此身邊，他悲傷又帶著貴族氣息的母親，躺在封面右邊，而他一臉寒霜如不動產撒旦的那個母親，則出現在左邊。這些編輯看見競爭對手刊登的文章時，會有多生氣？這本該是他們發光的週末，發表了這麼有紀念價值的訪談，但現在他們卻丟臉丟到家，這篇無足輕重的文章已經被黑暗吞沒。他看著她坐在帶著油光印刷的封面，她的眼睛在要求大眾的同情。他把兩篇報導都翻過一遍，付了咖啡錢，然後離開。

3

他朝著家走回去，但無法讓自己真的邁開腳步，讓自己決定那就是他真正想去的地方。就連通往公寓的路看起來都有點難以控制，街道看起來就像地雷區，人們與愛說閒話的人，還有鄰居和媒體人都等著從四面八方跳到他身上。但站著不動不是個選項，他不想變成站著不動的箭靶。

他試著決定哪裡他更不想去：是待在這條空曠的街上，還是那棟被染上污點的房子裡，最後他還是回家了。回家這條路對他的雙腿已經非常熟悉，因此讓他得以忘記與這棟房子糾纏難解的奇怪又陌生的事情，他一如往常走進家中，先脫了鞋子，然後反射性地走向冰箱。但當他關上冰箱門時，發現先前的房客留下來的一枚磁鐵，那是一家壽司餐廳，而這枚不熟悉的磁鐵，強化了整間公寓的不熟悉感，巴瑞克從沒喜歡過這棟裝飾過的公寓，現在突然間，這棟公寓的流線型設計更加令人感到不受歡迎，更無法居住，它的一塵不染就像圓滑的犯罪手法一樣乾淨，閣樓地板給人的感覺，就像有問題的交易成交時一樣，都是乾淨的。

他走進起居室看著天花板，看著斜面堆砌而成的梁柱。他突然發現，母親要他住在這裡的提議並非偶然，他住在這棟房子這件事讓他成為一名共犯，一個他無法看見的、不知情的協助犯罪者。貓咪在小露台的台階上四肢伸展地躺著，動也不動，巴瑞克必須讓自己停止這麼想，要發動有意識的努力讓自己的神智回歸正常，好讓他不至於懷疑連這隻貓都不是偶然的安排。

他突然滿心後悔自己居然同意住在這裡。並不是因為這個，不是因為像現在這樣成為共犯，這太離譜了，這整件事都很離譜。他並沒有完全精神錯亂，很快他就會和母親說話，而她將解釋一切，這只是不動產，只是公寓，他所有朋友的父母都擁有相同的東西，擁有公寓並不算是真正的罪惡。但他的後悔有個簡單的理由，這是個坦率的後悔，因為當她提議把這間可愛的房子租給他的時候，他沒有聽從自己的心意，這房子其實真的很棒，他當時看得出來，但他並不想住在那裡，那房子並不適合他。

他回想起和母親的談話，並想著那些他該拒絕卻沒有拒絕的時刻，然後他想起了她的王牌：離伊法和艾隆娜不過幾呎之遙，走路兩分鐘可到，是如此接近又舒服，連價格都很合理，只要四千五百謝克爾，還可以打八五折。現在突然間，他自問為什麼他從不懷疑母親怎麼恰巧就有一間公寓，就在那個地點可以提供給他。為了讓這種事情能夠發生，她名下一定有很多棟公寓。然後他有點譴責自己，如果他知道她擁有這些公寓，就會堅持要她對他少收很多租金，甚至不收。但他原諒了自己，並想著怎麼會在自己這把年紀，還認為來自媽媽的類似安慰的安排，看起來都很合理與正常，因為媽媽本來就該永遠擁有一切，並且讓事情在對的時間放在對的地點，哪怕是一棟在他女兒旁邊的茉莉巷公寓，而她一直把它藏在袖底，就像藏著糖果一樣。

他撥了母親的電話——用家裡的座機撥了幾個號碼後就掛上改用手機，以保安全，雖然他也不知道要防範誰——卻沒人接聽。他接著打給父親，結果馬上轉進語音信箱。他想過要打給黛芙娜，但突然間又沒了情緒，感覺好像這些被揭露的房地產，把他母親更推向黛芙娜那裡，至於身無片瓦的他，則被留在場邊，變成家中比較遲鈍的小孩。

他最後還是打給她，因為他想不出來還能做什麼，更何況對他來說，在休息時讀報紙，顯然已經不可能了。巴瑞克發現自己有點好奇，覺得有點到了臨界點，但還不至於讓人不安的程度，他不知道自己是否以後都無法讀報了，不知道這個樂趣是否從他的生命裡遭到永久剝奪，只因為它所導致的恐懼，害怕會不會有什麼東西在下一頁跳出來咬你。

黛芙娜簡短地回應，你看見了嗎？巴瑞克說，妳在說什麼？黛芙娜說，你不懂嗎？巴瑞克答道，我還真的不懂。黛芙娜說，你知道這個女人擁有什麼嗎？巴瑞克覺得他在她的聲音裡聽到了一絲崇拜，甚至有點被制服的狂熱感覺，通常是黛芙娜和柏亞茲一起在房地產方面遭遇讓人佩服的事情時的感覺。他已經後悔打給她了，他察覺到自己不該打來的，即使他說不出原因。

他想了想自己可以說什麼與問什麼，這種狀況從沒發生在他和他姊姊身上，突然間，他認為這種與他母親之間的問題，也造成他和手足之間的一些衝突，也許是因為這個妄想日的情境影響了他。為什麼他的現況會讓他有這種感覺？他也不確定。是不是有什麼他們都知道卻沒有人想開口說的？

他說不上來是什麼確切時刻，但他卻有印象，最近有過類似的讓人煩惱的對話，那次對話也是正常進行著，但沒人知道究竟談了些什麼。而現在，他和黛芙娜，他們到底又在說什麼呢？你看見了嗎？你相信裡頭說的嗎？文章中說她擁有這些公寓，還說她做了像這樣的事，說我們是錯的，因為她是名罪犯，說她很有錢，還說她是被陷害的，她是無辜的？他們現在要如何從這個狀況脫身，誰要先說什麼，這件事一直纏繞著他和他姊姊，並產生一股無法言說的絕望感。至少她沒提到任何和歐佛．烏奇埃利有關的事情，她沒有再度斥責他，沒有問他什麼時候會說出口，巴瑞克希望她能稍微退讓一些，希望她也能了解，他們手邊都有更重要的事情要處理。

他說，妳說什麼，這些公寓嗎？黛芙娜說，真的很瘋狂，對吧？再一次，巴瑞克不知道哪裡瘋狂了，他很希望這場對話趕緊結束，但他還有最後的衝動想揭開這件事，想用暴力的手勢把繃帶撕開，以知道她究竟在說什麼、在想什麼，以及他們兩個人想的是不是同一件事，他是否知道自己在想什麼，以及也許她能說些什麼讓他知道哪些事是被允許說出來的。

他說，好吧，提供妳的專業意見，妳認為我們家把妳養大是為了什麼？她說，別管我的專業意見了，讓我來回答更複雜的問題，這個問題太簡單了。巴瑞克想了一下，認為這場談話簡直不會結束，他會一直陷在這個循環裡，但他還是單調地說著，很簡單，因為……他想說得聽起來好像他知道，彷彿他就要結束一個句子，但猶豫了一下。黛芙娜上當了，並接著說，我發誓，這些公寓是我這輩子見過最讓人印象深刻的組合，這根本是所有不動產仲介的春夢，在衣索比亞街擁有一千平方呎，你知道這代表什麼嗎？你看過那條街，對吧？巴瑞克回答說，看過。黛芙娜說，所以你知道，這太瘋狂了。巴瑞克很好奇他姊姊使用的字彙，何時降低到只剩兩個字了。瘋狂，瘋狂。然後她補充道，如果這真的是她的，那實在太瘋狂了。

他說，如果是她的，妳是什麼意思，難道有可能不是她的嗎？黛芙娜說，你說有可能不是她的嗎是什麼意思？我不懂。他說，我不知道啊，根據那些文件，根據每篇報導所說的，這些房產都在她名下，對嗎？我是說，這些都是她的，對嗎？黛芙娜說，我不知道，一定有什麼合理的解釋，對嗎？他說，妳是說她顯然動用了中心的錢，去買這些公寓這件事，有合理的解釋嗎？黛芙娜說，你到底有什麼問題，告訴我，你是在嗑藥嗎？巴瑞克說，這是從何說起？黛芙娜說，我不知道，你聽起來理解能力有點遲鈍。巴瑞克說，很不幸地，我沒有。黛芙娜說，是啊，這個早晨真是糟透了。

他說，告訴我，有沒有可能這些財產是屬於爸爸的？黛芙娜說，當然也有可能是爸爸的，原則上，他們畢竟是已婚夫妻，他們所有的財產都是共同持有的。巴瑞克說，所以啦。黛芙娜說，你想說什麼，我不懂。巴瑞克說，我也不知道，我是說，有沒有可能這些公寓是他自己買的？黛芙娜說，你說的買是什麼意思，你得分辨兩個觀念，一種是主動購屋，包括帶頭協商價格、支付金錢和簽署文件這一整套過程；另一種是這就是他的財產，因為爸爸當然擁有公寓，他和媽媽是一起買了這些公寓的，但他並沒有介入，你懂嗎？巴瑞克問，我們怎麼知道？黛芙娜說，你說我們怎麼知道是什麼意思？我們查看錢從哪裡來，還有是誰簽署了那些文件，我們為什麼會不知道？他可能甚至從沒見過這些公寓。你知道嗎？你可以自己去問媽媽，這又不是祕密，還有，買一棟公寓並不是犯罪。巴瑞克覺得現在她認為自己被冒犯了，不單單是因為她媽媽，也代表著整個不動產業。

他說，好吧，我會試著再給媽打個電話。黛芙娜說，她不接電話。巴瑞克說，她總是要接電話的。於是他掛斷，再試著撥一次母親的號碼，但好幾次都響了太久只好掛斷，在每一次都比上一次更讓他感到丟臉之後，他看見自己手機裡藏著一則簡訊，天曉得這則簡訊發到他手機裡多久了，這是蜜莉發來的，寫著「我讀了報導」，他罵了一聲該死，恨不得當場死掉。

第十九章

1

蜜莉・普拉斯科在特拉維夫市郊拉馬干的房子有點奇怪，有一瞬間巴瑞克以為自己不再那麼喜歡她了，就像某人知道有些事會出錯，最後終於發現了一樣。

那是一棟有四個房間的屋子，對一名嬌小的女子而言實在太大了。巨大的門廊是棕色的，看起來十分厚重，餐廳長桌則被整組有背墊的大型椅子圍繞著，彷彿主人要款待十二位賓客一般。後面有一個由黑色木頭做成的大型櫥櫃，架上一套又一套的文集與百科全書，似乎可以緩和想像中的混亂大餐，這些書都是大部頭書籍，彷彿書的主人拒絕接受用比較輕薄的現代形式來傳遞知識。廚房兩邊有兩張黑色皮質沙發，像是標示邊界的物品或路障，看起來對用餐沒有實質用處，特別是因為，它們擺在那裡就是為了遮蔽在櫥櫃玻璃窗後面發生的事，並阻止任何人靠近藏在那裡的東西。

但只要再走一步，就會看見右手邊的起居室，彷彿站在那裡面對著摔角擂臺上另一頭的對手。這個房間的陳設很簡單，就像學生的起居室，比古老的櫥櫃區看起來年輕了幾十年，甚至對房客而言，都看起來太年輕了一點，她畢竟已經四十歲了。房裡有一張矮桌，但太高了好幾吋，也太寬了一些、太素了一點，很容易誤認為是從東方進口的。另外有兩張絲毫不搭的沙發，以及最引人注意的、掛在牆上那幾幅大型的彩色畫作，其中一幅畫裡面有一個女人，在女人的頭上有一行字寫著：這是一開始應該採取的方式，但已經沒有希望了！還有另一幅畫，畫的是一名藍頭髮的男子和一名女子，兩人坐在車子裡一起旅行。

他向來對房子不太感興趣，他從不要求參觀別人的公寓，如果有人願意邀請，他只是出於禮貌地接受，但現在，他突然對這件事著迷。蜜莉・普拉斯科有可能買下這棟公寓嗎？她是房屋所有人嗎？如果不是，為什麼不是，彷彿如果最後發現她用自己的錢買下這棟房子，蜜莉・普拉斯科也會在某個微小程度上成為犯罪的共犯，或者反過來說，他的母親就會變得有點正常。

但在他有機會開口問之前，在她帶著他走過室內的那些房間，魯莽地打開房門時，她就說了，我在幫人看管房子，我不希望讓你誤以為這就是我的品味。巴瑞克問，妳要幫人看房子多久？蜜莉說，無限期看下去，屋主他們搬去美國了，他們在那裡有幾個孫子。就像已經習慣有人會在這時產生誤解，卻還是等了一下子，就像她在試著維持懸疑感一樣，她補充說，但只要他們任何一個人回來，我就得搬出去。

他問，所以妳不必付任何費用？蜜莉說，不必。他突然想到一個念頭，他母親會喜歡這個女孩，又或許她可能會對她沒耐心，她沒有工作道德。於是他說，不錯的交易。蜜莉說，還不錯，但他們回來這裡的次數太過頻繁，我得把東西都放回原樣。

2

隨著他周遭的事件逐漸升溫，波浪激得越來越高，威脅著要淹沒他的母親，而他與不是他自己之間的界限也變得越加清晰。在他每天的生活中，他把自己交託給更偉大的力量，交託給他母親所發生的一切，一種更巨大的力量；但私底下，在內心深處，他卻與這一切保持距離，讓自己深深沉浸在只屬於自己的世界，彷彿他已經預先獲准將他與父母連結的那一小塊塑膠切割，就像剪下新衣服上的標籤一樣。

他讀過一篇作者的訪談，作者說只有在父母亡故之後，你才能寫出真正想寫的那本書。這句話一直留在他的腦海中，現在這句話突然看起來很重要，雖然沒有打算這樣做，但他突然覺得自己得到解放了，他可以做任何一件他想到的事，可以寫任何書，但他的父母根本就還沒有過世。

舉例來說，就在此刻蜜莉突然就出現了，他和蜜莉的開始。他不知道會不會允許自己讓她走進人生，不能像這樣，一個四十歲不會微笑的單身女子，在拉馬干幫人照看房子，一名工作時有時無的律師，收入根本無法餬口。但蜜莉恰好證明了他的論點，這個論點在她抵達前就已變得越來越清晰，即使當時他什麼也沒做，就只是抱著這個想法獨自坐在家裡。

他還沒把蜜莉的事情告訴伊法，表面上是因為一切進展得太快，他希望一切看起來很莊重，但事實上是因為一種幾近於迷信的恐懼感，他怕這段感情一曝光，伊法會在心裡的某個地方放著一句話，甚至哪怕只是一個字，都會像一滴毒液一樣，毒殺了這段感情。他認為自己在疏遠她，疏遠伊法，希望把她留在過去，但他對自己卻不那麼有信心。因此就變成他害怕她的皮包裡放著一副套索，或者是一條強力彈簧，只要一個毫不費力的舉動，就可以把他們兩人綁在一起。也許正是她與歐佛．烏奇埃利之間，這個尚未解決又讓人厭惡的議題，讓巴瑞克找不到因應之道，他能想出的就是如何忽視它。這個議題橫展在她、他以及他母親之間，也介於過去與現在之間，就像蝸牛透明的涎液一樣，移動得很緩慢，但從不停止。

3

他們坐在起居室裡毫不搭配的兩張沙發上，蜜莉問道，現在要幹嘛？巴瑞克說，妳說呢？蜜莉說，我聽過這整件事情，居然是你媽，還真是有趣。巴瑞克說，是啦，可以用有趣來描述它。蜜莉說，也並不算有趣，是吧？巴瑞克說，確實不怎麼有趣。

她說，我有一百萬個問題，但聽起來都很沒禮貌。巴瑞克說，別問我好不好，或我媽好不好。蜜莉微笑著說，如果我不能問你媽好不好，我就沒問題好問了。巴瑞克說，我只是開玩笑的，隨妳問吧。

她問道，你想不想看沒有字幕的《唐人街》？巴瑞克說，並沒特別想看。然後她說，那就等一下，我來看看還有哪些電影，於是她走到搖搖欲墜的ＤＶＤ那裡，開始隨手翻看。當她這麼做時，她會轉動頭閱讀ＤＶＤ的標題，而不是翻轉那些ＤＶＤ來遷就她的眼睛。她在問接下來的問題時，便沒有看著他，不是她幹的，對吧？巴瑞克說，妳知道嗎，還是開始播放《唐人街》吧。

第二十章

1

等到週六早上他的父母還是沒接電話後，巴瑞克突然產生一種他自己知道並不合理的想法，然而這個想法一旦出現，便彷彿有了自己的生命，拒絕被抹滅：他的母親會不會企圖自殺。在他的想像中，這已經不只是恐懼，而是存在的事實，雖然發現得太遲，但這個版本很有最終版本的感覺，他根本無法表達出來，就連對自己都不太敢；他也深受這個想法所苦：他們可能已經在考慮該怎麼通知他們，而且電話可能隨時會響。

他傳了簡訊給父親，寫著我們都很擔心，讓我知道一切都好。他只看了螢幕一眼，卻加深了他的擔憂，他用護理人員的瘋狂態度尋找無線電話，現在就是幾分鐘的事情而已了。然後他打給黛芙娜，她帶著週六早晨的口氣接了電話，彷彿她除了如何帶孩子熬過週末，就沒有其他關心的事。他問道，妳有沒有和媽媽說上話？黛芙娜回道沒有，然後她的口氣變得有點愧疚，好像她忘了應該擔心媽媽。有那麼一刻鐘，巴瑞克很高興這也發生在其他手足身上，不是只有他，而且他也一改常態，直接把自己放進擔心的陣營中。

他說，這看起來難道不讓人擔心嗎？黛芙娜說，你認為是嗎？巴瑞克說，我也不知道，我腦海裡突然出現這樣的片段。黛芙娜說，那個片段是怎樣的，我是說，那個片段是演出她不接電話嗎？巴瑞克聽得出來她試著要說到重點：她不希望說出自己的想法。於是他說，我也不知道。他們為什麼不接電話啊，這些混帳。

她說，老實說，我認為他們就是沒有力氣說話了，她一定也交代爸爸不要接電話。巴瑞克聽到她語氣中的猶豫，那種猶豫是來自一個關切的孩子，而不是冷漠的孩子，但也希望能提出一個建議，讓大家盡可能遠離現在這種歇斯底里的混亂。

他說，我剛才發了簡訊給他，但是他沒有回覆。我該假設一切都還好，對嗎？我是說，這究竟代表什麼意思？好吧，如果我說我不想跟媽說話，查清楚她怎麼了，那我就是在騙人。她一定飽受驚嚇。但這還是有點讓人生氣，他們就不能拿起電話說幾個字嗎？就說一切很好，我們晚點再說。我們又不是要跟他們發牢騷，可是天啊，我們也很擔心，這整件事對我們也很煎熬。

她說，也許一切並不好，她一定聽到了他聲音裡的其他含意，因為她立即糾正他，我的意思是，媽媽可能很難接受，爸爸也是，也許他們現在最不想做的，就是重複三次一切都很好。更何況你明明就知道，我們就是會對他們發牢騷，哪怕只有一點點。

他用就事論事的口氣說，好吧。黛芙娜說，我讓你不高興了。他回道，沒有，完全沒有，只是這整件事讓我覺得有點不自在。但這不全然是事實，因為在過去這一小段時間裡，巴瑞克最想做的就是盡快結束這段談話，然後打給艾騰。

2

他還是打了電話，儘管他知道這次對話會引來譴責。他會問，你看了那篇報導了嗎？我早就說過了。也許艾騰不會說我早就說過了，這樣太直接也太粗俗了，相反地，他只會帶著自滿的正義感，說他必須說的話。

但巴瑞克寧願帶著勇氣和耐性忍受這些，至少試著這麼做，把這當成不同對談的報名費或者稅賦，這是他很想進行的會談，就算他不知道屆時會說什麼，或自己想問什麼。

結果是米卡兒接起艾騰的電話，巴瑞克有點措手不及，有點懊惱打了這通電話。他整個週末就在躲避這種場面，躲避不相干的人以及不必要的談話，米卡兒並沒提任何關於那篇報導的事，也許她被艾騰的壞脾氣折騰太多次了，她的語調很讓人舒服，就像一個人錯過了某人的哀悼期，而現在儘管多說已經無益，卻仍然維持輕聲細語，以表現出尊重與親和力。

他配合她的音調，彷彿也在為自己哀悼。米卡兒說，艾騰在開車，你要他在我們到家後回你電話嗎？我們大概還要十分鐘。巴瑞克說，那太好了，沒什麼急事。他問自己這是不是真的，但並沒有糾正自己。米卡兒說，很好，那就十分鐘。然後她出乎預料地問道，你想過來嗎？巴瑞克不知道她指的是誰，是只有他，還是他和艾隆娜，還是他和黛芙娜。他懷疑在那個時候，艾騰是不是看著他的太太，就像配偶會彼此對看，表達你在做什麼啊，誰有功夫管這種事的那種眼神。但突然之間沒有什麼事能更引起巴瑞克的注意了，是的，也許他確實想過去一趟，那就是他想做的，這能解決這個週末的問題。於是他說，如果你們方便，那當然好啊。米卡兒說，沒問題的，沒問題的。巴瑞克說，那我半小時後到。就在最後那一刻，在他們準備掛電話之前，他突然喊著，米卡兒！米卡兒！然後他問道，黛芙娜也可以一起過來嗎？

3

巴瑞克每回停車後，總是要把汽車的音響面板一起帶走，儘管懷疑雅法的治安是政治不正確的做法。在他把車停在地下室後，突然發現自己很久沒來艾騰與米卡兒的家了，也許從他們搬家舉辦派對後就不曾再來過。他在父母位於耶路撒冷的家裡經常看見他們，但即使他們兩家從特拉維夫到雅法的距離是所有家庭手足與親戚之間最近的，這短短的幾哩路似乎總是無法跨越，或者就只是毫不相干，這段路花了好一番功夫建造，卻毫無用處。

黛芙娜也是，她和米卡兒太親近了，因此並沒有經常去他們家拜訪，至少就他所知沒那麼頻繁。他有印象只要米卡兒去了那附近，她們就會約在黛芙娜家附近的咖啡廳見面。巴瑞克問過黛芙娜，米卡兒怎麼經常到附近，跑來梅瓦塞萊特找他們，黛芙娜的回答是阿布葛希那裡有一家米卡兒很喜歡的特殊家具和水龍頭商店。但一個人會需要多少個水龍頭？當巴瑞克對黛芙娜提起這點時，他看見她恍然大悟的表情，有些東西觸碰到她的心事了，從那之後，她便更認真看待她與米卡兒之間的友誼。巴瑞克可以從她把關於艾騰和米卡兒個人與夫妻的事都拿來告訴他這一點看出來，這些資訊的更新，現在看起來失去了一些玩笑性，而增添了一點怨恨。過一陣子，她變成

「我的朋友，我的好朋友」，這些是她以前在前往亞米納達的路上對巴瑞克親口說的話，用來取代她的道歉，雖然他懷疑米卡兒是被挑出來當作喚醒黛芙娜心靈良知的傳聲筒，並不是因為她超出預期擔任她閨密的身分，而是因為她近乎危險地接近艾騰，這理應迫使巴瑞克立即去找她的母親，最好趕在艾騰之前。

現在他想起了米卡兒，她是個正派的人，直到最後都沒有對艾騰說任何事，她真的是唯一一個信守承諾的人。米卡兒在唯一一次接到他的電話時，就立即邀請他過去作客，因為通常如果他需要打電話，就會打艾騰的手機，而她卻提出善意且沒有事先計畫的邀請，他突然把她想像成一個無趣又沒有客人的女主人，她的盼望遭到別人阻礙，而她別無選擇只能等著事情出錯，再度出現契機，好讓她得以再次發出邀請。

在電梯裡，他對黛芙娜說，我們已經很久沒來了，對嗎？黛芙娜回應道，是的。她的眼睛開始掃描周遭，巴瑞克則試圖透過她的眼睛，看看這棟她為弟弟守住的房子，這項投資已經證明非常成功，就像個長大的小孩，只是沒有人邀請她來拜訪這個小孩，雖然她就是他的教母。

4

在門口，大家都忙著逗涅沃，巴瑞克想著，真的，只要有小孩在場，一旦大人的對話開始談不下去，就可以彎腰逗弄他們一下，情況就不會太糟糕。

但艾騰看起來真的很高興見到他們，不像是被老婆強迫邀請他們的人。事實上，他看起來非常正常，就像一個做父親的人在週六下午的模樣。

他們三個人在起居室坐下，米卡兒則仍然站著，問他們要冷飲還是熱飲，巴瑞克覺得，她在試著克服她深深扎根又無法壓抑的快樂，儘管在目前的情況下，壓抑這種情緒可能比較恰當。他再度發現自己不情願地對他落座的這個房子非常欣賞，牆壁粉刷了半面，上半部是特別有意露出的磚塊，而不是有人用完了油漆，顯然這種設計是很有名或很受歡迎的，但它大致上讓巴瑞克想起哈林區那些以前是屠宰場、現在被藝術家拿來嗑古柯鹼的閣樓。倒不是說他曾經去過這些閣樓，事實上，他根本連紐約都沒去過。

巴瑞克想到建築物的門廳、醜陋的走廊，以及破舊的信箱，還有信箱上的名字，除了艾騰的以外，沒有一個是像艾騰．佛格爾這樣的阿胥肯納吉猶太人名字，他們都是……非常不一樣的姓氏。他有種感覺，這棟公寓是某個躲在門後行動的陰謀組織的前端掩護，它的門面安靜地等待重大時刻的到來，並耐心地壓抑著它的良好品味，以免破壞大局。

米卡兒進了廚房，涅沃緊緊跟在她後頭，總得有人開始話題。巴瑞克覺得大家都在評估這次聚會的兩種可能目的，一個罕見的手足之情聚會時刻，或者是陰鬱地討論他們母親究竟出了什麼事，或者大家可能只是隨波逐流，隨著各種可能的話題流動。

艾騰說，那你怎麼看，就在他說這句話的時候，巴瑞克瞥到了那個黑色星期五的兩份補充報導之一，他母親看起來高雅又沉思的照片，正從報紙頁面下露出來，就像房間角落裡有一頭白象的暗示一樣，於是他說，我猜你兩篇都讀過了？他用下巴指向報紙。艾騰說，你說得像是我有得選擇似的，然後補充道，順便問一下，我是怎麼跟你說關於爸爸那邊家人的事？巴瑞克不懂這個問題，但他知道這個語氣，我是怎麼跟你說的，換句話說，我早就告訴過你，他不知道自己究竟被告知過什麼，並且現在證明是正確的，顯然他根本就沒有讀過那篇訪談，但他不能這麼說，所以他只是說，對的。

黛芙娜問，你和媽媽談過了嗎？艾騰驚訝地說，沒有，彷彿嚇著他的是這個問題本身，而不是他還沒和媽媽說到話這件事。他問道，你們呢？巴瑞克說，還沒有，她沒有回我電話，爸爸也沒有，也沒回覆我的簡訊。艾騰說，好吧，顯然他們沒精力接電話，我很確定在那篇文章刊登後，他們電話都接到手軟了。黛芙娜說，我剛才就是這麼說的。她滿意的口氣激怒了巴瑞克，就像她從意見得到重視的兄弟那裡得到好評似的。

他半帶質問地說，她不會出事吧？艾騰說，什麼，你是說她可能自殺？巴瑞克驚慌了一下子，但也很高興，他來就是為了這個，他就是需要艾騰有這種反應，他需要有人開始說話，打開他那該死的嘴。於是他說，我知道這很蠢，但我腦袋裡出現了這種畫面。

黛芙娜說，為什麼這很蠢？這一點也不蠢，這種事又不是沒有發生過。艾騰說，這就是很蠢，這就是很蠢，這簡直荒謬地愚蠢。巴瑞克，好，我們都聽到了。黛芙娜說，我並不是認為像這樣的事真的會發生，老天保佑不要，但我不認為這有什麼愚蠢的，艾騰，我真的不認為，你不覺得在這種情況下，這是合理的關切嗎？艾騰說，少來了，媽媽會自殺？妳是說真的嗎？我還不知道有哪個女人像她這麼自戀的，而我周遭可是充斥著心理學家呢。黛芙娜說，也許她已經不再對自己那麼著迷了，你有沒有想過這個可能性？艾騰說，好吧，我剛剛考慮過這點，並且否絕了，一個人不會突然變得不自戀，最壞的情況就是他變得為自己瘋狂，但充滿了自以為是的憤慨，就像媽媽現在這樣。

黛芙娜說，好吧，在我看起來，你對人性根本一無所知，我希望你不會笨到去吹噓自己是個心理學家，因為這根本不相關，我希望你至少要明白這一點。艾騰說，我會是第一個告訴妳這不相關的人，別擔心，但妳怎麼會認為我對人性一無所知，少來了，我想聽聽妳的說法。黛芙娜說，因為人都會變，人老了當然就會變，而當這樣的事情發生在他們身上時，他們當然更會改變，這種事是會改變人的，艾騰，我不認為在這種狀況下，你還能預測人會怎麼反應。

艾騰說，如果妳真的相信自己說的，那妳現在就該站在妳父母的臥室外面，把耳朵頂在門上偷聽，而不是和我一起坐在雅法。黛芙娜說，首先，爸爸在陪她，其次，就像我一直說的，我不認為她會對自己做出什麼，我不認為情況有這麼讓人無法容忍。更何況，這是巴瑞克的想法，巴瑞克才應該在她臥室外頭放哨。艾騰說，沒那麼無法容忍？妳有沒有注意過她的表情？在過去這幾個月裡，她可能胖了二十磅，她簡直容光煥發得像個孕婦。

巴瑞克說，事實上，我現在想起來，她剛剛才做過年度健康檢查，這可不像自殺的人會做的事，對吧？艾騰說，你怎麼知道媽媽做過健檢？巴瑞克說，諾瑪在索洛卡撞見她。黛芙娜說，在索洛卡？艾騰則說，諾瑪？諾瑪是誰啊？巴瑞克說，就是諾瑪和班吉的那個諾瑪，是他們在德州的朋友，他們來這裡看剛出生的孫子，他們打電話給我，要媽媽和爸爸的新電話號碼，然後她告訴我在索洛卡遇見媽媽，她去那裡檢查身體。

黛芙娜說，可是她為什麼突然開始去索洛卡檢查身體了？她一路跑去畢爾席瓦幹嘛？她不是一直都去特拉哈斯荷馬醫院嗎？巴瑞克說，那不是那個叫做梅拉梅德的醫生工作的地方嗎？就是那個把公寓賣給她的人？艾騰說，這讓事情更詭異了，她老說他是個被高估的技術官僚，說他能成為副主席，是因為有什麼地方弄錯了，而現在她卻去找他做健康檢查？巴瑞克說，我不知道這件事，也許她並不是去看他，也許是去看其他醫生，也許她的索洛卡之友會的朋友在那裡工作，她喜歡去找他們做檢查，或者他們可以安排讓她插隊之類的。艾騰說，怎麼，她在特拉哈斯荷馬醫院沒有朋友？那個叫什麼的，庫奇克，就是腫瘤科主任，他就是她在那裡認識的好朋友。據我所知，她是國內唯一一個由腫瘤科主任負責每年大腸鏡檢查的婦女。

巴瑞克設法消化了這個訊息並說道，你確定在發生這一切之後，他還是她的朋友嗎？艾騰說，你說得對，他們都可能是在那篇側寫報導裡說她壞話的人，這些所謂的特拉哈斯荷馬醫院的朋友，媽媽就是因為那篇文章成了半個世界的敵人。黛芙娜說，她一定很絕望吧！艾騰說，或許這個姓梅拉梅德的人並不像她說的那麼壞，也許他是位很好的醫生，只是不得她的歡心，老實說，這對我而言完全有可能成立，更別提也許她只是對諾瑪撒謊。我是說，她需要告訴諾瑪她為何在那裡嗎？也許並不是為了年度健康檢查，也許她去那裡是為了完全不同的原因。巴瑞克再次陷入焦慮，但他已經沒時間在艾騰面前處理、試圖調節他的不理性了，於是他只是說，你在說什麼？你是說那是為了更嚴重的事嗎？艾騰說，我哪會知道，我是說也許根本就不是醫學問題，也許她和管理單位有事要談，我怎麼會知道。

黛芙娜說，無論如何，我不認為更敏感地思慮媽媽的情緒狀態是多牽強的事情。巴瑞克說，我不知道，我就是有了那一刻的想法，今天稍早，不知道為什麼，我腦海裡出現一個想法，就是媽媽死了而我就快要接到通知的電話，我也不認為她會做這種事，當然不會，但在同時我也想著，慢著，有誰曾想過自己的母親是會做這種事的人嗎？沒有人會這麼想，但確實有人的父母自殺了。

艾騰說，也沒有人認為自己的父母會偷錢，但就是有人的父母偷了錢。就在這時候米卡兒帶著一瓶酒回到起居室，把酒放在桌上問道，我錯過了什麼？巴瑞克說，我們在討論我們的母親會不會自殺，彷彿用這種艾騰若無其事的口吻，這一點點的艾騰風格就會鎖定在他身上，就能減輕恐懼，而這還真的奏效了，但就只有一點點。米卡兒說，阿拉保佑，我們都該好好的，所以你們的結論是什麼？黛芙娜說，基本上，巴瑞克腦袋裡的那個幻想片段說會的，我認為答案是不會，但你無法確定，然後大吃一驚吧，艾騰忙著嘲笑我們，這其實多少已經成為我們生活的故事，以及我們長大成人後的關係。

艾騰說，為什麼，妳為什麼要這樣說我？米卡兒說，我不知道，你了解你的母親，我也無法辨認你有多正經，但重點是，這並非完全不可能，人們確實會做出自殺的行為，尤其是當他們被指控犯下自己並沒有做的事。艾騰說，更別提當他們被指控犯下了自己做了的事。黛芙娜說，你在開玩笑吧。艾騰說，完全沒有。黛芙娜再問了一次，你現在在開玩笑嗎？艾騰說，我真的真的沒有開玩笑。黛芙娜說，你認為媽媽拿走了那些錢？艾騰說，妳難道不識字嗎？妳有沒有讀那篇報導？黛芙娜說，你不認為有什麼合乎邏輯的解釋嗎？

巴瑞克說，不不不不不。黛芙娜說，什麼？巴瑞克說，你們知道嗎，你們繼續討論，天哪，我已經反覆進行這段對話太多次了。

第二十一章

1

歷經另一個漫無止境、在雅法耶路撒冷大道開錯方向的單向繞道，而且當車子裡沒有了黛芙娜的聲音，音響就被開到適合特別漫長車程的音量，成為永恆牧民的一種有耐心而有療癒效果的陪伴。在這段回家的路上，他回想起這個早上，結果比他預期的還要愉快，畢竟在這些情況下仍然是讓人愉快的。這並不是兄弟之間的愉快，而是另外一種愉快的感覺，在他的體內延伸，從心中讓他感到溫暖，但還能一直保持警醒，而且隨著時間經過而和緩膨脹，但問題還是沒有被提出來。

他姊姊已經放棄了，現在他很確定這一點。如果她沒有利用這種全體手足聚在一間起居室、這種可以變成壓軸大戲的機會，把伊法的問題提出來的話，那她就永遠不會提了。顯然，她也已經往前看，去處理更急迫的議題，她已經邁過無法回頭的點，在那之後，過去變得毫不相干，再也無法對現在造成損害。

在那間精心設計、低調美麗，努力不讓賓客感到被頤指氣使——因為那樣太不優雅——而艾騰也做著相同的努力的房子裡，他們坐得越久，巴瑞克就越覺得有報復的快感，原因誰也說不上來。坐在那裡喝著鮮榨柳丁汁，帶著他平常的天真表情，仔細聽著艾騰說話，像個白癡一樣，正合艾騰的意。但艾騰卻是房中唯一一個不知道其他人都知道、就連他哥哥和姊姊甚至他老婆都知道的事情的人，至於那件事情是什麼，幾乎無關緊要，他現在已經比不上他們了，自己甚至還不知道，而這是最糟糕的不足之處。

巴瑞克感覺周遭陷入徹底的安靜，這股安靜來自他，來自他本身的力量，這個想法讓他有點不好意思，卻因此更享受這種感覺，這讓他感到有趣，沒有巴瑞克的許可，沒有人能對任何人說任何事，沒有人改變立場，就像他被一群依順的妻妾圍繞著，而她們只認識黛芙娜和米卡兒，他突然間覺得她們還不夠，巴瑞克想去找他錯過的那一個，但唯一不在場的女子只有他母親，而他的母親什麼都不知道。

他的母親。在他空曠的車子裡，他也很同情她。母親和艾騰，唯一不知道的兩個人，卻又以為他們什麼都知道。他們總是在一起。巴瑞克知道他不會告訴她，然後轉入拉比紐耶魯虔街。

第二十二章

1

他的母親終於在星期六下午三點五十分打電話給他了。巴瑞克不知道她先打給誰，是他還是其他姊弟，他姊姊忙著小孩和安息日的事。母親或許甚至先聯絡了他弟弟，而他根本就不想和她說話，誰知道呢，也許就是因為這樣，反而讓他得到最先講電話的機會。但他不能問，不能問她也不能問他們，媽媽給你打電話，是在三點四十五分，還是在四點五分啊？他必須接受自己可能永遠不會知道的事實，這種讓人意外又強烈的痛苦。

他想到了原本適合又恰當的情緒，是如何毫不費力地溶解成緊接著而來的情緒，又是如何幾乎不經意地刺穿他的意識，然後一有機會便消失無蹤，以及它們又是如何快速地為最小的盤算、為最好隱藏起來的輕微罪行找到空間。就在上一秒鐘，他還願意犧牲一切，只求母親還活著，但當他從電話彼端一如往常般聽見她的聲音時，就連一分鐘過渡時期的憐憫感覺都沒有，一刻鐘的緩刑時間都沒有，他立即就被拋到地下，立刻充滿懷疑與憤怒，她究竟先打給誰，而這種憤怒與懷疑的程度，不比它們所取代的擔憂來得少。

媽！他說，妳在哪裡？妳沒事嗎？他媽媽說，週末讓人有點疲倦，「疲倦」這個字眼從她口中說出，聽起來有些奇怪，因為她從未用過這個字眼，她一直都是疲憊的對抗者，但說真的，現在她聽起來就是那樣，疲倦而且筋疲力竭，顯然已經疲憊到無法維持她的狀態，那個屬於她的非官方認證，那個比別人都更少用「筋疲力竭」這個字眼的婦人。

他說，我從昨天早上開始就一直在找妳，我打給妳大概有三十次了，妳沒看見我的簡訊嗎？她說，你不是唯一一個從昨天起就想找到我的人，家裡簡直像瘋人院。巴瑞克說，是，但我是妳兒子，而沒有說，可是我是妳孩子裡唯一試著想找到妳的人。後來他補充道，我們都很擔心。埃莉榭瓦說，你們真是太好了。巴瑞克說，這不好玩。埃莉榭瓦說，我可沒有笑。

他想再折磨她久一點，逼她承認這個對話、這種情況，加上她身為母親的身分，有多麼不正常，但他害怕他進行這場會談的時間有限，在他可能提前被請回去之前，他開口說道，那篇文章還真是厲害，對吧？埃莉榭瓦說，巴瑞克，你根本不知道這是怎麼回事。巴瑞克說，我有個想法，媽，妳真認為我不知道是怎麼回事嗎？我能想像得到妳正經歷著什麼。埃莉榭瓦說，這真的是我能想到的最可悲的人為操作。巴瑞克說，表面上看起來確實如此，光是讀那篇報導就夠了。雖然到現在為止，他還是不知道自己在說什麼。她說，這些公寓是為什麼買的？又是為誰買的？一切都交回中心了，每一謝克爾都沒少，我連一分錢都沒拿，他們是很清楚的。巴瑞克不知道「他們」是誰，是媒體還是和平中心，但他沒問。而她繼續說著，如果沒有我，他們連一分錢都賺不到，他們會把錢放在保守的債券，或其他我不知道的、可能三年只能給他們百分之一點五收益的短期信託基金上。巴瑞克再次覺得，他的母親是站在平行地位和他對談，對他大吐他沒份參與演出也無從控制的獨白，就像她放了一張有自己聲音的唱片，然後就去洗碗了。他說，中心那裡？他企圖在句子最後強加一個問號，強迫她回應。但她仍繼續說著，讓我告訴你，我一直都知道最後會是這樣，任何試著自己付出代價，讓自己更上一層樓的人，最後都會後悔，記住這個人生課程，這些智慧小語，是從你母親口中傳給你的。這次聽起來，好像真是針對他說的話，這不是針對全國發表的談話，而是第二人稱的訊息。於是他問，妳說的是什麼意思？妳是說妳把公寓收的租金付給了他們還是怎樣？她問道，什麼？彷彿她沒預期會從另一端傳來這麼長又讓人分神的回應，因此根本沒有分神專注於這個問題的內容。於是巴瑞克再問了一次，妳把這些公寓的租金收入轉給了他們，是嗎？他覺得自己在偏離，偏離在這齣戲裡的角色，但已經無法回頭，而且他也不想回頭。而她答道，不，不是的。那種方式讓人無法得知，她指的究竟是他剛才提出的財務解釋，還是這次對話正在改變的方向。於是他問，妳在說什麼？我不懂。她說，事情不是這樣運作的。巴瑞克覺得她在期待他說，喔，好的，或其他類似這樣的話，但他什麼也沒說。場面變得沉默，短暫但不尋常，巴瑞克總是試著快速把沉默填補起來。然後她說，這些公寓註冊在我名下，但實際上它們屬於中心，這只是組織操縱金錢的手法之一，好賺到更多收入，這完全是可以接受的。巴瑞克問道，妳在說什麼？這些公寓實際上屬於中心，只是登記在妳的名下？他的母親說，完全沒錯，並且對他展現出的理解感到滿意，然後她補充，並不是所有的公寓，沒錯，有些公寓屬於你爸爸和我，但這與主題無關。我們買了這些公寓當作投資，她強調投資這個字眼，彷彿她的立場撤回了一點，就像她在先發制人地回應一則可能的指控。她繼續說道，我們買這些公寓用的是中心的錢，只是把它們放在我們名下，而不是放在中心的名下，就是這樣。巴瑞克問，我不明白這樣做有什麼差別，但別管這個了。他的母親說，當你手中玩的是大筆金錢時，這就很重要了。

巴瑞克問，這樣是合法的嗎？他的母親說，你認為呢？他說，我不知道啊，我假設這是合法的，否則妳就不會告訴我。他的母親說，既然這樣，那好吧。沒有人不是這麼做，你甚至可以去問你姊姊，這只是個愚蠢的會計做帳策略，就像公司買了一輛車，但將它註冊在一名員工的名下而不是公司名下，以逃避支付折舊。但現在突然間，赫希中心卻說，我們不知情，我們沒聽說過，看起來比我不知道還更盡責，當有人替你處理這種事情，讓你保持完全乾淨，可真是不錯。我說完全乾淨的時候，可是打上引號的，我這輩子從沒見過這麼骯髒的地方，這麼腐敗的人。

他說，那我們該做什麼？她回答道，我們採取行動。

他說，好吧。她說的「我們採取行動」並不是你能回應或加以詢問的。她停了下來，也許是在思考，過了一會兒說，你也讀了第二篇文章嗎？她的聲音突然變得不同，充滿期待，就像個小女孩的聲音，彷彿她需要他，而不是想要立刻趕走她的兒子。他說，我讀了，然後補充道，寫得很好的文章。她說，是嗎？他說，絕對是的。她說，告訴我你怎麼想，我是從受訪者的角度去看它，我想知道從讀者的角度看它的感覺如何？他說，我不知道，可以看出作者完全被妳迷住了，就算她當初處理時，只是把這當成另一篇訪談，等到她完成時，她一定也有不一樣的感覺。當他說這些話的時候，他覺得有點巧妙，這是多麼聰明的手法啊，這是脫離現況多好的方式啊！雖然它也有些卑鄙，但他並沒感到任何內疚的陣痛。

2

後來他終於讀了那篇訪談，「當埃莉榭瓦年紀還小，也許只有六或七歲的時候，諾貝爾獎得主山謬．約瑟夫．阿格農來拜訪她的父母，他們是舊耶路撒冷的文化菁英之選……」巴瑞克跳到下一部分，因為這並不重要，這不是艾騰所說的部分。

「……在訪談過程中，她只有兩次落淚，當她談到已經成年的小孩，以及她的外孫子女時，以及當她談到在她先生身上發生的悲劇時……」我是怎麼跟你說關於爸爸家庭的事件的，這就是艾騰所說的。所以她提起了爸爸的家庭，她利用了爸爸的故事。這有什麼大不了的。

「當佛格爾提到『微妙時機』的時候，她知道自己在說什麼。去年十月，佛格爾遭到逮捕……」這不是他要找的，於是他繼續讀下去，「這是很糟的感覺，我無法形容……」、「我認為變老跟年老，都是一種榮譽與美麗……」、「……這個最近的發展，並不是班—亞米．佛格爾必須歷練的第一個危機……」就是這個了，「這個最近的發展，並不是班—亞米．佛格爾必須歷練的第一個危機。佛格爾家族是羅什平納創建者的後裔，他們近年來歷經不少痛苦與損失……」巴瑞克從一個動詞跳到下一個，他被殺了，他死了，她被殺了。「埃莉榭瓦說，『這是個很特別的家族，非常堅強的人，也都是非常好的人，而且不在於好這個字的字面意義，而在於最深刻、最本質的層面。他們失去了很多，但如果你見過他們……』」

他闔起了報紙。

第五部

「最後，很重要的是，我要感謝我的孩子們，黛芙娜、巴瑞克和艾騰，謝謝你們成為這樣的人，以及成就我成為這樣的女人。」——摘錄自埃莉榭瓦・佛格爾的博士論文〈在寂靜的深夜寫給耶路撒冷：一八九六至一九〇四年間，大衛・沃伏森根據與西奧多・赫茨爾的關係，在錫安主義者路線上的轉變〉

第二十三章

1

接下來平靜了一段時日。彷彿他們剛走出一間電影院，受到電影最終的高潮場景衝擊而感到心滿意足，現在沒什麼其他事好做，只有回家稍事休息，放鬆一下回到真實人生。大致上來說，是單純而不刺激的真實人生。

巴瑞克有點訝異，就像任何人會因沒發生的事情或讓人失望的事件感到訝異一樣。在那篇關於那些公寓的文章刊登後，他就在等候災難式的連鎖反應，一連串可怕的劇情轉折，最後以某件發生在他母親身上的事情告終；但相反地，這股恐懼陷入了一種奇怪的常規，一連串恐懼的常規，就像任何常規一樣單調。

有那麼一刻，看起來就像事情要變得有趣了，警方調查人員開始打探黛芙娜的不動產經紀公司，還威脅要抓走巴瑞克的姊姊。但事情很快就變得很清楚，他們去那裡探查，只因為她是一名不動產仲介，是沒有結果的亂槍打鳥。他姊姊看起來有些失望，彷彿有人終於記起她了，承認她在這個領域中的地位，後來卻發現她不是號人物，只是一條小魚。有時巴瑞克認為，黛芙娜想證明他們都錯了，想展現她母親沒拿任何錢，好讓她別在這個該完全屬於她的領域搶走自己的光采，而她也不會讓她在其他領域相形見絀。

埃莉榭瓦的住所在新聞中的地位，被一起新的醜聞——有一群駕訓班的老師仲介女孩賣淫——粗魯地盜用了。至於在媒體板塊之外的生活，則沒有新鮮事發生。巴瑞克猜只要沒有新的新聞事件與後續發展，所有的活動就會回到乏味、滿是細節、由律師負責的世界裡。畢竟，事情難道還不夠糟糕嗎？偶爾，那個世界會有一些支離破碎的片段落到他們的午餐桌上——我們星期一要跟崔柏見面，我可以在事後去接艾隆娜，我們大概五點到五點半之間可以結束——這些事情會過去，而不在桌上留下任何難堪。

隨著事件縮小到只是偶爾的不便、一個必須出席的行程之後，他們的母親也同樣恢復原先較誇大、從前那個正常的自我。她的脾氣暴躁了點，尤其是關於細節或風吹草動的小事，彷彿她在說著，我已經有所有需要的細節了。她也變胖了一些，他姊姊也注意到這點；她也對班—亞米變得更寬容，而且只對班—亞米如此，就像他們的那些自由的早晨終於產生了作用，正合了他一直以來的夢想，只不過這不是發生在墨西哥，而就在艾哈利茲街上。但她還是他們的母親，在相當長的時間裡，這個身分一直威脅著成為其他的身分。

就連他的外婆，在把自己女兒趕出丹妮葉拉．培力德的後院，並為了可能沒有發生的事而拒絕原諒她，也在兩次缺席後，繼續回到女兒家中與家人照常用餐。巴瑞克懷疑，她是不是希望能在發現自己是對或錯之前便死去，所以不再理會自己的原則，反正她這把年紀了，堅持著這些原則也毫無意義。但事實是，他難以想像事情還會有任何變化，不管是增加、減少，還是解決。

2

最後，艾騰的節目還是依約也按照計畫在每週三的晚上九點播出，沒有任何差錯。

巴瑞克為了他在亞夫內學院開的課程工作得相對辛苦，那裡最後證明是個友善的地方，而且從學術角度看，甚至意外的嚴謹。最近這幾週，他至少有四天待在那裡，從早晨直到下午，參加各種會議以及做準備。但他仍然有足夠時間關注和他弟弟以及他的電視節目相關的任何事情，也許關注得過度仔細了點，還帶著太多妒忌的折磨。在一開始，隨著每週過去，艾騰什麼也沒說，他們幾乎不太見面，這點倒也滿有幫助，他認為也許他是對的，這個節目已經撤掉消失，艾騰已經知道他流星般興起的真實原因，就是因為他的母親。但有一天晚上，當他在看電視時，就在快要進廣告的當下，他看到一個節目預告，有兩個小女生，可能只有六、七歲，單獨坐在教室裡，背景音樂有點哀傷，其中一個人說，我也想像胤芭那麼瘦，第二個女生回應道，大家都想像胤芭那麼瘦，然後鏡頭推進，拍著她們面前桌上一顆沒有人吃的蘋果，彷彿這有著極大的意義。旁白說著：就在四個月前，她們失去了她們的朋友，十一歲大的胤芭，她意外將自己活活餓死，這件事震驚全國。螢幕上出現胤芭的照片，看起來就和其他小女孩一樣，打扮成一頭獅子。艾騰、歐拉尼特、掃羅和勇，能治療胤芭的朋友與老師嗎？他們能把喜樂帶回阿塔市拉賓小學嗎？接著突然間艾騰的照片出現了，他的手臂環在胸前，身體扭轉一些好讓他的上半身填滿整個螢幕，造成讓人敬畏的效果，在他旁邊的人應該就是歐拉尼特、掃羅跟勇。接著，一封封小孩子手寫字體的信件出現，然後出現字樣：「七天裡」，一個討論兒童厭食症的特別節目，本季首映即將到來。兒童厭食症，那是什麼鬼東西？如果這個名詞是艾騰自己創造出來的，巴瑞克也不會覺得驚訝，他還可能針對這種病症寫了一篇文章，因此得到教授職位。

巴瑞克接著又迎來報紙在星期五刊登的訪談——最近幾星期以來，家人已經破壞了他太多個星期五。巴瑞克想著為什麼不能反過來，讓他母親有一個待播的電視節目，而他弟弟則侵吞了三百萬。巴瑞克讀著當他們對艾騰提出這個節目案子時，艾騰是如何猶豫不決，「突如其來」，他一直比較強烈傾向研究，對這種「立即幫助」的節目，老實說，包括整個實境秀的概念，都感到不以為然。但當他與製作人阿里克．黑博見面時，原本的抗拒態度便軟化了，他們聊了四小時，談傅柯、韋勒貝克，以及天知道還聊了哪些。艾騰發現坐在自己對面的，是了解心理治療的人，在他自己的人生中歷經各種心理療程，了解娛樂與嚴肅程序的不同，也準備從事這場旅程與挑戰，製作一個治療社群的電視節目，從碰觸靈魂最脆弱、最牢牢守護的地方著手，而不從收視率著手，至少不只是從收視率著手，因為收視率當然也重要，不必故作天真，沒有人會只是為了想做節目而做節目。

他讀著關於他母親的問題——主要有兩個——你不害怕在這麼敏感的時刻，成為大眾的焦點嗎，全國的注意力都集中在你母親身上，而且不見得是正面評價的時候？「七天裡」的佛格爾醫師，關於「赫希門事件」又有什麼想發表的言論？這些算不上他聽過最精明的問題，也算不上最聳動或最困難的，巴瑞克再次自問，他們之中誰才是與眾不同的那個，是他自己嗎？在對電視帶著一絲憤怒的態度中，這個節目剛好成為一個證明：是他的弟弟正要開播一檔與他母親無關的黃金檔電視節目，原因就是他可能精於此道；還是真正與眾不同的是他弟弟，他做什麼都能成功，而且總是付出最少的代價，即使一切都對他不利，即使電視都在與他作對。

然後他讀了那些回答。害怕曝光的心態始終是存在的，至少我是這樣的，我從未主動尋求或要求曝光。還有，由於我母親的因素，那份恐懼也是存在的，如果我說我不害怕，那就是在說謊。就算不是被詳細調查的家族成員，在黃金檔節目中把自己放在火線上，都已經夠困難了。但我母親是我母親，而我是我，我相信大家能夠分辨差異。至於身為佛格爾醫師有什麼想說的？哇，這真是個好問題，我不敢相信我居然沒有準備好這題，算你得一分。所以你知道嗎，我就這麼說吧，佛格爾醫師會說如果你同意，我要使用醫師病患保密規範，拒絕回答這一題。

沒準備好這一題？屁啦。

3

這篇文章顯然讓李伯森—佛格爾家族活躍了起來，就在當天下午，米卡兒打了電話給他，在表明自己不是為了丈夫現在廣為人知的聰明才智，以及那張讓人讚嘆的照片而來尋求讚美之後，她通知巴瑞克他們想邀請大家去他們家，觀看第一集節目播出，當然，前提是他有空，如果他沒規劃其他事情的話。巴瑞克很沒說服力地重複了規劃這個字眼，彷彿那是個聰明的雙關語。她說，八點左右來吧，也許更早一點，我們可以看看預告，吃些點心，就當成開派對吧。

巴瑞克說，我該帶些什麼？米卡兒說，你人來就好。

4

七點四十分，他直接從亞夫內開車到雅法。他當天早上九點就得去辦公室，蜜莉則要去她父親的辦公室幫忙，她建議他們前一天晚上就去她父母家過夜，反正她父母都在國外。當他看見那棟房子時，就更明白她為何要這樣建議，這是一棟不知基於什麼原因，在亞夫內很難想像的豪宅，就連開過通往這棟豪宅的街道之後，還是難以想像。它有占地極廣的花園和四間臥室，巴瑞克不禁自問，他是何時開始希望別人的父母也是靠非法手段賺錢的。蜜莉經過漫長一天的工作後感到疲累，因此決定先回家等他。無論如何，巴瑞克都寧願獨自參加這類家族活動，至少暫時如此。

他在停車場等到黛芙娜和柏亞茲到場，但諾安姆並沒出現，他要晚一點才自行前來。在等待時，他有意識地以機械化動作查看了所有傳進來的簡訊，以及所有漏接的電話，並再度卡在「伊法」和「伊法家」（原先是「我家」）這裡，這兩個號碼至少在過去兩天裡一直排在名單的最上方，唯一改變的是她名字旁邊的數字，證明了她試圖找到他的嘗試次數。她想找到他，但他沒有回電。他知道發生和艾隆娜有關的事情時，她就會發簡訊給他，例如：來接艾隆娜。看起來像是他有意切斷他們之間那根微細的義務接觸繩索。這條繩索本該顯示不只是為了女兒而存在的友誼，卻從沒為他帶來任何實質的滿足。反正他們明天就要見面，巴瑞克總能說自己忙著留意他弟弟的節目，儘管他很確定這個藉口不管用。

當他看見黛芙娜把車開進停車場，他便下車，企圖表現得像是他也剛剛才抵達。黛芙娜說，你聽說爸爸要去巴爾的摩了嗎？巴瑞克感到意外地問，幹嘛，去找約伊爾伯父嗎？黛芙娜說，約伊爾在一次露營之類的活動裡摔斷了腿，我不清楚事發經過，爸爸要去陪他。柏亞茲補充說，就是今晚。巴瑞克問道，他今晚摔斷了腿？柏亞茲說，他今晚出發，凌晨兩點，爸爸今晚就出發了。巴瑞克再次被他對「爸爸」這個名詞的忠誠而感動，儘管班—亞米和埃莉榭瓦只要一有機會總是會剝除他的這份熱情。

他問，你什麼時候知道的？他試著聽來若無其事，好沖淡一種羞辱的感覺，為什麼從沒人打電話告訴他這種事？難道他沒有自己的不動產仲介公司，就意味著他幫不上忙嗎？黛芙娜說，就是剛剛，他們剛才打電話給我，她口氣中的慌亂，證實了班—亞米也沒能隱藏自己的慌亂。她帶著內疚補充道，我認為他們也指望你能載媽媽回家，爸爸會直接從這裡去機場，因為我們車子後座還有一堆人。巴瑞克說，妳說什麼？黛芙娜說，他們就是……然後隨著他們走向大廳，便放棄解釋藉口。

埃莉榭瓦、班—亞米、諾安姆和另一名不熟悉的女孩，已經坐在那間半粉刷、半水泥混凝土的起居室裡，看著一部很大、很沒有品味的平面電視。巴瑞克忍不住有點愉快又惡作劇地開口問道，別跟我說你是特別為了今晚買了這個。艾騰說，這是米卡兒的父親為我們買的，好讓我們看他用蘋果手機拍涅沃的影片。艾騰對自己老丈人的所有感覺，都在這句話裡顯露無遺，巴瑞克懷疑米卡兒是否也能聽出來，還是這句話產生的共鳴只有佛格爾家的人才聽得見，所以米卡兒逃過一劫，不只不必聽懂這句話，而是許多事件她都不必懂，她和艾騰因此才能和平相處。

艾騰說，米卡兒不在房裡，她正忙著哄涅沃睡覺。巴瑞克發現，她已經把起居室準備妥善，而大大鬆了一口氣。起居室的碟子裡裝滿各種食物、甜點與開胃小菜，就像巴瑞克喜歡的方式，非常均衡，酒水充足，汽水果汁，加上酒精飲料，以及烈酒，一應俱全。這表示沒有人帶小孩來，就是那種大人的夜晚，今晚可能會滿有趣的。米卡兒有她特殊的一面，既不是母親，也不是剛起步的醫療設備供應商，更不是木製兒童玩具設計師，真可惜艾騰的強勢迫使她的這一面變得模糊。然後，因為看到米卡兒承諾準備的蛋糕，以及剛才批評電視機的罪惡感，巴瑞克態度軟化，他對艾騰說，老弟，你現在是不是站在興奮的最高點？艾騰答道，其實沒有，也許晚點當時間接近了，我才會覺得興奮吧。巴瑞克說，我想這就是最興奮的狀態了。艾騰說，現在幾點了？巴瑞克回答，七點五十五分。艾騰說，是嗎？巴瑞克說，興奮起來吧，這是你應得的。在他視野的左邊突然出現一名金髮女子的上半身，他假設是跟著諾安姆一起來的。她朝他靠近並伸出手來，就像那些有教養的女孩，並且對他說，很高興認識你，我是塔赫兒。巴瑞克回答道，我是巴瑞克。塔赫兒說，今晚真熱鬧。巴瑞克說，可不是嗎。

米卡兒在走廊彼端出現，她的舉止顯示，要大家沉默，要大家安靜下來，但嘰嘰喳喳、聲音不斷的起居室，似乎也讓她感到愉快，因此她也就允許大家再嘈雜片刻。背景裡的電視正播送新聞，有人將音量提高。黛芙娜說，安靜一下，讓我看這則新聞，一分鐘後她說，這是關於希伯來大學的，媽，妳不感興趣嗎？慢慢地，大家都安靜下來看著電視。「……據稱已進行數年，我們來聽歐娜．謝密的後續報導。」於是歐娜．謝密開始報導：「斯科普斯山校區的大廳裡，通常是充滿對研究的渴望，以及對知識的憧憬，」——埃莉榭瓦發出一個聲音，聽來像是吐痰，一種無法克制的清理喉嚨動作，看起來是想表達輕蔑。諾安姆說，哇，埃莉榭瓦，我還不知道妳會做這種事。柏亞茲說，諾安姆，閉嘴——歐娜．謝密接著報導：「……大學校長子維．艾維嘉博士今早起床，面對的是嶄新情勢。整件事情就在他眼前發生，或者警方是這麼懷疑的：該機構高層中有一個複雜組織，其中許多成員都是管理單位的人，他們在收賄後，接受營運計畫與其他機構的標案。警方還在偵辦有沒有其他高階學術人員涉案，以及這個組織是否與其他學術機構有勾結。葛芬、班鐸、珀齊克以及蓋布瑞爾均已遭到羈押，將繼續在押六日。目前有一件事情是確定的：這絕對不是該校追求的卓越學術成就。大學已經發布下列聲明：今早，在希伯來大學社群中，從校長到每一位同學，在聽見外界對幾名員工的指控時，都和全國一樣深感震驚。追求卓越與研究道德是學術的根本血脈，對金錢的欲望與財務上的不當行為則是其死敵。本校將竭盡所能，協助警方讓應該負責的團體付出正義的代價，並確保本校身為以色列、也是全球一流大學的地位。在其他新聞部分，哥倫比亞持續……」

黛芙娜把電視調成靜音。埃莉榭瓦說，像這樣的腐敗機構，真是讓人驚訝啊。然後從她在電視機前的安樂椅轉過來，伸手拿大瓶的健怡可樂，這才注意到所有的臉都直接望著她，大家都沒說話。首先是柏亞茲和黛芙娜，他們坐在離桌子和可樂旁邊的沙發上，然後慢慢地，諾安姆、米卡兒、艾騰，甚至塔赫兒都看著她不說話。埃莉榭瓦說，怎麼了？諾安姆突然發出像被哽到但不辯解的傻笑聲。然後埃莉榭瓦問道，你們是怎麼啦，大家沒事吧？黛芙娜說，只不過……，然後朝電視做了個手勢，彷彿在說，妳知道的。埃莉榭瓦盯著電視，彷彿她不明白，諾安姆持續發出被噎住的聲音。柏亞茲說，諾安姆，我要把你的頭打破，但他的嘴角也扭曲了。埃莉榭瓦轉而凝視艾騰，彷彿她放棄從這兩個小丑那裡得到任何合理或有意義的說明，並感謝上帝他們不是她的血親。艾騰看了她一眼，表情在說妳能做什麼？黛芙娜吃驚地說，什麼，那個嗎？她用大拇指指向電視，艾騰套上他劇院等級的面部表情，並且說著，這很自然啊，然後他開始發出小小的笑聲。然後巴瑞克看見他母親評估局面，逐一看著她的家人，彷彿他們都被感染了：米卡兒帶著輕輕的笑聲，黛芙娜笑得像馬鳴，柏亞茲則笑得好像肺都要吐出來了，就像在安寧療護單位的末期病患。她掙扎著該不該對此事大驚小怪，然後她說，少來了，真的。她的語氣中並不特別理會這件事，但她憤怒的雙唇，還是不由自主地顫抖著，她移開視線，好讓別人看不見她的情緒。然後她起身說道，你們都看太多電影了，我本來要說你們都看太多小說，但後來我想起來是在對誰說話。如果你們不介意，我現在要去小便，去跟警方說，也許半路上我會完成一筆毒品交易。房裡的人都笑了，除了塔赫兒之外，她還不清楚哪一種情形讓她更不舒服，是笑還是不笑。

5

他在她洗手時硬是從她背後擠進去，他試著把自己擠進無人使用的盥洗室，盡量不去延伸那個關於毒品的笑話，雖然他已經想到一些不錯的新笑點，但當他說媽借過時，埃莉榭瓦說，你老婆昨天和我說過話了。

他說，誰，伊法嗎？埃莉榭瓦說，很抱歉，是你前妻，你怎麼會弄混。

他說，真的嗎？埃莉榭瓦說，如假包換，她對我說了一切。

事後回想，他認為這可能是他一生中最可悲的時刻，站在廁所裡像個傻子，聽著他媽媽像針刺氣球一樣說著話，膀胱還脹得要命。那種刺氣球的方式很隨意，大概每次三或五個字，就這麼多，但突然間一切就這麼宣洩而出，排著隊伍一件接著一件，順著氣球的出口等著逃出來，勝利、報復、王牌、祕密、妻妾祕密與權力，他放進自己腦袋裡的諸多無聊事物，都一口氣透過這個出氣口離開了氣球，而氣球現在就軟趴趴地躺在地上，就像巴瑞克自己一樣，又瘦又長，駝著背朝向自己。他唯一剩下的，只有膀胱裡裝滿的健怡汽水，而那些水還留在體內。

他問道，怎麼，她跟妳說了關於歐佛的事了嗎？但他覺得很明顯，她一定跟她說了，伊法一定告訴她了，她就直接打給她，然後說埃莉榭瓦，聽我說這件事。所以她才會找他，要告訴他，伊法已經告訴她了，想提前警告他。他很需要這個提前的警告。

埃莉榭瓦說，我跟你說了多少次，不要吹噓我們擁有什麼，以及我們沒有什麼，我說了多少次，巴瑞克，大概有一百萬次了吧，我是說，真是夠了。巴瑞克感到很愧疚，就像個十五歲的小孩，彷彿什麼都沒有改變。就像他根本沒有長大，因為長大根本就不是一個選項，他已經盡可能長大，但早就到了頭。而他就像個十五歲的小孩一樣說著，妳要我怎麼做，難道是我說了什麼嗎？是她跟他說的。埃莉榭瓦說，我知道，巴瑞克，相信我，我知道。

他說，但妳知道我為什麼沒有跟妳說吧？當妳身陷於那個事件時，我無法跟妳說這種事。埃莉榭瓦說，老實說，我真的不知道，我甚至想說，這真的很匪夷所思，你怎麼可能在這段時間裡一直跟你爸爸和我相處，卻不告訴我們這種事情？

他說，我以為你有更重要的事要處理，你幹嘛要知道這種事情，我是說，這種事情能有什麼幫助？埃莉榭瓦說，因為，你們全部都是我的孩子，而不是我的爸媽。巴瑞克不知道他什麼時候變成了你們全部的一份子，但他喜歡這樣，而不再是那唯一的一個，不想再特立獨行了。她繼續說道，真是謝謝你，但請別替我做決定，還有，請多尊重我要求你做的事，也許在我再三要求你把家族的私人訊息，包括財務資訊，無論好壞都加以保密時，我是知道自己在說什麼的。巴瑞克忍不住為了她如此執著於這項不重要的指控而受到打擊。你告訴別人關於家族金錢的事，看看現在事情變成怎樣。這種喜歡抱怨的行為並不是他母親的特質，或也許這就是她的特質，但無論如何現在探究這個都太荒謬了，現在全世界都在詳細推算埃莉榭瓦・佛格爾開立過的支票的所有存根聯，而他們家族的錢早就停止用來支付任何不當開銷了。他突然感到同情她，並真正地了解她，也許這是他人生中第一次了解她，她是如何用盡全力堅持行為得體，艾哈利茲街上的各個家族是不會告訴別人他們把錢放在哪裡的。

他說，好吧，媽，我向妳保證，從現在起，我會記住這一點。她說，下次要記住啊！但他太深陷在自己的認真與後悔的情緒中，而沒有留意到她語氣的改變。他說我會的。她用眼睛做出一個小動作，而且只是對著他，以一個太莊重而不會眨眼的人而言，那是最接近眨眼的動作，巴瑞克突然覺得，自己又回到年輕時代，變成和母親一起在浴室裡、膝蓋被刮傷的小孩，他的心再度像以前一樣，因為母親的碰觸而敞開，她在安慰他，她是媽媽，一切都不是他的錯，因為他只是個孩子。他問，妳生伊法的氣嗎？妳是不是殺了她？事實上，我並不在乎，但如果她死了，請讓我知道。她說，你認為呢？他說，我甚至都不知道了。她說，我們就保持這樣吧，我能接受這樣的狀態。

然後她問，好嗎？

巴瑞克說，好的，我等會再回起居室，我好想小便。埃莉榭瓦說，再見，好好小便吧。巴瑞克走進有點讓人意外地空曠的洗手間，在它的架子上，排著正在大便的小小印度人石膏像，旁邊擺著《笑話與謎語大全》以及《地圖與領地》等書籍。他沒有小便，而是開始哭泣。

6

在最後一幕，艾騰和勇擁抱著三個女孩與一名成年女子，艾騰看起來很親切，巴瑞克掃描整個房間，尋找真實的艾騰，好讓他帶點苦澀地記得他們之間的差異，或至少判斷究竟哪一個才是真實的他。但坐在沙發上的那個艾騰一無所知，臉上帶著微笑，他的眼睛盯著電視，帶著小孩般的驚嘆神情，他看起來很快樂。

片尾的工作人員名單開始捲動。

塔赫兒說，真是讓人難以置信。埃莉榭瓦說，真的，真的，真了不起。

第二十四章

1

埃莉榭瓦說，如何？巴瑞克偷偷望了她一眼，是一種你不該在阿亞隆公路上偷偷望人的眼神，並且反問，什麼，妳是說節目嗎？埃莉榭瓦說，來吧。巴瑞克說，有點……有點俗氣，是吧？埃莉榭瓦說，有點？對的，我也會說有一點。巴瑞克看得出來她正在興頭上，那種讓你可以說這種事情的興頭上，那種沒有人還在意什麼的興頭。也許是因為他們先前在廁所裡的談話，讓話題突然全面打開，談什麼都是可能的。他試著迅速思考曾經夢想與母親討論的所有事情，那些關於他的弟弟與姊姊的事情，試著找出能在未來五十分鐘裡塞進談話內容的議題，找出哪些對他最為重要的話題。他說，能不能幫我解釋一件事，艾騰為什麼要這樣對待自己，他為什麼需要這個？埃莉榭瓦說，問我難一點的問題。雖然她的口氣帶點幽默，儘管這並不真的意味著什麼，巴瑞克卻突然擔心也許她說得對，也許他的問題真的浪費了珍貴又有時間限制的車程。蒼白無力的第一次嘗試、一個開場白，但問問題的機會已經浪費了，他的母親也已經開始回答，就像個完成使命的先知，你弟弟不該當心理醫師的，你還不明白嗎，他只是擅長於這一套，他很有天賦，他可能還在其他一百萬件事情上有天賦。每次聽到「天賦」跟「成功」這種字眼，就像針刺透巴瑞克的右耳，那隻比較靠近副駕駛座的耳朵。她繼續說道，這些心理學的玩意，就像一條歧路，不知道為什麼纏上他。你弟弟需要觀眾，需要大家的注意，順便告訴你，我毫不懷疑他會得到這兩樣東西的，我只是希望，他能找到更優雅的方式來做到這些。

他說，是啊，剛才播到他望著大海沉思的時候，我都覺得我要死了。埃莉榭瓦說，別提醒我啊，還好我明天不必上班去看見同事的表情，我會尷尬死了。巴瑞克被母親談到上班時這種平常的口氣嚇傻了，顯然她可以提到這件事了，問題是，他準備好了沒。他對自己說，有一種感覺是尷尬，還有一種感覺是真的尷尬，甚至還有加大號的尷尬會進入你的生活，而比較小的尷尬也會留著，還是一樣尷尬，一點也不會減少。

她說，還有那個塔赫兒。巴瑞克說，她真的還不賴，妳不認為嗎？埃莉榭瓦說，你知道她跟我說了什麼嗎？巴瑞克說，跟我說吧。埃莉榭瓦說，她告訴我，她覺得我是股不可忽視的力量。巴瑞克說，真的嗎？她是什麼時候這麼說的？埃莉榭瓦說，她跟我說從她認識諾安姆開始，就在追蹤我的案子了，她說案子的時候，就像這是她聽過最愚蠢的字眼似的。她顯然認為，如果換成是一個男人擁有這種權力，誰也不會多說一句話，而她讀了我的訪談，覺得我是不可忽視的一股力量。

他說，老天保佑吧。埃莉榭瓦機械化地說，是啊，彷彿她還沉浸在自己的故事裡，彷彿她還在想著這件事，然後她繼續說道，我幾乎想告訴她，可是親愛的，我確實拿了那些錢，我拿了所有的錢，妳想要怎麼樣，妳要他們放過這一切，只因為我是一股不可忽視的力量嗎？巴瑞克說，媽，拜託，算我求妳了，如果諾安姆還要和她約會，那下次我們和她見面時，妳一定要這樣跟她說，但事先要讓我知道。埃莉榭瓦說，夠了，我們太壞了，讓諾安姆好好享受吧，他應該好好過日子。

這是她最接近於談到這件事與提到這件事的程度了，除了他們在事情處於最壞狀態時彼此之間的那些談話，還有事情剛開始時他們之間必須有的談話之外。從某個角度看，這次的談話最觸及核心，因為她雖然談到此事，卻沒有真的談起它來，彷彿那只是她生命的另一部分。巴瑞克覺得像個乘著浪頭的生存者，逐漸靠近海岸，這波浪頭不會把他帶回岸邊，但可以找到另一波浪頭，把你帶到更靠近岸邊的位置，他突然很遺憾地放棄了這場衝浪應當帶來的樂趣，然後說道，告訴我，媽，這整件事會怎麼結束？他母親答道，一切都會沒事的。她甚至沒問是哪件事，也沒給他時間去找逃生通道，於是他問道，沒事是什麼意思？怎麼，妳會從這一切當中脫身，彷彿什麼都沒發生嗎？埃莉榭瓦說，你說彷彿什麼都沒發生是什麼意思？巴瑞克說，我也不知道，我猜是無辜吧。我是說，這件事會上法庭，然後妳會被宣判無罪釋放？

她說，事情不是這樣運作的。巴瑞克的心往下沉，他受夠了這趟車程，也受夠了這場談話，他想要失蹤，想要跳出這輛車，想要去死，任何事都強過知道為什麼事情不會那樣運作。她說，到頭來，生命裡的事情往往都變得比較灰暗。

他說，這是什麼意思？這讓他想到某種父母告知子女爸爸和媽媽要離婚的談話，所有的問題都於事無補，婚姻已死，明顯擺在眼前，現在該是談談細節的時候了，我要跟誰住，貓咪歸誰養，而你真正想聽到的，就是媽媽告訴你，我哪裡也不去，爸爸和我還相愛，正義將得以伸張，我將證明自己的清白，別擔心，別擔心，別擔心。

她說，監牢與無罪釋放是兩個極端情境，電影裡可能只有這些選擇，但在現實生活中，兩者之間還有很多等級。巴瑞克說，一個人究竟無辜還是有罪，並不是「極端情境」。她說，這就是極端情境，你不懂我的案子狀況如何，巴瑞克，你根本不知道詳細情況，有多少細節，又有多少文件，想證明任何事情，都幾乎是不可能的，即便為了證明我的清白。請你相信，如果有方法證明我的清白，我一定會照做，但我也不想在這個過程中，由於費時多年的混亂而抹滅我們的生活、靈魂與銀行戶頭裡的錢，而毀了你的生活或黛芙娜的生活或艾騰的生活，以及你爸爸的生活。我真的不願意。

他說，那接下來要如何？這又代表什麼？會有認罪協商之類的機會嗎？她回答道，也許會有認罪協商或其他安排，我還不知道，我們還在努力，重要的是你不需要擔心。

他說，如果有認罪協商機會，妳就得承認某些指控，是這樣嗎？妳會被判刑？她說，要視情況而定，巴瑞克，現在真的、真的還說不準。

他說，但不論如何，妳都不會去坐牢之類的。這些話一出口便感覺很奇怪，事實上這整個對話都很怪異，玩大富翁抽到坐牢卡而失去下一輪行動機會，還有玩警察與強盜等。突然間他又回到六歲，他才在十分鐘前回到六歲，現在又陷入六歲的情境裡，一個四十歲的人所說的話，就在他嘴邊慢慢消失，而他無法表達這些話，也無法長大。

她說，我不會去坐牢的，這點我可以向你保證。他說，不會嗎？她答道，不會的，像我這樣的人不會去坐牢。他說道，因為他們都是無罪的嗎？而她說，沒錯。他為自己問了這個問題而感到遺憾。

第二十五章

1

他姊姊傳來簡訊時，已經是午夜一點過後，巴瑞克走上樓，把電話放在肩膀夾著打開門。她說，聽我說，米卡兒申請到了格羅塞托，她是私下告訴我的，免得搶走了艾騰的風采。巴瑞克看了在他床上睡著的蜜莉一眼，由於床的尺寸較小，因此顯得她比平常更大。他走進起居室，安靜地問著，申請到哪裡？黛芙娜帶著熱情被不必要的路障阻礙而引發的不耐說，格羅塞托，格羅塞托啦，就是義大利那個她想去當學徒的地方，我說什麼想去的地方啊，應該是她夢想、幻想著要去的地方。她本來是候補名單第一位，結果有人註冊後卻退學了。巴瑞克說，什麼啊，就是那個木工那裡嗎？黛芙娜說，是木匠藝術家。他們得在十月初過去。

巴瑞克說，該死。黛芙娜問，怎麼了？他回答道，今天是幾號，是一號還是三十一號？黛芙娜說，是一號，快要到二號了。他說，該死，真該死。黛芙娜問，怎麼了，你是忘記誰的生日了？巴瑞克說，沒人過生日，妳別管了，沒什麼重要的，繼續說吧。她說，好吧，基本上這是一團混亂。巴瑞克說，真的嗎？然後把他的鑰匙放在玄關的桌上，坐在地板上開始整理他放在那裡的成堆資料，包括牙醫診所寄來的提醒單、帳單、社會安全卡的表格，以及保險表格，理論上，他在後續某個時刻必須處理某些單據，有些單據只需建檔即可，就像他母親一直教導他們的那樣，把所有東西歸檔，但他一直沒功夫做。黛芙娜說，的確如此。巴瑞克說，接下來呢？我是說，艾騰是不是很失望？黛芙娜說，失望還真是很保守的說法，你認為呢，他手上現在有個節目了？不可能。當他只是特拉哈斯荷馬醫院的駐院醫師，每個月做牛做馬只賺到八千謝克爾的時候，就根本不想聽到關於格羅塞托這個地方的事情了，到了現在，他有可能會想跟她一起搬過去嗎？你認為呢？

巴瑞克開始搜索下層抽屜，那是所有需要歸檔或整理的東西會去的地方，是個什麼東西都找不著的臨時墳墓。黛芙娜說，你是在聽我說話，還是我撞到你跟那個蜜莉在一起了？巴瑞克說，我在聽妳說呢，並當作證據地補充道，所以，這下可真是事態嚴重了，對嗎？他們現在該怎麼做？黛芙娜說，問得真好，他們該怎麼做？她跟我說她要去，她才不管會發生其他什麼事。但我不知道她是否真的該丟下他過去，我是說，還有個小孩跟這一切，事情就不簡單了。巴瑞克打開一些帳單，是瓦斯帳單，這一點也沒幫到忙。然後他說，艾騰怎麼說，我是說，他真的不打算跟她一起去嗎？黛芙娜說，我認為他不會過去，可是誰知道呢，不過去對她真的真的很不公平，但當她告訴他這件事時，他的反應顯然是很排斥的，而她就一直處在興奮的情緒裡，你知道嗎？他很不善於隱藏自己的想法。巴瑞克說，這件事他最會了，相信我，他已經盡力做到最好了，他只是沒那個心情。黛芙娜說，隨便吧，無論如何她都生氣了，根據我的了解，這件事變成了大事，這整件事在這週發生，就連你也無法從他們今天的表現中猜到此事，對吧？巴瑞克說，也不盡然。她問道，怎麼，你看出什麼了嗎？巴瑞克說，沒有，放心吧，我什麼也沒看出來。

巴瑞克說，告訴我，晚上也可以轉帳吧？黛芙娜說，幹嘛用的？他說，真的沒什麼，只是房租，我忘了繳，我昨晚不在家。黛芙娜說，你是說要交給媽媽的房租？幹嘛啊，你擔心她會請催收人員來找你？不知為何，巴瑞克不想解釋，不想告訴他姊姊要透過律師付款給他母親這種丟人的繁文縟節。他說，利用她是我們媽媽這一點是不對的，錢就是錢。他急於打斷這段談話，以至於都不知道自己在說些什麼。黛芙娜說，也許你可以透過網路轉帳，不過記住，這要到下一個交易日才會顯示出來。巴瑞克說，所以我無法透過電話找到真人幫我完成交易了。黛芙娜說，就透過網路轉帳吧，你這個傻瓜，然後傳個簡訊給她，告訴她你透過線上匯款之類的，不然就發一封電子郵件給她。

他說，太棒了，好吧，我這就去付款。我們明天再談吧？黛芙娜說，就這樣？你想打發我？巴瑞克說，幹嘛，妳還有什麼重要的事情要說嗎？黛芙娜說，我也不知道，我覺得我還沒說夠關於艾騰的八卦。巴瑞克說，黛芙娜。黛芙娜回道，幹嘛？巴瑞克說，再見。

2

巴瑞克的銀行服務人員只工作到下午五點，仔細想來這也很合理，但巴瑞克掛上電話時，還是覺得有點不舒服，算不上失望，更像是沒有滿足，或者是被迫延後的滿足感。這種感覺在他還是小孩時特別常有，就在電話響了十聲後卻沒有人接起電話，表示對方不在家，就這樣。但這種事不該發生在現代社會的人身上。

他這輩子從沒透過網路繳款過，更別說銀行轉帳了，他甚至不確定自己有沒有在網路之外進行過任何實體的銀行交易，而他姊姊特意警告他，關於交易日這件事，更讓他缺乏動機去嘗試了，無論如何，他明天一早都得告知他的律師關於遲繳這回事。

他上一次分心而忘記繳款，就在他剛搬進來時，當時他還誤以為這沒什麼大不了，而這名信託律師或什麼人，只是他母親的奴才。誰會在意他是在一號還是三號付款，當然不該是母親，因為他又不會逃跑，或者變成霸屋的房客，或者在她的公寓裡用瓦斯筒建立防衛工事。但顯然就在遲繳的第一個工作日結束時，這名律師就打給他母親了，而他母親也打來找他，語氣中帶有期望他遵守約定的強制感，只是被母親身分沖淡了一點點。當他回想起整件事情的安排時，這讓巴瑞克更有罪惡感，即使事情那麼嚴重。

他現在只想在律師有機會打電話給他媽媽之前，趕快執行他的計畫，利用沉靜的深夜行動，好讓她醒來時，世界已經是匯好款的狀況，哪怕她在那個交易日結束時得知實情也無妨了。他想給律師寄一封電子郵件，這是超越正要醒來的人的最好方法，但她的電子信箱地址卻留在她電話號碼的同一張紙上，這張紙本該收到安全的地方，現在卻埋在一堆文件底下，已經埋了好多個月，在這段期間每個月的繳款都安靜順利地進行著。他還能記得的，就是付款帳號，被他收進手機，放在里拉克·福爾斯特律師的資料中，巴瑞克沒力氣再回頭把「律師」改成英文縮寫，好空出足夠空間打下她的全名里拉克·福爾斯坦，尤其是她跑去向他母親告密，惹他生氣之後，他便將她永久除名於可能約會的對象名單之外，沒再多看她一眼，沒跟她多說一句話，而那時候他認為全天下的女人都是潛在的約會對象。

他問自己最早方便打電話給她的時間，或者還是傳簡訊給她吧，不，還是打過去，打電話給她比較好，他需要聽到她說，沒事的，這是保障不讓他媽媽牽扯進來的最終保證。他全部精力突然集中於這個目標，就在今晚，最晚明早，要靠自己處理好這件事，彷彿最細微的差錯——哪怕是一通不必要的電話或一次遲繳的房租——都有力量摧毀某些他認為已經達成的成就，這是一個完美環繞他們倆的時刻，一個只有他們倆的封閉世界的夜晚，但這條封條還很新，封蠟仍然可能被弄髒，還有什麼比提醒世人他還跟媽媽一起住，以及提醒他母親他還是個小孩子更好的方法呢？

他把鬧鐘設在次日早晨七點，他會在七點十五分打電話過去，他已經把她的電話號碼設定在手機裡，這一回，他不會再弄丟了。

他撥了查號台，查號台還有人接電話，你好，這裡是四一一查號台，我是尼夫。巴瑞克說，你好。他總是很小心不要重複接線生的名字，不要說，你好，尼夫。那是大約二十年前，有一次他約會時，有人對他說她很討厭別人這麼做，那種感覺很傲慢，也很煩人。尼夫說，我查到有九位里拉克·福爾斯坦，你能把範圍縮小一點嗎？巴瑞克沒法把範圍縮小，因為他不知道她住在哪個城市裡。他猜是特拉維夫，但在這麼多城市裡，就是特拉維夫沒有叫做里拉克·福爾斯坦的人，不過，尼夫還是很客氣，並不急著把電話掛掉。我查到有一位住在羅什哈亞因，還有一位住在海法，事實上有兩位，一位在赫茲利亞，另一位在歐默。還有一位住在莫迪因，尼夫繼續數著，巴瑞克則在腦袋中想像著他們，這些叫做里拉克．福爾斯坦的人，把他們放在莫迪因，或者把他們沒有笑容的臉孔放在以色列地圖上，就在赫茲利亞區，就像卡通片裡頭演的那樣。然後他突然想起來了，他怎麼這麼笨，他說著，是律師，她是一位律師。尼夫說道，我這裡查到一位醫師，可能是他嗎？巴瑞克笑了，太遲了。尼夫試著安慰他，對他說，抱歉。不知怎麼的，他的道歉確實安慰了他。

他聽見蜜莉沖馬桶的聲音。

3

她問他，現在幾點啦？她一定是察覺到天色異常的黑暗，巴瑞克說，快兩點了。蜜莉在驚訝下更清醒了些，並且問道，派對剛結束嗎？巴瑞克說，我開車載我媽媽回耶路撒冷。

她問道，發生了什麼事，你為何要大半夜找律師，難道找我不行嗎？巴瑞克說，沒什麼，我明天得把房租轉帳匯給這位律師，我本來今天早上就該做的，但我忘記了，我把一切都弄混了，因為我們在亞夫內，我想明天一早就打給她，免得她小題大作，但我找不到電話號碼。蜜莉說，我還以為那棟公寓是你媽媽的。巴瑞克說，確實是我媽媽的，只是技術上我透過這位律師付房租給我媽媽。蜜莉說，等一下，這位律師是受雇於赫希中心還是怎樣。巴瑞克說，我認為不是，我認為這只是她從前任屋主那裡保留下來的安排，她是他的律師之類的吧，我也不清楚，也許這和現在發生的狀況有關，她不希望任何支票直接支付給她，怎麼，身為這個領域的從業人員，妳認為這很不尋常嗎？蜜莉說，我不知道，財產與不動產不算是我的專業領域。她說，無論如何，我馬上就幫你查出她的電話號碼，她坐在電腦前問道，她叫什麼名字？巴瑞克說，她的電話沒有列在谷歌上面，我已經查過了。她說道，所以你才需要有個可以查詢Tel-Din資料庫的律師啊！巴瑞克說，她的名字是里拉克·福爾斯坦。蜜莉說，多糟糕的名字啊！巴瑞克說，其實我還有點喜歡里拉克這個名字的。蜜莉說，我這裡找不到這個名字的律師……

他說，妳這是什麼意思？她說道，在以色列沒有任何律師叫做里拉克·福爾斯坦。巴瑞克說，妳說沒有任何律師是什麼意思，也許是在Tel-Din上沒有任何律師。蜜莉說，就是沒有，整個資料庫裡都沒有叫這個名字的生物。他說，妳有沒有試過用有兩個e的拼法？她說，我試過一個e，也試過兩個e，甚至三個e，而且在姓氏的前後都試過了。他說，可是我每個月都在支票上寫著「律師」這個字。蜜莉說，好吧，顯然里拉克·福爾斯坦很能接受這種狀況。

她問道，你有沒有和她說過話？或者見過她？巴瑞克說，我為什麼要和她說過話或見過面？蜜莉說，所以你並不能確定真有人叫這個名字。他說，妳不認為妳有點過分了嗎？妳這是什麼意思，是不是有人叫這個名字？當然有人叫這個名字啊！我每個月都把錢匯進她的戶頭。蜜莉說，那又如何？這不能代表任何事。他說道，不僅如此，她還存在在谷歌跟四一一查號台裡，然後他補充道，總共有九個呢。蜜莉問道，他們都是律師嗎？巴瑞克說，不是。蜜莉問道，那他們的職業是什麼？巴瑞克說，我不知道，我沒問，我們現在可以查查看。蜜莉坐回電腦前面，巴瑞克有點生氣地開口，他也不知道是為了誰生氣，他說，就算有人不是律師，並不代表這個人就不存在。

她說，總共查到一百七十一個結果。巴瑞克說，還真多。蜜莉說，我們來查查看吧！巴瑞克站在她背後，試著理解她捲動網頁的速度，這看起來完全是隨機出現的名字。他看見有一個里拉克・福爾斯坦是將埃西陶爾森林區單車道拓寬的請願簽名者之一。還有一個里拉克・福爾斯坦在放射學會議上發表演說。有一個里拉克・福爾斯坦在一起犯罪案件中被列為被告，蜜莉開始研讀本案，但當她發現里拉克・福爾斯坦被列為三十一名被告房客之一，而原告是市政府時，便改變了主意，顯然蜜莉覺得本案結果與他們要查的無關，因此可以忽略。還有一個里拉克・福爾斯坦推動關於單身媽媽的網路論壇，蜜莉也讀了那個論壇，甚至還上去瀏覽一會，但巴瑞克懷疑是為了其他的動機，蜜莉也讀了里拉克・福爾斯坦對一本有關共產主義興起的書評的回應，這個回應只有三段文字。巴瑞克還得提醒自己，這些人應該都不是同一個里拉克・福爾斯坦。然而他還是問自己，會不會對這樣一個想像中的里拉克・福爾斯坦感興趣，這個人會拓寬埃西陶爾的單車道，對共產主義可以很博學地回應，但他必須承認，不，他不會對這個人有興趣，可能就因為那個單身媽媽論壇。

她說，我們先停下來想想。巴瑞克說，是的，我們這麼做吧。他希望這些字眼透露的快樂與熱情，能防止這種緊急災難的感覺。蜜莉見過世面，懂得罪犯心理，能想像出不存在的人，還能創作虛構小說，巴瑞克則擁有平凡的心靈，好幾個月來都活在一個所有人都存在的、讓人生厭的世界，每個人都可能遭遇不幸，並崩解成不名譽犯罪行為的可悲碎片。巴瑞克知道里拉克・福爾斯坦確實存在，她今晚就誕生，而且不會消失，這是他又得記住的另一個名字。

她說，你剛才說你媽媽是從原來的公寓屋主那裡接手了她的服務嗎？巴瑞克說，我已經不確定了，我好像沒有很注意這種事，它們就在我腦袋裡上下浮沉之類的。蜜莉說，你不注意你每個月繳款給了誰？巴瑞克想了一下，但還是排斥了這個想法，這不是他的錯，不是只有他會這樣，大家都會信任自己的父母，他們不會多問什麼，把錢轉到這裡，把錢匯去那裡，誰會管啊，爸媽就是為這個而存在的啊，不管你多大，你都能和他們出去吃晚餐，哪怕你已經四十多歲，還能把錢包放在家裡，所以即使你已經四十歲，但只要提到關於金錢的問題，你都能變成五歲大。

他說，她說我是透過一位律師付錢給她，我覺得這很合理。

她說，你知道先前屋主的名字嗎？我們來把兩個名字放在一起，用谷歌搜索，好把範圍縮小。巴瑞克說，妳是過去半小時裡第二個要我把範圍縮小的人，然後他趕快把名字說出來，免得她誤會他在自作聰明，以避免回答她的問題。他說，是梅拉梅德，先前屋主的名字叫做馬譚亞．梅拉梅德，他是索羅卡的醫師，是我媽媽在索羅卡之友醫院認識的人，她一直糾纏著他，直到最後他同意把公寓賣給她，那棟公寓有些地方不對勁，他們打算拆掉一部分重蓋之類的，我姊姊說那裡在五年後會很值錢。他突然間發現，他回答得有點太詳盡了，主動提出各種不重要的細節，他猜只是為了讓她知道，自己真的是知道一些事情的。

但蜜莉已經開始打字了，並輪流看著他和電腦，她的手指像在飛舞，當他講完時，她已經捲到更下方，並且說著，馬譚亞．梅拉梅德教授，內科跟血液科，專精於免疫血液研究，曾經擔任特拉哈斯荷馬醫院國家血友病機構主任，是索羅卡的副院長？巴瑞克說，我想是吧，然後朝螢幕傾過身來，八千七百四十個結果，閱讀簡歷，進行約談，聯絡。然後蜜莉說，找到了。巴瑞克問，什麼，妳查到了什麼？蜜莉把滑鼠指向某個東西，巴瑞克更靠近螢幕，斜眼看了一眼，上面寫著lilach.feuerstein@soroka.org.il。蜜莉說，是血液科主任，或更精準地說，她曾經是血液科的行政人員，但現在不是了。換句話說，她是梅拉梅德的祕書。

她問道，你知不知道你媽媽為什麼會想透過你，把錢匯給索羅卡之友醫院的副院長？「透過你」這個字眼沙啞地唱進巴瑞克的心底，就像有人割開他的喉嚨，把他母親塞了進來，讓他無法呼吸。但他先不理會這道傷口，暫時擱置疼痛，就像別人教你在靜心時要怎麼做但他不相信的那樣，他試著找出那一絲記憶，關於一場漫不經心對話的模糊記憶，我在索羅卡之友醫院看見她，她為什麼要去那裡做身體檢查？在此同時，蜜莉正在說著，我在臉書上找到她了，是來自單身媽媽論壇的，她現在在一家緊急看護診所服務，就在俾什瓦外圍，但這當然並不代表什麼，他們仍然可能保持聯絡。有那麼一瞬間，他認為蜜莉因為解決這件事情有點太快樂了，她似乎暫時忘了她的成功是其他人的痛苦，而他也突然想到，或許他該想想這個觀點再發表任何意見，一旦他跟她說了任何話，就收不回來了。只是他太孤獨，而這個夜晚也太沉重，有太多事情要思考，太多可能的情節轉折，對他而言，現在已經有太多事讓他無法思考，於是他說，只是……而蜜莉說，只是什麼？他看著她說，只是今晚很不好過，就是這樣。

他們安靜了一會。巴瑞克覺得她只是出於禮貌的安靜，為了狀況還不明確而保持尊重的安靜，為了哀悼者而保持的安靜，然後她開口說道，你還記得我的計畫嗎？巴瑞克一開始以為她指的是她有個進行中的計畫，一個逃脫途徑，讓他們打包行李，然後帶著錢逃跑。然後他想著，可是是什麼錢呢？然後她說，我有三個沒有答案的問題。巴瑞克的思緒回到正軌，回答道，說吧。她說，哪個路口在更北邊，是希扎豐還是瑪斯米亞？我知道，這真的很丟臉，但我卻知道哪個國家沒有河流。然後她小聲地彷彿自問自答說，沙烏地阿拉伯。還有，工黨歷史上的顧爾─阿葉事件是指哪件事？巴瑞克說，好吧。她說，你不會恰巧記得吧？巴瑞克說，我不記得。她的聲音現在變得比較柔和了，她不是敵人。她說道，第一，有系統地利用外交豁免權，來做違法的事。第二，利用賄賂意識型態上的政敵，來影響選舉結果。還有第三，根據偽造的醫學文件所做出的赦免決定。

他說，好的，這可能已經是他連續第十次說這個字眼了，他沒辦法說其他的話，她在谷歌上打了些東西，然後把椅子讓給他。

顧爾─阿葉事件，指的是阿維格多・顧爾─阿葉。電腦上的資料寫道，「他是第五屆與第六屆國會成員，在一九七一年（就在他即將結束公職時），他遭判定殺害妹夫艾福瑞姆・柯哈諾夫而判刑九年。在判決出爐幾週後，就在他要開始服刑之前，顧爾─阿葉向當時的總統扎勒曼・夏扎爾尋求赦免。他是根據不同意見書而提出申請，特拉維夫三位地方法官中的一位，伊利澤・努菲德法官，接受了他宣稱自衛的說詞。他同時宣稱自己的健康狀況非常嚴峻，在他的申請書表中，有一份醫學書面證詞，證明顧爾─阿葉患有多重心臟問題，以及嚴重的糖尿病，對他來說，哪怕是短暫的進監服刑，都可能對生命造成真實且立即的威脅。赦免申請獲准，顧爾─阿葉在廣遭非議的狀況下仍舊獲釋。他於二十七年後死於耐斯茨奧納的自宅，享壽九十七歲。」

4

她坐在床上，稍微駝著背，但眼中閃爍著勝利的光芒，是一種她無法壓抑的律師感十足的調查滿足感。也許她也感覺到了，因為她帶著這種感覺走向沙發，然後躺在上面，她的手放在肚子上，眼睛看著天花板。

他自問他們今晚會不會一起睡，以及這樣是否適當。他再度對自己這種專注於細微末節的不可思議的能力感到非常著迷。也許正是因為這種能力，他才會落到這種地步，凌晨三點坐在這裡，試圖從谷歌搜出謎底：他的母親會如何？彷彿這是一個他祕密諮詢的私密算命師，或者是一位現代推理天后艾嘉莎．克莉斯蒂。這也許就是他被選中的原因，在不知情的情況下被指派負責這個任務，擔任他母親金錢流通的管道，他意志薄弱而天真，又因為懶惰的保證與潛力，你永遠都能指望他什麼都不問，不探究，就連在這種情況下他都不會動搖。他會去找他的姊姊、他的弟弟，以及伊法，但他唯一不會找的人就是自己，他就是不會對自己提出要求，偉大的理性主義者，卻看不穿基本算術的巴瑞克，天真的巴瑞克，可以這麼說他吧。但他其實心知肚明，自己一點也不天真，他心中有的只是一大堆灰色地帶，很熟悉的感覺，願意做任何事，或者換個說法，就是希望什麼都不要做，讓事情維持不變。

突然間，他想到一個答案，這個答案指出的，是他不曾懷疑的對象，就是他的母親。有誰能比巴瑞克更了解呢？他的母親，就是他的母親，這就是正確的解答，沒有別人了。巴瑞克被一句他聽過的句子重擊，可能是很久以前聽過，這句子現在就像卡車試圖急轉彎般突然出現，你媽媽當然完全控制得了你，因為是她把你養成這個樣子的。他狂亂地閉上眼睛，彷彿想讓自己消失，躲避某件事，躲避他的母親。他的母親訓練他，說，我做我的事，她做她的事。他的母親來自耶路撒冷，卻把他們手足留在特拉維夫自生自滅。他的母親鄙視連結他們的基因血緣。一位抗議不合時宜制度的現代人。他的母親竟然如此精明地利用了他。

他的腦袋突然開始運轉，出現大量讓人興奮的回憶，這些回憶一直待在他的體內，現在忙著換上新衣出現。每回他對房租感到憤怒時，便會感到一種罪惡感，那是一種幼稚的憤怒，隨之而來的便是罪惡感，這是她種在他心裡的罪惡感。還有艾騰，巴瑞克想到了艾騰，胃中忍不住一陣翻騰，就像在安靜承受連續的打擊，從來沒有罪惡感的艾騰，其實是個超級罪惡的人，身兼超級兒子、超人、不像兒子的人、完全沒有罪惡感的人等身分，他能一眼看穿母親的本質。他試著思考，現在她究竟如何，現在他也能夠問這個問題了，因為他也解脫了。

蜜莉問，怎麼了？他現在注視著嬌小的她。她的存在讓他意外，彷彿她在他思考時偷偷溜了進來，突然間，她看起來也煥然一新、截然不同了，完全以新的方式與他產生連結。現在的她已經知道所有該知道的事情，而且比其他人知道的都多。

她說，也許她手裡有他的把柄，我也不確定。顯然她誤解了他的沉默。他問道，也許她手裡有什麼呢？他並不了解她說的是什麼。她說，她手裡有他的把柄，關於這個梅拉梅德的把柄，要讓他同意這麼做，她手裡一定掌握了什麼他的把柄，這不會是只為了金錢就會同意去做的事。她突然想到了什麼而坐直身子，然後說道，把電腦給我一下。巴瑞克看著她，卻沒有把電腦交過去。蜜莉看著他，剛開始時滿懷期待，接著眼神有些變化，巴瑞克努力調整，不讓自己說出任何事，不解釋、安撫或道歉。蜜莉坐在床上，她的木屐在腳上搖晃，彷彿拒絕讓步，然後她抬起腳來，躺回她的床上。

她說，我現在要睡覺了。他回應道，我覺得這是個好主意。

5

巴瑞克的電腦放在起居室角落的桌上，螢幕顯示的是蜜莉的電子郵件信箱，巴瑞克的眼睛吞噬著她還沒有讀到的訊息：易茲哈爾．馬爾契想成為妳的臉書朋友。巴瑞克對本該睡覺卻提出交友申請的人總是抱持懷疑態度，凌晨三點，甚至凌晨五點，有誰還醒著啊？就是這個易茲哈爾．馬爾契。這是個騙子的名字。

他登出蜜莉的信箱，然後登入自己的。他的收件匣裡有兩則訊息，亞夫內學院的亞汀娜．納米亞斯喜獲金孫，還有一份希伯來大學出版的新書清單，這些人也是在凌晨四點還醒著。

艾騰也還醒著。他名字旁邊的那個綠燈，透露出他近來經歷著不安，這是軟弱的可能徵兆。他在那集節目播映後一定睡不著，也許他在等報紙帶著一篇不佳的評論被送到家門口。只不過幾個月，也許半年的時間，報紙是怎麼變成了這家人的敵人，成為可能帶著壞消息的媒介的？明明這麼多年來，他們與媒體都維持著深入的關係，也有良好的聲譽。巴瑞克認為，這可能就是加諸他們身上最劇烈的差異了，只要你不害怕在家門口等著你的報紙，只要你能相信這些只是與他人有關的文字與圖案，你就能確信你的生活多少還是沒有問題的。

他開啟了一個寄送郵件的頁面，然後將艾騰的電子郵件地址插入頂端，但就在即將打入郵件主題時，他關了信件頁面，在聊天清單上按下艾騰的名字。他討厭用這種方式溝通，但填滿整個螢幕，寬廣又空白的那份電子郵件，在違反他自己意志的情況下，即使被存為草稿，還是透露出他無法寫出的那一絲空洞——這突然讓他感到太沉重，也太難忘，這是在泥淖中很草率的一個腳步。

他寫著，凌晨四點還醒著，然後加了一個笑臉，卻又將它刪除，然後加了一個問號，又把它也刪除了，彷彿他有點難以決定他們兩個究竟是誰還醒著。

他按下Enter鍵。

但艾騰並沒有送來回應。

6

凌晨四點二十五分。他的母親會在兩小時後醒來。柏亞茲和黛芙娜則是在兩個半小時後醒來。蜜莉那天會在亞夫內的辦公室工作。他會去學校接艾隆娜。但現在，大家都在睡覺。

他起身打開收音機，轉到一首快樂的歌曲，卻把自己嚇了一跳，然後立即關上收音機。他轉動著電腦螢幕，它的光芒照亮了房子內部，但並沒有幫上足夠的忙，於是他將它也關上，但沒有如同建議的方式那樣先關閉程式。他走到牆邊的沙發，透過窗戶看著對街建築的屋頂。他躺下來，但沒有移開他注視著世界一隅的視線，彷彿只要一眨眼，這世界就會逃跑。從他躺在沙發上發現的新角落，他能看見一個屋頂，以及一棵樹的美景。只要別浪費了這個清晨沒有污點的時間就好。在這之後，生命仍會繼續。

誌謝

感謝Tamar Bialik、Yiftach Elazar、Michal Sheffer、Assaf Chason、Uri Blau、會計師Yehuda Barlev、Chen Shalita、Yaki Menshenfreund、Noam Ben-Zeev、Kalman Liebskind、Erella Bisker、Gideon Hess、Ronah Yona、Ronen Tal、Shiri Atzmon、Noa Alonim-Snir和Ilan Yonas。

也要特別感謝Noa Menheim、Avishag Rosenberg、Anat Einhar、Emeritus Moshe Mizrachi長官、Rachel Nachum、媽媽、外婆和Doron。

國家圖書館出版品預行編目（CIP）資料

軟禁 / 諾亞・葉德林(Noa Yedlin)著 ; 謝儀霏, 林薇安譯. -- 初版.
-- 臺北市 : 大塊文化, 2018.02
面 ;　公分. -- (to ; 101)
譯自 : House arrest

ISBN 978-986-213-862-5(平裝)

874.57　　　　106024561

LOCUS

LOCUS

LOCUS

LOCUS